印舞

孙红旗◎著

中国言实出版社

图书在版编目（CIP）数据

印舞 / 孙红旗著 . -- 北京：中国言实出版社，
2020.10

ISBN 978-7-5171-3570-8

Ⅰ.①印… Ⅱ.①孙… Ⅲ.①长篇历史小说－中国－
当代 Ⅳ.① I247.5

中国版本图书馆 CIP 数据核字（2020）第 185659 号

责任编辑　宫媛媛
责任校对　张国旗

出版发行　中国言实出版社
　　地　　址：北京市朝阳区北苑路 180 号加利大厦 5 号楼 105 室
　　邮　　编：100101
　　编辑部：北京市海淀区花园路 6 号院 B 座 6 层
　　邮　　编：100088
　　电　　话：64924853（总编室）　64924716（发行部）
　　网　　址：www.zgyscbs.cn
　　E-mail：zgyscbs@263.net
经　　销　新华书店
印　　刷　北京温林源印刷有限公司
版　　次　2020 年 11 月第 1 版　　2020 年 11 月第 1 次印刷
规　　格　710 毫米 ×1000 毫米　1/16　20.25 印张
字　　数　338 千字
定　　价　56.00 元　　ISBN 978-7-5171-3570-8

目 录

第一章

　　吾氏兄弟三人，杨祖老大，吾龙最小，中间是子慰。父亲元振数年前晋阶太学，寄寓临安府，行前要杨祖辅助母亲柴氏，照顾弟弟学业和祖母鲁氏身体。杨祖悉心把持，不敢丝毫怠慢。好在兄弟三人关系融洽，彼此照应，省去了杨祖许多心思。杨祖甚像父亲元振，个性坚韧，持重稳健，管教弟弟十分严厉，成了母亲柴氏的帮手。子慰聪明好学，头脑灵活，却有个癖好：特别喜好市井买卖，父亲行前十分担心。吾氏是书香门第，始祖吾渭，官居衢州太守，与商贾不搭界，这样的嗜好从何而来？父亲曾追问过杨祖，杨祖也不知何因。

　　孔埠地处池滩港西北岸，两江交汇之处，过了孔埠石拱桥，就是华埠古镇。古镇倚着金溪，唐时叫甘露镇，既是历代军事要塞，又是繁荣的商业埠头。千年来，镇内店铺林立，物资丰沛，贸易兴隆，子慰好商也许与之有关。杨祖答应父亲，一定弄清缘由，往后慢慢劝导。

　　一日，杨祖与子慰在清源斋读书，间隙，见子慰埋头看《吕氏春秋》，便想起了父亲的嘱托，问："为何爱看这等书籍？"子慰想了想答："在清源斋《吕氏春秋》是最好的书。"杨祖放下书卷道："清源斋藏书万卷，为什么《吕氏春秋》是最好的书？"子慰不假思索地答道："古人贬低行商，吕不韦就是商人。商人做了秦国的丞相，食客千人，家童上万，权倾天下，这又算什么呢？"杨祖想了想道："因为这个原因，子慰喜欢商贾之事？"子慰没有回答，像咀嚼的兔子，继续啃他的书。之后，子慰不听母亲和哥哥劝说，跑到镇上德裕堂，跟着"药半仙"做了学徒。

　　父亲客寓临安府前，杨祖娶了蒋氏，夫妻恩爱。蒋氏祖父蒋芸，是南宋宝祐四年的进士，在临安府做官。父亲蒋进，定居开阳县城，与杨祖父亲元振曾是好友，这门亲事也算是指腹为婚。婚后一年，蒋氏为杨祖生一子，取名衍，当下已是"鸠车之戏"。

　　兄弟三人，杨祖二十有五，吾龙十六岁，天真无邪，活泼好动，成天带着黑子从东房串到西房，从门院串到柏树林。蒋氏产下吾衍，吾龙十分欢喜，时常围着衍侄转悠。因而，与兄长杨祖格外亲近。蒋氏除了带孩子，还要辅助婆婆柴氏照顾八旬的奶奶鲁氏。鲁氏身体还算硬朗，但毕竟年事已高，行动多有不便。因此，吾氏家族里担子最重的就是柴氏，而杨祖是家里的长子，实际上取代了父亲元振的角色。

吾龙喜欢家犬黑子，到了形影不离的地步。特别是数月前发生那件事之后，连睡觉都在一起。吾宅北向有一片古柏林，是始迁祖吾满在孔埠安家时种下的，古柏往东，是一棵高大的香椆树，枝叶茂盛，没人晓得哪年栽的，每年要结数百个果子。那日吾龙带着吾衍与黑子在柏树下习武，不知从哪里钻出一条五步蛇来，那蛇像是瞄准了似的直冲吾衍而去。吾龙大吃一惊，持剑飞步向前，眼看蛇逼近吾衍，黑子从身边倏地蹿出，一口咬住蛇的肚子。蛇走不脱，回头咬了黑子，又被黑子反咬三寸，吾龙斩蛇于两段。蛇死了，黑子倒地，吾龙抱起黑子冲到镇上德裕堂，恰巧子慰在，速请"药半仙"下了药，黑子这才慢慢醒来。从此，黑子前脚瘸了，母亲蒋氏说："黑子代衍受罪，是前世的孽障，想躲都躲不开。"

咸淳辛未，桂月初八的傍晚，杨祖步出清源斋，伸了个懒腰，吾龙像野猪一样撞了进来。"大哥，邸报。"杨祖接过邸报问："龙看过了？"吾龙转身搁下一句："看过了。"说着蹦跳着往外跑，家犬黑子像条尾巴"汪汪"叫着紧随其后。

出了大门，残阳西下，院内一片金色。杨祖走到巨大的石磨旁坐下，吾龙、吾衍依旧在柏树园习剑，杨祖顺口问道："龙，这邸报说了什么？"吾龙收剑答："叛将刘整打仗了。"

杨祖一惊，细细读来，果然受困数年后，就要在襄阳开战了。

数年前，有邸报传出，昭武大将军刘整曾向蒙古人献平宋方略：乘大宋主弱臣悖，先攻襄阳，撤其扞蔽。这一招在杨祖看来十分凶险。刘整太熟悉长江地理和宋人的战法了，襄阳之地，就是南宋的咽喉，丢了襄阳，像是在野狗面前撤去了藩篱，蒙古人顺江而下，南宋岌岌可危了。邸报还说，当时忽必烈还有些犹豫，不想刘整又进言道："自古帝王，非四海一家，不为正统。圣朝有天下十七八，何置一隅不问，而自弃正统邪！"这样，忽必烈下定了攻打襄阳的决心。

其实，蒙古早想吞并大宋。当年宋蒙联合灭金，蒙古聚集五十万大军，兵分三路攻宋。三十多年来，襄阳几度失守。到了李曾伯接管，推行奖励屯田，修筑城堡，增兵协防之后，方有近七千户军人家眷入迁襄阳。

蒙古军合围襄阳，意图不言自明。最糟糕的是，几年前，襄阳守将吕文德竟然允许蒙古军在城外添置榷场。之后，蒙古军就近筑起堡垒，断绝襄阳粮道，形成攻城的第一个据点。

吾衍出生的第二年，阿术与刘整切断了宋军南北之援，筑台汉水中；次年，史天泽领援兵前往经画，在要害处筑城堡十处，使万山、包白丈山互不相通，完成了对襄阳的包围。

襄阳本是"铁打"，现在，反倒成了一个樊笼。

大战在即，大战在即！杨祖心想。

吾龙与黑子跑了过来，后头跟着儿子吾衍。吾衍满脸通红，头顶冒着一丝丝热气，杨祖抹一把吾衍的脸，揩掉涔涔的汗水，说道："快回家去擦擦。"吾衍伸手摸了摸，答道："不碍事。"说着，转身要走，杨祖一把拉他到怀里，问吾龙道："哥问你事呢。"

"哥，什么事？"

"围困襄阳，龙有什么想法？"杨祖问道，撩起衣襟为吾衍拭汗。

吾龙想都没想答道："大宋江山去矣！"

杨祖伸手搂住吾龙的臂膀，生怕他逃了似的，问道："龙为何这么说？"

吾龙答道："说是抗蒙，其实打的是内战。当下襄阳被困，即使不攻城，文德自己也垮了，所以江山危矣。"

杨祖进一步问道："明明是蒙古军攻打襄阳，怎么说是内战？"

"哥，现在是谁当道呢？先前曾收复襄阳的高达、钓鱼城的余玠，不是赋闲在家，就是郁郁而终。这些都是大宋的忠臣良将。而襄阳守将文德，是太师的人呀，此人当道，宋将纷纷降蒙。就说孟珙之爱将刘整吧，刘整什么人呀？沉毅智谋，勇猛果敢，为大宋立过显赫的战功，也曾师从光禄大夫赵方。那赵方戍边十年，金人不敢犯边，京西全境免遭蹂躏，世称'赵爷爷'。刘整跟随孟珙攻打金朝信阳，率骁勇渡堑登城，人称'赛存孝'。襄阳守将吕文德哪是他的对手呢？襄阳之战，刘整运计铺谋，铁围渐渐合拢，兵不能出，粮不能进，刀刀见血呀。如此，文德或败或降，大宋江山去也，这不是不战自毁了吗？"

"照龙说的，形成铁围，这仗是打不起来了？"

"当然打不起来，刘整尽管降蒙，还是汉人。况且此前，蒙古军已放弃'屠城'，襄阳围三年不攻，就没必要再拿蒙古军人送命，何况城内还有上万汉民呢。"

杨祖望着额头冒汗的弟弟,既迷惑,又吃惊。龙好读兵书,从识字起,各家兵法无不涉及。不过,龙最喜欢的还是孙子和吴子,孙子好带兵,吴子讲战略视野,像子慰一样,父亲元振也不赞同吾龙的嗜好,意图通过杨祖改变吾龙之所学。吾龙却问:"哥,吾氏家族为什么会在衢城,在开阳华埠?"杨祖想了想,答道:"始祖吾渭曾是衢州府的太守。"吾龙说:"哥,这就对了,当年始祖是曹彬的军师,协助打下南唐后被封为衢州太守。到了这一辈,仗并没有打完呀。蒙古人侵扰大宋,作为臣民和吾氏后代,总不能袖手旁观吧。"吾龙的目光让杨祖大为震惊。

谈话之后,杨祖晓得一切阻止都是多余的。与子慰比,吾龙的喜好像春季疯长的野草,不但杨祖无可奈何,父亲元振同样束手无策。母亲柴氏劝说:"青蛙叫,大雨到。读什么书,做什么人,由天不由人!"说是母亲的宽容,不如说是母亲的无奈,这使子慰和吾龙像松了缰绳的野马,想收拢都难了。

在杨祖看来,弟弟吾龙只有与儿子吾衍、家犬黑子在一块儿,才能显出与年龄相仿的本色。

天色渐晚,晚饭时子慰回来了,杨祖收起书卷。子慰在德裕堂做学徒,中午由师傅管一顿饭,一年到头没有工钱。两年里所学不少,人也长高了,身上的袍子短了两寸,性子也沉稳了许多。子慰在家话不多,兄弟间的交谈比先前少了,母亲柴氏问起,他回答没事。杨祖吃不准子慰的心思,觉得他像迷途的羔羊,在岔道上徘徊。做学徒,学手艺,毕竟与先前仰慕的吕不韦相去甚远。

子慰给鲁氏请了安,大家先后进了客厅。鲁氏坐在八仙主位上,儿孙辈依次坐下。柴氏烧完最后一道菜,与蒋氏前后走出厨房。柴氏坐鲁氏左边,吾衍坐在下方。蒋氏手持巾帕,走到吾衍身边为其拭汗。吾衍扭着脑袋,两眼依旧盯着桌上的菜肴。鲁氏说:"大家吃吧。"鲁氏先动了筷子,然后是柴氏,依次兄弟几个夹着菜。

蒋氏上头有婆婆和太婆,本不该上桌,只因吾衍年幼,一定要母亲陪着他,太婆才允许蒋氏挤在儿子身边。鲁氏慢慢地咀嚼,桌子上没一点声响。鲁氏看看吾衍问道:"衍,今天读了什么书?"吾衍忙着咽菜没有回答,蒋氏便抓住吾衍的筷子道:"太奶奶问你话呢!"

"禀告太奶奶,背诵完了《千字文》《百家姓》。"吾衍放下筷子,恭敬回答。

"好好好,俗话说'多锉出快锯,多学长本事'。读完小学后读'四书五经',

还要习文、习书、作画与礼乐，像孔圣人说的晓得'六艺'。太太晓得，两汉以来呀，国人重文轻武，故而有《神童诗》的'万般皆下品，惟有读书高'一说。衍是个好孩子，不能像两个叔叔那样，一个好医，一个好武，能有多大出息？爷爷与父亲是衍的学习榜样。爷爷攻读不止，四十五岁考取太学；父亲学'四书五经'，熟读儒与程朱，这些都是学子的正道。人说'砍柴上山，捉鸟上树'，衍好好读书，爷爷读完太学已留国子监，衍读小学、州县学，再读国子学，与爷爷一道在临安都城做官。"

吾衍一边听，一边瞄着碗里的菜。蒋氏捅了他一下，衍急促地看了鲁氏一眼答道："太奶奶，衍记下了。"

柴氏脸色绯红，三个儿子，除了杨祖，两个不在道上，想起来就觉着对不住官人。鲁氏当众一说，让她觉得丢了脸。杨祖也有几分过意不去，人说"长兄若父"，子慰与龙的过失自己也有责任，再说桌子上只有他才能搭腔，只要不拂逆奶奶的意思。于是道："其实子慰与龙很用功，早早读了'四书五经'，子慰的书法很好，一直以来学东晋王羲之与唐代颜真卿，那药方开得甚是漂亮，连'药半仙'都啧啧称赞。龙也不甘示弱，不仅书法好，金石了得，铁笛吹得跟仙人似的，还教会了衍，对吧？"

除了杨祖，其他人断然不敢说这些。吾氏家训极严，有着许多的规矩。比如，"食之勿言，饮之勿语"。不过，这些年来有个例外：家中最大的那个总是宠着最小的那个。吾衍最小，太奶奶疼他宠他没人敢说半个不字，哪怕爷爷元振，也要看太奶奶的眼色。父亲这么一问，吾衍即刻答道："龙叔最好，教授衍读书写字，还习铁笛和金石，那日傍晚吹着呢，父亲以为是龙叔吹的，哪晓得是孩儿吹的。"吾衍几分得意地说。

"衍，不许在太奶奶面前夸耀自己。"杨祖训斥道。

吾衍小嘴一噘，说："是父亲亲口告诉孩儿的，怎的是夸耀呢。"蒋氏轻声说："衍，不得顶嘴！"吾衍扭头看母亲，委屈地扁了扁嘴，眼泪汪汪的。鲁氏瞪了蒋氏一眼，说："怎么能怪衍呢，童言无忌，行就行，衍不哭，太奶奶疼着呢。"

吾衍又扁了扁嘴，落下两颗泪珠，说道："太奶奶，衍不哭。"

柴氏想打圆场，将一块肉夹到鲁氏碗里，说道："娘，这肉煨得烂了，您多吃点，味道好了，明日让祖儿再砍一刀去。"

鲁氏叹道："常吃素，忘岁数，吃多了，堵胸口。"说着，将肉从碗里夹出，伸过筷子对吾衍说："衍吃，太奶奶今晚吃得多了。"

蒋氏连忙抓住吾衍的手，将碗伸了过去："快谢谢太奶奶！"

"谢谢太奶奶。"吾衍学着母亲道。

鲁氏是个好强的女人，尽管只生了一个儿子，但儿子元振考上太学，算是让吾家翻了身。鲁氏出身名门，始祖叫鲁胜，曾是西晋的大学者，著有《墨辩注》一书。鲁氏从小爱打扮，身穿直领对襟长袍，头戴金玉玳瑁花冠，与哥哥学书画，精通文字，嫁到吾家后，鲁氏一直掩饰着，默默支撑起吾家。

蒋氏先放下碗，接着是子慰和吾龙，柴氏扒了几口饭也说饱了，最后一个是吾衍。蒋氏在一边催着，太奶奶却说慢慢吃，吾衍爱细细咀嚼，每次总是落在后头，除了母亲，没人会指责他。

像往常一样，饭后鲁氏回到丁字间，蒋氏与柴氏收拾碗筷，儿孙们洗了脸和脚，一道进了清源斋。这个时候，吾氏兄弟通常在清源斋度过，这是祖上传下来的习惯。

清源斋在吾氏宅院的东厢，匾额名取于一世渭的字号，渭卒于衢州太守，作为军师，既习武，也爱文。吾氏家族流传这样一个故事，说渭做了太守后，特别欣赏梁国公赵普"以半部佐太祖定天下，以半部佐陛下致太平"的名言，从《论语》中演绎出许多生活门道。据说，儿子吾满落户华埠古镇，为纪念父亲，将书房取名为清源斋，以示后人。

清源斋长三丈二尺，宽二丈八尺，书房东南采光，窗边架着一汝窑花囊，室内亮堂，空气甚好。偏中置一张古樟独板大案，纹理稠密，匀称齐整；案上一方宝砚，一尊笔筒，筒内插有大小不一的毛笔，余下有笔山、紫檀笔床和笔洗；四周摆着樟木大椅，内侧挂有始祖画像，西北靠墙排列着紫檀书架，安放一堆堆古籍，上端置有书匣，中间有墨盒与金石。

杨祖点燃油灯，书房一下子明亮起来。

清源斋不乏书籍，一则为祖传善本；二则为衢州同知州事蔡丙松从书院搜集的仿刻本；三则为国子监新刻印的诸多书籍。除此之外，清源斋还秘存唐时的古画，如张萱的仕女图，阎立本的肖像画，韩滉的马图，都是祖传真品。

进得清源斋，除了吾衍，谁也不敢再说话，各人选出日前读过的书卷，坐到长方桌上。

如同往常，杨祖取出圣人书卷，子慰再也没有忌讳，除了《吕氏春秋》，还熟读太史公的《货殖列传》，用子慰的话说：是书盖为商贾之创举。太史公曾说："布衣匹夫之人，不害于政，不妨百姓，取之于时而息财富。"子慰想做与世无争的生意人，几乎忘却了最初读《吕氏春秋》的目的。

吾衍跟着吾龙在书房里转，吾龙把吾衍要读的书交给他，让他接着昨晚抄写《千字文》。吾衍依旧跟着吾龙，问吾龙读什么书。吾龙说："太奶奶说了，龙叔读兵书没用，衍可不敢跟着叔叔学。"吾龙说完拿眼看杨祖，杨祖低着头看书没搭话。

"父亲什么书都读。"

"父亲是大人，大人可以，衍是孩子。"吾龙笑笑答。

"那为什么衍要抄《三字经》《千字文》，叔叔和父亲只管读书？"

"叔叔和父亲抄古文时，衍还没出生呢。"吾龙说着取出挑好的书卷坐到椅子上。

杨祖道："衍儿，快些抄写，数你多话。"

吾衍听了踮脚爬上椅子，手拈方墨细磨，书屋里顿时飘起阵阵墨香。末了，吾衍于砚堂蘸了笔，在砚唇轻轻一刮，埋头写了起来。

吾衍爱书，不到两岁，吾龙就教会他拿笔。最先，吾衍喜欢像虫一样爬在铜器上的古文字，人称大篆；看到小篆之后，再也没喜爱过其他文字。久而久之，把篆写得尚婉而通。去年始，吾衍专行李斯和李阳冰，把李斯的《峄山碑》临摹得一模一样。一日，子慰偷偷把吾衍写的字拿给师傅"药半仙"看，他道："怎么改写篆了？"子慰答："不是徒儿写的。""药半仙"又看了看说："实说，交关好，比徒儿的隶强很多。"子慰暗自笑了。

"药半仙"叫江仁贵，是古镇江景房苗裔。江景房本是镇海、镇东两镇节度使判官，却因"沉图籍于河中"，被宋太宗贬为沁水县尉，不久还乡华埠，躬耕以殁。景房之后江分八派，仁贵祖上开设了德裕堂药铺，也是古镇上最大的药铺，除了街面上的店面，德裕堂还在"箬皮坞"租下一片山地，养鹿种药，搭建水碓舂药碾粉，自制梅花点舌丹、白降丹、红升丹、金鹿丸、虎骨膏，传到仁贵手里已是第四代。江仁贵还有个外号叫"字半仙"。仁贵先前不好好写字，药方开得也马虎，为此多次遭到父亲的责骂。后来翻阅祖上的遗留处方，但见每一张处方文字流畅，清晰唯美。那以后仁贵开始认真习字，三十年后成了古镇华埠有名的书家。

"药半仙"听说这篆书是子慰六岁的侄儿写的，死活不信，还说了子慰一通。次日午后，仁贵带着古镇贤达到了吾宅。杨祖问明来意，推辞着不让吾衍出手，说是怕江师傅笑话。"药半仙"绷着脸道："莫不是徒儿说了谎？"说着，两眼盯着杨祖。子慰本想在师傅面前显摆一下侄儿的天赋，不想被师傅将了一军，便眼巴巴地望着大哥。杨祖拱手说："江师傅，犬子初学篆书，识得一点皮毛，若是写了，还请师傅赐教；若是不应，杨祖断然不敢让犬子坏了师傅的兴致。"仁贵听了哈哈大笑道："无妨先看，先看无妨。"

那日吾衍正在清源斋抄写《千字文》，吾龙跑了进来，二话没说，一把抱起吾衍往外走，黑子"汪汪"叫着紧追在后。吾龙嘴里嚷道："给半仙露一手，给半仙露一手，看他还小瞧衍不！"吾衍不知何事，一路问龙叔，说字还没写好，母亲要打屁股。吾龙只是不答。宅院里，吾龙放下吾衍，反身取来文房四宝，杨祖已与吾衍谈妥，照着父亲的意思，一会儿工夫写了半张纸。"不用写了，不用写了。"江师傅叹道。说着，拾起书纸说："李阳冰自诩斯翁之后直到小生，曹喜、蔡邕不足也。今日看衍之篆籀，劲利豪爽，风行而集，与衍之年龄无一相仿，往后怕是秦唐二李之后，无人能及了！"杨祖连忙拱手道："江师傅，犬子哪经得起这番夸奖，倒不如给他两个板子，免得他误以为真。"

江仁贵摇摇头道："在下没夸奖，今日来的都是古镇上的贤哲，各类书体的当家人，论篆籀，真的没人能及。若是不信，哪位敢与衍儿试一下呢？"

杨祖听了心里高兴，嘴上却说："江师傅，您老真是客气了，您祖上办了'七虎堂'，出了那么多贤哲。鄂州的江少齐，知密州的江朝宗，建、饶、吉三州太守江少虞，都曾负笈踵门至此求学。在华埠，谁能与江氏比呢？"

杨祖这么一说，大家一片和声。一个老者道："不过，衍是生而知之，神童一样的人物，来日必成大器。"大家又说了一通好话，吃了茶，这才慢慢散去。那以后，吾衍的书法在华埠古镇算是出了名了。

戌时一到，杨祖让大家歇息了。吾衍有点愣神，吾龙推推他的肩膀轻声问："困了？"吾衍有些发呆，片刻摇摇头。吾龙看看吾衍的字有些吃惊，说："你爹说歇了。"说着，收了吾衍的字揉成一团，大家依次走出清源斋。

杨祖房间在南厢，子慰和吾龙在西厢，房间不大，搭两张床，子慰与龙各一张，吾衍两岁起就与吾龙睡。叔侄三人进了房间，吾衍先爬上了床，吾龙扯了一下子慰的衣袖，说："哥，衍不知怎么了，神情迷糊呢。"

"怎么见得？"子慰问。

吾龙稍稍张开吾衍写的字，说道："从来没这样过。"

子慰细看，吾衍的字本来清瘦修长、上密下疏，现在看上去像是初学者写的一样。

子慰不解。这时，蒋氏如常掌灯过来。西厢有灯，但吾氏兄弟从来不点，他们喜欢借着窗外的星光，摸黑上床。

子慰已长大，蒋氏通常不进房间，只是掌灯站在门外，照吾衍上床，然后嘱咐几声。今晚刚过天井，看见子慰和吾龙站在门边低语，奇怪地走了过去。

见到蒋氏，子慰将吾衍写的字藏到身后。"怎么了？"蒋氏问子慰，又看看吾龙。子慰沉吟片刻道："在书房里，龙看到衍有些迷糊呢。"说着，举字给蒋氏看。蒋氏一看，撑着灯匆匆走进房间，见吾衍和衣躺在床上，伸手摸摸前额，并无异样，便把灯交给身后的子慰，帮衍脱去衣裳，盖上薄被。

"子慰，快给衍号号脉。"蒋氏伸手接过子慰的灯盏说。

子慰坐到床沿，托起吾衍的手，屏气凝神，三指轻轻按在桡脉上，两眼望着吾衍一眨不眨，片刻，起身轻轻吁了口气。

"脉象怎的？"蒋氏问。

"脉象有些沉，气血阻滞，阳气不畅。"

"这是什么病兆？"听子慰这么一说，蒋氏急切问道。

"现在不晓得，只是一些征兆而已。"

"那衍是睡着还是……"

"呼吸均匀，应当是睡着了。"

"当告诉你哥。"蒋氏将灯放在条桌上，走出房间。

吾龙说："哥，要不要请江师傅？龙脚快，去镇里一趟？"

子慰犹豫了一下说："病兆不显，夜里惊动师傅怕也没多大用处。"

吾龙有些急，说："白天好好的，还在院子里玩耍，又到孔埠桥下游泳来着。"

"会不会着凉？"子慰问道。

吾龙一惊，片刻摇摇头道："一年四季都在江里游来着。"

"嗯，还是等大哥来，看他的意思。"

话音刚落，杨祖与蒋氏进了房间。杨祖径直走到床前，摸摸吾衍上额，又听听他的呼吸，起身道："既然睡了，就不会有大碍。"

蒋氏在一边道："老爷，还是请江师傅过来把把看看，奴家心跳得厉害呢。"

"这么晚了不太好吧，再说，衍正睡着呢，拿什么与江师傅说！"

子慰道："哥，子慰去请，师傅看了衍的篆书，喜欢得不行，相信师傅不会推辞。"

"子慰，那是师傅的心意，咱们不能借故搅扰他。"

大家一时无话，杨祖弯下身子，替吾衍掖掖被子说："让衍先睡着，看明早情形再说。"然后吩咐吾龙，"晚上机灵点，有事悄悄喊一声，不要惊动母亲和奶奶。"

第二章

华埠古镇，世称歙玉屏障。传说早期居住姑蔑人，姑蔑亡于秦，族人与越王允常后裔相融，叫"山越人"。山越人好战，泅水赴险，抵突丛棘，犹如大鱼之入渊，猴猿之腾木。反抗官兵，往往是战则密至，败则鸟散。建安十三年，东吴名将贺齐征讨浙西，大开杀戒，斩山越人数千，生还者逃至深山，沦为野族。至唐中原战乱，避难者南迁，古镇地貌吸引了不少黄河流域的族人，逐渐安下家来。为了安抚本地山越人，官府特设"甘露镇"，以慰民生，古镇由此渐渐繁荣。

古镇"三水傍一山"，像一条停靠在江滨的大船，北边是池淮港，南面龙山溪，正东是金溪。镇内四条老街，前街、后街与两条横街，像一个"井"字，将古镇稳稳地拴在港溪之滨。老街布满古弄堂，弄堂以官邸、名人或是名店称之。诸如"检司弄""谢家弄""江家弄""德裕堂"。河埠除了官埠之外，一搭一地建有许多商埠，供大小船只装卸货物，因而，镇内常年商贾云集，挑夫不绝。

吾氏家族不是山越人，也不是唐时战乱迁徙的中原人。宋开宝七年，赵匡胤以李煜不朝为由，发兵十万，三路并进南唐。这年秋季，曹彬一路连克当涂、芜湖二县，横跨大江，破南唐军于白鹭洲。作为曹彬参军的吾渭，因多谋善断，平定南唐有功，进官都督，被授予三衢太守。吾渭在衢州做了太守，娶了孔氏与张氏，生了两个儿子吾渊与吾满。长子吾渊得庇荫，居于州府之地西安；次子满也有好的去处，迁至繁荣的古镇华埠。只是满并没有落脚镇里，而是在池淮港西北侧石阆山下，辟一方良地，安家立业，繁殖后代。到了三世吾道，吾氏家族像长大的樟树，子孙繁衍，分出孔溪派、石井派和汶山派，开阳城内设吾家大厅，供族人聚会。

太学元振，是孔埠第十代。元振是鲁氏唯一的儿子，从六代起，孔埠一带逐渐迁入异姓，尤其黄氏、毛氏、汪氏，商贾兼备，实力雄厚。之后慢慢形成了北岸小镇。宋室南迁，衢州所属各镇竹笋一般猛增，孔埠也成了安仁、白草湖、礼宾四大镇之一。那些日子，水港停着画舫，岸边布满挑角茶楼，与古镇华埠遥相对望，十分繁荣。吾氏居住在孔埠，形成数大望族之一。

鲁氏是长者，受人敬重，住的却是北厢的丁字间，房间最小，没窗，长年不着阳光，但鲁氏喜欢那种幽暗。晚饭后，鲁氏早早进了房间，宅院里传出"叽叽嘎嘎"的关门声；清晨，天刚刚放亮，"嘎嘎叽叽"的开门声从北厢响起，整个家族，没人在床上躺得住。鲁氏起床第一件事就是坐在门槛上梳头，动作悠缓，一副慈爱宽厚模样。把头发梳得条直伏贴之后，扎上发髻，插上银针，听得媳妇儿孙房门逐一响起，脸上平静，心里乐着，倘若哪天鲁氏没了开门的"嘎嘎"响声，晚辈的心就会悬起来。

这个早晨，鲁氏房门果然没响。

蒋氏起床做早饭，柴氏悄悄走到鲁氏门外，贴着门板细听一会儿。黑子早已起来，蹲在鲁氏门前望着柴氏的举动，柴氏犹像片刻，轻轻叩门唤道："娘，您方便吗？"房间里有一丝丝响动，柴氏心急道："娘，能开门吗？"说完又贴耳细听，黑子望了一会儿，跑向吾衍的房间。

门闩拉动，柴氏道："娘，您让一让，推进来啊。"柴氏没等回答，轻轻推开房门，传出"嘎嘎叽叽"的响声，柴氏疾步向前问："娘，哪不舒服了？"说着，伸手摸摸鲁氏前额。

"像是昨夜受了风寒。"

"娘，儿媳请郎中去。"说着，拎起袍子往外走。

"不用了，上床萝卜下床姜，头疼脑热不算个病。看看媳妇灶膛烧着没，弄撮炭火，熬些艾草生姜，掺点红糖，喝了就没事了。"

"娘，至少先让子慰给您号号脉，这边就吩咐蒋氏熬姜汤去。"

鲁氏迟疑了一会儿说："去吧。"

柴氏径直到了清源斋，这个时候子慰当在晨读，奇怪的是书房的门关着，柴氏迟疑片刻走到子慰的房间，见子慰正为吾衍号脉，吾龙与黑子蹲在床边。

"子慰，这是怎么了？"柴氏急急问道。

"衍刚才两眼凝视不动，有些愣神，不言语，叫了没应声，现在又好点了。"子慰道。

"怎么会这样，什么时候起的？"柴氏问。

"昨晚龙发现的，睡前已报给了大哥，衍正嗜睡，大哥说等天亮了再说。"

柴氏俯下身子道："衍，醒了吗？"说着，摸摸吾衍的脸问子慰，"今日告诉大哥没？"

"大哥大嫂一早来过了，衍还睡着。"

吾衍睁眼环顾四周道："奶奶。"说着，要起床。柴氏一把按住吾衍道："躺着别动，一会儿给你喊郎中去。"

"奶奶，衍怎么了，是病了吗？"

"衍好好的，哪会病呢。"

"奶奶，衍手指和脚趾痛呢。"说着，手指一阵痉挛，像张开的扇子。柴氏连忙抓起吾衍的手搓揉起来，吩咐吾龙说："快去告诉大嫂，给奶奶熬些生姜干艾汤；子慰去德裕堂请师傅过来，告诉他奶奶像是着凉，衍的手脚有些抽搐，若是要轿子，去德胜堂为师傅请一顶。"

吾龙和子慰飞快跑出去，黑子紧追吾龙之后。

杨祖练完剑，拭汗走进房间，看到母亲握着衍的手，便道："衍醒了？"

柴氏数落道："做父亲的，儿子病了，怎么也不招呼一声，自顾舞棍弄剑去了！"

"母亲，一早孩儿来过，衍还睡着，就没喊醒他。"

"衍说手指脚趾刺痛，是什么病兆？"

"子慰怎么说？"

柴氏怒道："子慰子慰，他学郎中才几年，能说出个子丑来？娘让他喊江师傅去了。"

"母亲……"

"别光站着了，去看你媳妇汤药熬好了没，你奶奶也躺在床上呢！"

杨祖听了连忙跑出去。

"奶奶，衍手指脚趾又痛呢。"话刚说完，又是一阵抽搐。柴氏一边搓揉一边安慰道："衍不怕，有奶奶呢。奶奶小时候也有过手呀脚呀痛得抽搐，可奶奶不怕，不怕，痛一阵就过去了；若怕，疼就老缠着，不让你消停。"柴氏嘴里安慰着，心里着急得不行，从吾衍小手里，感受到了体内强烈的痉挛。

吾衍闭上眼睛，额头渗出细密的汗珠。

江师傅很快到了，江师傅没坐轿子，他将药箱交给子慰，一路小跑来到孔埠，因而他的藏青交领罗衫下摆塞在腰里，没一点郎中的斯文，只是那身绮织小提花图案布料，显出他与众不同的身份。江师傅一踏进门便道："老嫂子，这一老一少是怎么了？"

柴氏起身答："江师傅，一大早的，真是有劳您了。子慰这孩子不懂事，让他叫顶大轿，怎么就走着来呢！"转而又道，"子慰，快给师傅沏茶，也不知怎么的，昨晚都好好的。"

江师傅接话道："体欲常劳，食欲常少。"说着，坐在床沿，为吾衍号起脉来。

柴氏在一旁道："刚刚还抽搐来着，也不见发烧。"

"昨晚在书房见他愣神，字也写得失常呢。"子慰接话说。

江师傅听了点点头，然后对子慰道："徒儿也号号脉。"

子慰依着师傅坐到床沿上，按下三指。

片刻，江师傅问子慰："说说看。"

"师傅，徒儿昨晚号过脉，有些沉，邪郁于里，气血阻滞。"子慰轻声说。

柴氏问："那是什么邪病呢？"

江师傅沉寂一会儿说："打石看石文，治病看病根。发作起来诊断最好。"

说话间杨祖和蒋氏走进房间，蒋氏一脸焦急，扑向床铺。杨祖道："母亲，奶奶喝下药汤，捂头睡了。"

"'三折肱知为良医'呀。你奶奶的年纪，心里清楚着呢。"

"江师傅的意思，不过去为婆婆号脉？"柴氏狐疑地问。

"让她睡一会儿，出一身汗就会好些。"

柴氏看看房间围着一大堆人说："堵在这儿做什么，都是郎中呀？忙你们的活去。"见大家走出房间，又补充道，"衍的事不要在奶奶面前多嘴，免得她老人家担心。"

房间里有柴氏、杨祖和江师傅。吾衍醒来，又叫奶奶，看到床前的江师傅又叫江爷爷。柴氏问："还痛不？"吾衍答："痛。"说着，又一阵痉挛。柴氏忙起身让江师傅坐下，听得吾衍"呜呜"哭了起来。

"衍，不哭……"柴氏一边抚摩着吾衍的脚，一边安慰道，眼里蓄满了泪水。

"会是羊角风吗？"杨祖在一旁问。

"吾家历代，没遗传过这个病。"柴氏严厉道。

"羊角风痉挛，但不会在间隙里。"江师傅说。

"那会是什么病？"杨祖问。

"嗯，倒像是痉症。你看吧，现在看上去口角、眼睑和手指短阵抽搐、刺痛，倘若不知事理，吐白沫，咬破舌头，就能确诊了。"

"江师傅是说，等到发作时，才能确诊下药？"柴氏急切道。

"是这个理。"

"能不能不让他发作，先行下药呢？"

"郎中号脉，对症下药。不明病情，不敢胡乱开方抓药呢。"

辰时将尽，吾衍又发作一次，这次发作稍比前几次厉害。江师傅一边号脉，一边观察，稍后，让子慰取来笔墨，拈出方笺，一笔一画地写起来。

子慰站在一旁，细细观察处方。只见师傅写道："紫菀、麦冬各二钱，黄芪五钱，党参三钱，当归三钱，白芍、五味子、甘草各一钱。水煎两次，药液混匀，一日一剂，二次分服。"末了，江师傅将方子递给子慰道："照着方子抓药，先服三帖，看情形再作调配。"

子慰接过方子，飞一样跑了出去，柴氏焦虑地问："怎么就得了这怪病呢？"

"病不是怪病，天道玄默。通常受风伤损、劳累受凉都是病因。"

"除去剂药，还能为衍做些什么？"

"可做些按摩。持一米筒，在衍的疼痛处来回滚动，直到肌肤发热；按揉腕肘与脊柱，每日做一次，可缓解疼痛，活血舒筋。"

"不会落下病根？"柴氏小心问道。

江师傅轻轻摇摇头答："这就要看衍的造化了。痉症十有八九都会残疾，轻重而已。若是调养得好，病根会稍稍减轻，否则……作为长辈，尽心为上，结果只能是听天由命。"

蒋氏满面忧愁地走了进来，说："求求江师傅，帮忙治好衍儿，杨祖只有这么个儿子。"说着，欲下跪。江师傅一把拉起她道："这是怎么了，江郎中是子慰的师傅，子慰是衍的叔叔，都是一家人。再说，衍儿一手好字，早把师傅给折服了，能不着力医治吗？"

柴氏在一边道："江师傅，您别怪罪儿媳，她心里急，衍是她的命根子，您多多担待点。"

"江师傅，您心胸宽大，贱内不知深浅，请您多多包涵。"杨祖补充说。

江师傅笑笑，说："明白着呢，你们也别往坏处想啊。"

柴氏岔开话题问蒋氏："奶奶那边怎么样了？"

蒋氏拭去眼泪道："刚刚看过了，还睡着呢。"

正说着，子慰拿着三帖药跑了进来，柴氏对蒋氏道："快拿到厨房里熬去，火别太旺。"

江师傅起身，子慰收拾药箱。柴氏道："江师傅，大半天了，吃了早饭再走。"

江师傅摆摆手说："他师娘还等着呢。子慰，要不你留在家里帮衬母亲？"

子慰看柴氏，柴氏接话道："江师傅客气了，子慰在家里派不上用场，您那更需要人手，若是急时，还得劳驾江师傅您呢。"

"这样也好。"说着，与子慰走出房间，转而回头又道："老太太那边有什么吩咐，只管传话过来。"

杨祖把江师傅送到孔埠桥头，这才折回。

鲁氏睡到午时才醒过来。柴氏听到开门响声，匆匆跑进丁字间，看到鲁氏苍白的脸道："母亲，怎么就起来了？"

"人家是闻鸡起舞，见光即学，这一觉睡了几个时辰了呀？"

"母亲，您不是受凉了吗，在平常，吾家哪个比您起得早？看您现在脸色暖了，手脚利索了，一会儿孙媳妇给您端碗热粥过来，温一下肚子。"见鲁氏好起来，柴氏高兴道。

"这病呀，自己晓得呢。"

柴氏笑笑答："母亲说得对，先前江郎中也这么夸您呢。"

"江郎中来了？"

"是呀是呀，见母亲喝了汤药躺下了，就没敢打扰。"

"模模糊糊听到了哭声，请了江郎中，还有别的事吗？"

"这个……"柴氏犹豫着是否告诉母亲，不管怎么说，母亲总会晓得。她坐到门槛上，一边接过鲁氏的梳子，一边道："母亲，衍昨日受了风寒，一早起来痛得浑身发抖，所以请江郎中过来看看。"

鲁氏一惊，即刻问道："可有抽搐？"

"正是抽搐，才请了江郎中。"柴氏说完，鲁氏腾地站起来，嘴上没说话，径直往吾衍房间走去。

"母亲，母亲，衍在这边。"柴氏在后边追着道。

吾衍已被杨祖抱到自己的房间，鲁氏进来的时候，杨祖和蒋氏刚刚喂完汤药。看到鲁氏，杨祖起身叫道："奶奶怎么起来了？"

鲁氏没搭理，走到床前问："衍，太奶奶的宝宝，疼不？"鲁氏一边握住吾衍的手，一边抚摩着吾衍的脸问。

吾衍吃力地看着太奶奶答："太奶奶，衍不疼。"

鲁氏怜爱地在吾衍额头上亲了一下说："宝宝，能不疼吗，太奶奶晓得，太奶奶晓得。"说着，接过蒋氏递过来的绢帕，轻轻地在吾衍头上拭汗。

蒋氏忍不住落泪，杨祖站一旁安慰道："奶奶，您照顾好自己的身子，一大早子慰请他师傅过来号了脉，抓了药，现在吃了一帖。"

鲁氏没回头，只是望着吾衍，见他慢慢闭上眼睛，才重重地叹了口气。

"先前也见过这个病。"鲁氏轻声说，"生你父亲三个年头，你大姑出世，大姑五岁那年，也是得了这个病。伊始，头痛脑热，喝点姜汤捂严被子出一身汗，转日就好了。可是次日非但没好，浑身还抽搐地叫痛，待请来郎中，大姑早抽搐得像把筛子，浑身僵硬。半年的医治，命是保住了，两条腿细得像麻秆，再也没能站起来。人说十三爹爹十四娘，与你大姑同时出生的姑娘坐上了大花轿，你大姑，硬是被褥疮给烂死了！"

鲁氏说着用手抹抹泪。杨祖道："奶奶，衍发现得早，治得也早，不是您那个年头缺医少药的。"

鲁氏又叹了口气，说："这种病，轻重不同，总会落下病根，做父母的拿点神气嘀。三剂药熬完，看病情加大剂量，调理得好，病好了，也好了衍的一生。"说着，站起身子走到门口，自言自语道："祖儿，倘若媳妇真的不能生育，别忘记了，衍就是吾氏十二代长孙。"

杨祖回头看看妻子，点头说："奶奶，祖明白。"

德裕堂江师傅尽心了，之后的治疗不断加大药量，推拿按摩，针灸并济，穷尽医治。六个月后，吾衍的右足踝骨之下还是留下了病根。那年开始，吾衍脚踝停止生长，细白细白没一丝血色，走路一瘸一瘸，跑起来一颠一颠。江师傅说："德裕堂治过数十个相同的病人，吾衍是疗效最好的一个，幸亏吾家用心。"江师傅说得没错，古镇不少人得痿症，有的双腿残疾，有的整条腿像婴儿一样。而吾衍，只是踝骨之下坏死，比较起来，算是不幸中之大幸了。

从鲁氏到柴氏，都认了吾衍的残疾，唯有母亲蒋氏，内心无法渡过这个关。杨祖劝了多次，蒋氏没一点变样，成天郁忧不乐。那日，蒋氏再一次去了孔埠桥头的华严寺。

华严寺由"观音堂"改建，占地十余亩，每进供奉弥勒佛及四大金刚，释迦牟尼、十八罗汉与观世音。殿两侧一钟一鼓，左边通往经堂僧舍；右边通往庙后水井。出了后门，是池淮港西侧，沿溪的山坡种有茶园菜圃、柴竹修篁；再往低处，就是五亩庙田了。蒋氏觉得对不住老爷，也对不住吾衍。生产吾衍时，落下了腰病，后几年都没怀上。杨祖曾邀了江师傅到家里细细诊断，还带着蒋氏去了州府，请过名医，前前后后花去不少银子，吃了不少苦药，依旧不见肚子。这个事，吾氏长辈都晓得，蒋氏只怪自己没用。

寻医问药没用，之后，蒋氏不止一次来过华严寺，还悄悄请了仁德住持解卦，说她命相不好，怀二胎没望，渐渐地，蒋氏死了心。如果说先前来华严寺是因为生育，这次却是为了吾衍。蒋氏捐了善款，拜了如来拜观音，最后抽了签，请了仁德住持，报了生辰八字。

住持看了看道："虚空结愿保平安，保得身安愿不还，莫忘神圣宜还了，岂知神语莫轻慢。"蒋氏问怎么解。仁德说："此签有虚像，所问疾病，或许并非想象中那么严重，可以谨慎医治。"

蒋氏听了心里宽松许多。

老爷杨祖好读书，知礼仪，更懂夫妻恩爱。每行"周公之礼"，都会让蒋氏脸泛红晕，奶子隆实，气血舒畅。礼毕后，蒋氏总会劝说："老爷，取个二房，为您生一堆儿子，奴家当亲生的看，免得老爷在外面抬不起头。"杨祖答："平生只读一种书，就是儒家典籍；只做一件事，像父亲考上太学；只娶一个妻，彼此恩爱有加；生一个儿子，让他成才。"

尽管太婆和婆婆没说，但蒋氏能觉察她们的心思。蒋氏不晓得太婆与婆婆什么时候私下里与老爷谈过，但肯定谈过，一定是遭到了老爷的拒绝，不好再把这事拎到桌面上来，春秋六度，慢慢地都没了那份念想。

第三章

襄阳之战溃败，并没有扰乱庶民的生活与古镇的繁荣。

那日，吾龙练完剑，便喊来在清源斋把弄金石的吾衍，一同去池淮港游泳。吾龙常年习武，身子壮实，行走如飞；而吾衍尽管腿有残疾，跑起来却像一头小鹿，敏捷轻盈。春夏秋冬，只要吾龙不跑船押货，申时末端，总与吾衍泡在池淮港里嬉水。

池淮港宽七八十仞，水深湍急。自吾氏定居石阆山下，建起四条高大的船舶，在水面上架起浮桥。大中祥符元年，拆除浮桥，建起六孔石拱桥，交通华埠。池淮港连绵数百里，上游货物通过六舱木船，沿港穿桥运往古镇。古镇沿金溪十余座官商码头，每日泊船数十艘。到了雨季，临安府十二舱大船逆水而上，将山货运往下游，又把海货运往华埠。华埠古镇三省交通，水陆交往便当，镇内设有盐铺、茶号、布店、药铺与烟丝山货等百货杂铺数百家，挑夫上下，号子不绝。

与华埠古镇不同，西北岸孔埠十分清雅，许多赚钱发财的商家，为避匿古镇的繁杂，过孔埠石拱桥，下池淮港，沿北岸石阆山下建起了民宅，修建茶楼、酒肆、手工作坊与客栈；而石拱桥之下的港湾货船上下，不时还有画舫，在金溪与池淮港之间游动，寻觅生意。

孔埠石拱桥上游，溪水清澈，是洗涤的埠头，最长的一溜儿沿岸五六丈余，名唤枫树底石埠。埠头由青石板搭建，像镜子一样光滑，像水一样湛蓝，一级级延伸到水底。入冬，枫树早早落叶，阳光透过光秃秃的枝丫，落在水面上闪烁金花，妇人们一边聊天，一边濯洗衣裳；夏天，枫树枝叶繁茂，遮掩了酷热的日头，妇人像一群麻雀，叽叽喳喳嬉闹，经久不息。枫树底石埠上从早到晚都有人濯洗，清晨与傍晚，浣衣居多；一日三餐，洗菜与器具也不少。多少年来孔埠镇有个不成文的规定，洗澡洗马桶的只能在枫树底石埠下游，就是石拱桥之下的居云轩，那里先前是孔埠的纸铺，后来改建为茶楼，供闲时黎民吃茶聊天。除此之外，北岸还有无数个零星的台阶伸向港湾，便利庶民就近下河。

居云轩埠头有不少洗澡嬉水的孩子，有的是孔埠人，有的是华埠古镇人，孩子们与吾衍年龄相仿，彼此熟知。在居云轩，吾龙是他们中间最大的，不太与孩子们言语。一则吾龙是习武之人，孩子们敬重他；二则吾龙不苟言笑，孩子们惧怕他。去年夏天，枫树底石埠上一女子带着五岁孩儿浣衣，孩儿不慎落水，湍急的河流淹没了孩子的发际。母亲不会水，情急之下跃入水中，结果自身难保。下游吾龙听到呼救，踩水昂头看到波涛中沉浮的黑发，一个猛子钻进水里揽起孩子。恰巧江中有画舫离得最近，吾龙将孩子扔上船去。船上的女子吓得捂住了脸，有胆大的抱起孩子倒过头来，江水喷口而出。这时岸上又有人叫道："母亲，母亲，还有母亲。"吾龙回头看时，只见沿岸奔跑的浣衣女，一个个指着江面喊叫。果然，一女子裙带漂在水面上。吾龙一把抓过衣带，牵出水底的女子，托着她游到北岸。

吾龙连救母子，声名大噪。孩子父亲是个挑夫，当晚买了两索挂面，三十个鸡蛋，又为柴氏扯了一块枣红色绸缎，带着古镇的保甲贤哲赶到吾宅，当面致谢，还让落水的儿子管吾龙叫大哥。从那以后，古镇"万寿宫"船帮戴老大看上了吾龙，请他随船押货去临安府。柴氏不答应，戴老大劝道："吾龙是打虎的汉子，不是逮兔的细民。古镇尽管繁荣，只是临安府的一条堂，他大人太学后在临安做官，鱼往上游，人也是这个本性。再说了，到临安府来回也就十天半月，除了开阔眼界，还可以不时见到大人，聆听教诲，这看似随船押货，却是一举多得。"从那以后，吾龙数次与戴老大下钱塘，在孔埠撑起了颜面，也算是一条汉子。

吾龙与吾衍很少嬉水，他们只是畅游，水流湍急，从北岸游向南岸埠头，又折回北岸，很少有孩子能够做到不被冲到下游。半个时辰之后，两人上岸，吾龙说还要去孔埠驿站取邸报，让吾衍伴行。一路上，吾龙牵着吾衍的手，有说有笑。吾衍问："龙叔，您长大后到底要做什么？"这样的话，吾衍问了很多次。

吾龙沉默片刻答："叔已经长大，只是什么也没做！"

"怎么就没做了，叔每日阅览书籍，研讨兵法，习武练剑，教衍'四书五经'与'六艺'，还帮助父母种地，起早贪黑，不都是做事吗？"吾衍不解地问。

"这些事衍能做，大哥、二哥也能做，别人能做的事就不是个事。"

"龙叔是想做别人不能做的事，那是什么事呢？"

"衍还小，专心攻读诗书，揣摩金石，勤学'六艺'，不要过问龙叔这些事。"

吾龙说着高高拎起吾衍的手，迫使吾衍跳了起来。

吾衍哈哈笑道："衍问龙叔志向，龙叔就说衍小，那子慰叔大于龙叔，奶奶让他娶妻生子，子慰叔为什么不娶？"

"子慰觉得不曾立业，处处仰仗父母，因此不肯结婚。"

"是这样，爷爷太学后在国子监做了官，龙叔到临安府见过爷爷，每次都说些什么？"

"什么都说，什么也没说。"

"什么都没说，是说什么？"

"爷爷不喜欢龙叔读兵书，不赞同练剑习武，可龙叔一直没停，爷爷的话对叔来说等同没说。"

"父亲说，爷爷让他读太学，这可是真的？"

"当然是真的，上次下临安，爷爷就与龙叔说过，还让带信回来。"

"如此，谁来带衍呢？"

"有父母、奶奶和太奶奶呀。"

"这么说来，龙叔不带衍了吗？"

吾龙在吾衍脑门上叩了一下道："这小脑袋里想些什么呢，说话绕来绕去的。"

"衍就想晓得，龙叔想干些什么！"

"绕了半天还想着这个，叔想干什么，衍总有一天会晓得的。"

"这么说，龙叔早有主意，只是不肯告诉衍罢了？"

吾龙没回答，又一次将吾衍的胳膊提起，迫使衍轻快地跳起来。

说着，两人到了驿站。吾龙取了新近的邸报，匆匆翻了一遍，脸色顿时苍白。

回来的路上，吾龙快步如飞，一语不发，好几次吾衍跟不上吾龙。吾衍就喊着追赶："龙叔慢点，龙叔慢点。"这才使吾龙醒悟。

菜饭刚上桌，柴氏道："今天游得晚了，误了吃饭呢。"

蒋氏道："一定是衍贪玩。"

吾衍想争辩，吾龙接过话道："龙儿喊衍一道去驿站呢，今日是取邸报的日子。"

"都吃饭吧。"柴氏说着在围裙上拭了拭手。

大家没话，细细地咀嚼。吾衍的筷子偶尔碰一下碗边，发出清脆的"叮当"声，吾衍看母亲，又看柴氏，然后低下头。

吾龙吃得快，说："饱了。"放下碗欲出厅堂，柴氏跟后面道："看看奶奶吃完了没，把碗给收了。"

吾龙没答话，转而走过二进天井。

柴氏问吾衍道："衍，龙叔是怎么了？"

吾衍抬起头，茫然望着奶奶片刻答："回奶奶话，一直好好的。"

"今晚吃得少了，往日可不是这样的。"柴氏说着又拿眼望杨祖和子慰。杨祖和子慰摇摇头，都说不晓得吾龙怎么了。好一会儿，吾衍突然道："在驿站取了邸报，龙叔就不搭理衍儿了。"

杨祖问："衍看了？"

"衍儿没看，龙叔看了。"

用完了餐，柴氏、蒋氏忙着收拾碗筷，子慰说要看书，拐进了清源斋。柴氏对杨祖道："看你弟去，去了几趟临安府，人都变了。"

"母亲，龙没怎么变，只是更有见识，更有主意了。"

"祖儿，父亲读太学前，叮咛你带好龙，这事你一直没放在心里。这些年，龙心里想什么，你细细问过、揣摩过吗？大哥当行父亲之责，龙的事不就是祖儿的事吗？"

"是的，母亲。"杨祖答，"龙太有主意了，别说是祖儿，父亲在时也没办法，这也是父亲担心的事。龙大了，读什么书，做什么事，心里想定了的，怕是谁也拗不过来。随船老大下钱塘之后，变得更沉稳、坚定、果敢、胸有成竹。母亲，作为一个男人来说，这不是坏事，是好事呢。"

"儿大不由娘，若是龙走歪道，父亲会收拾你的。"

"母亲放心，龙是顶天立地的汉子，决不会走歪道。那日救了挑夫的妻子，硬是照您的吩咐，把礼品送了回去。龙心里这么想，做事不会有一点犹豫，这是干大事的风范。"

"俗话说，太刚则折，母亲担心的就是这个。"

"一会儿孩儿找龙问问，另行禀报母亲。"

柴氏点点头道："去吧。"

"母亲，孩儿先给奶奶请安去。"说着，牵着吾衍的手到鲁氏丁字间，黑子一蹦一跳地跑在了前面。

鲁氏卧床多日，没窗的房间让鲁氏面色苍白。柴氏劝鲁氏到门口晒晒太阳，鲁氏托词不肯，说："老了，没法见人。"鲁氏颇有才识，却将"三纲五常"挂在嘴边，安守女子本分，她与子孙重孙讲得最多的是始祖鲁胜，说这墨与儒，本是世上的显学，儒之所圣，孔丘；墨之所圣，墨翟。但汉武帝"罢黜百家，独尊儒术"，天下便没了墨翟。因而，儿孙们读的《史记》没有给墨子立传。到了晋朝，是始祖鲁胜给墨家作注，定名《墨辩注》。"倘若没有始祖，你们呀，就读不到墨子的书了，也不晓得什么是'兼爱'与'非攻'了。"

鲁氏靠在素朱漆床边，这是吾家最早的一张床，上下帮用圈围板遮护，连为一体，床下板雕饰如意云纹，两足装有卷纹牙头。

见了太奶奶，吾衍喊着跑了进去。"太奶奶，衍与父亲给您请安来了。"吾衍甜甜道。鲁氏伸手搂过吾衍，看了又看说："宝贝，天天都在长个子呢。"

"太奶奶，衍真的长高了吗？"

"当然是真的，太奶奶还会诓人？"

"嗯，太奶奶，衍问过父亲长大了做什么，也问过子慰和龙叔长大了做什么，大家只告诉衍，长大要做什么，就没人问衍，长大了想做什么。"

"天哪，都说些什么呀，把太奶奶说晕了，要做什么，想做什么。那太奶奶问你，宝贝，长大想做什么？"

"太奶奶，衍郑重地告诉您，长大了不做官，不读太学，就想当先生。"

"吾衍，不可以与太奶奶胡说！"杨祖喝道。

"祖儿才胡说呢。当先生有什么不好，大伯鲁滨，就是辞官当了先生，教出不少好弟子。"

"奶奶……"

"不过，做先生得先读书，读书就要读太学。这太学也办得不容易呀！宋承五代后周之制，设立国子监，徽宗皇帝时，太学有三四千人，之后太学生多多少少，起起落落，硬是没停止过办学。你爷爷正是度宗咸淳年间的太学生，又在国子监当差。衍呀，大宋从北到南，为什么要办太学？俗话说，打鱼的不离河，打柴的不离山。国之栋梁，少不得学子，这个事，衍要好好问问父亲。"

鲁氏话音一落，杨祖接话说："衍儿，太奶奶的话听进去没？不管往后做什么，都不要忘记读书，蜂采百花酿甜蜜，人读万书明道理呢。"

吾衍低语："听进去了。"

"好了，衍，该走了，让太奶奶歇着。"

"嗯，太奶奶，衍走了啊。"

父子一同到清源斋，只见子慰，没见吾龙。杨祖问，吾龙来过没。子慰摇摇头。折回天井回廊，杨祖问吾衍道："龙叔会在哪呢？"

吾衍答："一定在居云轩那边，或是在枫树底埠头下。"

"哦。"杨祖握着吾衍的手往外走，黑子紧跟其后。

天渐渐转黑，走出吾宅，微风轻拂，甚是清爽。远处的枫树林朦朦胧胧，走上北堤，传来茶楼小二的阵阵吆喝，浪花里又拍出酒肆的酒令。堤上偶尔有零星的行人，港湾画舫的灯光闪闪烁烁。吾衍脚下跳着，这时，不论是居云轩，还是枫树底石埠，只能听到港内轻轻的浪花声。走着走着，吾衍忽然扯住了父亲，杨祖不解，顺着吾衍的手指，杨祖看到居云轩台阶下有一对身影。朦胧中，一个梳着宝髻的女子摄入眼帘，那类似大蝴蝶的发饰缀以花钿，酒肆里的灯火在金钿花枝的折射下，一闪一闪，交关耀眼。

杨祖驻了步，把吾衍拉到一边，摁住黑子问："衍，那是龙叔吗？"

吾衍点点头。

"龙叔有了女子？"

"父亲，孩儿不晓得呀。"吾衍伸着脖子往那边张望。

"衍与龙走得近，仔细想想，龙叔与哪家的女子往来？"

吾衍想了想，突然问："父亲，画舫的女子算不算！"

杨祖大吃一惊："衍说什么！"

"孩儿只见过龙叔与画舫女子谈天。"

"衍见过龙叔与画舫上的女子谈天？"

吾衍听了使劲地点点头。

"说说看，在哪见着的？"

"就在溪里。"

"溪里？"杨祖不解地问。

"那日，孩儿与龙叔在下头游泳，龙叔攀船舷与女子谈天。后来孩儿问龙叔，她是谁。龙叔说，就是一同救了溺水孩子的那个人。"

"这事衍告诉过奶奶或是太奶奶不？"

"父亲不问，孩儿早忘记了。"

"忘记了好，忘记了好。"杨祖像是自言自语。

"怎么办？"吾衍问杨祖。

"先等等呗。"

两人坐在路旁石礅上，呆望着居云轩台阶下的两个头影，或许是那女子头上高高的宝髻，蝴蝶上端与吾龙的发际齐平。两人挨着，不近也不远。画舫停在台阶之下，波涛里，流淌着古琴的声音。吾衍一下子被吸引过去，说："父亲，船上弹奏的是《醉渔唱晚》哎。"

"衍晓得这首曲子？"杨祖问。

"父亲，何止晓得，孩儿深解其意呢。"

听吾衍这么说，杨祖便问："是龙叔教你的？"

"是的，父亲。"

"说说看。"

"听命，父亲。"吾衍说着，脸色异常平静，随着琴声的起伏，吾衍脸上的表情起了变化，只听得他说："父亲，高挑的三连音之下，伴随着持续固定的低音，而后跳跃似的提声，像是醉渔豪放不羁，佯狂之态毕现呢。"

吾衍这么一说，杨祖便细细听起来。"父亲，这意境让孩儿联想起张仲宗先生典意解读：明月太虚同一照，浮家泛宅忌昏晓，醉眼冷看朝市闹，烟波老，谁能惹得闲烦恼。父亲，随着急促的泛音，渔翁的心境像滔滔江水，感慨万分，而后，渐渐溶解在溪水里。"

吾衍显然是陶醉了，杨祖推了他一下，吾衍一愣，惊慌地望着父亲。

"父亲，怎么了？"

"那女子走了。"

"哦，那过去吧？"

"衍，什么时候都不准向任何人提起今晚看到的。"

"父亲，孩儿晓得了。"

那船渐渐离岸，吾龙的身影孤寂地坐在黑暗中，吾衍甩开父亲跑了过去。

"龙叔，龙叔。"

吾龙抬头，看是大哥，起身相迎。

"龙叔，母亲让衍与父亲来看您。"

"谢谢衍和大哥，龙叔没事。"

"这么晚了，怎么一个人坐在这儿？"杨祖望着渐渐离去的画舫，并没有看吾龙。

吾龙略显窘迫，支支吾吾答："这儿凉快。"

"衍说龙看了邸报，上头说些什么？"

吾龙沉默没吱声，一会儿将邸报交给杨祖道："哥回去看看呗。"

"是不是刘整攻进襄阳了？"

吾龙摇摇头。

"那是吕文焕出降了？"

"正是。"吾龙答，"宋元襄阳之战长达数年，吕氏最终出降了！"吾龙的话透过一阵悲戚。

"龙，这是迟早的事，当年刘整提出围困襄阳，就预计到这一天，这天来了，不过是证实了龙的预测呀。"

"这刘整，真是效犬马之劳呀！"

"刘整既已降蒙，各为其主。他做的兴许远不止这些，往下，必定还有灭宋之万全之策。"

"哥，伤心的就在这里。蒙古人善骑野战，但江南河湖纵横，更便利于水战，蒙古军兵强马壮，也施展不开呀。宋人依旧可以偏安于淮水以南，无燃眉之危。当下襄阳已破，蒙古军就要顺势而下了，这个关节点上，刘整却提议习水军，这不是把大宋的头往水里摁吗？"

"刘整怕是伤心到家了。"

"吕文德打压刘整，只是出于嫉恨，或是挟私报复，此举不过是小人之心，不至于累及大宋江山，祸害君主与苍生。而现在，刘整附势献媚，鼓动蒙人造船舰，习水军，以褊狭之心将大宋拱手相让给蒙古军，那是祸国殃民呀！"

杨祖半日没吭声，他明白吾龙的心思，吾龙好读兵书，自恃兵法叙论诸战亦属自然。杨祖想让吾龙把心里话掏出来，然后对症下药、耐心劝导，或许会有收效。

"龙说的都没错。高宗重建南宋，百业兴旺，艺文昌盛，黎民富足，这一切，邸报上讲得很明了。但是重用秦桧，打压良臣，奸臣们个个政出私门，腐化奢侈，大宋像是被掏空的南瓜，元气早已大伤。而反过来蒙古人呢？如虎视羊羔一般窥视大宋。金人南下，攻陷东京，掳走帝王北去，北宋覆亡；高宗即位第二年，又大举南侵，迫使大宋向金国纳贡称臣，换取半壁江山。如此，一国一邦，哪经得起这般折腾？因而内外交患，出了吕文德与刘整这样的内臣，也就不足为怪了。"

"哥，吾姓为夏昆吾之后，宋建隆三年，吴太子太傅吾粲公二十一世孙吾渭，随曹彬南下，一路酣战到衢州做了太守，文武兼备。到了尔等……祖上把江山传了下来，本是'雏凤清于老凤声'，让事业发扬光大，谁晓得，别说固守江山，倒是把祖业给丢了。"

黑子一直趴在吾衍身边。吾衍听了半天，忍不住道："父亲，若是大宋亡国，那还会有家吗，臣民岂不是流离失所，爷爷怎么办，吾宅怎么办？"

杨祖笑道："衍，家没丢，国也没丢，上下五千年，世道更替，犹如一年里的春夏秋冬，国还是国，家还是家，只是君主官宦不同而已。始祖至今，吾氏繁衍生息，对百姓来说，皇帝没什么差别，都得给庶民一个家，给人一口饭吃。当下，宋人不能接受的是，这次坐天下的却是偏隅的蛮荒游民，只是大宋前后近三百年，异族能取得天下，足见有惊异之处。"

"唉，哥，龙押货到临安，父亲让看了国子监，出入途中，没见哪个官宦因为襄阳的战事焦急；也没见百姓有丝毫惧怕蒙古军队随时攻进临安。市面上商贾生意兴隆，小巷里百姓恬静安宁，仿佛一切都没发生，龙想不明白，于是问父亲。父亲答：'江东子弟多才俊，卷土重来未可知。'哥您说，父亲这是什么意思？"

杨祖想了想答："龙晓得，这是杜牧《题乌江亭》的后两句。前头还有两句是'胜败兵家事不期，包羞忍耻是男儿'。其实杜牧讲的是兵家胜败是常事，只要包羞忍耻，男儿还会有许多翻身的机会。父亲将后两句说与龙听，主要是想说江南多是才俊，何时都可以卷土重来。其实，这既是父亲的无奈、自嘲，也是父亲的豁达。"

吾龙没再吱声，杨祖不晓得吾龙是否认可他的话，至少应当明白这个道理。

吾衍又插嘴道："父亲，既然为了百姓，天下君王为什么拼死相争呢？"

杨祖笑笑答："太史公说：'天下熙熙，皆为利来，天下攘攘，皆为利往。'这一点，君主同百姓没什么两样。衍看到黑暗中那头牛没？"杨祖指着远处走来一头水牛，后头跟着牧牛的老汉。

"父亲，看到了。"

"那是老汉的牛，听他使唤，为他耕田；换一个主儿，牛还是耕田，还听使唤，不同的是主人变了。哪朝哪代，天下都有不想做牛的人，都想做牛的主人。都想做牛的主人，这仗就打起来了。"

吾衍问："父亲说蒙古人是偏隅的蛮荒游民，颠覆大宋，蒙古人也能治理偌大的大宋吗？"

杨祖站起拍拍屁股道："有人帮衬治理呀，国还不亡，就出了刘整这样的汉奴。为利，这样的奴才还会出很多很多。"

看见杨祖站起，吾龙与吾衍也起身，黑子跃起，摇着尾巴望着吾衍，杨祖抚摩一把吾衍的头说："该回家读书了。"

杨祖拉着吾衍的手，吾衍跳跃着，从来没有因为跛足而忧伤，这样更让杨祖心酸，久而久之，倒是吾衍的天真与快乐感染了杨祖，也感染了柴氏和鲁氏。

一路上，吾龙再没说话。这些年来，杨祖心里明白，只要吾龙认定的事，就很难改变。吾龙从小喜爱读兵法，那时父亲还在身边，也没想到吾龙会真正迷恋上它，到后来，父亲觉得吾龙书读得偏废，想阻止已经来不及了。父亲走前告诉过杨祖，要杨祖劝吾龙读些兵法之外的书籍，通过阅读，吸引他对经学理学的兴趣。但没用，一段时间，吾衍喜欢金石，吾龙为了引导他，也摆弄起镌刻的文字和钟鼎碑碣之属，像《墨子·兼爱》："镂于金石，琢于盘盂，传遗后世子孙者知之。"这些文字到了吾龙手里，又将金石的坚固、刚强与心志，与忠贞相联系，把金石的深意与《荀子·劝学》混在一起，变成了"锲而舍之，朽木不折，锲而不舍，金石可镂"了。总之，吾龙完全迷恋在自己构筑的兵法怪圈里了，只是杨祖还不明白，吾龙又读兵书又习武艺的目的，这才是让父亲元振和杨祖担心的。

到了家里，柴氏与蒋氏已忙完了灶膛的活，两人坐在堂前纳鞋底。看到杨祖进来，柴氏便问吾龙道："匆匆扒了两口饭，到哪去了，这个时候每日不都是在清源斋的吗？"

"母亲，龙在孔桥边纳凉呢，那地方风劲。"杨祖打圆场道。

"咱家院子里风大着呢，偏偏跑到溪边。"

"咱家有风没水，水助风势透心凉。"杨祖又说。

"当哥的处处护着弟弟，保不定学坏了也护着。俗话说，'长兄如父''惯子不孝'。做哥的不但躬体力行，还要管教好弟弟，不然怎么向父亲交代？"

"母亲，孩儿明白了。"

柴氏叹了一口气，对吾龙道："万寿宫的戴老大传过话来，让龙儿后天寅时一同押货上船。"

吾龙听了眼睛一亮，一扫前头抑郁说："母亲，孩儿晓得了。"

柴氏道："戴老大说，货到钱塘，回程还要装大批的食盐和布匹，得在临安府耽搁两天，龙儿抽空看看父亲，告诉他家里都好，祖儿每日读书，欲在明年参加太学考试；子慰学徒出师，时常跟江师傅一道出诊；衍儿长高了许多，脸膛方正，很像爷爷；今年麦子、水稻收成很好，够一家吃上一年。对了，还要告诉你父亲，上回捎回的银子还有大半没用，不用操心。"

吾龙点头道："母亲，孩儿一一记下了。"

"时光像风，说话间都什么时辰了。"

蒋氏道："母亲，您也该歇息了。"

"嗯，子慰还在书房呢。这孩子，老大不小了，让祖儿在镇里大户人家物色个女子，这事你到现在也没办。"

"母亲，婚姻大事，一时半会儿哪有这般随心的。"杨祖解释道。

"唉，你们去看看他，就数子慰的话少。"

"好的。"杨祖答，"母亲，那孩儿走了。"

"去吧。"

三人到了清源斋，子慰还在埋头读书，那灯芯缩在管子下，灯火就像一颗豆子。当杨祖三人走进去的时候，差点把灯给熄灭了。

"衍，还有时间，再抄一会儿经传。"杨祖说。

"好的，父亲。"吾衍应道，坐到桌子旁，磨起墨来。

"子慰，出师半年了，跟着师傅，还是另行开张？"杨祖问道。

"哥，子慰正想着这事呢。出师后，跟着江师傅就碍手碍脚了，尽管师傅师母对子慰很好，子慰心里明白着呢。"

"子慰想自立门户？"

"是的，想买扑开盐铺。"

"开盐铺，学徒五年，扔到一边另开盐仓？这不是房梁上挂暖壶，所学医道都丢弃了吗？"

"哥，华埠古镇尽管繁荣，毕竟太小了。除了江师傅的德裕堂以外，还有戴家的德济堂，宋家的神农药铺和徐家的百草阁。这些店铺都是祖上传下来的老字号，与德裕堂一样，制药卖药，诊断号脉。刨去这些，还有六家开药铺不出诊、七家出诊不卖药的同行。子慰若是开药铺，必定与江师傅一样，既卖药，又号脉，如此不是冲撞了师傅的恩德了吗？"

"那江师傅什么意思？"

"江师傅开明着呢。"说着，将江师傅的话告诉杨祖。杨祖想了想道："江师傅这么说，是不想德裕堂传到他手里断了香火。不过，说给子慰本钱，是让子慰开药铺，学以致用，百年之后再接过德裕堂，而不是让子慰开盐仓的。"

"哥，这事无妨。开药铺，近期而言，势必与师傅的营生发生冲突。尽管师傅的店铺是老字号，新开的店铺与他的店铺没法比，但总有抢饭吃之嫌，让别人指着脊梁骨说闲话。开盐仓就不同了，华埠是三省要道，漕运、陆路四通八达，市面开阔，迢迢漫漫，盐仓成本滚动大，赢利也丰厚，做大了，待师傅百年之后，再把德裕堂盘过来，既做盐商，又开药铺，还可以经营更多营生，有什么不可？"

子慰的回答，杨祖没想到。他望着偏瘦的弟弟，既熟悉又陌生，忽然发现弟弟长高了，与先前相比愈加坚实、稳重，内心不由得生起许多钦佩之意。

杨祖想了想说："盐历来是官府独营，地方朝廷专设官员兼管盐政，转运买卖都由官府操办。商户销盐的进货途径你可都清楚？"

"哥，其实子慰早有做盐生意的意图了，因而处处留意。盐的生产，一是官制；二是民制官收，这个过程管控极严。但盐的销售，并没有入法，大多州府官运官销，后来被通商法代替。通商法就是官府把官盐卖给商人销售，直接从盐商那儿征收税钱。

"难得子慰一片孝心，只是坐贾行商开盐铺，先要本钱，而后是进货渠道，两样少一样都不行，都是要面对的难处。"

"哥，江师傅与子慰说过，他生了三个女儿，两个嫁出，一个招亲，本想让进门女婿孝夫学医抓药，不承想，那孝夫实在三棍子打不出一个响屁，天生不是学医的料，只得遣他去'箬皮坞'种药制药。今年以来，师母王氏数次暗示子慰，让子慰做她的干儿子，倘若认了，把祖上的德裕堂传给子慰；倘若自立门户，师傅愿意出些本钱，让子慰把药铺开起来，百年之后，再考虑接过德裕堂这个老字号。"

"就算是有了本钱，又从哪进货呢？"杨祖问。

"至于进货，子慰早想好了，衢州同知蔡丙松与父亲同是太学生，又是好友，上回随师傅到衢州，专门晋见过他，还请了子慰与盐商一道吃茶。那盐商叫辛桐，四川大英人，家乡产盐，一直跟随父亲做盐生意，叫泰和盐铺。在衢州，泰和盐铺是老字号，辛桐是最大的盐商，官府进的盐大多从他那儿转出，甚至，辛桐还直接代官府从大英进盐。辛桐除了有盐铺买扑，还有巨大的盐仓，进出销售量很大。那日，辛桐劝子慰说做盐生意，说开药铺饿不死，却发不了财，圈死在古镇，圈死在病人和药铺之间；盐生意就不同了，病人吃，好人也吃，人人都吃，不仅在当地销售，还可以往北往西打通商道，用不了几年，生意决然会有起色。他还说，倘若子慰买扑开店，可以先进货，售罄后再结账。"

"这样，子慰还是卡在别人手里。"杨祖说。

"开始，子慰从辛桐那儿进货，往后做大了，还有别的想法。"子慰说。

"什么想法？"

子慰沉默片刻说："哥，说出来您别笑话。"

"怎么会笑话呢？"

"几年前，福建东南沿海一带，画地为埒，漉海水日曝成盐，子慰特别向往。到时候，子慰也可以租海田晒盐，然后销售，成本就低得多了。"

杨祖听了子慰的话，更是觉得他成熟、有自己的志向。尽管当下做起来还有颇多周折，至少，子慰往这方面想，能往这方面想就是好的开端。

"子慰说得没错。这般决心，师傅师母不但不会阻拦你，还会为子慰高兴呢。只是，子慰学医四五年，轻巧地就扔了，奶奶和父母那儿一时半会儿难以说通，因为不论在德裕堂做伙计，还是另行开张，都是水到渠成，不需预虑的事。改弦更张，闯入陌生行业，奶奶与父母未必同意呢。"

"这就要大哥出力了。"

"哥也只能是试试，没有丝毫把握。"

"不管怎么说，盐铺子慰是开定了，只是不想让奶奶和父母过于操心，所以必须事征争得他们同意。"

"子慰能这么想，大哥真是要谢谢啦！"

"那子慰先谢谢大哥了。"

吾衍写字写得很专注，抄到规定的数目，依旧一笔一画地写着。杨祖说："该歇息了，过了半个时辰了。"吾衍听了，在笔洗里舍了笔，挂在笔架上，这才拉着吾龙的手往外走。

走过天井回廊，杨祖拉了一下子慰的衣角，对吾龙道："你俩先回房间吧，哥与子慰还说点事。"

杨祖与子慰出门走进院子，夜空深邃依旧，繁星闪烁，把夜幕点缀得十分光彩。月亮渐渐升起，娴静安详，远处传来蛙叫虫鸣，像是伴奏的乐曲，两人前后走向磨盘桌。这张桌子，是父亲元振打制的，磨盘是废旧的，盘居在中；支架是旧船的龙骨，围在四周。桌子大小九尺九寸，桌腿像墩柱头，沉重无比。板凳用的是旧船板，乌黑厚实，与桌子一样长短。尽管常年置于天空下，风吹雨打太阳晒，但十分耐用。两人坐下，杨祖问："子慰，上次说的汪家那个女子如何？"

"还没正式提起呢？"

"没提起，可见过面了？"

子慰不语。

杨祖道："哥不曾告诉奶奶和母亲。儿女婚姻，本来是父母之命、媒妁之言，母亲托媒人为子慰介绍，都让子慰给推了，哥也不好说什么。汪氏不算富贵，始祖汪敬，天禧年间随父迁居金溪东岸，天圣二年，考中进士，与吾氏算是门当户对。那女子十分贤惠，孝敬父母，女红精巧，还会写诗作画。她平常足不出户，怕是子慰难得见到呢。"

"子慰与她见过面了。"子慰承认道，不好意思低下头。

"是吗，倒是快当，一定称心，对吧？"

"也是个意外，半个月前，汪妻身体不适，子慰随师傅去了汪家，就见着那女子了。再后来，那女子到德裕堂抓过药。"

"觉得如何？"

子慰脸一红，又低下头应了一声："嗯。"

"哥明白了。为了子慰的婚事，母亲与奶奶没少操心，如果称心，哥正式告诉母亲，请过媒人去汪家提亲。"

"哥，不可造次。"子慰认真道。

"为什么，子慰早行了冠礼，还等着别人将那女子娶了去。"

"哥，真要这样，证明子慰与她没有缘分。"

"把别人搁着，就永远没有缘分。再说，与子慰说起汪家女子，彼此就有了见面的机遇，而后，那女子又到德裕堂为母亲抓药，这就是机缘。子慰想想，汪家虽然不是大户人家，女子身价不值千金，但是，家里兄弟姐妹五人，用得着一个黄花闺女从东岸走到上街，抛头露面出门抓药吗，那女子心里想的，不正是子慰吗？"

"哥说的子慰明白，若是她真的喜欢子慰，子慰更要对得起人家。现在，子慰业绩未立，拿什么娶人家过门，得干出一番事业，堂堂正正地提亲，那样，心里才能踏实！"

"这就是子慰想开盐铺的缘由吧。"杨祖问。

子慰沉默片刻答："哥，子慰是这么想的。开盐铺，有了资本，再请母亲为子慰提亲，母亲的脸上也有光彩呀！"

第四章

　　杨祖回到房间，回想起与吾龙的交流，甚是惊叹吾龙的气宇与度量。父亲离开是咸淳元年，至今十二年，吾龙虽然没有听从父亲的旨意，做学问，或是走仕途，但他同样会被吾龙的气魄所感动。让杨祖担忧的是，奶奶与母亲虽明事理，但不一定会赞同吾龙的想法，只是到目前为止，杨祖还不知晓吾龙要做什么，怎么做，便有一种不祥的预感，这种预感似乎验证了吾龙起始便喜爱兵法的缘由。俗话说，闲看庭院花开花落。到了这个时候，怕是谁也拗不动了。

　　房间床头点着灯，蒋氏没睡，见到杨祖低问："老爷，今日晚了。"

　　杨祖边脱衣裳边答道："与子慰在院子里说着话呢。"

　　"长子为父，老爷没少在两个弟弟身上花心思。"

　　杨祖笑笑："其实都一样，为夫在弟弟身上花心思，两个弟弟在衍儿身上花心思，三人教授衍，总比一人强。"

　　"老爷这么说一点没错，奇怪的是，子慰叔好医，龙叔好武，衍儿却好文，身上没一点叔叔们的影子。"蒋氏笑着说。

　　"怎么没有，'四书五经'、乐理篆籀，舞棍耍剑，不都是子慰与龙教的吗？"

　　"说的也是。"蒋氏看到杨祖坐在床沿上，又道："老爷，怎么不上床？"

　　"嗯，可见过东岸汪家小女不？"

　　"没见过，怎么忽地问起这事了？"

　　"哦，子慰与她见过，子慰喜欢那女子。"

　　"问题是那女子喜欢子慰不？"

　　"八九不离十。"

　　"何以见得？"

　　"一则旁人托问子慰，就不会无缘无故；二则一个闺女从东岸到上街德裕堂抓药，即便有轿子，也算是抛头露面了。"

"这个理说得过去。"

"可子慰不这么想，要先立业再成家。担心的是，万一立业不成，耽误了人家汪家小女，也耽误了自己的婚姻大事。"

"子慰叔真是，非得立业再成家呀，人说十三爹爹十四娘，若是老爷像子慰那样，岂不是没了妾也没了衍儿！"

"这不是骂老爷吗？"

"老爷，妾身哪敢呀。"

"嗯，刚才老爷想的不是子慰。"说着，掀开被子一角，钻了进去，碰到蒋氏滑溜的肌肤。

"怎么没穿……"

"老爷……"蒋氏羞得满脸通红，连忙用手遮了。

杨祖钻进被窝，一把将蒋氏抱在怀里……

"老爷……"蒋氏弱弱道。杨祖伸出手垫在蒋氏头下，轻轻地呼吸。

"老爷是否累了？"蒋氏问。

杨祖没即刻回答，半晌叹了口气道："刚才想的不是子慰。"

"老爷想的是谁？莫不是画舫上的女子。"蒋氏掩嘴笑问。

"正是。"

"老爷说什么！"蒋氏惊得撑起身子。

杨祖道："傍晚，吾龙与那女子坐在居云轩台阶上，末了，那女子便上了画舫。"

"这要是母亲和奶奶晓得了，那还了得？"

"刚刚还这么想呢。不过吾龙迟早要离开孔埠。"

"离开孔埠去哪？"

"不晓得。"

"龙要是出了差错，父亲和奶奶还是要责怪老爷，倒不如先告诉他们，免得往后担待不起。"

"万万使不得，担待不起也得担，老爷是大哥呀。"

蒋氏听了没再说话，只是一只手揽着杨祖的脖子，把头靠了过去。

次日早晨，与往常一样，鲁氏丁字间的房门没开，这些天，鲁氏也很少在白天露脸。柴氏对鲁氏说："睡觉别闩门，好让晚辈随时过去请安。"蒋氏一早起来，到港里洗衣后做早饭。柴氏先照应鲁氏，然后忙厨子里的活。次日寅时，吾龙要随船押货，柴氏早早吩咐杨祖到镇上切一刀肉来，为吾龙炒梅干菜肉。从华埠下水，货船顺水顺风七八天便到钱塘，途中戴老大从不靠岸，一是省时，二是省银两，吃喝拉撒全在船上。

吾衍最后起床，先到太奶奶房里请安，走出吾宅，吾龙在柏树林里习剑，父亲杨祖在磨盘边看书。吾衍走了过去，杨祖并未察觉。听到吾衍叫唤，杨祖抬起头问："衍起来了？"吾衍应声，目光却留在吾龙身上。

"给太奶奶请安没？"

"是的，父亲。您读什么书呀？"

"昨日带回来的邸报。"

"龙叔看了就黑脸，上头都写些什么？"

"打仗的事。襄阳守将降了蒙古人，蒙古人水陆两路顺江而下，大宋危急了。因而龙叔心里着急。"

"父亲，天下分分合合，不都是这样吗？当年始祖跟着曹彬领军南下，横跨大江破南唐军于白鹭洲；今而，蒙古军破襄阳，顺江而下，直取临安，与当年有何不同？"

杨祖没想到吾衍这么说，想了想道："当年都是汉人，而今是异族，这些人野蛮散漫，杀戮成性，所到之处，百姓血流成河。"

"上回邸报说，蒙古人攻城略地，只要汉人出降，就放弃了屠城。"吾衍不解道。

"刘整毕竟是汉人……衍，与龙叔玩去吧，明天龙叔又要去临安了。"

"父亲，孩儿想与叔一道去，孩儿水性一样的好。"

"等衍长大了，与龙叔自己说去。"

"父亲，哪等得及呀，孩儿现在就说去。"吾衍说着，一蹦一跳跑向柏树林。

与吾衍对话，杨祖的思绪并没有从邸报里走出来。

其实襄阳未破，阿术就奏请世祖，建议"乘破竹之势，席卷三吴"，六月庚申，世祖颁布伐宋问罪之诏，晓谕天下。

这招颇有欺天下之大嫌。

初秋，兵分两路，右路军浮汉入江，攻取临安，左路军攻扬州，牵制两淮。伯颜像条巨蟒，率二十万大军沿汉水南下，宋军镇守鄂州、黄州、蕲州、江州、安庆，将领望风归降。次年二月的池州，贾似道率精兵十三万拒战，不想大败。

同一年，度宗驾崩，赵显即位，是为恭帝，年仅四岁。谢太后为太上皇太后，临朝听政。贾似道犹如败犬，逃到了扬州，群臣建议谢太后处置，谢太后却护着贾似道，只是削夺了官职。

与吾龙一样，杨祖也感到世事凶险，不同的是，杨祖想的不是偏僻的古镇，也不是吾氏妇孺，而是父亲元振的安危。父亲身在杭州，又在国子监任职，一旦蒙古人追究起来，处境必定艰难。好在父亲性情温和，又是做学问的官宦，做皇帝都要臣民，都要学子。蒙古人想在汉地坐稳天下，不提携汉人，万万行不通。另则，汉俗上下数千年，渗进庶民的骨子里，蒙古人就像跃进一口滚烫的大锅，被煮的不是汉人，怕是蒙古人自己呢。

柏树林里，吾龙边教边问："衍顶喜欢哪样兵器？"

吾衍大声应答："龙叔，喜欢剑。"

"这就好，衍长大之后，佩上祖传的宝剑，就是一名剑客！"

"龙叔，祖上的剑挨得着衍佩带吗？"

"当然。衍是吾家长子的长子，不传给衍传给谁呢？"

吾衍高兴得跳了起来。吾龙说："今天就到这儿。"说着，拿上巾帕往池淮港走去。杨祖道："龙，要吃早餐呢，还去河里洗脸。"

吾龙将巾帕往空中一甩，"啪"地拉出响声："哥，出了许多汗，洗澡去，一会儿便来。"

"待汗收了再下水。"没等龙回答，吾衍追着道："父亲，孩儿也去。"

杨祖阻止道："衍还是家里洗吧，一会儿奶奶叫吃早餐，寻不着又骂父亲。"吾衍听了噘起嘴，嘀咕着什么，不情愿地走到杨祖身边。

居云轩埠头下，画舫停在几步开外的港湾里，船头闲散地坐着一名女子，不时朝这边张望。埠头两端，高大的杨柳遮蔽了两岸，茂密的树枝向着河流一边倾斜，垂落的枝条挂在水面上，不停地跳跃着，把水珠甩向半空，又雨点般落在水面上。

池淮港是个悠闲之地，从石拱桥下到金溪，就像河边的翠鸟，常有画舫出没。那画舫，也叫六篷船，形似河鲀，昂首巨腹缩尾，首约船之一半，前后五舱，中舱为款客之所，明亮宽敞，内有四方矮桌，一圈置有软垫，两旁垂有湘帘。前后两舱为燕寝，供酒女居住，内有几榻衾枕衾具熏笼红闺雅器，极为精备。船上的女子也叫"船女"，多为从小被卖到船上，入门后学得待人接物、文章礼仪、琴棋书画、女红厨艺，因而，多数船女都有一手绝技。船女陪酒不卖身，故而善歌舞，好诗画，弹奏乐章，与客人交往时能言巧辩，温柔婉约，智敏过人。如此，吸引诸多商贾才俊。每日，金溪开始了一日的繁忙，画舫顺水而下，在商埠前后招揽商客；傍晚，画舫会视情形回游池淮港湾。画舫各有地盘，从不彼此纠缠，因而，金溪上下，池淮港边，像黄昏夜宿竹枝的麻鹤，传来酒令与欢笑，其间还有古筝弹奏的曲章。

一年前，船上新来了个落魄大户的女子，名叫翠玉，年方二八，艳丽动人，不但琴棋书画样样精通，还能将客人即兴作的词编入古曲牌中，不留一丝破绽。一条画舫，有如此才貌绝佳的女子，就像锦上添花，生意自然兴隆，但那女子给自己规定了一日只陪两顿酒，弹两支曲，赚够每日的数目，便有了许多悠闲的时光。吾龙走下居云轩台阶，便看到了船上的翠玉，脸膛红红地与她打招呼。看到吾龙，翠玉向吾龙挥挥手帕，嘴里叫"龙哥哥"。

吾龙转身脱去衣裳，"扑通"一声跃入水中，湍急的河流拍打着吾龙的身体，他像条鱼一样挥舞臂膀，游向缓水的港湾。

"龙哥哥。"翠玉又叫。翠玉身着窄袖丝绸装，对襟交领，衣长至膝盖，瘦窄贴身，衣领边绣有牡丹与百合。吾龙两手扒着船舷，望着翠玉，船体上下摇晃起来。"龙哥哥，上船歇息一会儿。"

吾龙抹了把脸答："姐姐，母亲等着用早餐呢。"

"那龙哥哥是来看翠玉的吗？"

"是向姐姐告别的。"

"龙哥哥是要去哪呀？"翠玉探身子问道。

"明日一早与万寿宫戴老大押船下钱塘。"

"要好些日子吗？"

"不太长，十天半个月的。"

"稀奇呢，十天半个月还不长呀！"

"回程逆流，要费些时间，每个码头都得请纤夫。"

"龙哥哥，临安好玩吗？"

"临安是京都，什么人都有，什么都买得着。"

"龙哥哥一定见过世面的。前日舫里有客吃酒，说是蒙古人顺江而下，打到临安府了，这可是真的？"

吾龙点点头说："是真的。"

"龙哥哥可得小心呀。"翠玉焦急道。

"真要那样，才让哥长见识呢。"

"龙哥哥不怕吗？都说蒙古人长得青面獠牙，生吃活人，如此，哥也不怕吗？"

"不怕，只是蒙古人过来了，翠玉姐得小心了。"

"为什么？为什么画舫要小心，缘起商周，就有了这一行，君臣公爵布衣，哪个离得开教坊河船烟花女子呢；天下才俊，诗文曲牌，又有多少描写这等女子呢？那柳永写歌词，始行于世，声传一时，还失了黄金榜，不都是这行的魅力吗？"

"姐姐晓得甚多。"吾龙说道。

"龙哥哥过奖了，翠玉轻哼一曲，算是给哥送别。"

"不烦着，还真想听姐姐唱一曲呢。"

吾龙望去，翠玉头扎双平发髻，插了一支银钗，肤白如脂，眼似点漆，只见她手扶船栏，映着绿波，清秀绝俗。吾龙在临安见过许多女子，尽管是京都，也没见过翠玉这般俊秀娇艳的。

"黄金榜上，偶失龙头望。明代暂遗贤，如何向？未遂风云便，争不恣狂荡。何须论得丧？才子词人，自是白衣卿相。烟花巷陌，依约丹青屏障。幸有意中人，堪寻访。且恁偎红倚翠，风流事，平生畅。青春都一饷。忍把浮名，换了浅斟低唱！"

"姐姐唱得真好。"吾龙称赞道，"那柳永，一句'忍把浮名，换了浅斟低唱'，惹恼了仁宗皇帝，临轩发榜，硬是黜落了他。"

"龙哥哥说得没错，不过，此后柳永流连坊曲与花柳丛中，不也是快乐无比嘛。"

"哥自然没有柳永的情怀，只晓得姐姐唱得好，这就足够了。"

"若是好听，待龙哥哥从临安回来，奴家再唱与哥听。"

"不过，哥听得姐姐唱腔里有哀婉之声。"

"每每唱及，总想起父亲，想起处境。"

"看得出，姐姐出身名门，姐姐处境不好吗？"

"酒妓卖艺不卖身，到哪里都有泼皮的纠缠。一次两次也就罢了，多了叫画舫怎么做生意。若是这样，鸨头说华埠再也待不下去了。"

"为什么不报官，县城有尉司，古镇有保甲。"

"报了，都是事后的事。那泼皮装疯卖傻，见着官人叫爹叫爷，一转身又是一副不同的面孔。"

"那泼皮叫什么？"

"哥哥一定认得，绰号瘌痢癫，据说姓宋，从小没了父亲，只有一个姐姐，姐姐招了男人入赘，还说这瘌痢癫纠集蟊贼，经常偷鸡摸狗，坑害庶民。"

吾龙当然晓得瘌痢癫，姓宋，姐姐可怜他，才招赘了男人。但瘌痢癫非但不晓得知恩图报，还常对姐姐动粗。

这时，湘帘挑起，一个女子探头道："翠玉姐姐，用早餐了。"翠玉应声回头。吾龙忙道："误了姐姐用餐了，河里泡了半天，也该回家了。"说完，离船而去，那船悠悠荡荡。女子问："翠姐姐，那后生好生英俊哦。"

"能在画舫伺候他吃顿酒，不枉一世了。"

"翠姐姐一定是喜欢那后生了。"

翠玉叹了一口气，低声唱道："销魂，当此际，香囊暗解，罗带轻分。谩赢得青楼，薄幸名存。此去何时见也？襟袖上，空惹啼痕。伤情处，高城望断，灯火已黄昏。"

鲁氏没有出房用餐，上桌前，柴氏已将饭菜端到丁字间。鲁氏也没像往常靠坐在床边，柴氏进去的时候，鲁氏勉强翻了个身。柴氏放下碗筷，帮着鲁氏坐起，觉得鲁氏整个身子赖在自己手臂上。

"母亲，好些没？"柴氏问。

"这是蚯蚓游金溪，无能为力呢。"

"母亲，倘若出去晒晒太阳，身子骨会硬朗起来，您不能老窝在房间里。"

"冷在三九，热在中伏，这命，你拗得过吗？"

"母亲，天地管不了，人事，真得自己管。这个家是靠您支撑起来的，一代代多不容易呀，现在四世同堂，您当高享清福，可事事还是要您操心，做晚辈的真是过意不去呢！"

"还能做什么？当下是兔子拉犁耙，力所不及呢。"

"母亲，若是还要您做什么，岂不是拿鞋帮打晚辈的脸。您身体好好的，大事点拨晚辈，就是整个家族的福气了。"

"唉，忙自己的事吧，一会儿过来收碗便是。"

"好的，母亲。"

早餐与正餐不同，大大小小都上了八仙桌。柴氏一到，各自拿起饭碗，桌上传来轻微的喝粥声音。子慰咳嗽，像是有话要说，柴氏看看子慰没吱声。当子慰再次清嗓子时，柴氏问道："慰儿，像是有话要说？"

"母亲，是的。"

"那就说吧，不方便吗？"

"母亲，没有。"子慰说着放下筷子。杨祖拿眼看他，子慰回避他的目光。大家注意起子慰来。"母亲，子慰学徒出师一年多，师傅想让子慰留在德裕堂，子慰倒是有自己的想法。"

"子慰想另起炉灶？"

"是的，不过子慰不想开药铺，觉得那样对不住师傅师母。"

"俗话说：砌墙的砖头，后来者居上。子慰担心江师傅想不明白？"

"这倒不是，母亲。师傅说，如果不留在德裕堂，他愿意资助子慰把药铺开起来。"

"江师傅是个明白人呢！"

"母亲，倘若像师傅一样，一辈子开药铺，还不把人给屈死？"

"那么，子慰想干什么？"

"总有子慰想干的。"

"想干得有能耐，有资本，这些有吗？当年父亲劝子慰读圣贤书，偏学生意经，给郎中当学徒。现在倒好，当是土里埋黄金，屈才啦！"

"母亲，孩儿不是这个意思。"

"那是什么意思？刚出师就想改行，别人会怎么看，又怎么看师傅师母？再说，这些年钱财气力不是白白丢进水里了吗！"

"母亲您消消气，先吃早饭吧。"杨祖低声劝道。

"这早饭还能吃得下吗！"柴氏叹气道，"这事祖儿晓得不，有没有劝劝弟弟，父母的心思做长子的怎么一点不晓得呢？子慰都什么年纪了，原先做学徒多有不便，出师了，让祖儿帮衬找个人家，半岁了，怎么没一点动静呢！"

母亲指责，杨祖并没有恼。这些年，父亲在外，母亲操持家务不容易，父亲行前要杨祖帮衬母亲，这些年来，事事还得母亲做决断。杨祖稍等片刻道："母亲，既然江师傅有意思，子慰另立门户也是顺理成章。子慰害怕冲撞师傅生意，截了水头，可见他一片孝敬之心，这是吾氏遵循的家规。子慰不是孩子了，想早早立业，而后成家，想的与做的有他的道理。等母亲空闲了，让子慰与母亲好好谈谈，也就消气了，只是不可以告诉奶奶。"杨祖说着，把目光投向两个弟弟。

"母亲放心，太奶奶不会晓得。"吾衍插话道。

柴氏伸手抚了吾衍的头说："数孙子懂事，既然这样，都先吃饭吧。"

子慰话没说完，心里鼓鼓的，听哥哥这么一说，也觉得说话的时机不对。于是低头喝着稀粥。吾龙想着心思，只顾自己，不想母亲道："龙儿，到临安见到父亲，不许告诉子慰的事，免得父亲分心。这蒙古人越来越近，临安府结局还不晓得呢，父亲也不容易。俗话说，慎终如始，则无败事。让父亲好好照顾自己，见机行事，实在不行，就回老家种地教书过日子。"

"母亲，孩儿晓得了。"吾龙轻声答。

柴氏又道："路上多加留神，人说乱世出盗贼。船上货物多，顺水时莫靠岸，返程时招呼熟悉的纤夫；不与生人搭讪，不与熟人纠缠；随身的银票、银子放置妥当，不在陌生人面前显露；夜间行船，要格外机灵，一路到钱塘，途经多个府县，哪都有强人、水鬼。总之，记住古人说的话：平路跌死马，浅水溺死人。处处留神，方能驶得万年船。"

"母亲，孩儿——记住了。"

"像往常一样，带上祖上剑，以备万一之用。"

"母亲，晓得了。"

杨祖道："母亲，您就放心吧。吾龙又不是头回下钱塘。再说了，万寿宫戴老大两代人江里运货，哪里有崖石，哪里是浅滩，比自个儿身上有多少痣还清楚；码头店铺、埠头熟人都与他拜了把子，他呀，精明着呢。"

"即便如此，也要慎重如始，丝毫马虎不得，否则他请龙儿押船做甚。"

"母亲，您放心，孩儿拿着神呢。"吾龙接话道。

吾衍说："龙叔，您说过，等长大了就带衍去临安，衍长大了呀！"

"衍才这么高。"吾龙伸手比画了一下。

"可衍想爷爷了。"

"爷爷一定也想着孙子。"柴氏说。

"奶奶，您这是答应衍去看爷爷啦？"

"奶奶答应没用，得爷爷答应才是。待龙叔到了临安，问声爷爷看。"柴氏笑着说。

"龙叔一定得记着呀。"吾衍放下碗筷，跑过去拉起吾龙的手臂求道。龙叔在吾衍头上摸了一把，也放下了碗筷。

院子磨盘边，杨祖与子慰坐在那儿。见子慰不吱声，杨祖便道："这事就不能在饭桌上提。"

"哥，这又是为什么？"子慰问。

"奶奶不在，一切由母亲说了算，这算是大事吧，且有悖常理，大小一桌子人，即使母亲同意，也不会当面答应。"

"哥，其实子慰也觉得不妥，只是母亲不让子慰把话讲完。"

"不让讲完，说明母亲反对。"

"总之，不论母亲是否同意，子慰都得去做了。"

"哥也觉得没什么不妥。晚饭后，一同去母亲房间，与她老人家好好说。"

"哥，子慰听您的。"

杨祖点点头。

第五章

吾龙离家没人晓得。

柴氏早早起来，为吾龙炒了鸡蛋饭，又煮了二十个鸡蛋，与腌菜肉一起装进竹筒。吾龙轻轻拉开大门，黑子蹿了过来，吾龙摸摸黑子的头。上空星光密布，东方渐渐吐白，吾龙回首对母亲说："母亲，您回去睡吧。"

"天都亮了。龙儿，记住母亲说的话，一路小心。"

"母亲，晓得了。"

"还有，一定得去看看你父亲，顺便问问啥时候回来。"

"母亲放心吧。"

"嗯，那去吧。"母亲扭头走进大门。

一大早，吾衍起床找龙叔，却不见了影子。以往这个时候，龙叔会在柏树林里习武练剑。吾衍问父亲，父亲说："谁叫衍睡懒觉，龙叔寅时上了船。"吾衍嘴巴扁了扁，欲哭出声，见母亲拎着洗完的衣服走进院子，便上前拉着母亲的手道："母亲，龙叔走也不喊醒衍。"母亲边晒衣裳边答："衍心里没有龙叔，不然与龙叔睡一床，走了，怎就不晓得呢？"

"母亲，昨晚睡前与龙叔说好的，可怎么就睡着了呢？"

"龙叔心疼衍，让衍多睡一会儿，今日有精神多读书。"

吾衍抹了一把眼泪小声道："龙叔不会忘记跟爷爷说吧，真想下钱塘看爷爷呢，衍都不记得爷爷的模样了。"

杨祖听了笑了起来："爷爷走时衍才多大？那时就晓得哭！"

蒋氏笑笑说："衍乖，去书房读书吧，母亲有话与父亲说呢。"

吾衍走进屋里，蒋氏拎着钩桶走到磨盘前："老爷，昨晚街上出事了。"

"出什么事？"

"祥记章布店被强盗抢了。"

"会有这事！"杨祖惊诧问。

蒋氏小声道："浣衣时听说的。是街上的瘌痢癫，与外乡几个蝨贼深夜撬进祥记章，惊醒了守店的伙计，结果打了起来，伙计被砍死了。没等完事，一个蒙面后生从天而降，三拳两脚将三人打翻在地，其中一个还丢了性命。尉司来了，收了两个蝨贼，正在寻访那个后生。那泼皮被人抬回家，江师傅与子尉正给他医治呢，死活都不晓得。"

"恶有恶报，瘌痢癫恶事做绝，官府治不了他，也该有高人治他。"

"也是，老爷，龙叔昨夜几时走的？"

"寅时呀。"

"正是那个时候。"

"夫人什么意思？"杨祖惊问。

"老爷，妾身只是担心。"

"可不能瞎猜，更不能在外头乱说。"杨祖虎着脸对蒋氏道。

"妾身只是与老爷说呢。"

"照理说，那盗贼潜入商铺，杀死家奴，而后被人所杀，杀盗贼者当是无罪的。"杨祖对蒋氏说。

"这么说，杀人伤人的后生，不会受官府缉拿？"

"是的，法治之正，禁暴卫善。即使旁人，也可以捕之送官；若是持杖拒捍，即可以杀之而不入罪。"

"老爷这么一说，妾身明白了。持义出手抗暴的好汉，即使杀了人，也只能算是英雄啦。"

"记住，不管官府悬赏捉拿，还是榜文奖励，都不能把这事扯到吾龙身上。否则，会结下私仇，世代难缠。这毕竟是一条人命。"

"老爷，妾身明白着呢。"蒋氏说完，拎着桶进了屋。杨祖惊魂未定，一时不知如何是好，想了想，还是决定把这事告诉母亲。

走进厨房，母亲柴氏没在，蒋氏说母亲到奶奶房间去了，说是奶奶今儿没起床。杨祖心里一急，旋即走过回廊，穿过甬道，走进奶奶丁字间。

母亲坐在奶奶床前，桌子上的饭菜没动，母亲手抚奶奶的前额，低声说着什么，见杨祖进来，母亲低声吩咐道："祖儿，一会儿去德裕堂请过江师傅，奶奶今天粒米未进，这病怕是重了呢。"

"母亲，孩儿现在就去。"

"等等祖儿，先看着点，母亲去打盆水给奶奶擦擦身子。卧床多日，身上有味儿了；昨晚又没起夜，怕是失禁呢。"母亲这么一说，杨祖的确闻到了一股味儿。

柴氏走出丁字间，杨祖坐到床头，用手轻按奶奶的太阳穴，感觉到头骨外只剩下一层薄薄的皮。片刻，奶奶慢慢睁开眼睛。

"奶奶。"杨祖高兴叫道。

"是祖儿？"

"是的，奶奶。"

"祖儿，心想再也见不着儿孙们了。"鲁氏有气无力道。

杨祖泪水一下涌了出来："奶奶说什么呢？不是好好的吗！"

"阎王叫你三更死，谁敢留人到五更。"鲁氏喃喃道。

"奶奶，您是家里长辈，父亲在国子监，这个家，得靠您支撑着。"

"俗话说，长辈不死，晚辈不大。这个家，奶奶还能支撑多久？现在元振在朝里做官，儿孙个个学富五车，随时能为朝廷出力，即使死了，奶奶也没有白活几十年。"

"奶奶，可不能这么想，您送父亲读太学，还要送祖儿读太学呢。读了太学也不为仕，回来教书，做学问，陪伴奶奶过一辈子。"

"祖儿，有这份孝心，奶奶心满意足了。不过呀，男儿志在四方，不能只识儿女情长，顾及家人！"

"奶奶，孙儿明白您的教诲。"

柴氏端着盆子走进房间，杨祖便与奶奶告别出来，心里却惦记着昨晚发生的事，也想上街打听打听，问出端倪。

过石拱桥，上前街，街道像条藤蔓，弯弯曲曲连绵修长，街面铺着青石板，车辗人行，光滑如镜；青石板两端直至墙根，镶嵌着鹅卵石，犹如珍珠一般静卧在地上。鳞次栉比的店铺，一律青砖木瓦结构，高高的马头墙透出徽州风格。日头高照，正是一日里的生意时光，满街人头攒动，独轮车"叽叽嘎嘎"辗过青石板，留下一条凹槽；挑夫吆喝着踏过街面，宽大的脚板在青石板上发出"噼噼啪啪"的声响；肩头上的扁担，上下跳跃，"嗖嗖"地响着，像戏文里一样夸张。码头通往街面的台阶，在两屋之间蜿蜒而上，如同画里一样幽深。

沿街店铺生意兴隆，进出的顾客，像一串串灯笼。德裕堂抓药的人不多，稍显清淡，进得门，扑鼻而来的药香，让杨祖深深吸了一口气。堂内的仆从像是新来的，说江师傅出诊了。问及师母王氏，他伸头往里喊了一声："师娘，有客寻您。"片刻，师母王氏挑帘出来，见是杨祖，客套一番。让座在店堂，喊仆从上茶。杨祖问："师母，师傅去哪了？"

"都保喊去了。"师母接过建盏，递与杨祖。

杨祖略显吃惊状："都保喊去做什么？"

"说是去宋家就诊，宋家的癞痢癫昨晚叫人打了，都保要江师傅救下他的命，寻着打他的后生。"

"还有这事！孔埠与街上一桥之隔，却像是京畿之别。这事晚辈一点不晓得呢，这世道。"

"可不是，师傅与子慰还在那儿，差不多一个时辰了，看来伤得不轻。对了祖儿，找师傅有急事吗？"

"奶奶病了，母亲说请江师傅过去呢。"

"哦，要不去宋家看看，还在那不？"

"这样最好，若是江师傅脱得开身，晚辈接他过去便是。"说着，起身与师母道别，心想这江师傅都另寻徒儿了，看来子慰说的没错呢。

离开德裕堂走上街，人流一下子稠密起来，杨祖躲闪着挑夫与独轮车，一排排号子在耳边闪过。途经祥记章布店，杨祖放慢了脚步，只见大门紧闭，高悬的匾额已经两百多年。昨晚店铺伙计叫人杀了，而当下，祥记章不得不关了门。杨祖心里想着吾龙，这样身手的人在古镇不是没有，可不早不晚，单单是吾龙押船的这个时辰。

与上下街不同，横街居户甚多，紧挨着的房屋像是船底的贝壳。宋家在横街里巷，尽头就是低矮的西山。癞痢癫家的房子三开间，柱子不大，板壁土黄，潮湿阴暗，受了伤的癞痢癫裹着头，歪歪坐在桌前，身上的衣裳依旧留有血迹。

杨祖直直地往里走，一抬头看到了上横头的尉司和旁边的都保。那尉司身穿白布袍，仪表堂堂；都保杨祖认得，曾当过私塾的先生。只见他身着锦纹长衫，手持毛笔，记录着癞痢癫的供词，杨祖进退不是，听得尉司问都保道："这是何人？"

保都抬头看到杨祖说："这是吾家的长公子，父亲元振在国子监做官呢。"

"哦，祖上做过衢州太守那个。"尉司嘀咕一句，然后问："公子有何见教？"

"哦，刚从德裕堂过来，师母说江师傅与子慰弟在这儿。"

都保对尉司说："那徒儿是他弟弟。"然后问杨祖道，"长公子寻江师傅做什么？这边正忙着呢。"

"奶奶病重，母亲遣孩儿过来请江师傅。"

话音未落，子慰与江师傅从厨房里洗手出来，后头跟着一女子，杨祖认的，那是痢痢癫的姐姐，看她行动不便，怕是身怀六甲了。

见了杨祖，子慰道："哥怎么来了？"

"请师傅过去给奶奶把脉，母亲说，奶奶今早一口米粥都没吃。"

江师傅听了道："都保，这完了吧，一会儿让她到药铺里抓几帖药。"江师傅指着宋家姐说。都保朝尉司看了一眼，然后点点头。

"那在下与徒儿先走了，孔埠那边还等着呢。"转而吩咐宋家姐说，"若是这厮有什么不妥，到店里寻在下便是。"

告别出来，杨祖深深吸了一口气。"江师傅，这痢痢癫怎么弄成这样？"

"俗话说，扑地烟，雨连天。连连作恶，人不谪罚天谪罚。公子看那好汉不早不迟，偏偏到了痢痢癫杀了人便从天而降，三拳两脚，把螽贼打翻在地。公子说说看，这不是天意吗！"

"的确是天意。那盗贼在祥记章屋里行凶，即使路人看到了，装着耳聋眼瞎走过去便是，这后生却要进屋收拾三个螽贼，也真是多管闲事呢。"杨祖平静道。

"吾公子可不能这么说，这天下没人管的都是闲事，闲事没人管，那么像尉司那样的小吏，就会忙得脚后跟朝前了。"

"江师傅说的也是。"

"这好汉尽管伤了人，却是个义士。就像吾公子说的，不是仁义之人，装着耳聋眼瞎闪过便是，却要进屋一对三地尝试。这盗贼可是先杀了人，还有刀子，若是与他讲理，如和尚头上放豆子，白费劲呢。"

"嗯，从江师傅验伤来看，死伤者的刀伤是否为同一凶器所致呀？"

江师傅边走边回答："人命关天，验尸之事本由仵作去做，可那尉司说，一时半会儿无处寻仵作，还说死者与伤者关联，硬是让本郎中代行其责。谁知，那痢痢癫头上的伤口与死伤者身上的刀痕如出一辙。"

"这样看去，四人刀伤是一人所为？"杨祖问。

"痢痢癫也这么说。说是他们三人在孔埠酒肆吃了酒，回家路上听得祥记章屋内有打斗之声，推门进去，见一个蒙面后生持剑杀了守店的伙计，于是三人与那盗贼纠缠起来，结果是……"

"持剑？不是刀伤吗？"杨祖惊问。

"痢痢癫就这么说的，诡异不？"

"这真是悬案了。"听江师傅这么一说，杨祖的心悬了起来。

"其实不悬，与其说是'四人剑伤一人所为，'倒不如说'四人刀伤一把刀所致'，这样才说得过去。"

"对！"杨祖一拍掌道。"江师傅想得周全。若是那后生见盗贼行凶，出手相救，夺了盗贼的刀，也不是没有这样的可能。"

"吾公子所言极是，这让师傅条理清楚了。尉司与都保还有些疑问，一会儿撰写验伤折子，自然要把话说清楚。"

三人到了德胜堂，见轿行门口，杨祖欲喊顶轿子，被江师傅一把拉住。"往前走几步路，要什么轿子。"

"母亲吩咐喊顶轿子，江师傅不答应，母亲问起，做晚辈的不好交代呢。"子慰一旁接话说："师傅，上回母亲还叱责徒弟呢。"

"一切由师傅说了算，有什么不好交代的？对了，长公子，师傅交关喜欢令郎呢，说句夸张的话，令郎的篆文写得不在李阳冰的千字文之下。"江师傅边说边往前走。

杨祖一听忙道："江师傅过奖了，那李阳冰是什么人？自诩斯翁之后无他人，篆书可谓是劲利豪爽，风行而集，被知者称之为'仓颉后身'，是李斯之后的千古第一人，犬子怎么能与李翁相提并论呢。"

江师傅哈哈笑道："吾公子，咱们是骑驴看唱本——走着瞧呗。"

说话间到了吾宅。吾衍与黑子赶在了前面。那黑子颇通人性，见着江师傅像是见着恩人，只管摇着尾巴，嗅袍子。吾衍喊江师傅为爷爷，江师傅对杨祖道："令郎真是聪明，可惜'江半仙'医术不高，像是亏欠这孩子点什么！"

"江师傅说哪里的话，要不是您的医术，犬子的腿哪有这般利索！古镇上的孩子大凡得了这个病，哪有犬子这般幸运呢？您看他蹦蹦跳跳的模样，碍不着一点事呢。"

子慰接话说："哥，这道病，江师傅把底子都传给徒儿了，不管往后做什么，都会好好传承下去。"

　　杨祖明白子慰的心思，一心想开盐店，把话说漏了嘴，于是堵嘴道："做什么，子慰还想做什么？跟着江师傅学一辈子医术，还能做什么！"

　　子慰一顿，不好意思地红了脸。

　　"哈哈哈，长公子，也别数落徒儿了，这孩儿有志向，有孝心，做师傅的还有什么好说的？公子都看到了，店堂里多了一个伙计。"说着，江师傅强装笑颜，扯了扯袍子。

　　柴氏在门口等着，客套之后一同进了北屋丁字间。

　　鲁氏没说话，不时咳嗽两声。江师傅号着脉，除了蒋氏，屋内屋外围着人，柴氏坐在床对面，凝视着江师傅的脸。

　　"这些天一直卧床不起？"江师傅放下袖管问。

　　"正是，本想让母亲晒晒太阳，可她执意不肯。前些日子还能吃下饭，昨天收了胃口，咳嗽也多了起来，今日粒米不进了。"

　　"卧床不起，自然消化不良，心窝隐痛、纳差、腹胀，致使气血瘀滞于内。除此之外，还有可能是肺痿，热在上焦，或肺中虚冷。"

　　"江师傅，那怎么治呢？"

　　"分而治之。现在紧要的是行气活血，解毒通络。等气血贯通，再来医治肺痿之疾。"

　　"请江师傅开出药方，让子慰抓药去。"子慰道。

　　江师傅看看子慰道："这药方得子慰开呢。"

　　柴氏明白江师傅的意思："还请江师傅把关。"

　　江师傅点点头。

　　吾衍快步跑到清源斋取来笔砚，子慰坐在桌子上写道："当归、川芎、红花、桃仁、木香、赤芍、老葱、麝香。"而后一一写上配置数量，将药方交与师傅过目。江师傅看了点点头，在下方写上自己姓名交与子慰。"徒儿腿脚快，去德裕堂先抓三帖药煎了，看情形再加大药量。"

　　子慰应声跑了出去。

　　江师傅一行走到厅堂，蒋氏端上茶。柴氏道："时候不早了，这里让媳妇备了饭菜与水酒，让祖儿陪您吃两口。"

　　"还是回德裕堂吃吧，一大早忙到现在，身子困乏得不行。"江师傅说着并没动身。

"这不是正好吗？吃两盅解解困乏。都与子慰说了，让他告诉师母您在吾家吃饭，一会儿，还得请教母亲病情呢。"

"爷爷，您就在这儿吃饭吧，衍还要写字，请您老人家指点呢。"

"这孩子，真让师傅拒绝不了。"看着跑进书房的吾衍，江师傅笑着说。

"祖儿，好好陪陪江师傅，厨房里菜都切好了。"

"好的，母亲。"见柴氏走进甬道，杨祖问，"江师傅，奶奶的病要紧不？"

"俗话说，腰酸腿困疮疤痒，大雨就到一半晌。奶奶年纪大了，都是征兆呢。"

"江师傅，这话怎么说呢？"

"秋天里，当午的太阳还热着呢，到了傍晚，就有一丝丝的凉意了。倘若中午谓阳，傍晚就是阴了。万事万物，有阴阳转化，强弱之分。俗话说，'人生七十古来稀。'奶奶早已远远超出这个年龄。"

"嗯，做小的只是想让她老人家的身体硬朗起来。"

"奶奶气血瘀滞，这是明摆着的；咳嗽涎沫，短气喘促，可能是虚热肺痿，一时半会儿好不起来。"

"这虚热肺痿如何治疗？"杨祖问。

"先贯通气血瘀滞，再作计较。"

正说着，子慰手拎三帖药跑了进来。"师傅，还有什么吩咐？"

"快快熬去，告诉母亲，火温些。"子慰应声往厨房里跑。黑子看了一眼吾衍，飞快地跟在子慰后头。

八仙桌旁边放着一本《书断》，吾衍写了数十字，江师傅起身绕过桌子看了道："衍的字，与篆帖并无二致呢。"

"江师傅过奖了，犬子的字只是古人之皮毛，或是有形无神，怎么能与'千古一人'相提并论？"

"长公子，今日还真想向少爷讨教呢。"

"江师傅赐教才是，您不但是子慰的师傅，还可以做犬子的太师。"杨祖真心诚意道。

"愧疚，愧疚。老朽实不敢当。"江师傅转头问吾衍道，"小少爷，老朽有些奇了，小少爷的字与当下名家的字，大不相同呢？"

吾衍手里握住笔，抬眼看看杨祖不敢回答。杨祖笑笑道："衍儿，尽管说，说错了请师傅爷爷指教。"

吾衍放下笔，两手背后道："爷爷，当下崇尚的是魏晋之后的法帖，与古时的碑文不同呢。"

"不同在哪呢？"江师傅问道。

"魏晋之后是行草小楷，跟着'阁帖'走，最早可见《淳化阁帖》传拓。类似作派字儿飘逸、潇洒，但过于妍媚。凡习篆《说文》为根本，能通《说文》则写不差，又当与《通释》兼看。"

江师傅道："公子不但是写字了。俗话说，自古英雄出少年，老朽是见证了，佩服，佩服。"说着，江师傅拿过吾衍刚写的字，又把吾衍拉到身边问，"就公子刚刚写的字，请教一下古篆之风，与当下的不同。"

吾衍似乎忘记了江师傅，顺手把字拉到眼下说："这小篆，俗都喜长，然不可太长，太长就无法了。以方楷一字半为度，一字为正体，半字为垂脚，如此，岂不美哉。篆字脚不过三，若是遇见无可奈何者，当以正脚为主，余略收短，如幡脚可也；若是遇有下无脚的字，可以上枝为出，如草木之为物，正生则上出枝，倒悬则下出枝耳。"

江师傅听了一拍桌子道："了得，了得。长公子，少爷这番学问从哪习得的？"

"犬子好篆籀多年，曾让爷爷遍求历朝诸家印谱，皆说与汉印不合，就学李斯的《泰山封山刻石》《琅琊刻石》和《峄山刻石》拓本；之后，又学李阳冰《三坟记》。这些年，犬子喜欢'二李'像着了魔似的。"

"长公子，少爷的前程了得……"

正聊着，蒋氏的菜肴到了。子慰放置碗筷与酒盅，杨祖请江师傅坐上横头，各自推让着。柴氏端菜出来道："江师傅，您是子慰的师傅，又是吾家请的郎中，不坐上横头，谁还敢坐。"

江师傅欠欠身子道："如此，恭敬不如从命了。"

依次坐定，吾衍早早将桌上的文房四宝与书籍放置到偏厅椅上，不时滚动着大眼看着桌上的菜肴。江师傅道："让少爷上桌。"

"犬子由他去，他还得看一会儿书呢。"杨祖阻止道。

"吾家规矩重，教出的孩子个个懂事。不过长公子，今儿破例，让少爷上桌，老朽太喜欢这孩子了，若是不讲辈分，当称少爷为师傅呢。"

"江师傅快别这么说，犬子乱说一通也别往心里去，论做学问与写篆书，犬子的路还长着呢。"

"长公子，不管说什么，这顿饭一定让少爷上桌。"

杨祖想了一会儿对吾衍道："衍，不论走多远一定得记住，江师傅永远是衍的恩人。"

"父亲，孩儿记住了。"

"那上桌吃不？"杨祖问。

"有客人，孩儿不可以上桌。"

"少爷既然把师傅当恩人，那恩人让少爷上桌呢。"江师傅接了一句。

"父亲……"

"听师傅的话呗。"

"是，父亲。"

柴氏端着菜走进厅堂，看到吾衍在桌上叱咤道："没规矩。"吾衍刚刚抓起筷子，听到奶奶的叱喝连忙放下。江师傅接话道："他嫂子，是老朽让少爷上桌的，都是自己人，就不要客套了。"

"江师傅，'打出来的铁，炼出来的钢'，年少不学好，将来别人教。"柴氏一副不肯罢休的模样。

"他嫂子，您不让孙子上桌，等于赶老朽呢。刚刚还说，古镇的书家，在少爷面前，连嘴都张不得，在老朽心目中，您少爷不是垂髫之年，早已行了冠礼了。"

"江师傅，您这是说哪的话，这孩子从小喜好舞文弄墨，也不值得您如此夸他呀！衍，既然是江师傅让座，谢谢江师傅才是。"

"是，奶奶。谢过江师傅。"说着，吾衍小心拿起筷子。

菜上齐了，柴氏陪坐在江师傅身边，不拿碗筷，劝着夹菜。江师傅晓得柴氏礼重，也不劝她；蒋氏在厨房里给奶奶做稀粥，从竹叶加封的坛子里挑出豆阴酱，准备端给鲁氏。柴氏劝了一会儿，问道："江师傅，母亲的病情到底如何？"

"先吃了这三帖药，而后对症下药。方才与长公子说了，这病主要是肾气不足，风寒湿邪入舍于肺，常是咳喘，上气烦满。待药用完，开点下逆气、止浊唾、散火热的药。只是，这个年纪，一切无常。"

"母亲辛苦一辈子，没享到清福，毛病就上身了，若是老爷怪罪下来，不知如何是好。"

"他嫂，万般皆是命，半点不由人。吾渭至始祖满之后十余代，没有对不住祖上的。要说里头的功劳，女眷们少不得有一半。当下，吾氏除了衢州府的吾家村，开阳分为三支，孔埠一支算是老大，可谓族大繁衍，复见晖映。当下孔埠由元振老爷撑着，四代同堂，个个才学了得，尤其重孙，才高八斗，前景无量呢。"江师傅一边吃酒，一边夸道。

"衍这孩子像他爷，只是命不好，落下病根。好在江师傅医术精湛，细心调理，挽回了九分。否则，真是苦了孩子了。"

"奶奶，衍一点不苦，每天读书写字，衍快乐着呢。"吾衍插嘴道，看到杨祖对他使眼色，吾衍连忙低下了头。柴氏说："衍懂事，快吃饭吧。"

杨祖给江师傅斟酒，三盅下肚，江师傅脸色泛红，话也多了起来，说道："长公子，其实老朽与子慰想的一样，那'瘌皮'偷东西又杀人，被好汉撞见，夺了刀做了三个蟊贼。"

"如此义勇好汉，官府应当奖励才是。"杨祖说。

"老朽正想这事。这尉司呀也是狗咬乌龟——找不到头。验伤验尸本不是老朽的行当，弄得像鸭子爬树。不过话说回来，明眼人一看就晓得，这义士身手了得，干净利落，就把三个蟊贼给办了。这样身手，不可能到小小的布店里偷窃，更不可能滥杀无辜。"

"等等，等等，江师傅在说什么哪？"柴氏疑惑地问。

"哦，母亲，方才去找师傅，师母说师傅在宋家，一问才晓得，宋家的瘌痢癫昨晚在祥记章被人砍伤，与他一同去的两个外乡人一死一伤。孩儿去那儿请师傅，看见了尉司与保甲在审瘌痢癫呢。"

"这瘌痢癫半夜三更跑到祥记章做什么？余掌柜没事吧？"

"他嫂子，跑到祥记章除了偷东西，还能干什么？这瘌痢癫喊了外乡的帮手，把守店的伙计给杀了，余掌柜在内间，否则不晓得会发生什么事呢。"

"真是可恶，没一点王法了，可偷祥记章钱财，怎么就被砍了呢？"柴氏再问道。

江师傅正想开口，杨祖道："那瘌痢癫一定是撞见鬼了，自己杀了人，又被鬼打杀。母亲，这祥记章是百年的老字号，余掌柜已是第四代传人了，人说：明有王法，暗有神灵，香烧久了也通神仙呢。"

"祖儿别瞎说，什么神呀仙呀，就是说瘌痢癫在祥记章偷东西，并且杀了人，结果被撞进来的好汉打伤了。"

"母亲，正是。"

"这华埠古镇，有这样的高人义士吗？"江师傅像是自问。

"当然有。"杨祖道，"古镇千年，历代是商贾云集、高人遁世之处，渊深潜大鱼，就像居云轩下的石崖潭，什么大鱼没有呢。"

"说的也是。"江师傅又吃了一盅，有些醉意了。"唉，怎么没见吾龙呀？"江师傅问柴氏道。

杨祖听了，抢着回答："前日与万寿宫戴老大押货去了钱塘。"

"父亲记错了，不是……"吾衍话没说完，杨祖即刻道："衍，大人说话孩子不可乱插嘴，家规不懂嘛。"

吾衍扁了扁嘴答："父亲，孩儿明白了。"

柴氏想了想道："江师傅，子慰在您那儿学了这些年，孬好成了帮手，若是江师傅不嫌弃，让子慰给您打下手。"

子慰听了道："母亲，在德裕堂学了这些年，不过皮毛而已，不配给师傅打下手呢。"

江师傅听了哈哈笑道："看来子慰并没有禀报母亲。老朽这把年纪，不想再续徒儿了，留下子慰，师母也高兴。这些年，师母背地里夸子慰实诚、有教养，恨不得再有个女儿。子慰这些年也快把老朽的底子掏空了。"江师傅说着，又吃了一盅酒，容不得柴氏插话："子慰成年了，有想法，有魄力，是个干大事的男儿，老朽无话可说，只是心里舍不得呢。"

"江师傅，您说什么呢？子慰跟您那么些年，学艺、做人都是您一手教出来的。不管有什么想法，都还没轮到他说话的时候。若是江师傅喜欢，就让子慰在德裕堂做着，大人也省了些许心思。"

杨祖接话说："母亲，这事子慰与祖儿说过，本想禀报母亲，结果遇上奶奶生病，就搁了下来。稍后等奶奶好些，子慰会与母亲商量。"

柴氏两眼瞪着杨祖，碍于江师傅又不好发作，于是道："江师傅，您吃菜，清官难断家务事，元振老爷不在，奶奶年事已高，做媳妇的里里外外不容易，让您笑话了。"

"他嫂子，您说哪家的话。家家都有一本难念的经，总有叫人懊恼的地方。就说德裕堂的女婿……今天不说了。他嫂子，拿上酒盅，老朽也敬您一盅。"

第六章

痫痢癫本来有伤，又经不住严刑拷打，招了劫货杀人的全过程。那同案人的招供，与痫痢癫的一模一样，只是不像痫痢癫将主责推给已死的人。问及何由盯上祥记章布店，痫痢癫承认两日前死者告诉他，余掌柜为进货聚拢了一批银子，便动劫杀之心。

不管痫痢癫供述真假，抢劫布店致人死伤可是真真切切的。只要朱衣点头，就像板上钉钉，怎么法办，都冤枉不了谁。

痫痢癫与那外乡同伙，被判斩刑，报刑部复核。当下已投入南狱，估计赶得上秋后问斩。

照律定，痫痢癫获斩刑，家产应当没收，妻儿发配至千里之外。只是痫痢癫孤身一人，家里除了一张破被，并无他物。保甲长知晓其姐姐临产，再三求情，其他人才免遭牵连。

这里疑案刚断，那里官府便张贴告示，说是寻找祥记章的好汉，知情者亦可禀报县衙。告示称好汉为"见义勇为"者，依照律定，捉盗贼者，所征倍赃可作赏赐，若盗贼家中无财可征，可由官府出赏钱。告示一出，全镇争相转告，都说官府秉公断案，奖励功臣，在市民中提升义勇之气。

那日晚上，杨祖与母亲谈得很晚。

子慰买扑开店，母亲柴氏死活不肯。杨祖细想，母亲的顾虑有二：一是子慰刚刚出师，弃学另开盐铺，担心别人说闲话；二是古镇盐店已有七八家之多，镇里人口并不多，销量有限，若是蚀本，拿什么还钱！

母亲说："尽管衢通三省，是物资集散之地，但别人也在做，何况律定销盐，只能在一定的范围内。"母亲在古镇生活了几十年，知书达理，对大宋的律法十分清楚。

子慰低头一直不说话，销盐的律定，他心里十分明白，上次不想说得太多，是怕哥哥杨祖担心。他晓得自己在冒险，但这个险值得冒。他想了想道："母亲，凡是活人，都少不得盐，因而利润丰厚。熙宁初年，衢州扑盐所收课数目，敌过两浙路，这事听来蹊跷。衢州并非产盐之地，所得食盐销售权仅仅一个州，但买扑课额，竟然超过产海盐的浙东。这些钱，在州府里，也在盐商袋里。其实缘由大家都清楚，有一个官员说：'但见衢州买扑销售，不知衢州之盐，已经侵入上饶与广信州。'蹊跷就在这里。"

杨祖想起那日与子慰的谈话：华埠四通八达，市面开阔，迢迢漫漫，这生意看着可越做越大。这分明是要把盐运往毗邻州县出售。

听子慰这么一说，柴氏问道："子慰是说除了开设店铺，还要把盐贩到饶州与信州？"

"母亲，这是往后的打算。"

杨祖道："子慰读过大宋律法吗？"

"是的，哥。"

"那么子慰一定晓得越地卖盐的刑罚喽。"

"是的。"

"子慰说说看。"

"哥，州府辛桐做盐，是正当的。从他仓里出货，在华埠销售是最稳当的。但是，这些年子慰晓得，不少商家将盐挑往饶州与信州，道理很简单，华埠送出的盐，要比当地州府便宜，更方便。官府管盐甚严，规定贩卖区域，大凡越界、私卖、私制和伪造盐引，超额夹带食盐者都给予严惩；同时也规定销售不得越界。但是，开阳是三省七县交会之处，又是物货集散地，边民货物大多靠古镇供应，盐也不例外。多年来，有见过官府惩办买扑盐商不？再者，高宗在金军追逐下临幸东西，经过扬州、江宁、临安多地，这些地方一度成为卖盐的中心，这说明了什么？"

"不管子慰怎么说，销盐出界，破了律法。做生意，要取义之利，否则得利一时，不会长久。"杨祖担心道。

"祖儿得管管这事，若是犯科，损害的不是一家四代，而是整个吾氏家族。"

杨祖正要说话，子慰道："母亲，这律法也在变，李肃之任浙漕时，即'罢盐纲，令铺户衙前自趋山场取盐'。如此，则盐善而估平。几十年来，蒙古军怀有亡宋之心，这是个不太平的世道，从皇帝到平民，想的是苟全性命，哪里还顾得买扑之类。若是更朝换代，再行盐法，是多少年之后的事呢。子慰是想抓住机遇，重振家业，让吾氏家族发扬光大，像当年的始祖，为后人闯出一片天地。"

柴氏听得发呆，她每日勤勉家务，料理起居，哪里晓得儿子的变化。她像是面对飓风，一下子失去掌控：吾龙好武，子慰行商，这一切都不是她与老爷的本意，儿子们像是长硬翅膀的鸟儿，做父母的力不从心了。好在杨祖像父亲，知书达理，说话也管用，于是道："祖儿都听到了，慰儿心怎就那么大了？父亲行前是怎么吩咐儿的，两个弟弟，一个都没教好，犯科的事，是吾家能做的吗？"说着，眼眶里含着泪水。

"听口气，子慰早把打算告诉了江师傅？"杨祖平静地问。

"是的，曾与师傅谈起过。"

"江师傅同意了？"柴氏一脸焦急追问。

"是的，母亲。"

杨祖想了想，劝道："母亲别急。这事得从长计议，其实吾龙行前孩儿说过，让他把子慰的事禀报父亲，让父亲决断。"

"什么！母亲嘱咐龙儿不要告诉父亲，祖儿执拗，是孝吗？"柴氏惊怒道，"你们兄弟把家规都丢到哪了！"

"母亲消消气，子慰的事暂且放在一边，孩儿向母亲禀报另外一件事情。"杨祖道，生怕母亲不许。

"另外什么事，难道吾家还有比开盐店更大的事吗？"柴氏没好气地问。

"是的，是吾龙的事。"

"龙儿什么事，龙儿不是押船下钱塘了吗？对了，饭桌上倒是听出端倪了，祖儿堵了衍的嘴，不让提龙儿，这是为什么？"

"母亲，衍的话一问出口，必定引起江师傅的猜疑。"

"母亲，不是这个意思，孩儿想晓得，几时送吾龙出门的？"

"不到寅时。"

"时间上对得着呢。"杨祖像是自言自语。

"对得着什么？"

"子慰陪师傅在宋家验伤，听尉司审讯痲痢癫，说到吾龙出行时与祥记章踏贼的时间正好相同。就是说，那时吾龙就在附近。"

"祖儿是怀疑亲弟行盗！"柴氏惊呼道。

"母亲误解孩儿的意思了。倒是痢痢癫三人在祥记章行窃杀人，正好让吾龙撞上。母亲您看，过了石拱桥，就是上街，横跨几个商埠弄堂，便到了下街。祥记章在下街的上段，戴老大的邃古埠头在下街的中段。要去邃古埠头须得路过祥记章布店。"

"子慰这是认定龙儿杀人了？"柴氏脸色铁青地问。

"母亲，孩儿只是推测。夜间寅时，有谁会在街道上行走，又有谁敢面对三个持刀歹徒？吾龙出行时间与走道，暗合祥记章布店的命案；吾龙是个血性男儿，路见不平，拔刀相助他做得出来。"

"哥，子慰不明白，龙带着剑，死伤者皆是刀伤，而且保甲在现场提取了凶器。一对三不用剑，费力夺刀，不在情理之中呢。"

"子慰晓得龙弟的身手，用得着出剑吗，而且那样做极易授人以柄。"

"祖儿这是将龙儿往死索里套哪！"柴氏悲愤道。

"孩儿只是想让母亲与子慰晓得，别人问起时心里有个底。现在，官府贴出告示，说是奖赏祥记章义勇后生，孩儿想，即便不是陷阱，吾龙也不能出来领这个赏！"

"哥，这又是为什么？圣人言：'见义不为，无勇也。'龙弟出手是义举，官府奖赏理当出面接受，为何躲躲藏藏？"

"子慰，祖儿说得对，人怕出名猪怕壮，何况，像祖儿说的，把不定这是官府的陷阱。"

"孩儿更担心由此结下冤仇，却要几代人来偿还。"杨祖接柴氏的话道。

子慰想了想道："子慰明白了。"

"子慰，呈报验伤的折子，要反复斟酌，不能露出破绽。那痢痢癫是看到龙弟佩剑的，故而原先咬定剑伤。当然，不能让江师傅晓得，江师傅是个好人，待子慰不薄，但毕竟内外有别。"杨祖道。

"哥，江师傅可能察觉，先头吃饭时询问龙哥的去向，自然是有意的。"

杨祖点点头，说："有可能，但子慰要一口否认。"

"祖儿，兄弟几个，没有让母亲省心的。"柴氏悲伤道。

"母亲，一切有孩儿哪，您照顾好奶奶，祖儿兄弟几个就放心了。"

"都听好了，不能在奶奶面前露出半个字。祖儿，也要与衍说明白，让他在太奶奶面前封嘴。"

"母亲，衍懂事，您就放心吧。"

这天，元振来信说，在国子监对面的生花坊购了一处房产，让杨祖即刻起程去临安读太学。

奶奶病重，这个时候怕是走不脱。不想母亲说："一个大男人成天待在宅里做什么，跟着你父亲读太学，比在家里晃来晃去更让母亲省心。"

"母亲，孩儿只是担心奶奶她……"

"祖儿能帮上什么忙，奶奶有子慰，还有江师傅，一切都不用祖儿担心。"

既然父亲让杨祖读太学，杨祖就没有推辞的理由。从华埠下钱塘的船多，行前头一天用晚膳时，杨祖告诉吾衍明日去临安的事。吾衍道："父亲，爷爷让您下钱塘读太学，父亲什么时候让衍去临安读太学呢？"

杨祖笑答："得等父亲官居八品之上，衍儿才能读太学，衍快快长大。"

"龙叔这么说，父亲也这么说。爷爷在临安，父亲去临安，龙叔时常下钱塘，衍儿一次都没去过。"

"父亲去临安后，衍儿一定要听母亲和奶奶的话，跟着子慰叔、龙叔好好读书学艺，到时候，父亲自然会像爷爷一样，把衍儿接到临安。"

"父亲，若是去临安，衍能带上黑子吗？"

"不能，临安是个大地方，再说，人一年，狗十岁，那时，黑子也老了。"

"父亲，能带上祖传的宝剑不？"

"能。"

蒋氏过来收碗，吾衍道："母亲，若是父亲让衍去临安，一定让母亲陪衍一道去。"

"那太奶奶、奶奶谁来孝敬！"蒋氏笑着答。吾衍听了不语。杨祖道："时间不早了，去书房读书去。"

是夜，杨祖到奶奶丁字间告别，见奶奶神色不对，忙到厨房里喊来母亲。看到鲁氏不省人事，柴氏急忙叫杨祖去喊子慰。子慰忙了一阵道："母亲，孩儿还是去请江师傅吧。"

见子慰面有难色，母亲问："子慰，奶奶到底怎样？"

子慰犹豫道："还是请师傅吧，别在孩儿手里耽搁了。"没等母亲说话，便抽腿跑了出去。见子慰走了，杨祖便道："母亲，这个时候孩儿不能离开。"

"船都要起程了，祖儿真会挑时间说话。"柴氏道。

"母亲，读太学往后有机会，但是奶奶这个样子……不管怎么说，孩儿都不能离开！"

"祖儿的孝心母亲晓得，但是父亲那边……"

"若是父亲晓得真相，也会支持孩儿。"

"祖儿呀，可要想好了，开弓没有回头箭啦！"

"母亲，孩儿意已决，留下陪着奶奶。"

柴氏抹了一把泪，叹气道："那与戴老大说一声，别让人家等着。"

江师傅来了，号了脉，加了药，鲁氏依旧一日不如一日。这个岁数难道……柴氏想着心里一紧，有了不祥的预感。于是催促吾衍，每日早晚必去太奶奶房间里问候。

吾龙下钱塘，子慰难见身影，吾衍与父亲杨祖挨得就近。白日里不论读书、下地干活，父子一高一矮，像是一对影子。那些日子，因为祥记章的案子，整个古镇警觉起来，官府让保甲增加打更人数与次数，许多店铺彼此仿效守夜，惊悸惶恐，不可终日。于是，子慰三天两头夜宿德裕堂，有时江师傅还将箬皮坞制药的女儿和女婿喊回做伴。

像往常一样，每晚父子依旧猫在清源斋，吾衍的临摹与往常比越来越少，他缠着父亲问这问那，好些问题杨祖回答不了。杨祖问吾衍："从哪本册子里读到这些的？"吾衍把书卷推到父亲面前说："前些日子，爷爷寄来仿刻本。"

杨祖笑笑，父亲元振寄些连他都不曾细读的书籍，诸如苏轼的《格物粗谈》与《物类相感志》。杨祖问："《格物粗谈》分天文、地理二十门；《物类相感志》分天、地、人、鬼、鸟、兽、草、木、竹、虫、鱼、宝器十二门隶事，衍学的是哪一门类？"

吾衍用手指着内页答："父亲，都学，不过孩儿更喜欢这个。"杨祖侧身细看，居然是解说私印与印泥的文字："玉印以蟾酥油擦，则易雕，或以吉祥草擦亦妙，其铜器以荸荠擦之，则松脆易雕。"往下再读："合印色须是极斩研细，不然则砂而不可用。"

杨祖不解问："衍，为什么学私印雕刻与印色呢？"

"父亲，大宋制印、篆籀与古人的不同呢。"

"怎么不同？"

"大宋的妖化了。"

杨祖认真道："衍儿，不可胡乱言语，怎么就妖化了呢？"

"父亲，孩儿可以回答不？"吾衍谨慎问。

"清源斋里可以，出了这个门就不行。"

"听命，父亲。现时学晋人之帖，多为行草与小楷，只追求飘逸与妍媚，全然异于碑学。北碑、篆隶，或是唐碑，讲究质朴与雄浑，若是晋帖的妖，是秀逸摇曳的话，北碑就是遒健峻峭的壮美了。"

"衍儿一贯喜欢古朴的篆籀，这里头有什么道理？"杨祖问。

"孩儿没想过，也不晓得，只是觉得古时的好。"

"古时又好在哪呢？"杨祖进一步问道。

"父亲，就说李阳冰的《三坟记碑》吧，这谓之'铁线描'的《三坟记碑》，承兑了李斯《峄山碑》玉筋笔法，以瘦劲、遒劲、洁净、婉曲取胜，十分耐看。不知为何，孩儿越看越是喜欢。爷爷像是明白孩儿的心思，专门从临安寄来诸多仿刻本，供孩儿参阅。因而，孩儿愈加欢喜。只是孩儿还不太明白，这到底是为什么？"

"嗯，衍最喜欢吃什么菜？"杨祖问。

吾衍望着杨祖奇怪地问："父亲明明晓得，衍儿喜欢吃鱼，每次与龙叔抓的鱼，孩儿吃得最多。"

杨祖点头道："衍儿喜欢吃鱼，就像子尉叔喜欢经商，龙叔喜欢习武，而衍儿喜欢篆籀与金石。大家都在清源斋读书，却是各有所好，去向迥异。衍儿，人这一辈子很短，做自己喜欢的事不容易，父亲希望衍儿能够做到。只是，衍儿到底喜欢做什么呢？"

吾衍想了想道："做先生。"

"做先生好。学高为师，身正为范。若是做先生，就要愈加用工读书，勤练不辍。俗话说，育人先育己，己正而后正人。讲的就是这个道理。"

"父亲，孩儿听明白了。"

"时间不早了，也该歇息了。"

"好的，父亲。"

"龙叔不在，子尉叔又在师傅那儿，要不与父亲一块睡？"

"父亲，孩儿一个人不怕，只是一觉到天亮，明日父亲喊醒衍，孩儿给太奶奶请安。"

杨祖点点头道："走吧，父亲送衍过去。"说着，抓起吾衍的手。

吾龙回古镇的头一天，柴氏照常叫吾衍给太奶奶请安。不知何因，吾衍一改往日，拖拖沓沓不太愿意。柴氏问吾衍怎么了，善言的吾衍也说不灵清。柴氏接着催道："衍赶紧给太奶奶请安，奶奶一会儿送早餐过去。"吾衍踌躇半日，这才勉强答应。

横穿天井，走上回廊，进入甬道便是丁字间，吾衍慢吞吞地停住脚步，望着微微敞开的房门，像是面对一道沟壑，再也不肯迈开脚步。柴氏端着碗筷过来，见吾衍站在门外便问："衍，给太奶奶请安了吗？"吾衍低着头，脚底板搓着地面，没有回答。柴氏走到吾衍身边，用身子顶了顶，说："奶奶问衍话呢。"

吾衍摇摇头说："奶奶，还没呢。"

柴氏暗暗吃惊，急促道："跟奶奶一起进去。"见吾衍站着不动。大声喝道，"衍，听到没有！"吾衍像受惊的孩子，"哇"的一声大哭起来，频频跺着双脚。柴氏大惊，一失手，碗筷砸了一地，也顾不得清理，拎着袍子匆匆走进房间，见鲁氏脸色苍白，鼻孔里还有丝丝气息。"衍，快叫父亲！"柴氏在房间里大喊道。

吾衍转身跑开了。

片刻，杨祖与蒋氏赶到丁字间，柴氏说："快去叫江师傅与子慰，奶奶不行了！"

杨祖应声，拔腿跑了出去。

房间里一阵忙乱，柴氏与蒋氏将鲁氏的枕头高高垫起，鲁氏的脖子像折了的芦秆，支不住枯槁的脑壳，"吧嗒"一声垂落下来。柴氏忙用衣裳垫在鲁氏脑后。末了，在床前坐下来。

"这些日，曾让衍儿早晚请安，就害怕这天。"柴氏轻轻搓着鲁氏的胸口，低声对蒋氏道。

"母亲是说，衍儿不肯走近奶奶。"

"是的，这是征兆呀。老人去世前，垂髫年岁的孩儿死活不肯走近。当年，外婆去世前想见外孙，哄他、劝他都不管用。母亲灵清，说不用了，抓紧准备后事吧。这些日子，衍儿早晚给太奶奶请安，唯独今天，叫了几次才过来，过来了又不肯走进房间。"

蒋氏一个激灵问："真像传说的那样，孩儿能看见不洁净的东西？"

"孩儿哪说得清楚，能说清楚的又看不见了。"柴氏道。

鲁氏失禁，两人在房间里忙着擦洗。柴氏认定，母亲这是要走了。她想着准备后事，先得把老爷请回来，只是吾龙去了半个月，至今未归，她巴望龙儿与老爷一起，最后见上一面。

子慰脚快，匆匆走到床前，说："母亲，奶奶怎么了？"

"江师傅在哪？"

"哥陪着他在后头呢。"

"快给奶奶号号脉。"柴氏催促道。

子慰顺手撩起袍子坐在床边，引过鲁氏的手。起始算是平静，只片刻，子慰中指一弹，便把持不住了，接着泪水"哗哗"地流了下来。

"子慰……"

"母亲……"

"哭有什么用，说话呀！"

"母亲，奶奶病情危重，元气衰竭，怕是……"说着，又哭。

"还有多少日子？"柴氏低声问。

"母亲，这这这，孩儿不敢说。"子慰紧张答。这时，门外杨祖道："母亲，江师傅到了。"

江师傅应声进门，蒋氏与子慰闪到一边，柴氏掌灯靠近床铺。江师傅看了没说话，坐下来号脉，末了，问子慰："子慰，刚刚一定号过脉了？"

"师傅……"

"老朽猜着了，自己的奶奶，怎么说得出口？"江师傅摇摇头说。

柴氏两眼望着江师傅，说："江师傅，奶奶的病……"

"真切的真脏脉象。"

"怎么解？"

"谓无根之脉。"江师傅接过蒋氏递过的巾帕，拭了拭手道，"或虚大无根，或微弱不应指，浮数至极，至数不清；三阳热极，脉在皮肤，如虾游水，跃然而去，须臾又来。均为三阴寒极，亡阳于外，虚阳浮越的征象。"江师傅说完，扭头看子慰，问道："子慰，与师傅号的脉相同不？"

子慰点点头道："师傅，是的。"

"江师傅，还剩多少日，好让家里置办后事。"

"他嫂子，少则二三日，多则三五日，这要看老人家心愿了。这世上也有忍着不走的，若是老人家想见儿孙，兴许能忍几天。总之，快些准备后事吧。"

柴氏听了，泪水像珠链一样，蒋氏也低声哭泣起来。江师傅起身道："他嫂子，元振老爷不在，嫂子就是这个家的主心骨，要节哀顺便。郎中呀，也有力不从心的时候呢！"

柴氏、杨祖与子慰送江师傅到院外，江师傅再三推辞，柴氏坚持要送，然后悄悄对子慰道："这是师傅的工钱，一会儿交给师傅。"

吾衍一直躲藏在门外一侧。蒋氏心里害怕，喊他进来，吾衍不听。蒋氏出门拉了吾衍一把，吾衍伸头朝里张望，而后跨进丁字间。蒋氏把油灯拨亮一点问："前头奶奶喊孩儿进来，为什么死活不肯？"

"回母亲话，衍儿只是害怕。"

"前些日子过来请安，没见孩儿害怕呀，今天是怎么了？"

"母亲，太奶奶床前站着一个小女孩，披头散发的好生怕人。"吾衍道。

蒋氏从床边猛地站起，目光四顾，说："可看得真切？"

"现在没了。母亲，太奶奶是怎么了，要死了吗？"吾衍哭着问。

吾衍话音刚落，蒋氏"啪"地打了一个劈面巴掌，说："不许胡说！"吾衍捂住脸，眼泪"滴滴答答"流了下来。蒋氏一把搂过他道："孩子嘴灵，不许这样说太奶奶，太奶奶疼衍儿呢。"

"母亲，爷爷和龙叔还没有回来。龙叔说，下钱塘赚了工钱，要给太奶奶买好吃的东西。"

"衍儿听话，太奶奶不会死，太奶奶要等着龙叔回来呢。"

客厅里柴氏招呼杨祖与子慰安排后事。"老屋"是现成的，几年前打好了，搁在厨房顶端的楼上，虽然不像士大夫一样用椴木制成，八寸厚板，至少与平常人一样，采用深山五十年老杉木，四寸厚板订制。老屋用土漆漆过，色泽油亮；两侧写着赤玄相间的虫鸟字，一边是"难忘淑德"，另一边是"忘记慈恩"；在老屋的两端，写着"福"与"奠"。墓地先前就有，在池淮港对面石阆山下，那里埋着吾氏的祖宗。除去这两样，便是请道士做道场，制作寿衣，告知亲朋好友前来吊唁。柴氏把一切安排妥了，拿眼扫了大家。

"还有遗漏的吗？"

"母亲，书信寄出，父亲即使快马，也要数日；那吾龙更是，行船江上，不太好找，这如何是好？"杨祖问。

"不论父亲与吾龙何时回来，这样的天气只能停放数日，而后入殓，置棺于堂恭候。"柴氏道。

正说着，蒋氏与吾衍走到堂前，后头跟着黑子。看到蒋氏，柴氏问："房间里没人，一个个都出来做什么？"

蒋氏低头不语。吾衍答道："奶奶，母亲害怕。"

"大白天的，又带着黑子，有啥可怕的？"柴氏责问。

杨祖说："母亲，孩儿陪媳妇去。"

"都听好了，现在起，房间里的灯添油换芯，不得熄灭，除非……"柴氏像关了闸门似的，后面话没说出来，意思大家都明白了。

次日傍晚吾龙到达古镇埠头，他身着宽大白色凉衫，长发拢在头顶，盘绕成髻。踏着水青石阶，心里却有一种难以名状的忧伤。在留恋与惋惜之间，本是热血的奔腾的心潮，像是流进平缓的港湾，静止不前。许多人擦身而过，又有人与他打招呼，他只是"嗯嗯"地应着。最后，挑夫的担子撞到他的身上，他才抬起头，看见墙上张贴的告示，微微一笑。这时听路人道："少爷，奶奶快不行了，倒是给赶上了。"吾龙一听，说声"不好"，迈开大步往孔埠赶去。

黑子耳聪，纵身一跃，"汪汪汪"叫着冲向门外；客厅里，吾衍仿佛也嗅到了吾龙的气息，一扭头叫道："龙叔！"说着，扑了过去，杨祖闻声跑了出来。

吾龙抱起吾衍问："哥，奶奶怎么样了？"

杨祖答："江师傅说，没几天了。"

吾龙一下没憋住，哽咽起来，往丁字间走去。

室内异常安静，被褥下是奶奶瘦瘦的轮廓。吾龙把头埋在床沿抽泣着，好些时间，杨祖都没惊动他。末了，吾龙道："还给奶奶带来了雪花酥。"

杨祖叹气答："怕是奶奶没福气吃了。"

兄弟俩便没了话。吾衍眨眨眼问："龙叔，什么是雪花酥呀？"

"衍，不懂事。"杨祖制止道。

吾龙抹了一把泪水，说："哥，没事，是临安的一种糕点。"

吾衍看看杨祖，忍不住问："与龙叔带回来的高丽栗糕一样好吃吗？"

"配料不同，高丽栗糕是将栗子与糯米粉混合在一起，加蜜水拌润而做成的；雪花酥是先将油在锅中化开，置入炒面粉再上糖。因为色白，所以叫雪花酥。"

吾衍听了咂咂嘴。吾龙说："一会儿龙叔取来给衍吃。"

"不行呀龙叔，您是给太奶奶带的。"

杨祖不语，吾龙接话："也是给衍买的。"

"嗯，龙叔真好。"说着，拉着吾龙的手摇了摇。

"在临安见到父亲了吗？"杨祖低声问。

"见过了，还认识了父亲的不少熟人，尤其见到了长建里的君实。"

"就是不久前李庭芝提拔的参议官陆秀夫？"

"哥，正是。君实是唯一入临安勤王的人，是个忠臣！"

杨祖若有所思，天井里传来蟋蟀的叫声，猫头鹰在柏树林里连续惨叫几声。杨祖道："父亲对子慰买扑之事有何说法？"

"父亲说，子慰不是孩子，该做什么，会掂量着来。"

杨祖看着吾龙不吱声，他信吾龙的话，不过他想的不是子慰，而是从子慰身上看到了吾龙的去向，这才是做哥最担忧的。"还没拜见母亲吧？"杨祖换了话题，见吾龙摇头，说道："那快去吧，母亲在厨房里忙着呢。"

吾衍一听，说道："龙叔，衍陪您去看奶奶。"说着，与黑子一道往厨房跑去。

若是子慰摊上的算个事，吾龙提起的君实，才真正让杨祖担心了。杨祖不仅晓得君实，还在邸报里读过他。君实也叫宴翁，随父迁居京口，十九岁那年，与文天祥一道中了进士。当时的两淮制置安抚使李庭芝慕其才名，请入幕府。咸淳十年，提升为参议官。后一年，蒙古军沿江南下，扬州官员多数散逃，唯有君实等少数人坚守。此后，李庭芝又将陆秀夫推荐给朝廷，调往临安，当了司农寺丞，负责粮仓和百官禄米，稍后又升迁宗正寺少卿兼起居舍人及礼部侍郎。

陆秀夫天性沉静，才思清丽，平常默默不言，显得矜持庄重。杨祖不晓得的是，父亲元振如何识得陆秀夫，又将他介绍给弟弟吾龙认识。

吾龙与吾衍再度返回，猫头鹰停止了叫唤，天井里的蟋蟀像是累了，没了声息。房间里，奶奶的眼睛微微睁开，她张张嘴，没把话说出来。杨祖挑了挑灯芯，三个人的影子高高矮矮地打在板壁上。吾龙跪在床前，握着奶奶的手，感觉握着的是薄薄的皮裹着一块软弱的骨头。"奶奶……"吾龙低声唤道。

奶奶望着吾龙，眼睛一动不动。吾龙却听见奶奶喉咙底发出微弱的响声，像天井上空滴落的一滴水。

"奶奶，您想说什么？"吾龙轻轻问，吾衍也跪到床前，黑子伸着脖子望着鲁氏，发出悲伤的低鸣。

奶奶说的，吾龙与吾衍没听明白。"衍，把黑子带到门外去。"杨祖吩咐道。吾衍听了，唤黑子出去。吾龙依旧握着奶奶的手。奶奶吃力地抬起眼皮，望着那盏比往常更亮的灯芯，再也没有移开。

这个夜晚，天空下起大雨，瓦檐上的水柱像开启的水闸，砸在天井的青石板上，发出巨大的声响。天地间，除了"哗哗"雨水，仿佛没了其他的生命，这雨声，让每个角落都显得十分静谧与诡异。吾龙对母亲说，这晚由他守着，他要尽孝心。杨祖想找借口陪着吾龙，谈谈祥记章布店的事，又觉得不是时候，便把话咽了回去。

整个晚上，灯没有熄，像笔尖一样的火苗，在雨夜里时不时摇曳着。吾龙始终没困，他望着奶奶，回忆起许多往事。吾龙最小，奶奶疼他，若是父亲母亲给奶奶好吃的，奶奶总要留下一半，塞进胸口的内袋里，悄悄地留给吾龙。若是杨祖与子慰惹哭了吾龙，不管谁对谁错，挨骂的总是杨祖与子慰。冬天的夜晚，大家在厅堂聊天，奶奶坐在门槛上，腰裙下塞着火笼。吾龙就会挨着奶奶坐下，把手伸进奶奶的腰裙下，奶奶轻轻抚着他的小手，好些时候，吾龙是趴在奶奶膝头上进入了梦乡。眼下，奶奶干瘦的手没了先前的温暖，而握住奶奶的大手，就像当年奶奶捂着他的小手一样，奶奶仿佛也睡着了。

雨停了，东方吐白，柏树林里的小鸟有了第一声叫唤，而后是"叽叽喳喳"响成一片。高高的暗牖射进了微光，吾龙扭头，光线落在三屉条案上，灯火轻轻地晃了一下，接着又晃几下。吾龙正疑惑着，那灯火"噗"的一声灭了。吾龙回首，奶奶脸上没有了一丝血色，手已冰凉。

"奶奶……"吾龙大哭起来。

第七章

忙碌一整天，古镇吊唁的贤哲已经离去，鲁氏娘家、元振叔伯后裔、柴氏蒋氏娘家亲戚一一到场。鲁氏还未入殓，来往亲戚头戴白披纱，进出丁字间，哭声像池淮港的波涛一起一伏。吾衍从来没见过这么多客人，每个房间都住满了人，除了长辈，赶不回去的男人挤在楼板上，吾龙的床睡了六七个孩儿，只有子慰的床给兄弟们留着。

柴氏与长辈们商定好后事，大家一一散去。杨祖对柴氏道："母亲，您睡一会儿，守灵的事有兄弟呢。"

"父亲没到，尽孝的事儿孙们得填着。"

"母亲放心，尽孝是儿孙们的本分。"杨祖道。

吾衍听了，眨眼道："奶奶，衍要与父亲一道守灵，还有黑子。"

"也该衍的，上半夜待一会儿，下半夜睡觉去。"转而对杨祖道，"香火不可熄灭，不时烧点纸，别让野猫钻进去，兄弟几个轮流着来，父亲不晓得什么时候会到呢。"

"母亲，您就放心吧。"杨祖说。

四人依次进了丁字间，点香烧纸叩拜。杨祖与子慰坐在椅子上，吾龙倚在床沿，吾衍择了根小板凳，挨着杨祖坐下，黑子趴在吾衍脚下。香火缭绕，灯光摇曳，兄弟们各自想着心思，静得只能听见黑子的喘息。杨祖说："今晚哥来，你们都去歇着。"

吾龙说："还是龙先守着。"杨祖对吾龙道："昨晚熬了一夜，去睡一会儿去。"吾龙摇摇头说不碍事。杨祖想起吾龙说的事，便与子慰道："龙弟把子慰的事告诉了父亲，父亲并没有反对。哥想，办完丧事后再与母亲好好商量商量，也许能让母亲回心转意，这辈子母亲不容易呢。"

"哥，子慰听您的。"

"子慰，父亲回来的时间把不准，守灵的事要从长计议。人说，吃药十服，不如独宿一夜。都窝在丁字间，时间长了个个都撑不住。"

子慰想想说："哥，今晚还是子慰来吧。"

杨祖拍拍子慰的手说："今晚子慰先去睡，哥与龙在这儿，下半夜哥留下，明晚轮到子慰。正好，哥还有事要与龙弟谈。"子慰犹豫了片刻道："那辛苦哥弟了。"子慰说着起身。

杨祖吩咐吾衍道："衍与子慰叔一道去睡。"

"不，孩儿要与父亲一起。"杨祖拉起吾衍的手，在掌心拍了一下，"衍听话，不管遇到什么，每天都得读书，不睡觉，明天哪有精神？"

吾衍不情愿地站起来，吾龙想起了什么，说："衍，与龙叔一块儿取雪花酥去。"

吾衍听了转而为笑，牵着吾龙的手蹦跳着走出去。

丁字间只剩杨祖，周遭的宁静渗透在每个角落里，他打了个激灵，回顾四周，条案泛着暗光，灯火微微摇曳，生出许多幻影来。在吾宅，杨祖从来不晓得害怕，即使面对奶奶的尸体。作为吾家长子，奶奶的慈爱让杨祖感到温暖。奇怪的是，奶奶从来没把爱挂在嘴边，只是用慈祥的目光注视着他、安抚着他；那目光又像一堵墙，挡住父母所有的严厉，让杨祖平静地习读与生活。现在回想起来，平添许多感激之情。杨祖的目光投在床上，奶奶的尸体裹着白布，头颅被瓦当高高垫起，干瘦的身子十分单薄，仿佛只剩下一副骨骼，那早已流失的热量，让杨祖不再感觉到温暖，只是在他的脑海里，依旧留有奶奶的记忆：勤劳稳重，慈爱安详。

吾龙返回时，杨祖正往瓦当里添纸，火光闪烁，照出杨祖俊俏的面孔。"龙，坐过来吧。"望着与自己长得极像的吾龙，杨祖招呼道。吾龙也往瓦当里添了纸，插了香，坐到杨祖身边。杨祖问："临安吃紧，可问过父亲有何打算？"

"父亲说，在国子监，他只是一个做学问的人，谁当皇帝都少不得，即使一时少得了，想要治国安邦，还得重新拾起。"

"父亲有远见且自信。若是把蒙古人比作虎，吃羊的离不开羊。统治大宋，没有汉人不行，就像元军打天下离不开汉人一样。这样，父亲依旧做他的学问，实在不行，回到老家，创办书院，教授学生，不也自在！"

吾龙听了点点头，说："这正是父亲想的。世道交替，人心浮躁，父亲还担忧大哥无心读书，放弃学业。"

杨祖笑笑，说："哥更担心的是，元军坐天下，会废止科举，太学也是前程迷茫。前些天看了邸报，沿江各州将帅纷纷投降或逃匿。如此，兵有求死之意，将无一战之心哪！好在朝廷有李庭芝这样的忠臣，坚守城邑，杀降贼，焚降书，犒劳将士。否则，江山一触即溃，那样到底是谁的悲哀？"

"哥说得真好，君实说到制置使李庭芝，常常满脸是泪，有一种挥之不去的敬重与忧伤。这些，是刚正将士最不能忍受的。当下，廷内上下人心浮动。那个左丞相王炆自请罢政，不待命令下达，便离职而去；右丞相章鉴见元兵迫近，借故离职；朝中同知枢密院曾渊子、左司谏潘文卿等数十人逃走，宫内萧条冷落，一片凋零气象。谢太后整天在宫内大叫，还下诏痛斥廷臣出逃之人，但毫无用处了。哥，当下公卿精神涣散，没逃的把自己当成砧板上的肉，等着元军来砍，如此懦弱，叫人痛心哪！"

"那么，大宋还能指望谁呢？"杨祖自言自语。

"哥，大宋江山没有指望了！"吾龙叹道，"但是还有一些铁血将士，国难当头，竭力尽忠。有这样的将士，江山没了，风骨犹存！"吾龙身披麻衣，头戴草结目视远方，两眼炯炯有神，像是久困黑暗的人看到了曙光。这情形杨祖从来没有见过。吾龙真的长大了。

杨祖亦受到感染，沉默半晌不语，他赞许吾龙所说的话，恨不得像雄狮一样大声吼。不过他是吾氏长子，吾龙的大哥，不能随性而行，让弟弟察觉自己的心思。他静静地望着吾龙，片刻道："龙，自古忠诚难得善终，天下尽管还有李庭芝、文天祥、陆秀夫、张世杰这些忠臣与将领。但是，能从其身上见着大宋的未来吗？当然不能。春秋五霸，战国七雄，秦统六国，两汉又生魏蜀吴，三国归晋。历朝历代更迭易主，百姓依旧是分封与郡县的百姓，而王道呢？始终'以牧民之道，务在安之而已'。既然天下有逆行之臣，也会有响应之臣民矣，但结果都一样，怕是这个道理呢。"

吾龙望着杨祖，目光中掠过一丝丝失望。大哥知书达理，本希望得到他的支持、鼓励，不想杨祖会说出这番话来，让他心里凉了半截，于是狠心道："哥，龙意已决，不能再回头了。"

杨祖没有吃惊，这是他预料之中的，只是他还不晓得吾龙要做什么，说道："那么龙弟有打算了？"

"龙与君实商定好了，要追随他而去。"吾龙坚定地说。

杨祖隐约感觉到了，听吾龙说出口，还是颇感意外。这样的决定，或许是吾龙多年习读兵书、操练武艺的必然归宿。杨祖望着吾龙的目光问："追随君实，龙弟能做什么，又能挽回什么？"

吾龙有了片刻的犹豫，说道："若是元军攻破临安，江中还有万艘舟船，仍然可以与元军博弈。龙好水性，习读兵书多年，追随君实，一道下海与元军作战。至于结果，龙并没有想那么多。"

杨祖道："刘整谙悉宋人兵法，棋高一着，早早想到了这一步。攻打襄阳当口建舟船、习水兵，海上对垒，汉军没有胜算的把握。龙，到了这个份上，胜败在兵力强弱，也在士气高低。兵法道，朝气锐，昼气惰，暮气归。元军占据了大部陆地，赶宋军于海里，舟船之战，实为暮气，宋军还有多少胜算呢？"

"投之亡地然后存，陷之死地然后生。"吾龙坚定地说。

"龙，兵法说：少则能逃之，不若则能避之。弟是觉得宋军有可能转败为胜，才跟随君实的，还是出于一时之义气呢？"

"哥，人活一世为了什么？国家危难，不能挺身而出，而是苟且偷生，活得再长，又有何意！龙信奉轰轰烈烈，不在乎性命短长，男儿临危不惧，为国赴死，死而后已！"

杨祖眼睛里闪着泪花，能感受到弟弟那颗滚烫的心，他被弟弟的英武气概感动了。整个老屋异常安静，天井里响着"滴滴答答"的落水声，与吾龙的心跳混合在一起，夜显得格外的长。杨祖不再说了，吾龙的决定，没有人能拗得过，母亲、父亲也不能。杨祖的眼前，突然出现小时候的吾龙。子慰少语；吾龙活泼，他喜欢跟着杨祖，却自有主见。吾龙游泳是杨祖教的，一旦游会，便不顾杨祖的劝说，横穿湍急的池淮港，还从港里游向宽广的金溪，那是杨祖力所不能及的。为这事，杨祖挨过母亲的竹鞭。他沉吟了片刻，问道："龙，这事可禀报给父亲？"

吾龙摇摇头。

"如此，哥也不想说什么了，但得等奶奶入土之后。那时，龙弟再决断要不要下临安，要不要告诉父亲。"

吾龙说："历来忠孝不可两全，有这一头，保全不了那一头。吾龙做不到的，恳请哥哥代为孝敬。万寿宫戴老大约龙半个月后押货下钱塘，此次一去，便不再回来了。"

杨祖颇感哀伤，大宋与蒙古军厮杀二三十年，祸殃将军无数，有多少人记住他们的姓名？一兵一卒，更像是荒野里的蝼蚁。当下元军大肆进攻，临近城下，吾龙此去的结局更是凶多吉少。他真心希望吾龙能够面告父亲，也希望父亲有法子制止吾龙。这个时候，杨祖才想起母亲的教训：两个弟弟，一个没能教好！想着还是劝道："龙，父母带大兄弟吃了多少苦，若是一走了之，置亲情于何地？大哥还是希望龙弟先行禀报，而后动身。这样，没有不孝之嫌，对得住父母养育之恩，父母也不会责怪龙弟不敬。"

吾龙想了片刻道："哥，若是先行禀报，父母不同意如何是好？一个要去，一个不肯，岂不是更加难堪。倒不如修书一封交与戴老大带回，那样，让父母晓得实情，避免对峙，伤了和气。"

杨祖晓得吾龙铁了心，不再坚持。他起身往瓦当里添了纸、续了香，坐回椅子上暖了口气："龙，若是奶奶活着，她会怎么想呢？"

吾龙脸色一下子暗了下来。奶奶是他的软肋，倘若奶奶活着，这个决定是吾龙想都不敢想的。沉寂片刻，吾龙道："奶奶明事理，她老人家舍不得龙，但不会阻止龙走这条道。"

"是呀，也许不会。奶奶甚爱弟兄三人，但奶奶更疼龙弟。其实哥与子慰都晓得，奶奶常把好吃的舍与龙弟，哥与子慰心里嘀咕，也是没有办法。不管对错，父母从来不与奶奶顶嘴，况乎咱们兄弟。"

"哥，吾氏家教甚严，才有兄弟这番义气，也更重报国之情。当年岳飞，从建炎到绍兴，率领岳家军与金军决战十余年，打仗百余次，可谓所向披靡，这离不得岳母姚氏的深明大义。那岳飞后背上的'精忠报国'，不是姚氏刺的吗？国与家密不可分，尽管位卑，也未敢忘忧国呀。"吾龙说着，起身往瓦当里添纸。

望着吾龙结实的背影，杨祖心里有一种冲动，他很想抱抱吾龙，那个已经长大、不再受约束的小弟；那个犯有大案抑或受到官府追究、褒奖的吾龙。他本不想提这件事，但是他与母亲商议过了，不问明白，等到官府追究起来，就会措手不及。于是杨祖问道："下船时，龙弟也看见张贴的告示了。"

吾龙微微一惊，不晓得哥为什么提起这事，想了想答："是的，说是详记章布店出了命案，官府正奖赏那英雄呢。"

"这后生也是，既然官府告示了，这么些日子也不出面领赏，还怕官府暗算不行？"杨祖像是自言自语。

吾龙一时没话，他想起了翠玉，那个头扎双平发髻，插了一支银钗的姑娘。她忧郁地蹲在船边，向吾龙叙述着瘌痢癫的纠缠，还说那泼皮常与蟊贼一起，偷鸡摸狗，坑害庶民的事。吾龙想了想答："或许，那后生不想领赏，是为了避免更多的麻烦。"

"或许是，或许不是。"杨祖道，"那日尉司来了，验伤的恰恰是江师傅与子慰，江师傅说，杀害伙计与蟊贼的是同一把刀。江师傅还说，极有可能后生行窃在先，被三人撞见后起了杀心。宋家的痫痫癫也是这么向官府供述的。"

"后生行窃，还有活着的吗？只要官府一问，一切都清楚了。"吾龙望着奶奶的画像，平静地答道。

"后又说，官府严刑拷打，结果还是招了。的确是痫痫癫领着外乡人潜入祥记章行窃杀人，不想后生从天而降，夺了刀，降了蟊贼。因而，官府告示奖赏那汉子。"

"痫痫癫耍泼，在古镇是出了名的，这样的末日是上天的责罚。"吾龙低声道。

"说的也是。江师傅透露保甲的推测，说那埠头上的舟船像往常一样，货主也罢，伙计也罢，都不曾上岸，挑夫们挤挨挨地在货主店里过夜。行窃祥记章的外乡蟊贼，是连夜行至古镇的，痫痫癫作为内应与之约好了碰头地点。因而，保甲推测那后生是本镇人。尉司觉得保甲的推测有几分道理，便排出那个时间离埠的舟船一共六只，其中五只是下游的，没人上岸；只有万寿宫的戴老大是镇上人。启航时间寅时，船上有三个人：第一个是艄公，第二个是戴老大自己兼舵手，第三个是押货的龙弟。"

吾龙一愣，而后平静问道："哥想问什么，兄弟间用不着绕弯子。"

"离开孔埠，是因为龙弟杀了人吗？"杨祖盯着吾龙问。

"不，这与跟随君实无关。"

"在祥记章，龙为什么不用宝剑，而是夺刀呢？"

"龙怕弄脏了佩剑，再说，三个蟊贼用得着剑吗，龙顺势夺了他们手上的刀，砍了他们几个。"

听了吾龙的话，杨祖吁了一口气。他与子慰判断没错，而江师傅的暗示他了然于心，只是碍于面子，不肯说穿罢了。杨祖说："那么，龙有什么打算？"

"不论官府奖赏与否，龙都不会出面，免除后患。现在龙意已决，待奶奶入土之后，就离开孔埠。"

第八章

三日后，尸体入殓，老屋搁置在厅堂中央。

那日，成殓的早早到来，柴氏为鲁氏沐了浴，穿上细白丝织内衣，裹上脚布，套上三件寿衣，细带束之，将一枚"大宋通宝"塞进鲁氏嘴里。鲁氏的衣裳统统搬出院子，柴氏在众亲友的簇拥下，将衣裳一件件抛向空中；吾衍站在院子西北角高喊着："太奶奶，回来……"抛出去的衣裳被杨祖一一接住，又置入棺中。

亲朋依照辈分，或斩衰、或齐衰、或小功、或缌麻，前前后后哭声四起，惊动了柏树林里的麻雀，"嘟嘟"地飞得精光。

厅堂里，老屋架在板凳上，色玄高高隆起；内侧挂有鲁氏的画像，静谧慈祥；外侧置有香炉、蜡扦和灵花瓶；四周悬垂云头幔帐与挽联；桌上搁着专供饭菜，燃有一盏长明灯。

寿饭摆在宅院里，朝夕哭过的好友，可在宅院里食用素食，吃一碗长寿饭。吾衍身着长长的丧服，跟随在父亲身后焚香烧纸，有一声没一声地哭着。吾衍哭声大，像野狼长嗥，听着让人伤心。亲朋说，这重孙孝顺，哭出了吃奶的力气，感动了天地和柏树精灵。吾衍并不明白死的含义，只晓得爷爷来了，太奶奶才能入土。

元振老爷回到华埠正值秋分。那日，是瘌痢癫问斩的日子。行刑地点在龙山溪畔那片河滩上。三十年前，在那里有过一次行刑；三十年后再一次行刑，很多年轻人不曾见过，古镇居民像潮水一样涌向河滩。

元振快马到了前街，放慢脚步，马蹄"咯啦嗒，咯啦嗒"在青石板上走着，头顶的方帽不时碰到挑出的遮阳棚，让元振时而低下头来。吾元振高个儿，国字脸，下巴下留有胡须，神态忧郁，心境旷朗。只见他身着纩丝做的平素纹茶褐颌领罗衫，微微支起下巴，目不斜视。

越往前走，元振越觉不对，店铺像一双双瞌睡的眼皮紧闭着，原本人车侵轧的街道，只有稀疏的行人，整个古镇像退了火的炉子，冰冷委灰。想起当年中取太学，父亲处焕何等高兴，专门为他撕了块面料，做了一身褂子，宴请老街望族绅士。送出孔埠的时光，锣鼓开道，鞭炮齐鸣，两边店铺的老板伙计探出头喊着吉利的话语，人流前呼后拥挤向金溪埠头。而当下……

元振越看越稀奇，翻身下马，迎面拦住一个跛脚老人，一问才晓得，龙山溪正在行刑。三十年前，元振看过一次行刑，那是一个叫"强狗"的盗贼。这盗贼不仅偷窃，还奸淫民女，尉司带着人抓他时，又伤了两个小吏。

到了孔埠驿站，还了马，便匆匆过桥。进了吾宅，黑子最先发现元振，它支着四腿，紧贴着吾衍，瞪着元振"汪汪"地叫着，露出长长的犬牙。吾衍尽管机灵，此时，只是呆呆地站在院子里。元振读太学那年，吾衍才刚刚出生，吾衍觉得，眼前这位长着胡须的大汉，不像他想象中的爷爷。

杨祖、子慰与吾龙同时出现在门口，见了父亲，一个个泪水"哗哗"地流。哭声传到了屋里，柴氏与蒋氏走出门来，看到元振便号啕大哭。元振早已成了泪人，大家簇拥着一道走进灵堂，元振倒地便拜："母亲，儿子不孝……"

柴氏跪在元振身旁，为他披麻戴孝。这时，吾衍才放声大哭，声音异常，盖过所有的人。柴氏道："老爷，孙子吾衍，这名还是老爷赐的。"

元振向吾衍伸出手，吾衍便扑了过来，叫道："爷爷……"

午时三刻过后，看行刑的亲戚回来了，见了元振老爷，大伙又狠狠地哭了一场。元振的父亲名处焕，排名老三，老大处厚早已仙逝，在世的还有老二处常与老四四十叔，一支住汶山，一支住石井。老大处厚长子卫住开阳城，最先到达。处常与四十叔因年世已高，不能前来吊唁，让两个长子唐与越代劳。末了，元振与堂兄吾卫、吾唐，以及堂弟吾越一同坐在门口的石磨旁，吾衍挨着爷爷，杨祖、子慰与吾龙依次站在一边。堂兄弟彼此问起家事，末了，元振问："龙山溪那边杀的是谁呀？"

"回父亲的话，是宋家的泼皮和他的一个同犯。"杨祖道。

"那泼皮怎么了，引来杀身之祸？"

"一个月前在祥记章行窃，三人联手杀了店里的伙计。"

"祥记章是余掌柜那儿吗？"

"正是，父亲。"

"还记得读太学时，你爷爷给父亲做了一件袍子，那面料还是从祥记章店里买的呢。余掌柜有些结巴，但人很好，每次量布会多出一寸。"

"是的，父亲，家里做衣裳，都是从余掌柜店里买的布。这些年，余掌柜生意好，也讲信誉，没想遭蟊贼惦记了。"

"俗话说，兔子不吃窝边草，这人该杀。"末了，元振问了三个儿子各自的学习，父子说着家事，吾卫、吾唐、吾越与元振客套一番走开了。元振问道："祖儿，三人行窃行凶，怎么杀了两人？"杨祖沉寂一会儿答："父亲，店堂里行窃时，闯进一个蒙面好汉，把持刀的窃贼给杀了。"

"哦，那好汉又是谁？"

"不晓得。父亲，先前泼皮的供词与后头的不一样，说是好汉行窃，他们三人出面反倒伤亡，官府欲行捉拿；后来又供出，是泼皮伙同他人行窃，又杀了人，被好汉撞见。于是官府告示奖赏，只是那好汉至今不肯认领。"杨祖说完，目光扫了吾龙。

"为善除恶不留名，才是真英雄啊！"

"父亲也赞同？"杨祖问。

"刑律向善，人心向善。天下才有善事、善举、善行；人人唯善，才能天下太平，百姓安宁。"

"爷爷，您讲得真好。"吾衍插嘴道。

"衍嘴甜，爷爷是个读书人，当下督办雕版制作，修补古籍，成天与书卷捆在一起，不读书不行。"元振捏着吾衍的手道。

"爷爷，那您给衍带回来什么书？"

"哦，这才是衍嘴甜的缘故呀。"元振脸上有了一丝笑容，"嗯嗯，带回来不少，祖儿，在房间箱子里。"

杨祖应声走进屋里。元振看看子慰："买扑之事龙儿说了，华埠有八九家盐铺，照着古镇人口，这些盐铺不算多。但盐不是粮食，季夏卖多少，孟秋多不到哪儿去。挤入这行，别人的销量自然少了。在华埠买扑开盐铺的抑或不在本镇，挑盐出关，一百多年前就有的事。父亲忖思，子慰既然这么想，一定有别人没有的计策。"

"父亲，孩儿不想平平常常过日子。从小读书就偏爱生意经，这是出自孩儿本性之好恶。父亲宽容，让孩儿当上了学徒。这些年的经历让孩儿看到了未来：师傅的今天，就是孩儿明天的结局，这不是孩儿想要的。"

"江师傅有什么不好呢？救死扶伤，福泽居民，岂不大善？在华埠古镇，江师傅算得上是个绅士，这样的人不喜欢，那么，子慰喜欢什么样的人？"元振看着子慰问道。

"父亲，不是孩儿不喜欢，只是觉得过于平常。荀子道，岁不寒，无以知松柏；事不难，无以知君子。子慰年轻，还想搏一搏，闯一闯，看看自己到底有多少能耐，免得后悔。"

"这番心志没错，掂量掂量自己。不过子慰要多想难处，才有胜算的把握。当然，不管学什么，做哪一行，都不能忘义取利，父亲从小教你们读书，无非是让你们懂得'仁义礼知'四字。子慰还要与师傅好好商量商量，若是他同意，买扑开盐铺的事才能做起来。"

"父亲，孩儿明白。"

杨祖拿过一沓书，都是新刻印的仿本。吾衍一一看过，是他不曾读过的。他拿起一卷卫恒的《四体书势》，看到古文说："自黄帝至三代，其文不改。及秦用篆书，焚烧先典，而古文绝矣。"吾衍苦着脸道："爷爷，这么说，孙儿读不到古文了？"

"当然可以读到。"元振答。

"可《四体书势》明明说'焚烧先典'，孙儿从哪取得古文？"

元振拍拍吾衍的头，笑道："鲁恭王修复孔宅时，在墙体里得到了《尚书》《春秋》《论语》《孝经》。那时，人们不识古文，便叫之科斗书。这样的书流传很少，好在大宋国子监正在刻印，若是好了，爷爷给衍寄过来。"

"爷爷，衍之所学，爱追问到底，若是能读到爷爷仿刻的科斗书，衍会很高兴的。"吾衍说着，冲着元振咧嘴一笑，淡去了院子里的哀伤气氛。

"做叔叔的都听听，衍的志向不小呢！"元振高兴地说，"衍爱篆籀，且刨根问底，有做学问的风范。先前有大篆十五篇，至今不晓得真与假。但李斯的《仓颉篇》、赵高作的《爱历篇》及胡母敬的《博学篇》，都是史籀大篆。至于小篆，李斯号为工篆，诸山及铜人铭都是李斯所作，先前爷爷已经寄给衍了。"

"爷爷，衍每日临摹呢，叔叔们夸衍写得好；江师傅还说衍的字'劲利豪爽'，怕是秦唐二李之后无人能及了！"说到得意处，吾衍忘了形。

"衍，不可以夸耀自己。"杨祖制止道，"忘记夫子的教诲啦！"

杨祖的话让吾衍顿时安静下来，他眨眨眼睛，嘴巴扁了两下低声道："父亲，孩儿没忘记。"说着，看了元振一眼。

元振微笑不语，他太喜欢这个孙子了，圆头大脑，眼光明亮。记得吾衍出生时的哭声，让宅子所有人都感到振奋。拿元振的话说：穿云裂石，响彻云霄。那稳婆跨出房门便欢喜地对元振道："老爷，下人做稳婆一辈子，弄璋之喜百人，弄瓦之喜百单一人，从没听见过如此黄钟大吕般的哭声。来年呀，您孙子非公即侯；非李白即杜甫。总之，好花结好果，好种长好稻，这孩子有大出息呢。"

杨祖见父亲没吱声，便说："衍若是没忘记，当着爷爷面背诵一遍。"

吾衍倒背双手，目视前方，朗朗背起来："弟子入则孝，出则悌，谨而信，泛爱众，而亲仁，行有余力，则以学文。"

"衍刚刚说的，有悖哪一条规矩？"杨祖继续问道。

"孩儿违背的第三条'谨而信'。"

"任何地方，衍都要言行谨慎，不可狂狷；说过的话，应承过的事，都要履行，不能失信。"

"父亲，孩子记住了。"

"好了，好了，祖儿，衍聪慧异常，所学广博，不亚于祖儿小的时候。"

"父亲，您当面夸……"杨祖窘迫道。

元振抬手制止杨祖的话，说："这人呀，是得在逆境中成长；孩子呢，亦要宽严相济，有鞭策，也有鼓励。爷爷夸奖衍，是让衍挖掘潜力，博古通今，不论世道如何，都能挣到饭吃。往后，衍要读什么书，不要加以限制，衢州有不少书院，先前曾与同知丙松说了，有好书，也给衍寄点。人说七月十五定旱涝，八月十五定收成。博学在前，往后做什么，看衍自身的造化了。"元振边说，边抚摩着吾衍的头。

"往后衍要像爷爷一样读太学。"

"哦，那读完太学呢？"

"当先生。镇上'七贤堂'的先生可有学问啦。"

"'七贤堂'的先生，也有做了官的呀。"

"爷爷，做官哪有做先生好呀，做先生可以带很多门生，可以一起玩。"

元振终于笑了："若是教授学生，得像'七贤堂'的先生，博学多才，衍若想做先生，还得加把力哟。"

"爷爷您放心，衍除了读书，还与龙叔、黑子一道玩，学会了游泳，衍可以在池淮港游好几个来回。爷爷，衍会听父亲的话，好好学书。"

元振拍拍吾衍的肩膀，说道："这样的孙子，爷爷还有什么不放心的呢！"

吾龙站着一直没吱声，元振把目光落在他身上，说道："你们兄弟俩往那儿一站，没一点相似之处。子慰细高像根竹竿，吾龙结实像尊门神，这不是天生的呀。做什么事都要一副好身子，子慰学郎中，更知晓这个道理。"

"父亲，子慰从小懒散，就怕练拳习武，这副身子骨，最多做个生意人，攥杆小秤，拨弄算盘。"

"都不小了，成家立业正当时，怎么没有动静，难道老街无良媒了？"元振说这话时，把目光投向杨祖，似乎过失与长子有关。

"父亲，先前有媒人提过，子慰志向远大，非干出一番事业后才成家，这也不是坏事呢！"

"事业与成家相悖吗？子曰，三十而立，不正是先成家后立业吗。那么龙儿呢，龙儿有什么打算？"元振转而问。

"先为戴老大干着，兵荒马乱的只能走一步看一步。"吾龙答。

正说着，门口走进一个人，五十光景，身穿宽大白色凉衫。元振并不认得，杨祖悄悄告诉父亲，说："是镇上的都保。"元振起身相迎，都保拱手道："吾大人回乡，不曾早早拜见，得罪得罪。"

元振回礼道："大孝在身，多有不便，请都保见谅。一道坐呗。"

吾龙听罢，起身搬过椅子。都保道："家母为人厚道善良，治家尽心严谨，是古镇受人敬重的贤者。这些日子一病不起，家里请医用药，可事与愿违，真叫人惋惜。请吾大人务必节哀，保重身体。"

元振点点头，说道："谢谢都保前来探望。母亲嫁到吾家，就没好好歇息过，父亲早年仙逝，担子落在母亲身上。母亲拉扯大了子孙三代人，很不容易。"

都保点点头说："家母病重，在下也是公务缠身，不曾过来看望，还请吾大人见谅。"

元振点点头道："听祖儿说，今日三刻问斩，全镇的人都去了，几十年没见过类似的大案，断案颇费周折，也惊动了尉司与县令。如此，还能顾及吾家的事情，真是不胜感激。"

都保点头说："都是场子上的人，有劳理解。吾大人，本保有一事想问问吾龙公子，不知可否？"

元振颇感唐突，大孝在身，与之相关的事之外，不便谈及。都保询问，必是公务，他看看吾龙道："都保问龙儿事呢，要如实回答。"

吾龙应道："是，父亲。"

都保起身，走近吾龙身边，恰恰是元振能听到的位置。杨祖不放心，跟着走过去，都保也不阻拦，只管问吾龙道："吾龙公子还记得，此次与戴老大下钱塘的日子吗？"

"当然记得，上个月的十六日。"

"那么又是几时离开家的？"

"刚到寅时。"

都保点点头："在下询问过戴老大，货船起程正是寅时。那个时辰，古镇埠头有六条舟船顺水而下，其余的是下游的船只，船工与伙计也不曾上岸，唯有戴老大的船属于本镇。"

"都保想问什么？"吾龙皱眉问。

"戴老大的船上有三个人，除了船主、艄公，还有吾龙公子。"

"既然受雇戴老大，自然要随船而行。"

"公子离开吾宅，过石拱桥前往'邃古埠头'泊船点，势必途经祥记章布店，是否听到打斗之声？若是听到了，凭借公子一身武艺，想必不会坐视不管。"都保微笑着望着吾龙。

"都保是想说，那祥记章犯的案子与吾龙有关？"吾龙说着，瞪起眼睛。

"不不不，杀螽贼是义举，本保高兴还来不及呢。今日官府已经将两贼问斩。不过，本保是个爱打破砂锅问到底的人，想弄清事情始末，否则未尽到都保的职责呢！"

"都保说得没错，那日吾龙经过了祥记章，是您说的那个时辰，只是吾龙并没有听到祥记章布店里的打斗，更不晓得杀人之事。"

都保点点头说："两个螽贼有过供述，说那好汉巾帕蒙面，身带佩剑，只是剑未出鞘，徒手夺了刀。恰巧，戴老大也证明，那日公子的确带了剑。"

"船一离岸就是十天半月，货物安全为上，如此，佩剑也就理所当然了。况且，身带佩剑者多了。"

都保点点头又道："公子是习武之人，若您面对持刀歹徒，会拔剑与刀对峙吗？"

"习武之人重在武德，出不出剑要视情而定。这就像游泳，面对浪涛，无力搏击，下去就是个死。"

都保听了道："吾公子言之有理。"

尽管都保没有占上风，杨祖心里还是有些焦急。若是父亲听出什么，事情就不好办了，于是插话道："都保这话说的，明明晓得龙弟身带佩剑，又略会些武功，偏偏拿此作比较，这不是开玩笑吧？"

"长公子误会了。在下奇怪的是，这后生不仅会些武功，而且功夫了得。公子您看，面对三个歹徒，好汉并未出剑，而是徒手夺刀，三下两下致蟊贼一死两伤。这样的人在华埠古镇还能寻出几个呢？"

"这也不是怀疑龙弟的道理呀。况且，吾家大孝在身，都保询问此事多有不妥。"杨祖又道。

"祖儿，不得无理。都保是例行公事，定当全力合作。"元振转而对都保道，"待办完丧事，在下好好询问龙儿，给都保一个满意的答复。"

都保一听，拱手向前道："吾大人，本保失礼了，不该这个时候前来打扰，只是内心敬仰英雄，一时又寻不见，便像是裤裆里进蚂蚁，坐立不安呢。古镇三十多年不曾出过行盗杀人案，如今出了，本保脸上无光呢；若是英雄也出在本镇，岂不是挽回本保的一点颜面了？"

元振点头答："不管那英雄愿不愿意领赏，都保都没丢面子。毕竟，最后拿下蟊贼的英雄在祥记章，在古镇华埠，都是都保的地盘。"

"哈哈哈，吾大人说得极是。唉，只是冷落了官府的奖赏！"

送走了都保，元振一直没说话。子慰对吾衍道："衍，叔叔带你去看母亲做饭，一定有好吃的了。"

吾衍犹豫了片刻，见元振绷着脸，便道："爷爷，衍与叔叔去了哈。"

元振点点头道："去吧。"黑子叫一声，紧紧跟在吾衍后头。

看见吾衍进屋，杨祖道："父亲，那都保胡乱说一通，让您生气了。"

元振不语，吾龙站在一旁，欲言又止。

"那么，兄弟几个，还有多少事瞒着父亲？"元振一字一句问。

"父亲……"吾龙刚开口，就被杨祖打断："父亲，都好好的，依旧每日读书，不时帮助母亲干活。不同的是，吾龙好剑，子慰学医，而祖儿还不如两个弟弟呢。"

"照祖儿所言，都保为何这时候寻上门来？"元振严厉道。

"父亲，想必是都保求功心切，不顾礼节了；或许真的敬仰英雄，催促领赏，像都保说的，英雄出自本镇，便可挽回些许面子。"

"祖儿，看着父亲。"元振并没有将话点破，只是盯着杨祖道。

"父亲……"吾龙又叫道。

"父亲只询问祖儿，这些年，是怎么管教弟弟的！"

"父亲……"杨祖欲开口，元振伸手阻止道："当然，也有父亲的过错，客杭这些多年，家里的事没让大家少操心。但是，弟弟的事也就是长子的事，出了差错长子难逃职责。这也罢了，事后还瞒着父亲，到别人问上门来，父亲还蒙在鼓里。那么，万一有了差错，靠谁来补救？"元振低沉问道。

杨祖没回答，吾衍从屋里跑了出来，说："爷爷，爷爷，奶奶说招呼客人吃晚饭了。"

元振搂过吾衍，说："喊大爷小爷坐正桌。"吾衍应声跑了。元振看看杨祖与吾龙道："晚饭后，在奶奶的面前说清楚！"

太阳衔在西山，似落非落，红红地映了半边天，那色泽，与吾氏家族的丧事形成了鲜明的对比。都说，办丧事遇见这样的天象最吉利，暗示后代前景光辉。元振回来后，柴氏请先生对过八字，两日后的未时，是最吉利的时光。一切就绪，少了许多忙乱。

宅院放了六张八仙桌，在座的都是吊祀的族人，"追洞"人单手举案于眉，像风一样穿梭在桌凳之间，吆喝着开始上菜。依旧是"斋饭"，豆腐为主，主食米饭。鲁氏耄耋，尽管丧事，也算一喜，故桌上配置了水酒。柴氏、蒋氏与一帮伙头在厨房里忙着。杨祖带着儿孙走进灵堂，在鲁氏画像前点烛插香，置放杯酒与碟菜，然后跪拜磕头，末了，回到宅院正桌上。

元振靠北而坐，吾卫与几个堂兄弟依次坐下，下头坐着子慰与吾龙，吾衍像个观音童子，立在元振身旁。元振说："这个位给太奶奶留着。"

吾衍敏捷，迅速在空位上置放碗筷与酒盏。元振道："太奶奶对衍好吗？"

吾衍使劲地点点头答："回爷爷话，好！"

"那衍取上筷碗，坐到太奶奶身边。"元振说着，眼睛红红的。吾衍拿了碗筷，坐到凳子一边。元振又道："衍，记住给太奶奶夹菜。"

"爷爷，衍听命。"

主桌上没人说话，旁桌开始热闹起来。堂兄吾卫道："贤弟，婶婶长寿，不论多少伤心，都得高兴点。"

元振点点头答："哥，在外这些年，内心愧疚得很。人生在世，孝只有一次，没有了机会，才晓得珍贵呀！"

吾卫答："历来忠孝不可两全，长了那头，自然短了这头。"吾卫年长于元振，由石井派分支到开阳城。年轻时也十分好学，可惜历次科举，都未试中。后来在县衙当个门房。几年后，儿子吾庭颇有出息，考中进士，在高阳关路做了官。

"哥说得极是，只是母亲仙逝，像是吾宅塌了一块。元振在官府供职，将家里的事早早地丢在一边，因为母亲在，万事用不着操心。现在母亲走了，元振像是失了主心骨，才晓得肩上的担子有多重。"

吾唐比元振大数月，是石井派里头的秀才，在乡里开设书院，平日知书达理，算是怀才不遇。吾越小于元振，是个老实巴交的庶民，因此，从进入吾宅吊唁那天起，都不曾说话。吾唐吃了一口酒道："元振呀，有这份心，母亲会意呢。这天下不论是儒是佛，都讲个孝字。儒讲'孝为至道'；佛讲'孝为至道之法'。说来说去，讲的无非是孝莫过于扬名于后世，以显父母，这才是大孝。元振单身在外，也不容易，家毕竟是家，还有吾氏的大家。"

元振点头，一一谢过堂兄弟，又让兄弟三人谢过叔伯。

吾衍以水当酒，谢过大爷小爷，吾唐看看里外的祭文问道："这里里外外的条幅写得真是不错，想必出自长公子之手吧？"

"伯父，是犬子胡乱涂的，让您老人家见笑了。"杨祖解释道。

"什么什么，是吾衍写的？"吾唐大叫起来。

"还请大伯赐教。"杨祖道。

"元振弟，如公子所说，那么，吾家要出大才了。"

元振进门后，并没有注意灵堂的祭文，只是听过吾衍夸耀自己。吾唐这么一说，倒是让他注意起那些字来。他问身边的吾衍道："如父亲所说，是衍写的吗？"

"爷爷，父亲说过，不得夸自己。衍写得不好，还请大爷赐教。"

"啧啧啧，这孩子，嘴像糊蜜似的。大爷看出，衍是临摹了李阳冰的字，那李阳冰被后人将形比作虫蚀鸟迹，将势比作风行雨集，将利比作太阿龙泉，将峻比作崇高华岳。说是'唐三百年，以篆称者，唯公独步'。衍这支笔没少下功夫。"

"回大伯话，犬子从小喜好这个，生怕他学而不精，每天让他勤学苦练，到了这个程度，实属不易。"杨祖又解释说。

"贤侄呀，不是不易，是相当的不易。老朽写了半辈子李阳冰的《谦卦碑》，始终不得要领，完全没有这般风骨雅健，透辟古意的笔力。"

元振心里高兴，只是没流露出来，说道"各位兄弟，把孩子放在一边，这里先吃着。"

听了元振的话，大家开始吃酒。

天渐渐放黑，宅院里撑起灯，秋虫四处鸣起，"啼啼嘟嘟"响个不停。池淮港的浪涛拍打着转黑的夜空，间隔，偶尔传来画舫上的古琴演奏声。吾宅的晚宴到了尾声，"招手令"的喊声渐渐稀薄。主桌上，杨祖兄弟早早放下了碗，大叔伯没有吃好，照规矩不得先行离席。黑子一直在桌子下面候着，吾衍不时为眼前空碗里夹菜，又悄悄扔到黑子嘴里。其间，吾龙竖起耳朵，目光注视着远处的那片枫树林，神情游离。杨祖晓得吾龙的心思，只是不肯道破。吾龙的变化太大了，说是变化，倒不如说是变得成熟，尤其几下钱塘之后，言谈举止愈加稳重。杨祖把不定父亲晓得龙的意图会做何反应，总之，杨祖不敢往下想。

月亮刚挂上树梢，宅院里的桌子已经收拾干净。一些人在院子里吃茶，谈论着午后龙溪港行刑过程。说瘌痢癫头颅落地，没丝毫动静，鲜血喷涌而出，那叫伏法；外乡人的头颅一刀没砍下，落地后又不停地蹦跶，尽然没流多少血，是不甘心的征兆，至于为何不甘心，没人说得清楚。

又有人接话道："听说来了不少外乡人，官府担心劫法场，派了好些衙役，那外乡人一定有些来头。"

吾龙坐得远远的，听着亲戚们的议论，却没心思想着这事。杨祖悄悄地坐到吾龙身边，望着天空道："龙，这月亮多美。"

吾龙抬头望望月亮："的确美，但不是每个人都能拥有的。"

"龙记住，什么时候，都不能作践自己，内心黑了，眼里不见光明；内心有了光亮，天下就不会太黑。"

"哥，龙信，还要谢谢哥帮衬着在父亲面前隐瞒。不知为什么，父亲反对，越是这样越激励龙去做想做的事。一会儿父亲问起，龙必须向父亲述说清楚。"

"吾龙，祥记章的事，父亲不会过多指责，毕竟是见义勇为。当下，是向官府承认，领取奖赏，还是继续隐瞒，父亲自然有个决断。哥的意思：欲追随秀夫君实，不能透露半个字。无法想象，父亲母亲晓得会做何反应。相比轰轰烈烈，父亲母亲平平常常，好让他们安度晚年，这才是父母的内心。哥赞同龙的想法，一走了之，事后书信向父亲说明。"

"谢谢哥这些年的教诲，龙也许无力报答哥的恩德，但兄弟的心贴得很近。追随君实一事无法改变，弟会按照哥的吩咐，尽可能不伤害父母。"龙说这话时内心很坚定。

杨祖点点头，柴氏安顿着宅院里的客人，吾衍与黑子从屋内跑了出来，喊道："父亲，龙叔，爷爷叫了。"

两人互视一眼，前后走厅堂。元振跪在鲁氏画像面前，手持香火正在磕头。杨祖与吾龙一边一个跪下，朝瓦当里点纸后又点香，吾衍早早搬来长板凳搁置一边，然后挨着父亲跪下。

元振撩起袍子，起身后坐下，又把吾衍拉到身边，说道："说吧。"元振望着依旧跪着的两个儿子。

"父亲……"吾龙刚开口，杨祖打断道："龙，父亲是问哥呢。"

"祖儿，在奶奶的灵堂前，若是有半句假话，上对不住奶奶的天灵，下对不住儿子吾衍。"

吾衍听了这话，看着跪在地上的父亲与叔叔，竟然大哭起来。

"衍儿不哭！爷爷教训父亲与龙叔，往后要遵守家规，任何时候都不许与长辈顶嘴。"杨祖道。

吾衍依旧哭，回头看到爷爷责罚父亲与龙叔。

听到吾衍的哭声，蒋氏赶了出来，看到杨祖与吾龙跪在地上，不晓得发生了什么事，欲抱吾衍，说："衍不哭，父亲与龙叔给太奶奶烧纸呢。"

"母亲，爷爷责罚父亲与龙叔。"吾衍哭述道。

蒋氏看看元振，想把吾衍拉到身边，元振却搂着不放。

柴氏也听到了哭声，与子慰匆匆走进灵堂。柴氏看到儿子跪在地上，便径直走到元振面前，愠怒道："老爷，儿子犯了什么家规，好好的要受责罚！"

"打小起，就教他们做人要诚实，现在长大了，早把家规丢在一边了，这是让他们醒醒呢！"

"老爷，他们怎么忘记家规了？老爷长年在外，哪里晓得家里的苦衷！"柴氏逼近元振，疲倦的脸上流露着愤怒。

母亲素来顺从，杨祖没听过母亲这般对父亲说话，心里很是过意不去，说：

"母亲，这事不能怪父亲，本来祖儿没把事情想周全，父亲责罚，也是对孩儿们好。"

"家里的事千头万绪，老爷除了每月捎回银子，对这个家还做过什么？即使祖儿与龙儿有什么过错，也不能当着奶奶和孩子的面，这么责罚他们。"柴氏说着，眼睛噙着泪水。蒋氏站在一边，也"叽叽"地哭泣起来。

吾衍看到母亲的模样，又放大喉咙哭起来，声音异常洪亮，越出吾宅，穿过黑夜，盖过池淮港的浪涛。

柴氏上前抱住吾衍道："衍不哭，到奶奶这儿来。"吾衍抬头望望爷爷，惊悸地躲进柴氏怀里，蒋氏连忙上前，一把抱住吾衍。

杨祖对蒋氏道："把衍带到书房。子慰也把母亲送进房间，这些天，她老人家不知多辛苦。"

灵堂里剩下杨祖与吾龙。吾衍的哭声与柴氏的指责，让元振的气消了一些，看看依旧跪在地上的兄弟，元振吁了一口气道："起来说话吧。"

灵堂十分安静，天井里的蟋蟀叫了起来。杨祖平静地对父亲道："父亲，这事只能怪孩儿，是孩儿拦住龙弟，不让他与您说出真相的。"

吾龙侧脸看看杨祖，听他继续道："其实，一开始两个盗贼说了假话，孩儿担心官府误会；真相大白之后，又不稀罕官府的奖赏，就一直没有告官，这事一天天拖了下来。"

"就是说，镇上的都保没有冤枉吾龙，祥记章布店里的蟊贼是吾龙杀的。"元振问道。

"父亲。"吾龙低声道，"是龙儿杀的。"

"龙儿为什么起杀心？"元振问。

"父亲，那日途经祥记章，听到里头惨叫声，便推门进去。看到瘌痢癫与两个陌生人已经杀了店里的伙计。见孩儿进来，先是一愣，继而围了上来。孩儿听瘌痢癫说，一块做了！说着，持刀逼近孩儿，刀上还留有血迹。那时，孩儿被他们围住，想走又走不脱了，于是……"

"于是怎么了？"元振问。

"父亲，孩儿并没有杀人之意。那外乡人连连出刀，看架势也习过武。孩儿数次避让，他依旧不肯放过孩儿。瘌痢癫与另外两人也上来帮忙，于是一时性起，就势夺刀反砍过去，又伤了逼近孩儿的瘌痢癫，击倒另一个外乡人，趁他们倒地退了出来。"

"龙儿不晓得自己杀了人？"元振问。

"回父亲话，孩儿不晓得。不过孩儿毕竟是习武之人，一刀下去，也能估摸出轻重。孩儿从临安回来后，看到前街张贴的告示，才晓得贼人死了。"

"龙儿，习武之人要守武德。当年习武，一开始师傅就教过武德，这是习武底线，龙儿不会忘记吧？"元振问道。

"父亲，孩儿并没有忘记师傅教诲，习武之人要讲忠、仁、义、勇，不得已孩儿决不会出手。孩儿看他们眼露凶光，又刀刀直抵孩儿要害，置孩儿于死地。那情形再不出手，或许，今天不能站在父亲面前了。"

"父亲，龙说得没错，杀人伤人，只是迫不得已，况且那痢痢癞是镇里出了名的泼皮，平时没少作恶，吃拿抢要，欺辱民女，在古镇没人不恨他，只因他无牵无挂，谁都怕他。因而，也是为古镇除去一害呢。"杨祖打圆场道。

"那么，龙有何打算？"元振问。

"官府告示奖赏，即便不是坏事，孩儿也觉得不要出面领赏的好。"杨祖接话道。

"父亲问的是龙儿，想晓得龙儿的心思。"元振提高声音说。

"孩儿听父亲的。"吾龙答。

"嗯，龙不出面领奖是对的。外乡人底细我们不晓得，听说法场上来了不少陌生的面孔，官府还增设了警戒，来做什么？送别还是寻仇，不得而知。龙儿，尽管错杀人，也得到了官府与民众的赞许，但是，结怨总不是好事，结了就不易解了。人家在暗处，龙儿在明处，即便功夫在身，也有防不胜防的时候。"

"父亲所言极是，龙得处处小心，低调做人。"

"父亲，哥，尽管放心就是。"

第九章

出丧日子，是道人"半仙四"算定的。

鲁氏去世为"刚日"，出丧的日子当择"柔日"。如"半仙四"测算，这是个好天气。果然，太阳早早地从金溪东面升起，温暖着略带凉意的早晨，枫树叶子渐黄，阳光落在上头，翻弄着一道道光亮。枫树底石埠下，浣衣女挥舞着棒槌，"嘭嘭咣咣"之声此起彼伏，停留在池淮港的画舫轻离堤岸，顺流漂向金溪，起始一日的营生。

宅院里的鸟儿早早醒来，这些日子，它们已经习惯了府内的哭泣，不管不顾地吵闹不休。当日光翻过树梢晒在院落里，灵堂内却格外宁静。"半仙四"头戴柴阳巾，身着八卦黄袍盘腿而坐，吾氏家族从元振开始，一个个身戴重孝，聚集在灵堂内。

"半仙四"圆目疏眉，脸色红润，亦儒亦道，似仙似佛。大凡古镇大户人家的红白喜事，少了他就没那个档次。"半仙四"最灵光的是做道场，灵中之灵的是道场中的度亡。"半仙四"曾与人说，人生万物皆是"阴阳二气"，生则气衰人亡，亡则阴阳分离，阳气上升，阴魂滞地。"半仙四"灵堂设道场，是追摄亡灵，聚拢已散之气，助魂脱离阴曹滞地，寄托阳眷哀思之情。

度亡法事进行一半，都保出现在吾宅，身后跟着甲长。都保的穿着像是经过了刻意打扮，他换了件白粗布襕衫，圆领大袖，腰间有襞积，很是考究。甲长身穿宽大的白净凉衫，是皇帝规定的吊丧之服。

进门，都保见"半仙四"在做法事，便驻足于门槛之外，犹豫着是否进去。吾衍眼尖，扯扯父亲的孝布道："父亲，都保又来了。"

杨祖扭头，见都保并没有走的意思，便起身迎了出去，心想："真会选时候哟！"

都保想了想："先容本保祭拜老人家之后再说。"

杨祖犹豫片刻，还是让开身子。

拜毕，保甲退了出来，杨祖领着他们坐到磨盘边。

"满街上传说，行刑那日来了许多外乡人，这事还真不假。"

杨祖听了一惊，没想到都保为这事而来。"这事与吾氏有关吗？"杨祖不冷不热地问道。

"长公子，有关无关先不说，本保只想告诉您事情的原委，然后公子自己决断。"都保并不在意杨祖的冷漠，接着说道，"长公子可晓得'吃菜事魔'吗？"

杨祖以前听说过，不就是妖帮吗，于是看了都保一眼答："只是不甚周详。"

"就是了。'吃菜事魔'只吃素，不食荤。说是源于两浙，每乡每村有一两个桀黠，就是凶悍狡黠的魔头。这个帮派，大凡一家有事，同党尽力赈恤，时常惑众举事，图谋不轨。"

"也曾听说过，官府一直严禁呀！"

"不错，宣和之后，官府明令禁'吃菜事魔'之活动，凡传习妖教者，一律绞杀；随从者，发配三千里。理宗皇帝时，还规定：凡结集，立愿断绝饮酒及劝人食素，首犯徒二年断罪。"

"如此，为什么'吃菜事魔'依旧惑从举事，图谋不轨呢？"杨祖奇怪问。

"长公子是读书之人，晓得民愚无知，眼里只有食易足，事易济，相信魔头之言为真，个个争趋归之。因此法愈严，却不可胜禁呢，这是其一。其二，当下元军顺流而下，直抵临安，官员人心涣散，跑的跑，降的降，百姓也乱了方寸。俗话说，冰凌响，蔓菁长。这个时节，正是'吃菜事魔'壮大之机遇。因而，近年来妖帮横行乡里，即使不愿意参入，为保自身平安，不得不加入。"

"都保说了半天，又与吾家何干？"杨祖问。

"兴许无干，兴许有干。本都保只想让元振老爷晓得，祥记章被杀的和前些日子伏法的蝥贼，就是'吃菜事魔'的人。因而，行刑那天，帮众寻上门来，揭了告示，正在寻找布店里的那个后生。"

杨祖大吃一惊，这是父亲与他最担心的。心里想着，嘴上却问："都保何以晓得，那日来法场的是'吃菜事魔'的人，又如何晓得，'吃菜事魔'是来寻仇而不是像庶民一样看热闹的。"

"嘿嘿嘿。"都保低声笑道，"猪往前拱，鸡往后扒，各有各的门道。做都保最大的能耐就是人头熟，眼睛亮，耳朵灵。狗的色儿，猫的斑纹，鸡的雄冠，鸭的叫声，类似鸡毛蒜皮只要本保瞧见听见，都说得出主人家是谁。不信，您问问甲长。"

甲长听了，嘿嘿一笑，说："都保大人，还得加上一条：前街放屁，后街闻得出吃荤吃素。"

都保听了大笑道："话粗理在，这就是做都保的道道。"

杨祖心想，保甲联手唱着双簧，分明是做给自己看的，这个时候，更不能露出破绽了，于是道："不管如何，杨祖还是要谢谢都保与甲长大人。在下想，那'吃菜事魔'妖帮再无理，桀黠再凶恶，不至于滥杀无辜吧。"

"那是，帮有帮规，道有道行，否则，那日把不定劫了法场呢。"

杨祖作揖道："在下重孝在身，失陪了。"都保听了赶忙接话："这个时辰登门，实有冒犯，本保也是出于好心，以实情相告，还请长公子见谅。"

杨祖点点头，将保甲二人送到门口，便匆匆回身，想着如何告诉父亲。

"谁呀？"父亲见杨祖跪下轻声问。

"镇上的保甲。"

"早不来晚不来，为什么这个时候来？"元振问。

"他们是来通报关于'吃菜事魔'的事的。"

元振听了一愣，问道："这与吾氏有关系吗？"

杨祖望着父亲道："'吃菜事魔'派了杀手，查询祥记章布店里的后生。"

元振听了起身往外走，杨祖紧随其后道："父亲的决定是对的，吾龙幸好没去领赏，否则，下头的事不好说呢。"

元振坐定，让杨祖也坐下道："'吃菜事魔'想做的事，就不会放手。这些年官府苛酷打压，非绞即杀，遣离三千，甚至劝人莫吃荤者，亦属于犯科，这般都没能剿灭这个妖帮，而妖帮时不时又改头换面出现。"

"父亲，如此，吾龙怎么办。"

"是祸躲不过，吾龙机智灵敏，一身武艺，只要小心行事，不会有事。"

"父亲，是不是让吾龙出去躲躲，避避风头，过后看情形再议。"

"待奶奶出殡后，听听吾龙怎么说。不过，得让吾龙和家人都晓得'吃菜事魔'之事，也好处处提防。"

未时，鲁氏起程。起扛时，吾宅哭声惊天动地，十六名扛夫汉喊着号子，伴着棕绳"叽叽嘎嘎"摩擦的声音。古镇来了不少送行的人，尤其横街上，许多店门关闭，商铺停业，孔埠一带更是家家户户、老老少少，融入长长的送殡队伍。

吾衍捧着太奶奶的画像行在前头，依次是元振、杨祖、子慰与吾龙，元振一边撒纸钱，一边喊着"母亲认路"。队伍拉得很长，没行几步，扛夫便停下歇脚，至亲手扶老屋，跪下痛哭。哭声中，吾衍的最响，以至于扛夫窃窃私语，不明白这重孙哪来的底气。

离石阆山山脚不远处，是吾氏家族的地头，葬有吾氏的祖宗。老爷处焕，冢为双拱，空洞的丘坟已打开，在最响亮的哭声之后，老屋被徐徐送入洞穴。老屋入土，镇里的乡亲渐渐散去。元振脸色铁青，气吁短促，跌坐地坟边。杨祖见父亲脸盘苍白，正想搀扶，元振已仰面倒下。子慰一边扶着父亲，一边喊着师傅。江师傅快步向前，号脉几许道："子慰，掐掐父亲的人中。"

子慰照着说的做了，元振慢慢苏醒过来。"是这些天劳累悲伤过度了……"江师傅说。杨祖将父亲抱在怀里，为他揉着胸口。江师傅道："子慰，等家父脸色暖过来，回家歇歇就好了。"

宅院里，已摆了二十多桌，不曾受邀的邑民也拥向吾宅，抢一团"长寿饭"吃，客人像金溪里的浪花，送走了一拨，又来一拨。元振撑着身子走进院子，身边陪着子慰，他抬头望了一会儿，攒动的人头让他想起了多年以前，那时他刚到临安读太学，听到父亲去世的噩耗，租了快马匆匆赶来，进了吾宅，也是这般嘈杂的景象，静动悲喜，让他内心涌起一股苍凉感。走向正桌，堂兄弟起身问候，元振一一谢过。柏树林里的鸟儿又"叽叽喳喳"欢叫起来，池淮港的画舫载着食客稍稍靠岸，元振入座，大家动起碗筷。鲁氏入土为安，众人亦松了口气，桌上不时有笑声，酒令此起彼伏，大家放开肚子吃喝，红白喜事真正归位。

客人散去，多日喧闹的吾宅，一下子变得异常安静。这个夜晚，元振把杨祖、子慰和吾龙叫到院子里，吾衍跟着吾龙，元振招大家坐下，"吃菜事魔"的事关乎吾氏所有的男丁，必须让大家都晓得。

元振讲了"吃菜事魔"的事之后望着大家，说："万事皆有因果，昨天的因，必然结出今天的果。"

吾衍见没人吱声便问："爷爷，因是果的因，果是因的果，那么爷爷，衍是父亲的果，父亲是爷爷的果吗？"

元振抚了一把吾衍的头道："衍说得对，爷爷是你父亲的因，你父亲是你的因。"吾衍这一问，让凝重的气氛消散了许多。吾衍还想问话，杨祖制止道："衍儿，大人说话时孩子不能插嘴。"

"是的，父亲。"吾衍不好意思地低下头。

"祖儿，告诉兄弟几个都保说的话了吗？"

"回父亲话，孩儿没有。"

"那就请你说给大家听听。"元振道。

"是的，父亲。"杨祖平静地把都保说的话重复了一遍，只是没有道明与吾龙的关系。末了说："父亲早晓得'吃菜事魔'这样的帮会，谁惹上他们，想甩都难，除非达到目的。正是这样的规矩，许多土民愿意入会，寻求帮衬。"

元振看着吾龙问："这事虽然与龙儿无关，但吾家的每一个人都要小心提防。龙儿怎么想？"

"父亲，孩儿没什么可怕的，倒是担心家人。"吾龙答。

"前头说到因果，就是这个道理。倘若那好汉只是伤了两个蟊贼，让官府去砍他们的头，那么，什么事都没有了。现在别人寻仇而来，一个明处，一个暗处，这才是都保担心的。"

"父亲，不如报官，也可解除一些误会。"子慰提醒说。

"不用，都保自然会报官。这些年，官府对'吃菜事魔'处置甚严，因而活动基本在暗地里，官府即便受理，办起来也不容易。"

"若是有人认领官府的奖励，或是直接告诉妖帮，就不会累及镇里的人啦。"子慰嘀咕道，见大家不语又说，"若是晓得是谁，可以出一笔钱，安抚被刺死的那个蟊贼的系属；还可以告诉他们，官府办了，不但拿不到钱，系属还要发配三千里。如此权衡，想必那'吃菜事魔'也不会拒绝。"

"子慰讲得兴许有理，但是和谁说去？"元振反问道。

"父亲，若是这样，便是助长了邪恶之风。这边服软了，那边'吃菜事魔'狮子大开口，如何是好？"杨祖提醒。

"也不比连累别人更糟呀。"子慰争辩说。

"父亲，不管怎么说，那好汉应当明白，自己惹出来的事，也应当由自己来承担。"吾龙平静说。

"要是龙叔杀了那个蟊贼，就成古镇英雄了，那样，衍与龙叔一块去。当年联刘抗曹，鲁肃请了诸葛亮充当说客。东吴七大谋士被诸葛亮反驳得没有了言语。那'吃菜事魔'尽管行恶，想必也有人性，自己杀人在先，反倒怪罪别人。若是晓之以理，不怕他们不回心转意。"吾衍指手画脚，格外兴奋。

元振听了哈哈大笑，说："衍要学孙权'联刘抗曹'，可是面对的不是孙权的国之精英，而是世间糟粕，与其说理，人家还不爱听呢。"

"爷爷，知己知彼，百战不殆。若是前往，必定悉得'吃菜事魔'妖帮的始末，这样，情知不可胜，却有意料之外的成功。"

杨祖听不下去了，笑笑说："衍儿小命一条，那些魔头倒不一定拿衍问事呢，不定这真是一条好计策。"

"父亲，您答应了？"吾衍欢快地问。

"别再瞎闹了！"杨祖翻脸制止道。

见吾衍缩回头，元振哈哈大笑，说："嗯，好。衍虽小，却胆略惊人，有干大事的天赋，往后好好读书，专其所好，必有建树。"

"父亲，这孩子话多，没轻没重，尽管学得不少，也只是皮毛，您也别老夸奖他。"杨祖提醒说。

"父亲心里有数。"元振并不理会杨祖的话。"这里谈'吃菜事魔'，只是往最坏处打算。既然'吃菜事魔'是官府捉拿的对象，又是外乡人，不太可能大股人马进入华埠，进入孔埠。那边，父亲与知县谈谈，以征剿'吃菜事魔'残余为由，张贴告示，稽查人户，谨防异地口音人；这边，找些关乎'吃菜事魔'的史料，供大家熟知。尽管这事与吾家无关，但平常还是要加倍小心，日出走前后街，晚上紧闭门户。总之，大家小心，自然无事。"

"父亲言之有理。龙与子慰都听明白了，这事要服从父亲的安排，不得自作主张，擅自行动。"大家点头。未了，子慰去书房读书，吾龙与吾衍去游泳，杨祖担心天太黑，又说明日就是寒露，水太凉了。吾龙说，一年四季过来都没事。杨祖看吾衍，吾衍道："父亲，孩儿很适应。"杨祖吩咐一番，便去看母亲，元振却想着下一步"丁忧"之事。

天暗了，枫树下黑咕隆咚，沿河茶铺酒肆透出灯光映在水面上，闪烁着粼光。居云轩台阶下画舫已经靠岸，船内传出男女阵阵欢笑。吾龙与吾衍脱去衣裳跃入水中，横洇到对面埠头，游回来时已冲到了画舫的下游，两人又逆水而上。途经画舫，吾龙奋力划动水面，一个姑娘撩开湘帘，她身着窄袖丝绸装，腰间绣牡丹与百合。吾龙一看是翠玉，抹去了脸上的水珠道："翠玉姐姐，有客哪？"

翠玉一愣，便笑道："龙哥哥，啥时回来了？"说着，两人攀着船舷，小船微微晃动起来。

"回来好些天了，姐姐一向可好？"吾龙问。

"好好，告诉哥一件事，那个骚扰画舫的痢痢癫叫官府给正法了。"翠玉说着，一脸喜悦。

"哥也是才听说。这样，姐姐就可以好好做生意了。"

"可不，那日姐妹们都去龙港河边看了，那厮人头落地，竟然没丝毫动静，这叫伏法呢。"

"姐姐说的是，恶人一代，恶雨一阵，他去了该去的地方。"

"嗯，对了，这些日子孔埠那边哀号不断，龙哥哥可晓得是为什么？"翠玉问。

"太奶奶去世了。"吾衍抢着答。

"哦，对不住龙哥哥，翠玉不该问的。"

吾龙正要回答，舫内有男人叫道："玉姐，在外头遗矢呀，要不要给你送厕筹过来呀！"另一个男人道："把老爷晾在这儿，画舫不想开了啊。"

翠玉道："老爷，奴多吃了，正要呕吐呢。"

"正好，呕在老爷怀里呀！"

这时，画舫亮处，湘帘被撩开，一个与翠玉年龄相仿的女子出现。吾龙来不及与翠玉道别，便沉入水里。那女子惊吓道："水里有鬼吗？"

翠玉抹了一下嘴答："是呢，前些日砍头的鬼寻来了。"女子听了惊叫一声，缩了回去。画舫里面有人喊道："翠玉姐，快快进来吧。"翠玉看着远去的吾龙，站了片刻，回到舫内，欢声再起。

回来的路上吾衍问："龙叔与那女子相好了吗？"

"不许胡说。"

"她那情形，对龙叔甜甜的，很是好看。"

"好看的，就是龙叔的了？"

"女子说到痢痢癫，一定是他欺负过她，若是龙叔杀了那贼，那姐姐就更喜欢龙叔了。"

"若真让龙叔撞见，也会像那汉子一样，教训那厮。"吾龙转念一想道，"衍，今晚这些，不能告诉父亲，否则，爷爷就会晓得了。"

"父亲早早晓得了。"吾衍不经意地回答。

"什么，晓得什么？"吾龙急急地问。

　　"就是龙叔与那女子相好，是衍与父亲亲眼看见的。但是，爷爷依旧不晓得。"

　　"哦，是这样。衍，如果有一天龙叔要离开，衍会怎么样？"走过枫树林，脚板踩着河堤上的青石板，吾龙目光望着远方问道。

　　"龙叔不会离开衍的。"

　　"也许会，也许不会。"

　　"那衍就跟随龙叔，游走天涯。"

　　"衍还小，不可能与龙叔同行。"

　　"不行，龙叔不能离开衍，衍还要继续跟龙叔学剑。"吾衍说着，站着不动，望着吾龙，眼睛里蓄满泪水。"

　　吾龙担心吾衍哭出声来，那声响必定会惊动宅院里的父母。他蹲下身子，两手紧紧抓住吾衍的肩膀道："衍不哭，倘若哪一天龙叔非走不可，一定带上衍。"说完，将吾衍紧紧地抱在怀里。

第十章

出了头七，万寿宫戴老大传过话来，请吾龙再下钱塘。戴老大也是斯文之人，传话次日专程赶到吾宅，拜见了元振老爷，说了些客气话。元振心想，让吾龙离开一段时间，亦可避开"吃菜事魔"的纠缠，往后官府追得紧了，"吃菜事魔"会顾了这头，顾不了那头，算是一举两得。戴老大说了一通吾龙的好，商定出行的日子，谢别而去。

将鲁氏的牌位请进了灵堂，吾宅的祖宗都供奉在这里。头七第一个夜晚，吾氏男男女女会集在灵堂里，四周点满蜡烛，把灵堂映得通亮。祭台中央搁着牺牲，旁边备着祭品。鲁氏的牌位置于处焕右侧，上端按序排着历代祖宗。行祭礼前，元振清理了神龛，而后每人依次敬香，献上茶果，排上酒菜、粿饭。元振领头参拜道：

"伏以妻氏儿孙，择以吉日良辰，安放神位大吉，列神恩泽，照耀迷途，镇宅光明，保佑阖家平安，子孙宏图大展，吉日良辰叩拜。"末了，元振道，"各自默祷许愿吧。出了灵堂，吾衍悄悄问吾龙道："龙叔与奶奶许了何愿？"

吾龙答："未收天子河湟地，不拟回头望故乡。"

"大宋江山去矣，草民还能奈何？"吾衍牵着吾龙的手问。

"那也不能拱手相让。"吾龙坚定地答道。

"龙叔想什么，做什么，衍都与龙叔站在一边。"吾龙听了停住脚步，又紧紧握了一下吾衍的手。

进得房间，吾衍依旧与吾龙睡。吾衍又问子慰，面对太奶奶许了何愿。子慰答："蓄盐仓，开盐铺。"吾衍道："子慰叔，做郎中多好呀，为什么偏要开铺？"

子慰问："若是登山有好些路径，衍会选怎样的路？"

吾衍想了想答："平坦、快捷的路。"

"对，这样便能快速登上山顶。"见吾衍噘着嘴，像是上当似的，子慰接着问，

"那么，衍给太奶奶许了何愿？"

"让衍快快长大，不想让龙叔离开衍，到龙叔想离开时，衍与龙叔一道走遍天涯。"子慰望望吾龙，见他把头扭向一边，便接话道："衍应当与父亲在一起，若是有了婶婶，即使龙叔愿意，婶婶也会讨厌身边有个跟屁虫。"

吾衍望了一眼吾龙，低头没说话。吾龙将吾衍抱上床道："不要睬子慰叔，早些睡觉，明天还得一道习剑呢。"

这个晚上，元振在床上告诉柴氏，在家持丧丁忧三年。柴氏说："也好，临安混乱，不如避避，在家过几年安稳的日子。"

"唉。"元振叹道，"接到母亲去世的消息，便报请宫内太常，他道：'祭祀社稷、宗庙朝会都没有了礼，报了便报了。'这元军还没打到城下，自己倒先乱成一锅粥了。"

"若是元军进了临安府，吾龙与戴老大下钱塘又遇上了，可要紧不？"柴氏担心地问道。

元振没回答。离开临安前，所见的是一片狼藉。临安城人心浮动，尤其是府内，大臣们要贬谪贾似道，又遣使向元军求和称侄称孙，乱成一团。更让元振无法想象的是，占有水上优势的宋军，在两岸受制于人的境况下，损招迭出，致使元军水陆协同，两面夹攻，中央突破，大败宋之水军。"临安危矣！"元振叹气道。

"老爷，如此丁忧后还回临安吗？"柴氏问。

"能不能回临安并不重要，关键是古籍修复正在进行中，大堆雕版未完工，元军攻破临安，大都一统，临安只是个州府，那古籍与雕版……"

"元军不可能会灭掉那些东西吧？"

"说的也是，汉文化流传数千年，不是想灭就能灭的。不过，忽必烈称汗，即建年号'中统'，十年之后，建国号为'大元'。大元，实是大汉文化的再生，取于《易经》干元之义。忽必烈并没有依据蒙古习俗，而是以汉文献改建国号，这似乎告诉天下，其统治的国度，不仅属于蒙古一族，也是汉王朝的延续。"

"这就是说，即便是蒙古人统治天下，也摆脱不了历朝文化束缚。那语言、文字、信仰、生活习俗都还是原先的样子。"柴氏最担心的是这个。

元振想了想回答："怕是很难改变。尽管朝内以蒙古人为主，重臣幕僚有不少是汉人。那个僧人子聪，本名刘秉忠，早期就是忽必烈的幕僚。中统元年，世祖即位，曾听取了刘秉忠的建议，设立中书省和宣抚司，录用了不少旧臣隐士，刘秉忠也一直居于皇帝左右。此后，元世祖命其去僧还俗，拜为光禄大夫，至太保，参与中书省政事。刘秉忠受命是知无不言，言无不尽，倒也深得世祖的宠信。至元三年，受命在燕京城东北建造都城，就是当今的'大都'，前前后后定立朝仪，制定官制与皇帝礼节、百官的服饰及俸禄，可谓是尽了心力。这些，世祖都依了，这就说明忽必烈推崇的是什么了。去年八月，刘秉忠去世，元世祖闻之惊悼，对群臣说：'秉忠为朕尽忠三十余年，小心谨慎，不避艰险，言无隐情，其学问之深，惟朕知之。'而后下令安葬于大都，追赠太傅、赵国公，谥号'文贞'，这一切说明了什么呢？"

"君主是蒙古人的君主，天下依旧是汉人的天下。"柴氏微笑道。

"皇帝可以统治天下，压榨国民，但是大汉文化博大精深，不像朝政，想推翻就能推翻得了的。况乎，一个游牧民族，历代生活在草原，若是得天下又容不得天下，迟早要被赶进草原；若要容得天下，先要顺应大汉文化。"

"老爷，丁忧期间，您好好歇息，外头的事自然有人管，老爷别太操心，三年里养好身子，这才是日后的本钱。"

"夫人说的是。"说着，元振吹灭了油灯。

次日，是吾龙约定下钱塘的日子，吾龙有几分忧郁，又执意在灵堂里过夜。杨祖看出吾龙的心思，欲陪同吾龙，吾龙不肯，杨祖说："哥只是陪龙说说话，下半夜自然去睡。"

吾衍听说父亲陪同龙叔，坚持守在灵堂，刚到亥时，便支持不住，不停地打着哈欠。吾龙将吾衍抱回房间，吾衍迷迷糊糊道："龙叔，明日寅时喊衍，好让衍送您呢。"

杨祖晓得吾龙心事，见他心神不宁便问："明日走了，龙弟还有心事未了？"吾龙没有回答。杨祖又道："亥时已过，当与那女子告别，哥在这儿守着，也给龙弟留着大门。"

吾龙感激地望了杨祖一眼，一句话也没说，起身走了出去。

院子里异常安静，微风吹过，略显丝丝凉意，吾龙缩缩身子。树林里不时传来猫头鹰叫声，酷似一条抽打夜空的鞭子；酒肆里的行酒令落在浪花里，此起彼伏，像弹奏的古琴；石阆山上的黄麂"咣咣"地狂叫，犹如更夫敲打竹梆子。吾龙细细感悟着，脚下疾步前行。走过小径，上了古堤，隐约看见枫树林外头的画舫，信步走下居云轩，站在埠头上朝画舫上扔小石子，湘帘开处，翠玉素妆出现在船沿。

"龙哥哥!"翠玉手提湘裙走到船沿,然后回首喊道,"姐姐,帮衬把船划过去。"

画舫徐徐靠岸,吾龙伸过手,翠玉像燕子一样飞了过来。

翠玉身着窄袖短衣与长裙,外加一件对襟长衫,头发拢到头顶,盘成圆形发髻,名曰"同心髻"。这副不经意的打扮,让翠玉变得更加可人。吾龙连忙脱下外套垫在台阶上,让翠玉坐下。"上午游泳时,与翠玉有话说,龙哥哥,想说什么呢?"

吾龙望着翠玉,半晌没说话,慢慢地从腰间取出一样东西,说:"这是送给姐姐的。"

翠玉顺手接过,借着居云轩透出的灯火细看,是一支沉沉的银质簪钗。

"龙哥哥,这怎么使得!"

"姐姐,这是哥用押船工钱买的。"

"龙哥哥,这东西太贵重了,翠玉还没见过这般大小的簪钗呢!"

"姐姐,还有更大的呢,戴着都走不出湘帘。因为上下轿子碍事,朝廷对冠梳和簪钗作了限制。"

"龙哥哥,您待翠玉真好,能帮着戴上吗?"翠玉说着,递过簪钗。

吾龙道:"哥手笨,怕伤着姐姐。"

"龙哥哥,翠玉喜欢。"说着,翠玉低下头。

吾龙轻轻把簪钗插进发髻,然后道:"让哥看看。姐姐真是漂亮。"吾龙赞许道。翠玉听了神色突然暗了下来,低下头来。"姐姐,哥说错什么了?"

"哥哥没错。"翠玉答,"只是让翠玉想起亲哥常说的这句话。"

"亲哥?"

"龙哥哥,翠玉老家在德兴,离华埠并不远,隶属饶州鄱阳郡。父亲是个老实人,从小跟着爷爷挖铜矿,去世前,爷爷把矿井传到父亲手里。几十年的积累,在当地算是殷实人家。翠玉兄妹两人,哥长五岁,随父亲管账簿,哥哥对翠玉很好,总是望着翠玉说:'妹妹真漂亮,往后一定能嫁个官爷。'翠玉怀念那些日子。"翠玉两眼望着天空,晶莹的泪水挂在睫毛上,片刻继续说道:"翠玉十二岁那年,矿贼突然绑了哥,逼着父亲交银子赎人,且不能报官。为救哥,父亲掏空了全部积蓄,买下了哥的命。祸不单行,救出哥后一年,父亲和哥同时在矿中遇难,母亲悲伤过度，犯了癫病，失足掉进矿井……"翠玉说着，失声痛哭起来。

"姐姐不哭。"吾龙鼻子酸酸的，不知如何安抚翠玉。半晌，翠玉接着道："之前在家里，除了读书、作画什么也不干，父亲与哥哥前后离去，而后又是母亲，翠玉没有勇气再活下去了，甚至没有能力将母亲从矿井里弄上来。这个时候，翠玉只得找大伯，他是唯一的亲人。翠玉只晓得，爷爷将铜矿传给父亲，令大伯十分恼火，父亲在世时两家也不来往。不过，那毕竟是上辈人的事情。翠玉忖想大伯会发善心，帮她把母亲弄上来。只是翠玉没想到，矿难竟然是大伯勾结矿贼制造的，这一切，都是他亲口告诉翠玉的。"

"天下竟有这样的牲口！"吾龙咬着牙根骂道。

翠玉慢慢止住哭泣，说："大伯说，帮可以，得答应两件事，而后，葬母亲，还父亲与哥哥欠的钱款。翠玉问哪两件事？他说：第一，把爷爷的鱼鳞图给大伯；第二，离开鄱阳郡，永远不要回来。"

"翠玉答应了？"

"龙哥哥，翠玉一个弱女子，又有什么办法，给了鱼鳞图，矿井就是大伯的了，可有什么办法呢？好在大伯没夺去房产，否则，翠玉连离开的路费都没有。"

"离开后又能去哪呢？"

"翠玉廉价卖了房子，恰好有杂剧'集秀班'在矿上演戏，便投奔了他们，半年里，一边学戏，一边干活，什么苦都吃过。一次在衢州府演出时，弄丢了装孤的笏板，结果被赶了出来。翠玉一无所有，哭着找安身之地，心想这世道没有翠玉的活路了。两天后，另一个'庆余班'又到衢州，说是'教坊'里出来的艺人。翠玉与班头说了，他问半年里学了什么角儿，翠玉说演了几场'装孤'，这样班头就让翠玉试试。'庆余班'在衢州演了五六本戏，又转到礼贤，那晚，天下起了雨，许多人躲到勾栏下面，也有人跑上台。翠玉没角儿，在台后帮着赶场，只一会儿，勾栏突然倒塌，大家乱哄哄叫着，一同搬开台板，结果当场死伤十二人，'庆余班'亦有多人受伤。尽管庆幸自己没有在台上，也不忍看到那多人死伤。'庆余班'随之完了，翠玉再一次失去了依靠，成了孤零零一人。"

"姐姐真是命苦！"吾龙难过道。

"不晓得如何打发自己。那个黄昏，翠玉懵懵懂懂往江边走，江畔开阔，江水汹涌。翠玉边走边想，了了吧，无亲无故，也无牵无挂。阴暗的天空下，一个人不知怎么来的，却要悄悄地走。远远看见江边停着一条画舫，几个女子在江边戏水，见翠玉站在那儿发愣，其中一个道：'姐姐，看你一身皱巴巴的，不如下来洗洗吧。'翠玉有些犹豫，光天化日之下，又是陌生人。那姐姐又道：'姐妹们远远避开埠头，这里没人来。'于是脱了衣裳。姐姐们惊呼翠玉漂亮，皮肤白净，长得好看，又问到河边做什么。翠玉无法回答，也不晓得怎么回答。另一个姐姐看出端倪说：'不如依了姐妹，在一起有个照应。'翠玉不晓得她们做什么营生，但是，这是翠玉离开鄱阳郡听到的第一句暖心的话，心一横想，死的心都有了，还管她们做什么呢？后来才晓得，她们是画舫上的艺伎，那条画舫叫'舳舻鸳'。"

"这样，姐姐就干了这一行？"吾龙喃喃问。

"是的，在'舳舻鸳'一干就是四年，有道是，泛宅便为家，有红粉青娥，长新风月；他乡忘作客，看千岩万壑，如此江山。这首词流传甚广，讲的就是姐妹们。"

"那姐姐是怎么到了华埠？"

"很小的时候，父亲带着翠玉来过一回华埠，记忆里这是个繁华的码头。尽管铜矿生意人多，但是不如华埠热闹，各种货物都有，翠玉很向往这里。四年之后，鸨儿因病逝了，姐妹们合计着怎么办，有的主张把船卖了，分了钱各奔东西；有的说继续做下去，到了该散的时候自然散了。翠玉觉得，那船毕竟是鸨儿的，万一家人索要如何是好？翠玉说，大家彼此不嫌弃，还是接着一块儿干。不过翠玉提出，礼贤生意不景气，不如到华埠。大家都说好，换个地，省得老是想起鸨儿，念叨伤心事。就这样，一起到了华埠。"

"这样说来，到华埠不到三年。"

"正是，比起礼贤港江，华埠生意要好得多。这两年，也赚了一点钱，将画舫重新装修，要不是癞痢癫侵扰，这生意一直做得顺当。现在好了，癞痢癫正法，说起来，还真要感谢那个无名好汉，不是他，画舫还真不晓得能不能开下去呢。"

"碰到这样的事，谁都会主持公道。"吾龙认真道。

"这世道要变，谁晓得往后什么景象？"翠玉望着波涛，轻声说。

"那么，姐姐的矿洞就这么让给大伯了？"吾龙又问。

"还能怎么办？当时有好心人劝翠玉告官，说大伯暗中一同制造矿难，又让侄女交出鱼鳞图，逼她离开家乡，可哪有凭证？尽管谁都晓得矿洞一直是父亲开的，但父亲与哥哥双双去世，由大伯接手鱼鳞图，再合理不过了。"

"那么，姐姐往后怎么办？"

"过一日算一日，这样的营生，哪有靠得住的男人！哥哥瞧得起翠玉，与翠玉说话，又送簪钗，翠玉从心里感激哥哥呢。"

"不是这样的。"吾龙支支吾吾道。

"那是哪样？"翠玉扭过头望着吾龙问。

"哥哥喜欢姐姐……"

翠玉半天没吭声，吾龙察觉到自己冒失，便急促道："姐姐怎么想的哥不晓得，但哥说的是真话。"

"这样的话听得多了，都是逢场作戏罢了，但是翠玉相信哥哥的话。"说着，把头轻轻地靠过去。"

吾龙紧紧握住翠玉伸过来的手，激动得微微颤抖。

波涛翻滚，微弱的光景下闪着鱼鳞一样的光点，背后的酒肆已经关闭，枫树林也随之入睡。月亮不知何时升了起来，大地有了一片银色，光亮打在吾龙与翠玉的身上，像盖上一层暖暖的被子，安抚着两颗破碎的心。吾龙搂过翠玉的肩膀轻声道："哥不应该告诉姐姐，在姐姐身上添加不幸。"

"龙哥哥，翠玉喜欢。"

吾龙又不语，听到河边的蟋蟀叫声，"嘟嘟"，有些凄楚。翠玉察觉出异样，扭头来看，竟然看见吾龙满脸的泪水。"哥哥，怎么了，为什么要哭？"

"哥为自己，也为姐姐。"吾龙答道。

"龙哥哥……"

"姐姐受了那么多的苦，吾龙帮不了你，反倒又来烦恼姐姐。想到这里，哥恨自己无能，又心疼姐姐的遭遇。"

翠玉把头紧紧地贴在吾龙的肩头上，喃喃道："哥有这片心意，姐姐就知足了。"

吾龙止住了泪水，他轻声道："哥是来向姐姐道别的。"

翠玉没动问："哥哥又要下钱塘？"

"是，也不是。"

翠玉抬起头说："什么是也不是？"

"这次下钱塘，怕是再也回不来了！"吾龙望着远方答。

"龙哥哥说什么呀，好好的为什么不再回来？"

"姐姐，元军就要打到临安府，大宋江山危矣。作为大宋的臣民，尽管微不足道，也不能旁观呀！想当年，那'中兴四将'之岳飞，抵抗金兵，战功卓著；而哥从小熟读兵书，习剑练武，尽管没有岳飞的气魄，到了朝廷用人时，不能退缩当乌龟呀。"

"元军逼近，官府无奈，况乎草民？龙哥哥尽管一身正气，即便武艺高强，可元军生性勇猛，兵强马烈，哥哥如何与之匹敌？"

"姐姐，既然开弓，就没有回头箭了。"吾龙低沉道。

"龙哥哥，那奴怎么办？"翠玉突然问道。

吾龙顿住，沉寂半日，他不晓得如何回答，翠玉领了他这份情，而他却要离她而去，且生死不明，吾龙的方寸乱了。夜越来越静，孔埠睡了，古镇亦进入梦乡，吾龙与翠玉相依而坐，他们似乎什么也不想，只在乎眼前的静谧，在乎短暂的拥有。远远地更夫敲击着竹梆："哪！哪！——哪！哪！——哪！哪！"听声响，已是三更。吾龙恢复了平静，说道："姐姐，若是元军攻入临安，宋军将士会上船下海与元军作战。那样，物资再充沛，也支持不了三年。三年后，姐姐要是没有哥的消息，一定是哥与舟舰一同葬入海底。"

"龙哥哥，不要，不要这么说，也不要参与无望的争斗。翠玉只是一个小女子，从画舫吃酒的客人那儿听到：大宋不是被元军剿灭的，而是自己灭了自己。翠玉虽然不懂，但有一点翠玉明白，庶民不在乎谁当皇帝，谁当皇帝庶民还是庶民，过平静日子，这才是摸得着的福分！"

吾龙道："一切都晚了，哥已与君实有约。"

翠玉望着吾龙，月光下，她看到了一张坚毅的面孔。"龙哥哥，什么时候起身？"翠玉声音哽咽地问。

"寅时起身。"

"龙哥哥，离起程近了，请稍等。"翠玉起身下船，片刻又上岸，手里拿着绢帕。"龙哥哥，绢帕里包着一绺发丝，翠玉等哥哥三年！"说着，掩面而泣。

吾龙一把将她抱在怀里，良久，天地旋转，万物无声，仅有浪涛轻轻地拍击。远处四更响起："哪——哪！哪！哪，哪——哪！哪！哪。"

整个吾氏家族，只有杨祖晓得吾龙的心境，当吾龙返回灵堂时，杨祖问道："龙弟，可都想好了？"

"哥，早想好了。"吾龙望着杨祖目光坚定。

"那么，龙弟还有什么要交代的？"

吾龙没有回答，点了香，然后跪下："孩儿对不住奶奶，刚过头七，就离她而去；也对不住父亲，丁忧期间，不能陪同守灵。"说完，长跪不起。半晌，吾龙对杨祖道："哥，弟也对不住您，您次次为弟担待风险……"

"兄弟间不说这些。嗯，那个画舫的女子如何是好？"见吾龙低头不语，杨祖又道，"只是随便问问，若是两厢情愿，就不能辜负人家。"

"哥，此去凶多吉少，对不住的还有她。"吾龙说着，眼睛里闪着泪花，"若是平安回来，不论家里是否同意，弟都要娶她为妻。"

"龙弟这样说，一定有自己的道理，把一切安顿妥了，才能轻装上阵。"杨祖望着吾龙说道。吾龙点点头，说："哥不要告诉衍儿，把剑留下了，等他长大些，哥再慢慢与他说。"

杨祖鼻子一酸，一把抱过弟弟。

柴氏与蒋氏早早起来做早饭，寅时三刻，蒋氏在灵堂外喊杨祖，说叔子该吃早餐了。蒋氏道："母亲让老爷也过去，一同陪陪叔子。"

进了客厅，八仙桌上摆了七八个菜，母亲端着碗筷走进厅堂。吾龙惊道："母亲为何做那么多菜？"

柴氏说："一去就是二三十日，路上吃不上新鲜的，家里正好有，让孩儿多吃点。另外祖儿守灵辛苦，也让他陪陪。"

"母亲、嫂子，半夜起来做这些菜，有劳了，龙真是过意不去呢。"

柴氏听了道："说这些做什么，快吃吧，误了启船时辰，让戴老大不高兴呢。"吾龙应着，刚刚拿起筷子，身后传来一个声音："今天让衍守着了。"吾衍揉着眼睛，跟黑子站在身后。

"衍儿怎么起床了？"杨祖见是吾衍问道。

"父亲，孩儿就没睡，睡了就梦见龙叔，是黑子叫醒衍的。"

吾龙连忙起身，将吾衍抱上板凳："衍一块儿吃。"

"奶奶，弄这么些菜，好像龙叔不回来似的。"吾衍拿起筷子道。

"衍儿胡说些什么！"杨祖瞪眼怒斥。柴氏翻了一眼杨祖，笑笑说："别睬他，龙叔不回来，谁来管教奶奶的孙子呢？"转而又道，"做父亲的整天就晓得读书，有朝一日元人当家，科举、太学不晓得还办不办呢。"

"这家就是国，国就是家，哪个当家的不指望家里好呢？想要家好，没有读书人，想好也成不了。"杨祖答。

柴氏不理，吩咐吾龙说："龙儿，临安那儿就要打仗了，此去一定要小心。听说蒙古人彪悍勇猛，嗜血成性，遇着了，远远避开些，使不得性子。"

"母亲，孩儿明白。"

"龙叔，衍长大了，水性也好，且会使剑，龙叔答应的，要带衍一同去临安，要不今日陪同龙叔一道如何？"吾衍拉着吾龙袖子道。

吾龙笑笑说："长大了，要这么高，衍才这么高。"吾龙比画着。

"龙叔，若是衍到了临安，就开个店铺，为人写楹联，刻印章；还可以教人识乐谱，吹笛子，还可以……"吾衍没说完，杨祖便打断他的话。"要吃就吃点，龙叔可没闲工夫听衍儿自夸呢。"

"哥，不急，衍的话龙爱听。"吾龙勉强笑笑，"衍没自夸，他的字不是自己说好，刻的印有模有样，那管铁笛，吹得胜过叔了，更甚者那古字写的，是叔远远不及的。"吾龙突然哽咽了。片刻，他咽下口水，望着吾衍笑笑。

"龙儿，慢慢吃。"柴氏劝道。

黑子叫了一声，元振出现在厅堂，后面跟着子慰。元振说："还有时间说闲话哪，都什么时辰了。"

子慰说："龙弟，可以动身了。"黑子朝着吾龙"汪汪"吠了两声，吾龙摸摸黑子的脑袋说："不舍得龙叔了！"黑子从喉咙里发出一声哀怨。

柴氏早早地把东西准备齐罗，大家一同走出吾宅，夜空无云，蔚蓝色的天体缀满星星，月亮像是悬挂着的一只麦饼，无声驱走地面上的黑暗。吾龙抬头望天，回身对家人道："父亲母亲，孩儿走了。"

黑子又狂吠两声，杨祖心里很不是滋味，掩饰道："这是送吾龙呀！"

吾龙又抚了黑子的头，对杨祖和子慰道："哥，弟走了，不在的时光，请两位哥哥好好照顾父亲母亲。"

杨祖点点头，转而对元振道："父亲、母亲回去吧，孩儿送送龙弟。"

"龙儿，俗话说：屋内不烧锅，屋顶不冒烟，打仗打到门口，内贼像狼闻到腥味。因此，路上处处小心，带上剑。"元振吩咐说。

"父亲，剑留下了，衍还要习剑呢。再说，临安兵荒马乱，佩剑反倒引人注目，不见得安全。"

"父亲，龙弟说得对。生意人相对武生而言，更没人留意呢。"

元振点点头说："去吧。"

吾龙迟疑片刻，一转身走了。一家人望着龙走出院门，只有黑子狂吠不已。吾衍抓住黑子脖子皮毛，黑子突然挣脱冲向门口。吾衍喊道："黑子，快回来。"说着，追了出去。元振道："黑子通人性，除了衍，它最喜欢龙儿了。"

"龙儿又不是第一次下钱塘，前几次不至于这样呀。"柴氏自言自语。

元振迟疑片刻，没吱声。

吾衍追着黑子，一会儿便赶上了杨祖与吾龙。看到吾龙，黑子"呜呜"地叫着，像受了委屈的孩子。吾龙蹲下身子，两手抱着黑子的头，使劲地捏了一把。"听话，黑子与衍回家。"黑子两眼望着吾龙，一动不动。杨祖道："衍，快带黑子回去，父亲与龙叔还有话要说。"

吾衍抓着黑子站在那儿，两眼"啪嗒啪嗒"流下泪水。一高一矮的两个影子，留在月光下。

过石拱桥，杨祖对吾龙说："那牲口灵敏着呢，一定是觉察到了。"吾龙不语，回身望着曙色下的吾宅，说："哥，告别时，真想给父母下跪磕头，这一点弟都没能做到……"说着，失声痛哭起来。"哥，弟对不住父母养育之恩，看着他们苍老的容颜，又被蒙在鼓里，心都碎了；可一想起祖辈打下的天下，就要葬送在元军手里，作为吾渭的后代，临阵退却，内心永远无法安宁了。如此，即便永别，也坦然赴死！"

杨祖把手按在吾龙肩膀上，含泪道："龙弟，自古忠孝不能两全，既然决定，就没有后悔药。父亲这边，哥会小心伺候，不管战事多紧，弟都不能意气用事，多想想父母，还有画舫上的那个女子，安好地回来。"

吾龙点点头。他们一道走过前街，两边的店铺关着门。这些店铺多为老字号，也是吾龙从小熟知戏耍的地方。踏过每一块青石板，过往的记忆像影子一样在脑子里一一闪过，这一切将永别了。

走近祥记章布店，门庭下的匾额乌黑闪亮，数月前，曾在这里有过义勇之举，之后，一切似乎都在改变，吾龙不明白这是为何。杨祖跟着放慢脚步，听他低声道："龙弟，这是天意！"

一条底平大船停在埠头上，这条船是戴家祖传的，头小成圆吻，翘尾，船分九舱，可存放不同的货物。船体用椿木打造、桐油石灰嵌缝，内外用桐油涂刷。中舱固定，两只船篷可拉动。杨祖赶到时，戴老大正在检查货舱，身边跟着一个后生。看到杨祖与吾龙，便快步下船相迎。"长公子，头七刚出，少公子大孝在身，真不是个时节。只是，这货都是买家原先约定的，再往后推，怕是失了信誉。因而……"

杨祖点点头道："既然家父答应了戴老大，就没什么可说的。"

"唉，仗打到了城外，黑道上的人也往外钻，心里没底。对了，少公子，怎么没带佩剑？"戴老大奇怪地问。

"留给侄儿了，有根棍就行了。"吾龙挤出笑容道。

"哦，少公子功夫了得，心里有数就好。"

杨祖指着船上后生问："那是公子吧？"

"正是犬子戴勤。泥鳅在塘里，不是读书的料，让他跟着跑船。"

杨祖又道："这满满的一船，都是什么货呀？临安正在打仗，戴老大不担心血本无归呀？"

"长公子说得是，本来哪敢呀，不是与那边几家掌柜约好的吗，除了饶州的白米，还有开阳的苞谷、茶叶、香菇、笋干、藤纸、丝、麻、布。人家说了，乱时就要这些货物，卖价也好，先让备着，货到收款，才有了这份胆量。"

"那白米与山货，都是淋不得雨水，千万不可有闪失哟。"杨祖道。

"可不是吗，白米生意先前很少做了，上回在临安结识了一些米行的掌柜，给算了一笔账，说临安城内有三四十万户，每日街市食米除府第、官舍、宅舍、富室及诸司有该俸人外，细民必须籴米而食，每日出粜食米二千石至四千石。"

杨祖听了点头道："这样的生意笃定只盈不亏的。时间不早了，该起航了。祝戴老大一路顺风，早去早回。"

"谢了，长公子。"说着，招呼儿子戴勤。

"哥，龙弟走了。"吾龙抱拳说。

"一路保重！"杨祖装着轻松回答。

吾龙点头，飞身上船，戴老大将竹篙一点，船像箭一样离岸而去。杨祖心里"咯噔"一下，有一种绞痛感，泪水横流。"吾龙呀，但愿不是永别！"杨祖默默道。

第二天，黑子蜷在窝里一动不动，吾衍以为黑子病了，取了饭菜，不想黑子看都不看一眼。吾衍惊诧地问父亲，父亲道："不舍得龙叔呢。"

第十一章

三个月，戴老大的船不曾返回，这是以往从未有过的。于是万寿宫乱成一锅粥，猜测航程遇祸或是元军侵入临安遭灾。这也罢了，时常遣人向吾宅打探消息。元振起先没有理会，这个午后戴老大父亲亲自登门，元振道："犬子吾龙帮衬戴老大下钱塘，至今未归，本当询问万寿宫，怎么三番五次上门来呢？"戴父欠身道："吾老爷，老朽着急呀，您官居七品，消息渠道多，今日特意过来请教，并没有其他意思。"

元振听了，让柴氏上了茶，然后道："水祸可能性不大，不说戴家老大水性过人，行船几十年，遇有不测，货物可能侵吞水底，人断然不会有事。"

"吾老爷言之有理，少公子功夫了得，水性也不在犬子之下，货物出事，人是活人。怕是兵荒马乱，遭遇水寇，双拳不敌四手……"

元振摇摇头道："戴老先生，长公子与龙儿多次说过，船不要靠岸，以免节处生枝。在下想，元军攻城，临安混乱，货物出售或货款回收困难，此外，不会有其他意外了。"

元振这么一说，戴父心里踏实许多，于是骂儿子不孝。元振听了劝道："有家有室，谁不想早些回来；再说，生意场上，都是耽误不起的事，长公子再不孝，也不至于留置临安啊。"

元振说到这里，戴老先生起身："令郎是犬子请的，不管什么时候回来，万寿宫都会支付同等工钱。"说着，取出银票，交与元振道："这是一个月的工钱，待犬子回来，一并结清。"

元振客气一番，接下银票，送出戴先生。刚在磨盘边坐定，吾衍跑进院门，他手里拿着邸报："爷爷，驿站刚送到的，大宋皇帝出降了！"

元振连忙接过，看了一遍，脸色苍白。尽管预先想到了，这天来了，还是让他万分吃惊。

元军攻到城下，官吏丢印弃城，像蝗虫一样纷纷逃离。谢太后从晋封贵妃到册封皇后，前后近五十年，大宋在她手里完了！元振悲哀地想。

元振细读邸报：葭月，元军攻破临安门外独松关；残冬，太皇太后派人与伯颜求和道：太皇太后年事已高，君主年纪尚且幼小，又在衰绖之中。自古有礼不伐丧之说，可否与伯颜坐下来和谈。伯颜嘲笑答：尔宋昔得天下于小儿之手，亦失于小儿之手，盖天道也。

元振暗叹道，伯颜说得没错呀！想当年，太祖发动陈桥兵变，从后周的孤儿寡母手中夺得天下，如今宋朝的天下又在孤儿寡母的手中丢掉！前后三百一十余年。正似那伯颜所言，这是"天道"呀！

一个下午，元振没与家人说话。吾衍几次缠着要听临安府的故事，都被元振婉言拒绝了。晚上，元振无法入睡，柴氏问起缘由，元振道出真情。柴氏惊诧地跃起，说道："大宋丢了，这么大的事，老爷竟然没有通报一声，龙儿下钱塘至今没有回来，与之可有关系？"

"戴老大不也没回来嘛。"

"戴老大是生意人，处事圆滑；龙儿从小习武，性情刚烈，没有戴老大那份应变的本事，吃亏只怕是龙儿。"

"夫人，相信龙儿没事。"元振嘴上这么说，心里嘀咕起在临安遇到的事，便说，"君实十分喜欢龙儿的武艺，也很欣赏他的兵法。当时察觉到，龙儿听君实说话的眼神，有着从未有过的敬仰。"

"这君实是谁，与龙儿有什么关系？"柴氏疑惑地问。

"君实大名陆秀夫，不过二十岁，就与文天祥一道考中进士。君实才思清丽，诚实稳重，很快被两淮安抚使李庭芝看中，招入幕府，后又推荐给朝廷，从司农寺丞一直干到宗正寺少卿兼起居舍人、礼部侍郎。君实性格沉静，不苟求人知，即便僚吏相聚，宾主交欢，唯独君实无语，时而一天不说一句话。"

"这君实倒是个实在人。"

"君实到临安之后，掌管粮储、仓廪和朝官之禄米供应，每个人头、每件事情清清楚楚。那时，与夫君结识。"

"老爷介绍龙儿认识君实，这样的性格，龙儿怎么喜欢？"

"这就是缘分。总之，闲叙时龙儿两眼发光；而君实，怕是一辈子都没说过那么多的话。"

"那么，秀夫君实现在何处？"柴氏又问。

"今日看了邸报，秀夫君实与将领苏刘义，由海路追随幼主赵昰、赵昺到了温州。"

"追随赵昰、赵昺幼主到温州做什么？"

"古人有'挟天子以令诸侯，畜士马而讨不庭'一说。当年关东的诸侯在袁绍的倡议下，推举汉室宗亲刘虞为皇帝，与北方西部的董卓抗衡；现在宋室面临的情况与当时极为相似。当年度宗殁，留下三个未成年的儿子：一个是杨皇后所生的赵昰，七岁；一个是全皇后所生的赵显，四岁；还有一个是俞皇后所生的赵昺，三岁。贾似道和谢太后主张立赵显为恭帝。当下宋室出降，元军必定掳走皇帝赵显。那么，秀夫便会在南边拥立赵昰或赵昺为帝，以振宋军与国人。"

"老爷说的是国事，当下顶要紧的是家事。龙儿下钱塘近三月没有音信，老爷是想说，龙儿跟随君实拥王去了南边？"

"不许胡说！"元振喝道。

"那老爷想说什么？"柴氏提高嗓门。

"夫君什么也没说！"元振放大喉咙喝道，少顷，缓了口气道，"等戴老大回来，一切都明白了。之前，就龙儿的事，不能在外头吐露半个字。"

"老爷，只是……"

"歇着吧。"元振说着，吹熄了灯。

仲春中旬，一大早便有人敲响庭院大门。黑子"汪汪"叫着冲了出去，杨祖正好遗矢返回，喝着黑子，开了门。见是戴老大，大吃一惊。戴老大满脸堆笑，向杨祖请安。杨祖问："戴老大什么时候回来的？"

"寅时刚过，都没换身衣裳就赶来了。"

"那么，吾龙呢？"杨祖试探着问。

"一言难尽，还是一道与元振老爷说吧。"

杨祖本想继续打探，又怕戴老大生疑，便一道走进厅堂。

元振早早在灵堂静守，听到杨祖的叫唤，快步走了出来；母亲柴氏也从灶膛边折到厅堂。一见戴老大，疾步向前问："戴老大，吾龙何在？"柴氏声音很高，把吾衍与子慰也引了进来。

戴老大抬手示意静下来，说："晓得大家都心急，三个多月了能不急吗！"

戴老大这么一说，元振示意在八仙桌旁坐下。戴老大道："起先一切顺风顺水，船至钱塘码头，麻烦来了：先是找不到人担货运货，找着了，价格高得吓人；回头再找时，价格又上涨了。唉，算算还有毛利，便应承了。车推人担进了钱塘门，好不容易到了约定的货仓，结果大锁一把；寻着东家开设的店铺，说是半月前就当了全部家产，跑到福建老家避难去了。这下可苦了，一船白米加香菇、笋干、藤纸、茶叶还在车上担上。人家倒不忙，依着时间算工钱。最后急了，只得找块空地摊在地上，挨了一夜，好在没雨。仓库锁着，如何是好，急得像一条不着家的狗。第二天一大早，地主来了说，一个时辰立马搬走，否则加倍收钱。老天，那么一船货，说搬走就能搬走吗？一连几天，寻找货仓，吾龙与犬子卖货，白米好卖，几天就卖完了。山货就搁在那儿了。"说到这儿，戴老大吃了一口水。然后继续道，"这回真的要感谢少公子了。他说去长寿桥那边看看，能不能在国子监寻到父亲的同僚。果然，傍晚带回一个书生，说是元振老爷的学子。第二天，就在附近找到了一家仓库，那价钱比堆在天空低下还便宜。"

"那么，龙儿呢？"柴氏又问。

"夫人，容下人慢慢道来。"戴老大像干渴的牛，又低头吃水。

元振接话说："夫人惦记龙儿，请戴老大见谅。"

"那简单些，简单些。那些日子，少公子、犬子像是店铺里的伙计，跑前跑后推销山货，末了，本想与往常一样，装货返程，便在临安老东家那边筹集了布匹、盐巴、药材与其他百货。货齐了，待运到钱塘码头，船却不见了，四处打听才晓得，让宋军给征用了。"

元振听了一惊，这么说，宋军果真退守海里了。心里想着，嘴上却问："戴老大怎么处理这批货呢？"

"唉，重新搬回仓库，能退的退，不能退的一点点贱卖呗。前后耽搁了好些时间，完了，便与犬子一路搭船、徒步回到华埠。"

"戴老大返回时，临安可在宋室手里？"元振问。

"唉，正月十八，元军进了临安，宋廷奉传国玉玺及降表，到皋亭山向元军首领伯颜请降啦……"

"那么龙儿哪，为什么没与老大一道回来？"柴氏担心地问。

"山货卖完，少公子就走了。"戴老大道。

"走了，去哪了？"柴氏急急地问。

"少公子说，先前与父亲说好的，合伙在御街找了家店面，与人一道做生意来着。"

柴氏听了嚷了起来："什么，与人合伙做生意！"

"是的。"元振即刻答道，"龙儿行前曾商量过这件事。"

"老爷……"

元振没吱声，他晓得御街，北起斜桥，南到凤山门，是生意最为繁华的地方。元振想了想道："这么说，龙儿一定有书信交与戴老大喽？"

"对对，老爷一问，倒是想起了。"说着，从怀里掏出一封书信。

大家把目光聚焦在书信上，元振却把书信放到了一边。"戴老大真是辛苦了，待有空了，另行拜访您。"

戴老大起身道："少公子在临安开店铺，当要银子，本想把工钱给少公子，少公子却说与老爷结算。前些日子，家父焦急，预支了一个月的工钱给老爷，这里补足少公子。"说着，递过银票。

戴老大一走，元振拿起信，走出厅堂，柴氏在后面叫道："老爷，龙儿何时说起在临安开店？为妻一点都不晓得。"柴氏不解地问。见元振不答又问："老爷怎么不赶紧看看信？"元振回头看着柴氏，脸上冰冷，柴氏狐疑地住了口。

"爷爷，快看看龙叔的信提到衍没？"吾衍上前扯住元振的衣袖道。

"一定是提到了，不然龙叔写这信就没意思了。"

杨祖是明白人，信的内容已猜出八九分，看着父亲的模样，他意识到吾龙对戴老大说在临安做生意，父亲当是明白了。

"爷爷，衍能与您一道看信吗？"吾衍依旧缠着元振。杨祖上前道："衍儿，不得无理。吃早饭还有些时间，到柏树林练剑去。"言毕，牵着吾衍的手。元振没回头，撂下一句道："各做各的事吧！"言毕，径自走出大门。

柴氏绷着脸站着没动，她预感吾龙出了事，戴老大晓得，老爷也知情。龙儿何时提起在临安做生意了，即便是，本钱哪儿来？看着老爷出去的背影，柴氏对杨祖喝道："祖儿，跟母亲过来！"说着，自顾走进厨房。

蒋氏正在烧火，见杨祖与母亲进来悄悄问："老爷，龙叔有消息了吗？"

杨祖点点头。

柴氏道："祖儿，如实告诉母亲，龙儿在临安做生意，与祖儿提起过没？"

"倒是提起过，孩儿当他说说，这样大的事，父亲更清楚。"

"难道祖儿没听出来，在戴老大面前，父亲不让母亲说话。"

杨祖摇摇头。

"在母亲面前装糊涂吧！"柴氏突然放大喉咙吼道。

"母亲……"

柴氏半晌没吱声，好一会儿才叹气道："子慰开盐铺，吾龙做生意，还有什么事母亲不晓得的，嗯？什么事都瞒着母亲，到底做什么呢？"母亲站在锅灶前，眼里闪着泪水。灶口的火光一闪一闪，照亮蒋氏惊讶的脸。

"母亲息怒。龙的事父亲自然会权衡。父母是长辈，孩儿只有听从，这才是孝道。这些年，父亲不在，孩儿遵从嘱咐，尽力带好两个弟弟，现在，他们长大了，就像羽毛丰沛的鸟儿，往哪飞，是他们自己的事了。"

母亲举着勺子在锅台上狠狠磕了一下："都是吾家的种！"

杨祖朝蒋氏使了一个眼色，蒋氏便道："母亲，灶里还添柴吗？"

柴氏没好气道："不用了，炒两个小菜，看男人们吃什么。"

这边蒋氏岔开话题，那边元振坐在磨盘上拆开信件。其实，不看信他已猜到了八九分。吾龙身上有一股血气，几十年来，蒙古军欲吞食大宋，吾龙敬重岳飞那样的英雄。现在想起，吾龙好剑，读兵书，习水性，遇到君实，一路走来都是天意，都是天意呀！

拆开信封，只有一页纸，写着岳飞的《满江红》：

怒发冲冠，凭栏处、潇潇雨歇。抬望眼，仰天长啸，壮怀激烈。三十功名尘与土，八千里路云和月。莫等闲，白了少年头，空悲切！

靖康耻，犹未雪。臣子恨，何时灭。驾长车踏破，贺兰山缺。壮志饥餐胡虏肉，笑谈渴饮匈奴血。待从头、收拾旧山河，朝天阙。

不孝之子吾龙敬上

一首诗，道明了一切！

此去想必凶多吉少，元振内心一阵绞痛。望望天空，太阳老高，落在港边的树林里，惊醒枝条上的嫩芽，气候依旧寒冷，可还是投下几分暖意。龙儿的决定，让元振心痛，可龙儿的刚毅与忠烈，又让元振无比的欣慰。就局势而言，临安府已捧玉玺及降表，江山垂殁，人心已散，陆秀夫周旋海上，怕是人单势孤。古人有"有田一成，有众一旅，以收夏众"之说，而今境况完全不同。让元振忧愤的是，吾龙看不明局势，愚直鲁莽，羊送虎口；反之，若是把这一切都想明白了，坦然赴死，算得上真正的壮举了！

现在的问题，如何说服柴氏。

见元振收了信，杨祖与吾衍走上前来。吾衍问："爷爷，龙叔提到衍了吗？"

"当然提到衍了，龙叔说，衍好好读书，往后一定会有大出息。"

"爷爷，有出息没出息这要看天意了，只要龙叔提到衍，衍就开心了。"说着，一蹦一跳往柏树林跑去。

"父亲。"杨祖低声唤道。

"祖儿是知情的？"

"是的，父亲，吾龙脾气刚硬，想定的事，谁拦也拦不住。"杨祖低着头答。

元振叹了口气，说："既然在杭州做生意，就让他去吧。"

"母亲那儿怎么办？"杨祖担心地问。

"先瞒着，元军坐了天下，往后的事视情形而定。"

"孩儿听父亲的。"

"祖儿，还记得《元建诏令》吗？"

"是的，父亲。"

"天下改元，南边的汉人不会好到哪去，若是朝廷得知吾龙追随君实抗元，不仅一家人性命难保，还会累及整个吾氏家族。"

"父亲，孩儿明白您的意思，这就是吾龙瞒着戴老大的道理。"杨祖点破话题道。

元振点点头道："因此，除了祖儿，不能让第三人晓得，其间的厉害，祖儿一定要牢记。"

"父亲放心，孩儿一定牢记。"

七七过后，子慰的盐铺开张。之前请了风水先生，说是仰以观于天文，俯以察于地理，算定未为吉时。店铺取名为"华祥盐行"。匾额的字出自吾衍之手。依照约定，请来了衢州"泰和盐铺"的大掌柜辛桐，辛桐又请了同知州事蔡丙松。同知公务繁忙，本不肯前来，听说元振丁忧在家，应承辛桐一道来孔埠探望。

子慰盐铺开在龙山溪北，金溪与龙山溪交汇处有一埠头叫"双溪嘴"，平常渔民在这里上下船，一些土特产也从"双溪嘴"上岸。虽不是繁华地段，附近却没有第二家盐铺，这让同行觉得子慰讲道义。店铺之南，一条木板桥通向龙山溪对岸，往南是玉山、饶州的古道，也是挑夫去江西必经之路。店铺朝着金溪，一侧是山货店，子慰的店铺外铺内仓，仓库里有一小门，直通龙山溪木桥，进出交关便当。

华埠七八家盐铺，掌柜的个个都来庆贺。听说"泰和盐铺"的大掌柜也来，大家都想见一见。业内都晓得，"泰和盐铺"是衢州府最大的盐铺，辛桐是盐行里的大掌柜，华埠还有两家颇有实力的店铺，就是从"泰和盐铺"进的货。然则，子慰学的是郎中，一步迈进商行，引得同行议论纷纷。更稀罕的是，刚出师就请来了"泰和盐铺"的辛大掌柜，派头大，起点高，让同行不能小视。不过，人们还谈论一个话题：出师弃师，如子不认父。德裕堂的江师傅如何想？让大家不曾想到的是，江师傅不但没有怨言，还亲临"华祥盐行"，祝贺之余说了子慰的一通好，让掌柜们个个傻了眼。江师傅在华埠是头面人物，祖上除了"七虎堂"培育了不少学子之外，江师傅的德裕堂开得也是远近闻名。若说都保是华埠的红人，那么江师傅就是古镇的贤哲了。

"华祥盐行"热热闹闹，吾宅却是别样的景象。元振没有参加儿子店铺的开业典礼，而是陪同丙松同知，敬拜了鲁氏，而后带着吾衍，坐在磨盘边吃茶。同知与学录说些无关紧要的话，谈论别致的磨盘桌子，彼此心里却十分明白。还是同知打破了沉默，说道："想当年分手，您留在国子监，在下做了七品，转眼那么多年，这官也做到头了。"

元振沉寂片刻，想起了儿子吾龙，内心像猫抓似的。"就局势而言，同知大人一定晓得内情，在下只是读了上一期的邸报。"

"这期邸报在下带来了。"同知说着，从袍子里取出一个小册子。元振接过，并没有马上读，而是放在一边，然后对吾衍道："一会儿送给父亲。"

"爷爷，父亲在子慰叔叔那儿。"吾衍答。

"学录大人，衍孙天庭中正，额有四角，嗓门洪大，属异才呢。"

"有什么才，生于偏隅，也没个好先生，只是酷爱篆字古印，有些与众不同罢了。"元振答。

"有学录大人这样的爷爷，孙子必定才智过人。这让在下想起祖上蔡襄，大宋书体除去苏轼、黄庭坚、米芾，就是蔡襄了。人称之为'苏、黄、米、蔡'，蔡襄世居赤湖蕉溪驿以西，算得上偏僻了吧。从小跟随外祖父卢仁读书写字，十五岁参加乡试，十八岁游京师，入国子监深造。天圣八年，十八岁的他竟然登进士第十名，授漳州军事判官、馆阁校勘等职，算得上是大宋了不起的人物了。"

"同知大人，衍孙能与您祖上相提并论吗，衍孙所学，只是皮毛，往后乱世里，不晓得能不能挣碗饭吃呢。"

"爷爷您放心，长大了，衍可以开学堂，教人写字，那时，不但可以养活自己，也可以养活爷爷。"

同知接话道："学录大人听听，从小就有志向，您还有什么可担心的？咱们都是常人，这孩子非同一般。"

"多事之秋，只求平安，哪敢往别处想呢？"元振抚了一下吾衍的头，说道。

蔡丙松听了元振的话，苦笑道："何尝不是？"说着，饮了茶水低声道，"临安捧玉玺降元，陈宜中见势出逃，张世杰率军离临安，文天祥入营谈判，被扣留不还。淮西三府六州三十六县，潮水般降了元，伯颜又掳走了宋室自行北归，留下诸将继续平定南方。而南边的陆秀夫、张世杰、陈宜中于温州奉益王、广王为都督天下兵马正、副元帅，现在的局势就是如此。学录大人，同是食主人俸禄，下一步走向何方？"

"大潮已退，还能指望海边的张世杰与陆秀夫吗，能起航吗？"元振勉强道。

"蒙古欲克大宋，如狼似虎，前后几十年，到了今天这个份上，学录大人，还有什么指望？"

元振不语，心中想的是吾龙。大宋殁了，这是意料之中的事，只希望吾龙还有机会，覆巢之下，还有完卵啊。见元振无语，蔡丙松又问："学录大人，您有什么打算？"

"当下，只想着如何尽孝心，丁忧三年，当是'晓苦枕砖'，不洗、不剃、不更衣。在下生在华埠，此处景色秀丽，祖传还有三亩七分地，罢了官，可以回籍教学、种地，陪着夫人孩儿，颐养天伦。"

"好啊！学录大人，青山绿水，人情世故，犹如田园美景、市井文章。照着学录大人的意思，在下也欲弃官归农，在福建蕉溪自食其力，安度余年。"

"爷爷回家，衍顶喜欢了，只是临安城只有龙叔一人，岂不寂寞。"

"衍儿，人各有志！"元振笑笑道。

"这么说，少公子到了临安？"同知问。

"犬子不识时务，这个时候，与人合伙在临安开了一家店铺，经营山货，还指望着发大财。"元振道。

"乱世锤炼，犹如作文，说不定妙语如珠，佳句迭出呢。"

"同知大人倒有些情怀！"

正说着，黑子竖起了耳朵，瞬间冲了出去。杨祖、子慰陪着辛桐、江师傅走进院门。黑子对着辛桐狂吠，子慰忙喝住。同知道："连狗都说大掌柜'旺旺'的，看来不发财都不行。"

辛桐笑道："发大财，也离不开同知大人，小的攥在您的手里，像是一只蚂蚱，子时死，活不到丑时。"

大家笑，元振一一让座。

辛桐望着元振道："学录大人，这一定是天意，子慰这孩子与在下一面之交，就让在下喜欢上了。别看他言语不多，办事却是机敏果敢，是生意场上的好料！"

元振客气道："有幸得到大掌柜的提携，是犬子的福分。买扑的费用，犬子会尽快补上，货款也尽快付清。"

"不急不急，与子慰相识，是因为同知大人，若要谢，得谢谢学录大人的学友。"辛桐说话不遮不掩，简约明了。

蒋氏走出大门，悄悄唤吾衍。黑子警觉，哼了一声，与吾衍一同跑了过去。蒋氏耳语一般，吾衍跑到元振身边道："爷爷，母亲说上菜了。"

元振招呼道："各位，重孝在身，素食为餐，请大家上座。"

第十二章

丁忧两年，吾龙仍无音讯，子慰的盐铺倒是开得红红火火。那盐铺，买盐的不如前后街的人多，贩盐的却不少。江西的挑夫到古镇提货，时常出入"华祥盐行"后仓，元振一再追问，子慰道出实情。其实，子慰与衢州"泰和盐铺"掌柜辛桐做的是合伙生意，照着销量，辛桐向官府买扑交税，子慰这边卖了盐，除了扣除税款，两家分成。听子慰说，辛桐早早看中了华埠这块风水宝地，把这里当作一个台阶，眼光盯在饶州周边。只是那两家进货的东家，过于实诚，胆小怕事，一直没能把生意做大。

元振晓得实情，那天傍晚，与杨祖、子慰一道谈了一次。元振说："天下太平，不发财不道义；乱世之秋，发财了也不道义。"子慰道："盐不像粮食，是黎民少不得也多不得的食用品，能便宜买到，谁也不愿意花冤枉钱到异地买贵的去。这看似二三两食盐的事，秤却在庶民心里。"

元振听了不悦道："那么宋法呢？官府对越界卖盐、私卖、私制和伪造盐引，以及超额夹带食盐者都予以严惩。尽管入元，还在沿用上朝宋律！"

子慰道："大宋时，买扑律法完备、严密，要紧的是官府确保收税。孩儿从'泰和盐铺'进盐，辛桐依量足税，至于把盐卖到哪里，并不会有人追问。当年，高宗在金军追逐下东逃西窜，从那时起，盐法渐渐废置，盐卖到江西，税留在衢州府，父亲，衢州府还会管这事吗？"

"子慰，这是投机呀！"元振怒道。

"父亲，隐逸傲世、超凡脱俗固然好，但是，父亲丁忧在家，俸禄二十千，禄粟五石，一家勉强过日子；茶、酒、厨料、薪、蒿、炭、盐诸物，以至喂马的草料几乎断绝。三年里，'华祥盐行'兴许赚不了多少钱，至少可补充家用，以备不测。"

元振觉得子慰说得有理，只是觉着辛桐在利用子慰，于是道："辛桐掌柜巧言令色，与那同知关系非同一般，里头利益颇深。如此看来，子慰'华祥盐行'不过是别人赚钱的马前卒。"

"父亲说得不错，赚钱犹如种地，种什么不能拗时节来。别人赚多赚少，那是别人的能耐，守着自己这块地，只要值得播种，就可花费时间耕耘。谁都想饮源头水，能做到的毕竟就那么几户人家。"子慰直言道，自己都不明白哪来的胆量。杨祖看看子慰不满道："子慰，话越说越过了。"

被杨祖一喝，子慰意识到话说重了，于是拱手道："父亲见谅，慰儿不应当放肆，只是把打算告诉父亲，想到哪，就说到哪了。"

元振摆摆手："事已至此，说什么都没用了，慰儿想好了，就应当有应对之策。但是有一点，不能昧着良心做生意，这样生意不会长久。"

"孩儿明白。"子慰平静道。

晚饭后，吾衍要杨祖领着看戏，听说镇上来了个叫"全堂福"的杂剧班，在"七贤堂"书院门前搭了台。听说在台上支起了一张"乐床"，四个女艺人登台，三人演奏笙篥、笛、拍板乐器，还有一人袖手而坐，叫"做排场"，以显示阵容。吾衍闻所未闻，杨祖被纠缠得没办法，便一道去了"七贤堂"。

走过石拱桥，吾衍看到江边停着的画舫道："父亲，那是画舫。"杨祖正在想事，"嗯"了一声。吾衍牵着杨祖的手，蹦跳着过了石拱桥。

演出刚刚开始，空旷场地铺着青石板，四周嵌着鹅卵石，是个聚众的场所。之前，常有杂剧班和耍猴的艺人前来。锣鼓声声，铁笛响起，果然如传说的，台上有一张"乐床"，三个女子在上头弹奏器乐，一个女子微笑着坐在旁边，不时朝台下摆手。吾衍觉得女子面熟，细看，才晓得是画舫上的翠玉。好些次，吾衍跟着龙叔游到画舫旁边，与那女子攀谈一会儿，龙叔管那女子叫姐姐。吾衍扯了父亲一把道："父亲，坐着的那女子，就是那晚看到的。"

"哪晚？"杨祖问。

"几年前去喊龙叔，看到女子与龙叔背朝着台阶，父亲让孩儿不要吱声，生怕惊动他们，难道父亲忘记了？"

"是有这个事。"杨祖道，"看到的是背影，衍儿怎么肯定是台上的那个女子？"

"父亲，龙叔在池淮港游泳，经常与之谈天，不过孩儿与龙叔在水里，那女子在画舫上。那女子管孩儿叫'小哥哥'。"

"这就奇怪了，在画舫里做得好好的，怎么跑进山西杂剧班了？"

"父亲，要不孩儿去问问？"

"别人认不认衍儿呢？"

"认，一定会认。翠玉姐姐可喜欢衍了，若是依旧喜欢龙叔，就会认衍。"吾衍有把握地说道。

转场了，台上出现两个男子：一个穿青色长袍，头戴黑色高帽，脸上画着一只大黑蝴蝶，勾勒出一张白眼圈；另一个以重墨画双眉，眉呈卧蚕状，眉眼之间施了白粉，是个俊俏的后生。杨祖见吾衍的心不在戏上，便捅了他一下。吾衍却道："父亲，那翠玉下场了，孩儿问她话去？"

杨祖看着吾衍问："衍儿一个人敢吗？"

"什么不敢的，难道她会吃人不成。"

杨祖听了想了想道："父亲与衍一道去吧。"说着，两人走到后台，翠玉已换上了自己的礼衣衫，欲起身，看到吾衍与杨祖愣了一下。"翠玉姐姐。"吾衍喊道。

"哦，认出来了，是吾衍小哥哥，都长成大人了。"

吾衍不好意思地哼唧两声："这是父亲大人，龙叔的大哥。"

翠玉望着杨祖，情绪瞬间低落下来，说道："嗯，是少公子的长兄。"翠玉情绪变化，杨祖没弄明白，或许真像衍儿说的，不喜欢吾龙了。毕竟，画舫上的女子水性杨花。"嗯，翠玉姑娘到了杂剧班？"杨祖问。

翠玉摇摇头道："先前在杂剧班待过，现在只是做个戏引，往下，就没奴的事了。"

"这么说，画舫生意不好？"杨祖问道。翠玉听了又摇摇头，转而问："少公子呢？去了有两年多了，连个音信都没有。"说着，眼圈里闪着眼花。

"翠玉姐姐，龙叔有信。"吾衍抢着道。

"什么时候的事？"翠玉睁大两眼。

"刚走的那会儿，龙叔在信里还提到了衍。"吾衍兴奋道。

"哦，是两年多前的事。"翠玉目光顿时暗淡。

提到吾龙，翠玉情绪变化之大，让杨祖不曾想到。他试探道："吾龙一直没给翠玉姑娘写信？"

"能写信吗……"翠玉眼里蓄满泪水。

杨祖望了她一眼自解说："在临安，生意一定很忙。"

翠玉愣愣地望着杨祖，说："生意？——是生意，生意一定很忙。"

"难得翠玉姑娘惦记龙弟，等到回来那日，龙弟一定会感激姑娘的。"杨祖走近一步问。

翠玉眼泪又涌了出来，她用袖子掩了脸，扭过头道："奴与他约定三年！"然后转身要走。杨祖心里明白，翠玉是知情的，便叫住了她："翠玉姑娘。"

"对不住长公子，奴还有急事。"说着，往下街疾行。

"翠玉姐姐。"吾衍叫道。

翠玉并没有回头，而是加快了步子。父子俩站着没动，各想各的心思，吾衍看着远去的翠玉不解地问："父亲，过石拱桥的时候，画舫停在池淮港，往下是龙山溪呢？"

"父亲也觉得稀奇呢。"杨祖若有所思。

"父亲，要不跟着去看看如何？"

"妥吗，黑夜里跟着一个女子。"杨祖有几分犹豫。

"有什么不妥，这是护着翠玉姐姐呢，父亲看，她一人多可怜呀。"

杨祖抚了一把吾衍的头，轻轻推了他一下，说："走。"

演着杂剧，古镇人成了看客，店铺大多关了门，两旁挑角楼像画里的一样肃穆，时而传来挑夫的脚步声与独轮车的"吱吱嘎嘎"声，让街面变得更加安静。天幕疏星寥寥，月亮时隐时现，地面上的光影犹如幻术。途经祥记章时杨祖放慢脚步，布店大门紧闭，高悬的匾额犹在，那以后杨祖再没到过布店，传说中生意倒没受影响，因为有了话题，光顾的客人多于先前。横街居户，多已紧闭门户，房挨着房层层叠叠，像刚刚拉出的牛粪。再往前走，就是低矮的西山，痢痢癞就住在前面。远远看见，翠玉叩门，门开了一条缝，翠玉闪了进去。

杨祖呆呆地望着那扇门，门板并未上过桐油，日久了，褪去了本色。这边，吾衍轻声问道："父亲，这是谁的家？"杨祖不答，翠玉怎么进了仇家之门！"父亲。"吾衍见杨祖不吱声，低声唤道。

"宋家。"杨祖顺口答道，拉着吾衍回头就走。

"父亲，翠玉姐姐到宋家做什么？"

"不晓得。"杨祖也觉得蹊跷，宋家除去正法的痢痢癞，还有姐姐与入赘的姐夫，与翠玉有何瓜葛？

往回走的路上，父子无语。途经祥记章布店，杨祖想起当年的情景，在宋家他见过痢痢癞的姐姐怀有身孕，产子也有两年多，翠玉给戏班子做戏引，自然迫于生计，难道她还给宋家当保姆？

这个晚上，杨祖想了很多。照理说，像翠玉这般漂亮的艺伎，不至于做戏引当保姆，除非特别需要银子。另外，杨祖从翠玉口中得知，她是晓得吾龙去向的，以至于提到吾龙泪如泉涌。每一次翻身，蒋氏都有动静，他晓得蒋氏没睡，但是许多疑问，又不能对蒋氏说，更不能告诉父亲，于是辗转反侧不能入睡。

子时，远处更夫的竹梆响起，"哪——哪哪，哪——哪哪"，身边便传来蒋氏的问话："老爷有心思？"

杨祖叹气答："没有。"

"若是没有，怎么睡不着，是龙叔的事吗？"

"龙叔什么事？"杨祖警觉地问。

"一直想问老爷，龙叔的事最为蹊跷。父亲看了信，再也没第二句话，母亲问起，父亲要么不回答，要么应付过去，言不由衷呢。两年多来，若是做生意在临安，赚了，总要捎些银子回来；蚀了，逢年过节得回家孝敬父母呀。况且父亲丁忧在家，至少得给奶奶点炷香烧张纸，不是？妾身想呀，家里除去父亲与老爷您，龙叔的境况都蒙在鼓里！"

杨祖明白蒋氏想着什么，便道："一个妇道人家，竟琢磨些没用的。照顾好父母，管好孩子，才是孝敬之道。往后不许乱想乱猜，更不能出去乱嚼舌根，免得惹下是非。"

"老爷，妾身只是床上说说，下了床便忘记了。其实，妾早看出端倪了，龙叔好习武，又血气方刚，是个干大事的人。前些日子老爷放在抽屉里的邸报奴身都看了，君实带着人马在海边抗元，龙叔十有八九去了那里。"蒋氏笑笑道。

杨祖惊起道："尽胡说些什么呀，吾龙才多大，怎么可能追随君实，明摆着是不归路嘛。再敢胡扯，当心割下你的舌头。"

"老爷，不用动刀子，最好用牙，即便咬下奴身的舌头，也是快活的。"说着，一手揽着杨祖的脖子。

"死鬼……"

那日午后，元振从灵堂出来，吾衍便将取回的邸报交给元振。

这两年，元振关心邸报，特别注重南边的战事，邸报一到，但凡有战事的，总是最先阅读。元振关心战事，战事与吾龙的生死攸关。但是，尽管杨祖晓得内情，元振依旧不愿意与他议论这件事，仿佛提起就会引爆痛苦。关于海战，元振与杨祖一样没有指望，只是暗地里期盼有个意外，吾龙能活着回来。

元振读完，杨祖便为父亲递上茶水。元振突然问道："祖儿，当初父亲来信催祖儿赶赴临安，为何没去？"

"父亲，本是要去的，与奶奶告别时，看到奶奶情形不对，临时改变了主意。"杨祖不明白父亲为何问起这事。

"若是奶奶没事，祖儿必定去了临安？"元振像是自言自语。

"是的，父亲。"

"那么，去与不去，会改变什么？"元振奇怪地问道。

"父亲，命运不可重试，这个命不好，倒回去再试一次；或是这件事做错了，推倒再做一次。因而，不曾经历的，只能是推想罢了。临安是京城，市面大，人脉通畅，若是改变什么，自然有许多机缘。父亲您说呢？"

"那么，龙儿不去临安，又会怎样呢？"

"会为父亲生一大堆孙子，然后传宗接代。"杨祖说着，想起了艺伎翠玉，心里一动，便走了神。

"是呀，不去，过着常人的日子；去了，可能是名留……这人就是那么怪。前些年，皇帝被虏，忠臣迁回南边，手里边还有两个王，便以宋宗室名义，拥立赵昰为帝，改元景炎，弟赵昺为卫王。这两年，宋室仍旧控制闽广，但福州处于危急之中。陈宜中、张世杰、陆秀夫拥赵昰下海，欲入泉州，被抚使莆寿庚赶了出来，逃亡潮州，浮海至惠州，驻跸官富场营建宫殿。去年夏秋，宋军余势出兵收复闽粤沿海诸城，不久却又丧失了；张世杰挟二王走秀山，随即入海，至井澳，为元将刘深所袭。宋室潮水般起起落落，漂浮不定。今年春，陈宜中欲奉帝走占城，使赵昰受到海浪惊吓，一病不起，不久离世。之后，赵昺即位，改元祥兴。为父一直在想，龙儿不识君实，也许不会有今天，就像当初，陈宜中不联名控告丁大全，不可能被誉为'六君子'；吕文德不召张世杰为小校，没有之后的率部入卫临安；陆秀夫非才思清丽、性格沉静，李庭芝不可能将其招至自己的幕府中；文天祥没在集英殿答下万言论策，不会受到宋理宗重用。那么，后面的一切都不存在了。"元振讲完，沉重地叹息道："种因得果，无法避免！"

"父亲想告诉孩儿什么？"杨祖问。

"这人不可像龟，一步一步爬行，倘若长着一双翅膀，为何不飞？大鹏展翅扶摇直上九万里。只有飞起来，才晓得天有多高，地有多宽阔，让命运与世同存。"

"父亲……"

"祖儿，父亲在上回信里说过，在临安生花坊的藩阆弄购置了一处房子，那地方闹中有静，离国子监不远，是个读书的好去处，丁忧后一道去临安。"

"父亲，那时候怕是没有国子监，也没有太学了。"

"祖儿，元立大都，便下诏立京师蒙古国子学，除蒙古人之外，汉人官员也有俊秀子弟入学。至元十四年（1277年），又立蒙古国子监，汉人也可以入学。监内置祭酒、司业、监丞，后又增设令史一人，必阇赤一人，知印一人。与大宋一样，既是监管，也是教学。目前的临安，依旧是教学中心，况乎宋朝国子监留下几万块雕版要整理、修复；更多古籍需要修补、重印，这些事，几代人都做不完。"

"父亲，孩儿明白您的意思了。"

元振点点头。

这个夜晚，吾衍一直心神不宁，里里外外地跑，像是觅食的兔子。杨祖问为什么不在书斋读书。吾衍说："父亲，孩儿找黑子，怎么就不见了。"杨祖随口答："把不定在厨房里寻吃的。"吾衍答："都找过了。"说着，跑到院子里喊了起来。吾衍嗓门大，"呜来——呜来"一喊，便惊动了吾宅所有的人。母亲蒋氏最先跑出来问话，吾衍照实说了；接着是子慰，问："会不会出院门了？"吾衍答："从来没有过的事。"到了柴氏出来问话时，杨祖察觉不对，便让大家四处找找。半个时辰之后，在屋后窄窄的弄堂里找到了黑子，约莫死了有一天。吾衍大哭。听到哭声，元振跑出灵堂，问明缘由，细细劝着吾衍，然后嘱咐杨祖道："给黑子做尊小棺材吧。"

吾衍一直没有停止哭泣，问父亲："好好的，怎么就死了呢？"

"说不定是老了？"

"才几岁呀，就老了。"

"人一年，狗十年，如此算来，也有七八十岁了。"

"那也不到一百岁呀！"

"一定是病了。"杨祖又说。

"病了，为什么钻进弄堂里，若是早些被发现，可以让子慰叔救它不是？"

"狗有灵性，晓得自己没救了，不想给主人添麻烦；还特别要面子，不愿意在主人面前出丑，宁可躲起来悄悄去死。"杨祖耐心劝说。

"黑子……"吾衍听了，又哭。

"衍不哭,过些日子父亲再领一条来。"

"父亲,孩儿要一条黑的,与黑子一模一样。"

"父亲依衍就是。"

黑子被埋在吾氏祖坟对面的山脚下,吾衍说:"让它继续守护吾家。"尽管杨祖劝慰吾衍,还是觉得有几分蹊跷。回来的路上自言自语:"并没病兆,怎么就死了呢?"吾衍摇摇头答:"都好好的,能吃能睡,没有病兆呀。"杨祖又问:"这些日子衍儿有没有发现不寻常的事?"吾衍摇摇头,杨祖沉思,一时没想明白。

走到石拱桥边,吾衍道:"父亲,爷爷让孩儿到驿站看看邸报来了没?"

"去吧,父亲在石拱桥上等呢。"

"好的,孩儿一会儿就回来。"说着,飞快地跑起来。

杨祖靠在石拱桥栏杆上,望着清澈的江水,想起了翠玉。他不明白翠玉既做台引,又当保姆,宋家家境贫困,不太可能雇用保姆,再看翠玉匆匆而去的身影,不像帮人带孩子,莫非……这么一想,便吓了一跳。

港湾里空空如也,新长的枫叶嫩绿柔美,闪进眼帘。那画舫一定是顺流而下做营生去了。"奴与龙哥相约三年!"杨祖耳边响起翠玉的话。若是三年后吾龙不再出现,那么,她将如何处置……这么一想,杨祖觉得一定要弄清翠玉的行踪,他们之间到底发生了什么。

仿佛忘了时间,忽然想起,才觉得吾衍久未回来。伸头望望,远处的街道不见吾衍踪影,便快步朝驿站走去。

孔埠驿站的夫役杨祖认的,本来有三人,去年减去一人,留下的夫役都是徐姓。夫役喂养马匹,升舆抬扛,护送文书无所不为。那夫役正在剁马草,见杨祖招呼道:"长公子来了。"杨祖四下观望,西北围墙坍塌,豁口用毛竹编成了栅栏;马厩项棚露出破洞,可见漏水的斑迹。驿站渐渐衰微,人员自然少了。

"可见犬子?"杨祖问道。

"回公子话,没有。"

"怪了,稍前来取邸报的。"

"长公子,少爷的确没来过,奴与少爷熟呢,来了自然会打招呼。"

杨祖打了一个激灵,道声不好,提起袍子往外跑。从前街到后街,又穿过横街,走偏了埠头,依旧没见吾衍。从"双溪嘴"上来,便是子慰的"华祥盐行",店门开着,伙计见到杨祖,从后台转了出来道:"长公子来了,奴喊掌柜的去。"

"子慰在哪？"

"在后仓，奴带长公子过去。"

子慰正忙着与挑夫一道装货，看到杨祖先是一愣，然后道："哥，您怎么来了？"

"子慰，这里能放下不，衍儿一时不知去向！"杨祖焦急地说道。

子慰点头，吩咐伙计道："都是老客户，这里照顾一下。"说着，与杨祖一同跑了出去。两人急忙往横街走，听杨祖讲了过程，子慰想了想问道："会不会与'吃菜事魔'有关？"

"子慰想着呢，哥也这么想，只是时隔近三年，妖帮怎么一直还惦记着？"杨祖嘴上这么说，心里一直发慌。

"正因为时近三年，渐渐松了戒备。"子慰分析道。

"子慰，再四处找找，哥回去禀报父亲。"说着，慌忙往孔埠跑去。

"嗯，哥，您也别急，说不定这会儿衍儿在家呢。"子慰在背后大声宽慰道。

之前，元振规定晚上吾家人不准出去。事过这些年，龙山溪杀头的事已经被人淡忘，渐渐地，大家都没了防备，况乎大白天呢。

灵堂里，元振听了事情的经过，低沉道："祖儿应当看好衍儿。"

"父亲，不怕贼偷，就怕贼惦记，若是'吃菜事魔'依旧想着行事，别人在暗处，咱们在明处，即便祖儿再谨慎，也有防不胜防的时候！"

"如此，衍有大难了！"

杨祖听了脖子一紧，心里乱作一团。片刻元振道："这就难怪了，黑子不死，前前后后跟着衍，怕是下不了手，那么，黑子必定是他们毒死的。"

"父亲，孩儿也这么猜疑。"

"祖儿，先去告诉都保，请他报官，顺着妖帮的蛛丝马迹查找；这里父亲给同知写封信，查一查龙儿误杀的人系族所在之地；然后告诉子慰，让他骑上快马，沿路追一阵。"

"父亲，孩儿先告诉他母亲，一同找找。"

元振放下笔墨，那边响起蒋氏的哭声，接着是杨祖的呵斥。然后，匆匆的脚步渐渐远去。

柴氏慌慌张张地跑了进来，问道："老爷，这如何是好？"

"现在急也没用，只能先做起来。"

"他们会拿衍怎么样？"柴氏又问。

"以命偿命，伤及肢体，索要钱财。"元振一串串说道。

"若是后者，哪怕是倾家荡产也得给呀！老爷快想想办法，要是……"柴氏说着，哭了起来。

"光哭有什么用，不如给母亲敬敬香，让她保佑重孙！"说着，元振写完信，赶往驿站。

第十三章

摘下布罩，光线像把利剑，刺得吾衍睁不开眼睛。眯眼四望，自己被关在房间里，从窗户透进的光打在脸上，抽动身子，手脚却被绑着。

"为什么绑着？"吾衍大声叫道，像虎啸一般。

年轻看守吓了一跳，说道："脑袋大，嗓门也挺大！"

"问你们话呢，为什么绑着衍！"

"绑你的人没来，来了问她去。"看守笑答。

吾衍看年轻人，二十岁模样，中等个头，瘦骨伶仃，一副没吃饱的样子，内心便有了鄙薄。片刻，吾衍拖长声音问："这是何府、何乡、何村？"

"这是相亲县、相恤乡、互帮村。"

"分明是鬼话，天下哪有这等府地！"吾衍微怒道。

"就有这样的府地。"

"难道进了阴曹地府？"

"阴曹地府怕是不容你。"

"那么，对面的是谁，樵夫、农夫？竹木、圃艺，或是陶土、扎作、仵作、巫……到了这个分上，与鬼何异？"

"都是鬼，不过宗师要让你先变成鬼。"

"若是鬼，你顶多是个'灰心鬼'；衍是人，堂堂正正的人！"

没等对方回答，吾衍又道："少费口舌，说起来怕是你不识圣贤之道。那么，现在是什么时辰？"

看守犹豫一下答："未时三刻。"

"还没吃中饭呢。"

"一会儿就来。"说话间，房门微开，一妇人端着竹篮走进房间，看守起身点头道："教友，吃饭去了。"言毕欲离开，转身又对妇人道，"这厮嘴劲。"说完一笑。

房门开处，吾衍看到外面是空旷的祠堂。

妇人将一盘夹豆与一碗白米饭放在地上，坐在对面冷冷地望着吾衍。

"不松绑，如何用餐？"

妇人犹豫片刻，上前为吾衍松了手。吾衍搓搓手脚感觉饿极了，端起饭碗就吃。末了想，得弄清为什么被绑，被什么人绑。如此，才好随机应变，于是甜甜地说道："姨母，您的菜真好吃。"见妇女不答话，又道，"与母亲烧的一样好，豆节没残丝，绿绿的，脆生生的，还闪着光，是衍顶喜欢的菜肴。"妇人依旧不吱声。吾衍又接着道："姨母，衍说错了吗？若是说这道菜与母亲烧的不同的话，就是荤素不同。"

"信徒不吃荤。"妇人终于开口道。

吾衍愣在那儿，想起了几年前都保到吾宅谈论过的事，爷爷专门吩咐家人，要熟悉"吃菜事魔"。记得当时吾衍还说了一则"联刘抗曹"的典故，与龙叔一道说服"吃菜事魔"，真当是，说来就来了。

"那么，姨母是'吃菜事魔'的人？"吾衍小声问，生怕旁人听见。

"不是，那是官府的污蔑。"

吾衍听了笑笑答："衍倒是相信姨母呢，转而又生奇了，若是官府毁言，为何以乱政、假鬼神诱惑庶众呢，又为何被世人称'妖帮'呢？"吾衍一字一句地说，口齿伶俐，思绪敏捷。

"穷帮穷，不必相识；物用无间，谓为一家。哪有什么妖帮！"那妇人抬高嗓门，欲想证明自己。

"明白了，这就是刚走的后生称姨母为'教友'的缘故了。不过'吃菜事魔'，这名称倒是新鲜，食素不食荤，像是姨母煮的夹豆，远离荤油，因而称'吃菜'；至于'事魔'，帮会读的是《佛吐心师》《佛说涕泪》，这些书衍早先读过。姨母，传说也许有些夸张，但总有它道理，更不会空穴来风，您说呢？"

妇人疑惑地望着吾衍，似乎看不明白，那脑瓜有那么多想法，且言语声音响亮，异于常人。于是盘腿而坐，口中念念有词："如是闻一时佛在舍卫国祇树给孤独园与大比丘众千二百五十人俱尔时世尊食时着衣持钵入舍卫大城乞食……"

"姨母诵的可是《金刚经》？"吾衍依旧客气问道。

妇人迟疑了一下，睁开眼睛，说道："小小年纪，又是何人？"

"这不打紧，衍只想说《金刚经》劝人为善。"说完，学着妇人的模样念道，

"佛言善哉善哉须菩……"

妇人呆呆地望着吾衍，脸上的表情起了变化。"这个年龄，竟然能背诵《金刚经》，是谁教的？"

"这也不打紧。"吾衍依旧不回答，又道："姨母背诵《金刚经》，与家母近似于劝人为善，为善者，得善报；为恶者，得恶报，这便是因果。姨母若有善心，想想做母亲不见了儿子，是何等焦虑……"说着，泪流满面地望着那妇人。

妇人避开吾衍的目光，半晌道："万事皆因果，这就是你来这里的道理！"

吾衍迅速抹去泪水，说："衍与姨母前世无冤，后世无仇，倘若不是妖帮，无缘无故绑个金钗童儿做什么！"吾衍面有愠色道。

妇人无语，稍顿，说："吃完收了。"说着，收拾碗筷起身出去，年轻看守又闪了进来，笑着问吾衍道："吃饱了？吃饱了，就绑上。"

"等等，衍要出恭。"吾衍说。

"什么出恭，拉在这里。"

"衍又不是樵夫，满地当厕呀！"吾衍调侃道，"衍说与你听，要去'东圊'，这'口'内一个'青'字，四面围合，便是关门行事。'青'假借于'清'，徐锴道：'厕古谓之清者，言污秽常当清除也。'当着旁者出恭，岂不是让人笑掉大牙？"

看守被吾衍羞辱一通，几分恼怒道："让你拉在这里，就拉在这里！"

吾衍道："刚刚与姨母说了，尔等无非是'吃菜事魔'罢了，官府称之为'妖教'，衍不信，今日算是见着了。看看你，肌肤青色，如鬼如魅；又潜形匿迹，不忠不孝，不仁不义。恰如官府怒斥的一样，'吃菜事魔'至少有十大罪恶！"

那看守被说得无言以对，只是望着吾衍，半晌转而笑道："好好，一个孩儿，不绑手便是，脚可松不得，回来照样绑手。"说着，上前一把拎起吾衍，见其两脚捆绑到一块儿，做了个链子，让吾衍迈开小步。

外头是祠堂，吾衍才晓得自己被关在三进厢房里。三进地势略高，前檐竖两根石柱，堂中圆柱四根，天井东西施廊梁架驼峰，斗棋，瓦脊画有图案。祠堂横梁，梁托、梁座、檐蓬都均为本色，后墙正中有一画像，当是神位祭台。吾衍稍作停留，便看到画像下的一行字："大贤良师张角画像"八个大字。吾衍明白几分。再往前便是天井，几个孩儿在堂内玩耍，均是黄口髫之年，个个穿戴破旧，像是大改小的袍子。看到吾衍，十分好奇。吾衍朝他们招招手道："弟妹们好！"孩儿躲闪着，又不肯远去。吾衍又道："能告诉衍这是哪吗？"话音刚落，身后的后生怒斥道："到边上玩去，这是妖人。"孩儿快速闪到一边。吾衍回头望一眼看守道："东圊在哪啊！"

"那，小门后。"年轻看守指了一进的侧门。那儿堆着木料，堵了门，门旁置放粪桶，身后一堆稻草，便是厕简之用了。

吾衍极不习惯，看着后生站着不动，后生便转过身去，不时扭过头来看看吾衍。恭毕回走时，吾衍细看墙上的字，多为经文，难辨地名。都说"吃菜事魔"以建祠庙、修桥梁为功行，大约这就是了。

这个晚上，吾衍没有入睡，被称为"姨母"的妇女送来一件旧袍子，盖在身上依旧单薄，不过袍子下还有几分温暖，只是吾衍一直不肯相信，妇人也是邪教里的党徒。这个夜晚，吾衍还联想起龙叔，自己被绑，与都保警告有关，与祥记章布店犯案有关。于是自问：为什么会在这里？吾衍没出过家门，也没离开过古镇。在家，有父亲、母亲、龙叔与子慰，还有他喜欢的黑子，大凡想到的都会有。现在不同，黑子死了，黑子难道是被"吃菜事魔"毒死的？黑子死了，不会再来帮衬。龙叔去临安做生意，远在千里之外。只是父亲母亲、爷爷奶奶不晓得急成啥样了？这里，孤身一人，被关在一个陌生的地方，全然不晓州、县、乡、村，更见不到亲人，一切像爷爷预见的那样。想起当时大言不惭，要学诸葛亮"联刘抗曹"，说服"吃菜事魔"，不过是仗着龙叔英武。龙叔，这个名字让他心里温暖，装着满满的爱。龙叔若是杀了祥记章布店偷窃的蟊贼，那蟊贼是"吃菜事魔"的人，说不定就是那个被自己称作"姨母"的人的儿子。胡乱想着，内心有些兴奋。倘若自己为龙叔担责，龙叔晓得，一定会夸他。想到这里，吾衍不再害怕，其实他没有害怕过，尽管不晓得"吃菜事魔"妖教会拿他怎样，无论如何，他都不能丢下读书人的气节！

房间里交关安静，灯火一动不动，像顶着一颗豆子。守夜的后生交关警觉，没一点瞌睡。吾衍是准备逃的，不定他能制伏看守，但没有足够的把握。他想起邸报上说的文天祥，那个曾经的宰相，被伯颜拘禁，死活不肯归顺，伯颜只得将他送往大都，船到镇江，却从民户家中跑了，又因元军船大搁浅，眼看着文天祥与十二门徒离去，这也是天意呢。

迷糊地刚刚入睡，却被祠堂内的喧闹惊醒。吾衍甩甩头，门半开着，看守不在房间，于是跳跃到门前，只见祠堂灯火通明，满堂是人。众人不分男女，个个黑冠白服，击鼓吹箫，大声吆喝。吾衍慢慢明白过来，想起爷爷与父亲让他读的邸报：衢之地有"吃菜事魔"，通常一乡一聚，都有魁宿。平居暇日，公为结集，烧香、燃灯、设斋、诵经，千百为群，倏聚忽散。那么，今晚就是他们的聚集日喽。吾衍心里想着，挪步向前，干脆坐在门槛上，见看守就在近边，不时拿眼看他，还咧嘴笑。吾衍目光扫过众人，没有一张熟悉的面孔，只见上头有一长者，像白鹭群里的一只乌鸦，衣着与众人不同。他头戴紫冠，身着宽衫玄袍，手持九节杖，腾空起舞，身轻如燕。渐渐地，众徒把目光都集中到他身上，传来阵阵喝彩。

这时，吾衍看到"姨母"也在旁边。吾衍多次把目光投向她，她都当没看见。末了，众徒围起紫冠者，口里喊着"大宗师、大宗师、大宗师"。被称为大宗师的人抬起手，全场肃然，听他大声喊道："苍天已死，黄天当立，岁在甲子，天下大吉！"整个祠堂喊声一浪高过一浪。

末了，大宗师开始讲经，看守悄悄坐到吾衍身旁。

吾衍问："这是啸集徒众、怪相诳语吗？"

"小小年纪懂什么？"看守不屑道。

"把不定谁比谁不懂？"吾衍讥讽说。

"小子，晓得上头的是谁吗？"

"大宗师。"

"一路的大宗师。"

"哪一路的？"吾衍突然问。

看守诡谲一笑答："快死的人啦，不妨说与你，两浙路。"

吾衍心里一惊，果然让他猜着了。他平静地说道："即便要死，更要死个明白，'两浙'可大可远了，有浙东路与浙西路。浙西路且有六洲；浙东路有八洲，这么说，衍是在衢州的一个村里吗？"

看守笑而不答，吾衍心里明白了。来的是浙东路大宗师，大宗师下面还有许多宗师，挨着州县乡设立，党徒多者上千人，少则数百人。

大宗师讲经毕，便是众徒诵经："治得天心意，使此九气合和，九人共心，故能致上皇太平也……大神人职在理天，真人职在理地，仙人职在理四时，大道人职在理五行，圣人职在理阴阳，贤人职在理文书，皆授语：凡民职在理草木五谷，奴婢职在理财货……"

吾衍没听明白，便问看守是什么，看守答："《太平经》。"

吾衍晓得，浙东路的"吃菜事魔"以张角为祖，上头还挂着张角的画像，诵的就是《太平经》。

那看守跟着念道："道有九度：一名为元气无为，二为凝靖虚无，三为数度分别可见，四为神游出去而还返，五为大道神与四时五行相类，六为刺喜，七为社谋，八为洋神，九为家先！"

接下去便是烧香、燃灯与设斋了。闹到半夜，吾衍困意上来，便关了门，进到里头睡觉了。

吾宅乱作一团。水陆两路的人回来了，元振见他们的颜面，就晓得没有好消息。都保很上心，一日两次到吾宅询问。尉司专程从县城赶来，看到脸色苍白的柴氏，一边安慰，一边探听吾衍失踪的过程。他道："祥记章的蟊贼就住在本州府，我已写了奏折，快马送到衢州，请知府安排稽查。"

元振想了想道："尉司大人的意思，衍孙被绑，与祥记章布店的案子有关，那案子结了近三年，怎么会扯到吾家？"

"在下也没弄明白。不过，都保曾说，镇上庶民在传，整个古镇除了少公子有这般身手，怕是没有第二人了。而且，那日半夜，恰恰是少公子随戴老大下钱塘的日子，难免会有猜测。"尉司平静地说道。

"尉司的意思，这样的猜测也传到了妖帮那里，于是他们暗中伺机报复，犬子吾龙不在，对孙子吾衍下了手。"

尉司点头说："吾氏家族在古镇是名门望族，治家严谨，与人结交，谦恭厚道，子孙好学知理，并未结下仇人，没有道理发生这种事情。本官想，事隔数年，再生事端，正是'吃菜事魔'品行：一家有事，啸呼所及，暗中行事，悉出其党。因而，本官觉得这是一条重要的线索。"

"担心的是，妖帮会怎么处置衍孙。这孩子脾气倔强，不惧天地鬼神，真的落在'吃菜事魔'的手里，不晓得会发生什么事。"

"录事大人，您也不必过度担心。"尉司宽慰道，"州府各县、乡村所属'吃菜事魔'信奉的是张角。张角是'黄巾军'的领头人，也是'太平道'的首创者。十余年时间里，纠偏众徒数十万人，上下三股，有两股是"太平道"教徒。太平道讲的是'众星亿亿，不若一日之明也；柱天群行之言，不若国一贤良也'。二浙衢州的'吃菜事魔'屏妻孥，断荤酒，烧香诵经，夜聚晓散，很少听说有杀人越货之恶行。"

柴氏抑制不住求道："尉司大人，无论如何，请大人着力帮衬，若是用钱，吾家卖房卖地也会承担。"

"太座，为民办事，是下属分内之事，花钱也不该花在这儿。元振大人身为京官，政清廉明的典范，最晓得这个道理。"言毕，尉司说还有事要办，诺诺告退。

蒋氏天天哭泣，不吃不喝躺到床上。杨祖好话说尽，蒋氏只哭不答。蒋氏没了生育能力，不能生子添女，若是吾衍出事，在吾氏家族，再也不会有她的地位了。老爷杨祖对她好，毕竟上有公婆，下有叔子。再说，老爷要去临安读太学，如果失去了儿子，她将孑然一身、孤守吾宅，这样的日子怎么过。

柴氏没说一句安慰话，仿佛衍儿的失踪，是蒋氏的过错。柴氏心里更难受，她喜欢这个孙子，孙子太像老爷元振，更因为衍孙活泼聪慧，小嘴又甜，总是让她心里舒坦。突然失踪了，她不晓得该怪谁，总之，是母亲的过错。不过，更让她伤心的是，蒋氏不能生育，本来巴望长子为她生一大堆孙儿孙女，没想到蒋氏一胎生完便断了后。好多次，柴氏旁敲侧击，杨祖佯装不知。那日，趁蒋氏不在，柴氏便对杨祖明说："要不再找个妾？母亲选中了一户好人家。"杨祖却道："母亲，农家说，会种田种一丘，不会种田种千亩。万事由您，唯独这事孩儿不从。"说完，转身就走。柴氏晓得夫妻俩好得像鸳鸯，但是，春雨漫了垄，麦子豌豆却是一场空。现在好，吾衍失踪了，往后，家里还有什么乐的。

当日，杨祖与子慰在"华祥盐行"前店，两人显得十分疲倦。吾衍的失踪，让整个吾氏家族陷入焦灼。吾龙不在，子慰总觉得有这份责任。杨祖道："人是哥弄丢的，一切都赖在哥身上。当时若是一同去驿站，或许不会发生这种事。"

"哥，现在后悔有什么用。"子慰说着，沉寂了片刻。"真是'吃菜事魔'绑了人，总有他们的目的，若是一命抵一命，找的应当是吾龙弟，现在找了衍侄。这似乎不合情理呢。"

"子慰往下说。"杨祖听了，说道。

"哥，尉司大人说了，衢之'吃菜事魔'，屏妻孥，断荤酒，教内同党相帮相衬，很少有杀人越货之事。这样看来，绑衍儿，一是行事安全，免去节外生枝；二是教内互助规矩，了却遗事。听说，'吃菜事魔'党徒中有人遇到官司，同党必然合谋并力，共出金钱，厚赂胥吏，必胜乃止。因而，有害衍侄之心，当场结果，岂不干净利落，何苦又刻意绑架，平添许多风险！"

"子慰言之有理。不过哥想，若是针对哥，已经没命了；衍儿，对他们来说或许还有价值。"

"哥，无非是逼迫吾家交出凶手，其次是索要钱财，抵消三年的开支，慰藉死者父母家人。"

"有道理！"杨祖叹了口气道，脸色暖和了许多。

"子慰想，绑了衍侄，很大可能是索钱，不管多少，只要衍能够平安回来，再多也得给。"

"真要这样，可把父母亲给拖累了！"

"哥，只要衍侄平安回来，比什么都好。哥回去好好劝劝嫂子，让她注意身子，可别那边没事，自己这边先垮了。"

杨祖点了点头，说道："天下事都有个因果，吾龙最喜欢衍儿，跟随前后，现在，衍儿却要替代吾龙担责，谁能想得到呢？"

"哥，这是天意，天意难违。"子慰叹道。

杨祖想起了什么，忽问子慰道："子慰，还记得瘌痢癫有个姐姐吗？"

"记得。"子慰奇怪地望着杨祖。

"瘌痢癫出事的时候，她怀胎不下六七个月，若生下孩子，也有两岁多了，这事子慰可记得？"

"哥，分娩时难产，接生婆慌了手脚，还是子慰跟着师傅去的。后来，又带过孩子请师傅看病，子慰帮着抓的药，是个女孩。"

"那么，此后又生了吗？"杨祖问。

"没有，听说帮人带孩子，赚点工夫钱。"

"晓得她帮谁带吗？"

子慰听了，摇摇头，说："有一次带着那男孩来就诊，子慰还问呢，她道：'是呀是呀。'转而笑着说：'没这福气呢！'"

"嗯嗯，子慰可注意那孩子的相貌？"杨祖问。

"哥，这个真没注意。"

杨祖不吱声。除了吾衍，没人晓得吾龙与翠玉的事，宋家妇人带的孩子与翠玉有关这是肯定的了，那么这孩子……想到这里，杨祖内心一阵冲动。

进了家门，杨祖并没有吱声。吾衍下落不明，杨祖也不宜与任何人提起吾龙，等这个结绕过去了，与翠玉好好谈一次，有了凭证，再禀告父亲。

第十四章

闻得燕子叫声，吾衍缓缓睁开眼睛。

记得吾宅凡有天井，横梁上都有燕窝。始初，吾衍看到燕窝，欲拿凉竿去戳。龙叔见了道："若是别人拆了衍的房子，衍会怎么想？"吾衍强辩道："那燕子把房子筑在吾家房子里呢。"龙叔笑道："筑在房子里，衍有了一个家，又给燕子一个家，给衍一个向善的机遇，这不好吗？"吾衍听了不吱声。龙叔又说："父母衔泥筑窝，小燕张嘴待喂，待羽毛丰满，随父母飞走了。这好比父亲为衍建造房屋，生衍养衍一样，那小燕就像衍的当下。"那之后，吾衍爱看燕子从天井里飞进飞出。小燕先是不动，父母飞进，便齐齐地张开大嘴，"唧唧"叫个不停。很多次，吾衍是在燕子的欢叫中醒来的。

吾衍动动身子，手脚依旧被绑着。房门紧闭，看守没在，吾衍蹦跳着到门前，门反锁了，便听到门外有人道："不杀不行，杀了教友，就要拿命来偿。"一个男人道。

"宗师，这些年，教会没抓到凶手，弄来一个孩子算什么？"吾衍听出是"姨母"的声音，"若是抓到凶手，任凭教会处置。"

"教友费了九牛二虎之力，历时数年，才有下手的机会。那凶手连家人都不晓得他去了哪，逮到孩子也绝非易事。"

"宗师，鄙友是教会的人，也是儿子的母亲。亲生儿子没了，也恨，谁又让他不争气呢……"

"那怎么办吧？官府必定顺藤摸瓜查到这里，多藏一天，就是祸害。"男人又道。

"不管宗师怎么想，总之要有良策！"姨母坚定地说。

"去会会这孩子。"男人说。

"这孩子能说。"年轻看守提醒道。

"他说得过这个吗？"吾衍不晓得男人说这话的意思。

门开了，出现一个男人。见他头戴黑冠，身着黑色长袍，长发披肩，虬须浓密，手里捏着尖刀。吾衍睁着两眼，年轻看守喝道："还不给宗师下跪磕头！"

吾衍讥笑道："磕头，这有悖常理。不是长辈，不是兄长，不是师傅，不是亲朋好友，为何磕头？"

"他是宗师，比长辈、兄长、师傅都大，一个小屁孩儿，见了宗师当然要下跪磕头。"年轻看守道。

"宗师是教会的宗师，不是天下人的宗师，更不是吾衍的宗师，为何又要磕头？"

"即便见了年长的，也要下跪磕头！"看守怒道。

"若是常理，衍自然会去做。不过下跪磕头，宗师得给赏钱，这也是常理。"

"刀子要吧！"宗师怒喝，举刀威胁。吾衍双脚往后一跃，说道："教会宗师，不以理服人，粗蛮凶恶，怎么在众徒面前树威？"说着，目光扫过"姨母"与看守。

房间里有片刻的沉默，宗师忽然哈哈大笑道："果然嘴巧，不过，即使这样，也要取下你的头，祭奠帮会弟兄。"

"宗师大人，若是犯了死罪，不用宗师动手，官府也不会放过衍。可衍祖上是书香门第，只顾读书写字做学问，近邻无争，世人无仇，不晓得哪里得罪了帮会兄弟，起获死罪。'姨母'，衍真想弄明白呢。"吾衍望着"姨母"。

"姨母"避开吾衍的目光，看着宗师，宗师急忙说道："不是你小子，是你叔叔吾龙！亲人触犯帮规，也得拿命来抵。"

爷爷曾叫大家看邸报，熟知"吃菜事魔"是有目的的。如此，祥记章布店里的蟊贼，果真是龙叔杀的。吾衍好高兴呀，龙叔英武仗义，只是不曾出面领赏，否则多风光呀！心里想着，嘴上却问："龙叔与船老大下钱塘外，一直安分在家读书，怎么就犯了帮规了？"

"在古镇店铺里，他杀了教友！"宗师又说。

吾衍故作吃惊道："宗师是说，祥记章布店里的蟊贼是教会里的人？难道，堂堂的教会，是藏污纳秽的场所？无数众徒不是敬供神祖、传习教法，而是干些杀人越货、伤天害理的勾当。如此，官府岂不是不剿不快！"

"什么！"宗师举刀逼近吾衍。

"一个长者，在孩提面前摆弄刀棍、横滑拳勇，这算是什么？""姨母"嘲弄道。

宗师猛地回头瞪了"姨母"一眼，说："被杀的可是你的儿子！"

"如此，做母亲的才敢说话！"

"你……"

说话间，外面乱哄哄的，房间里的人往外看，有人喊道："宗师，秦佑先生来了，要与那孩子说话呢。"

被拥护者五十开外，吾衍见他头戴黑冠，身着机织黑袍，手持一根黑棍，昂首挺胸，相貌异于众人。年轻看守道："这是七里八乡唯一的'秀才'秦佑大人，秦佑大人学问了得，快快拜见秦佑大人。"吾衍嘴里没说，只是行了礼。看守道："为什么不说话？"

吾衍看看秦佑，双脚在地上跳了一下，说："这阵势，是要做什么？再说，手脚被绑又如何行礼？"

秦佑努努嘴道："解开。"

看守解开绳索道："秦佑大人闻你善辩，想听你说些什么？"

吾衍活动手脚道："一个晚生，竟然惊动了乡村秀才，实在是罪过。"

看守捂嘴，没笑出来。那秦佑道："绵里藏针，呵呵！"

"秀才大人，晚生自小读得经书，习写篆籀，也没几年，怎敢与您老人家说个比字呢？若是讨教，晚生十分愿意呢。"

秀才不答，往后挥挥手，便有人将吾衍拉出屋子。桌子上，早已摆上笔墨尺纸。秦佑往桌后一站写了起来。几袋烟工夫，写盈一尺。有人递过巾帕，秦佑拭拭手，就听看守赞道："一字不多，一字不少。"

秦佑对吾衍道："读来听听。"

吾衍看了一眼并没有读，而是拊掌道："秀才大人裁剪了《诅楚文》一段，是来试探晚生吧？若是读了，当众没给大人脸面；若是不读，便是晚生才学荒疏了。相比之下，秀才大人的脸面更加要紧。因而，晚生不读为妙，妙在不读。"

"会读吗？说起学问，这只是秦佑大人九牛一毛呢！"年轻看守接着道。

"数徒儿话多。"秦佑举棒在地上戳了一下，"若是不读，写也可以；若是不写，那只有等死了。"秦佑睨眼对吾衍说。

"大人所言，正是衍想说的，不读的道理已向大人禀报，但衍并没有说不写呢。不如照着大人的帖子临摹一遍；若是大人觉得不妥，撤去桌上帖子，令衍默写也行。"说着，微笑地望着秦佑。

秦佑默默看了吾衍一眼，见其目光清澈，兰质蕙心，流露出明慧的眼神，心中暗暗吃惊。"就依了你，撤去桌面上的帖。"秦佑笑道。末了，只见吾衍操笔立在桌旁，从容自若，气定神闲，沉稳地写了起来。周遭的人一个个伸出脑袋观望，秦佑手捻胡须，先是眯眼，而后睁眼，张开大嘴。年轻看守见着怪异，捅了一下秦佑。秦佑一惊，像只瞌睡的母鸡，恢复了常态。再看吾衍的字，粗细均匀，柔中带刚，行列整齐，规矩和谐。好似颜筋柳骨，鸾飘凤泊，让秦佑大大地吃了一惊。

"今楚王熊相康回无道淫佚甚乱宣侈竞从变输盟约内之则暴（虐）不姑刑戮孕妇幽刺亲或拘圉其叔父置诸冥室椟棺之中外之则冒改厥心不畏皇天上帝及大沈厥（湫）之光烈威神而兼倍十八世之诅盟率诸侯之兵以临加我欲灭伐我（社）稷伐灭我百姓求蔑法皇天上帝及大沈厥湫之恤祠圭玉牺牲述取我边城新隍于长亲我不敢曰可。"

末了吾衍放下笔道："晚生敬请大人的字一同上桌。"

看守手快，把秦佑写的字端上了桌，大小样同，往那一放，即便不懂书体的人也能看出优劣。只听得吾衍道："秦佑大人抑或是故意考晚辈呢，书写时漏了'虐''湫''社'三个字，好在晚辈给补上了。"

这是秦佑不曾料想的。吾衍不仅悉晓《诅楚文》，只看了一眼，便发现了三处漏字，实在是过目不忘、聪睿异常呀！于是挑刺道："写得不错，不过这字异于大宋诸位名家，与尔不同也在于此。"

吾衍笑笑，说道："秀才大人，篆文各有笔法，李斯宽展博宏有味，李阳冰圆活劲融，体姿媚婉有余，徐铉的篆体职隶书，无垂脚之舒展，徐锴则似其史徐铉，唯字之下端如玉筋篆而略小，崔瑗之篆多加隶法，似不甚精妙，但仍有汉篆之味，而李阳冰之篆书大多不循古法，与秦汉不同，乃仿效崔瑗之故。字有古今不同，大宋之书，渐入妖境，秀才大人深受其害，却全然不知，不如再参阅古籍。若检《说文》颇觉费力，当先熟于《复古编》，则大道成矣。"

秀才嘴上没说，脸上早已挂不住。这时，恰好有一妇人匆匆跑来，拉过宗师低声说些什么。宗师吃了一惊，便对大家嚷道："都散了，都散了吧。"

大伙散去，秀才道："天生才子，往后必成大器！"转身往外就走。

吾衍不晓得发生了什么，站着没动，看守推他一把进了房间，关上门。吾衍隐约听见宗师道："要杀便杀，官府到村里了。"

只过了一会儿，看守再次进来，绑了吾衍的手，蒙了眼睛，吾衍晓得不好，大声叫喊起来，被破布堵了嘴巴。

这个黄昏，天气沉闷，柏树上的鸟儿没有啼鸣。杨祖逼着蒋氏到院子里。蒋氏已瘦得皮包骨头，行走时倚在杨祖身上。此前，都保传来消息，说是官府搜查了正法男孩的村庄，问遍了村里老少，见了他的父母，只是不见吾衍的踪迹，当下仍在寻找。

石磨旁，杨祖扶着蒋氏坐下，与她低声说着什么，驿夫匆忙跑了进来。杨祖见他手头攥着信，快步迎了上去。"长公子，这是快马刚送到的。"杨祖眼睛一亮接过信，谢了驿夫。蒋氏支起身子，杨祖道："坐着别动。"

杨祖拆了信，便对蒋氏道："衍儿活着！"说着，抬脚往屋里就走。蒋氏紧随其后，嘴里问道："在哪呢，在哪呢……"杨祖没有回答，径直到灵堂。

听到匆匆的脚步，元振回身，杨祖叫道："父亲，绑匪来信了，让明日卯时交一千两银子，不准报官，否则……"

元振接过信，杨祖又道："这是衍自己写的字，一定没错。"

"快叫你母亲。"元振吩咐说。

柴氏刚进厅堂，子慰也从外头走进屋里。元振问柴氏："家里能凑齐多少银子？"柴氏想了想道："加上细软，顶多五百两。"

蒋氏接话："儿媳房里能凑出五十两，一并拿了去。"

元振道："细软都是娘家的陪嫁，没了，再也没了。"

"老爷，没了有什么要紧？放了几十年，现在是用的时候，还藏着做什么？我的也全拿去！"

蒋氏道："母亲，您的留着，儿媳的放着不生钱，当了急用便是。"

"不用多话，让祖儿一并拿了去。"柴氏口气坚决。

"可还是不够。"元振道，"即便卖掉'生花坊'房子，也来不及了。"

"父亲，孩儿刚出了一批货，回收银子不少于二三百两，这样加起来也有七八百两了。"子慰对元振道。

"截留货款，拿什么付给辛桐大掌柜，若是不讲信誉，店铺还怎么开下去？这可是断送生意的事。"

"父亲，孩儿与掌柜讲明，想必不会太难为孩儿。'华祥盐行'开设两年多，没失信过一次，现在出货量远远超过古镇另外两家。既然'华祥盐行'是一条生财之道，辛掌柜决然不肯掐灭它。"

元振听了点点头。

"这样算来，还差一些银两。"柴氏焦急地说道。

"祖儿，清源斋里有几格画，一并送到长生库当了。"

"父亲，那是唐时张萱和韩滉的画，都是祖传的宝贝，怎么能送到长生库呢？"

"现在是什么时候，救人要紧，有钱了再赎回来。"

"父亲……"

"不要说了，衍儿的性命耽搁不起，各自赶紧筹钱去，否则，过了时辰就晚了！"

大家听了各自散去，当晚亥时，凑齐了一千两银子。

厅堂八仙桌上，银子用布包好，放进竹篓里，没有去睡。离卯时不足三个时辰，不出意外，就能见到吾衍了。这个家族走了吾龙，再没了吾衍，将会死气沉沉。这时节，谁也不敢提"报官"两字，报了官，就像是港里湍急的洪水，下去了，把不准荡走了性命。再说，从收到驿夫的快信到交纳赎金，只有短短的几个时辰，这么短的时间，必定是绑匪早就算计好的。

照着绑匪的规定，卯时将有一匹快马停在"华严寺"门外，只准一人将银子交给骑马人，交了银子，就会晓得吾衍的下落。如此说来，报了官，抓了取银子的绑匪，依旧见不到吾衍，一切可能前功尽弃。

"老爷，交了银子，吾衍依旧下落不明，该如何是好？"柴氏这么一问，蒋氏又"唧唧"地哭出声。

杨祖低声劝道："若是能哭回来，就使劲地哭。"转而道，"父亲，衍儿毕竟是孩子，'吃菜事魔'再没人性，也不至于对孩子下手。绑架是一回事，若是要命，也不用费这番周折。因为要银子，所以小心翼翼。现在，衢州官府追得紧，妖帮也想赶紧甩手，多关衍儿一天，对妖帮来说就是威胁。"

"祖儿说得对，绑匪既然害命，要银子就没了道理，否则官府追究起来，自己也性命难保，既然要银子，得有花银子的命。"转而对杨祖道，"祖儿，见到骑马人，沉着些，祖儿紧张，他就慌乱，事情就不顺利。总之，到这个分上，银子是小事，关键要赎回衍的命！"

"父亲，孩儿明白。"

"还有两个多时辰，坐着也没用，不如先睡一会儿，望明日祖儿带回吾衍，皆大欢喜。"元振对大家道。

吾衍不晓得自己被带到哪里，先走山道，又涉江河，待解开蒙眼黑布，自己在一座小庙里。抬头望去，外头一片山冈，门前是蜿蜒的青石板古道。再看看守，多了一个年长的人，管原先年轻人叫宗师。吾衍笑笑道："宗师，好好的，为啥换了地方？"

"总不能让官府逮了去。"年轻看守说。

"人撤了，祠堂里的物件还在，官府依旧寻得蛛丝马迹。"

看守听了笑笑，说："这个你就不晓得了。一声号令，各村各户啸集徒众，烧香、燃灯、设斋、诵经，千百为群，过后去看，烟消鸟飞，行迹全无。帮人二更入睡，天明依旧用松花酿酒，用春水煮茶。"

"那么，绑在这里，是想拿了钱，再放衍回去？"

"大宗师没要你的小命，真要感谢'姨母'了。"年轻宗师说。"你叔叔杀的后生是'姨母'的亲生儿子，年方十八，入教不久。他人不坏，只是没结交好伴，受那痢痢癫的蛊惑，走了邪道。"

"用吾家的钱换取衍的性命！"吾衍生气地说。

"两三年里，为了找你叔叔，教会花去了不少银子。教会做事，总要有结果，绑你，是迫不得已。现在要把银子拿回来，抵去开销，抚慰死友。至于处罚，只有宗师晓得。"

"谁都是父母所生、父母所养。那祥记章的学徒，同样身为人子，入门行窃，偷银子货物也就罢了，不应当伤人害命，那伙计才十六岁。"

"帮有帮规，小宗师得听大宗师的，若是抗命不从，后果……"

吾衍与年轻宗师聊着，年长者坐在门槛上一言不发。吾衍晓得，这年轻的宗师曾读过几年私塾，先生就是七里八乡的秀才。吾衍道："这样说来，吾衍冤枉小宗师了。"

"因为识得几个字，让小的当了小宗师。其实教会做得最多的是定时聚集徒众，同党一道烧香、燃灯、设斋和诵经。平常同党相亲相恤，互帮互助，一家有事，共同赈恤；若有贫者，聚众财以助之。"

"但是，在官府眼里，'吃菜事魔'就是妖教，习妖教者绞杀，从者发配三千里。"

"帮会里人人明白自己在做什么。"宗师愤愤道，"教戒传习之言，不过使人避害而趋利，背祸而向福。也就是说，庶民入教，有利而无害，有福而无祸。"

"衍见教内等级森严，宗师之御其徒，好像君之于臣，父之于子；其徒奉其宗师，如天地神明一样不可犯。这一切可都正常？"吾衍问。

"国有国法，教有教规，这般森严依旧出了祥记章布店里的蠢事。因这事，教会还责罚了他的宗师。"

说着，坐门槛的老教徒咳嗽了一声，年轻宗师拿眼看他。那人道："大宗师，既然不杀这孩子，就要送他回去，不可多言。"听他这么一说，小宗师骂了一句，便不再说话。

天黑了，山里下起了小雨，小宗师走出门外骂道："这鬼天。"他朝山下看了看，便急匆匆返回。"要起程了。"说着，门外走进几条大汉，吾衍认得是那个大宗师，见了面，大宗师道："手绑好喽。"

"大宗师，都绑好了。"小宗师答。

大宗师看了一眼身边大汉道："蒙上眼睛。"

大汉取出布，一股刺鼻的味儿在庙里漫延开来，小宗师和另一个看守咳嗽起来。"这是什么！"吾衍被呛得直打喷嚏，便喊了起来，只是被两人抱住身子，动弹不得。黑布刚刚触及眼睛，便像钢针扎入眼内，吾衍大叫一声，晕了过去。

卯时不到，小雨依旧淅沥，杨祖打着绿油纸伞，手提竹篓走过石拱桥。前面就是"华严古刹"。再前行，杨祖伸脖子张望，并未看到骑马的人。刚到古刹门口，闪出小尼慧智，彼此合掌，慧智道："施主跟比丘尼走。"说着，绕过正门，但见侧面围墙外果然有一骑马人，头戴竹编斗笠，身披蓑衣，杨祖无法看清他的脸。见那人策马过来，朝杨祖伸出手。"孩子在哪？"杨祖问。那人举芦苇在手，目光锐利地望着杨祖，又瞄了一眼杨祖手上的竹篓，杨祖递过银子，对方丢下芦苇，"驾"的一声撞开杨祖，一转弯，马蹄声渐渐远去。

芦苇内有一卷小纸，上面写着："到孔埠端口驿站索要儿子。"

杨祖二话没说，提起袍子往驿站跑，撞进门去，只见夫役正在清扫马厩，见了杨祖，迎上来道："这是骑马的汉子让奴交给长公子的。本来奴想给公子送去，他说不用，公子自会来取。"

杨祖接过纸卷，上面写道："'双溪嘴'埠头。"急急收了纸，杨祖对夫役道："在下急用马匹。"夫役没见过长公子这般焦急，二话没说，转身牵过马来。杨祖翻身上马，往前街飞奔而去。

到了"华祥盐行"，伙计已开了店门，杨祖大喊道："伙计，拴好马。"伙计应声跑出来，见杨祖的背影消失在"双溪嘴"长长的台阶上。

金溪朦胧，笼罩在一层薄雾中，江水好似刚刚醒来，驮送货物的船只往下游驶去。偏僻的"双溪嘴"异常冷清，顺着长长的台阶，杨祖看到水际台阶上坐着一个人，那身段杨祖熟悉，便一口气撞到了胸口，大叫道："衍儿……"

吾衍被倒绑着双手，静静地坐着，他听惯了金溪的号子，过往船上传来的官话夹杂着地道的方言，是他从小熟知的，这时他才晓得，真正到家了。被扔下船那会儿，大宗师告诉他："坐着别动，一会儿父亲会来接你。"然后行船渐渐远去。吾衍没动，"哗哗"的浪涛，让他觉得十分亲切，他与龙叔在江里不晓得游过多少回，有龙叔在，是他最欢喜的日子。只是，他觉得等得时间好长。猛地听到叫声，便大声喊道："父亲……"这些天，他从没哭过，现在，再也不用抑制自己，放声大哭起来。"衍儿，站着别动，父亲来了！"杨祖飞跑下去，一把抱住吾衍，觉得衍儿的身子软了下去。

"衍儿，怎么了？"杨祖推开吾衍，这才注意到儿子被倒绑双手，蒙着眼睛。他顾不了这些，背起吾衍往台阶上跑。"华祥盐行"的伙计早已牵过马来，他们一路狂奔到了德裕堂，恰好仆从正在扫地，杨祖问："江师傅在哪？"见长公子背着一个人，仆从丢下扫帚往里喊："江师傅，吾家长公子来了。"

江师傅应声出来，见杨祖背着吾衍，连忙安放在椅子上。号完脉，江师傅道："长公子放心，好着呢。"末了，掐了人中，吾衍便动了一下。杨祖解开绑绳，摘下黑布才发现，吾衍的左眼肿得像颗熟透的桃子。

"衍儿，眼睛怎么了？"杨祖急忙问道。

"父亲，不晓得他们用了什么药，好痛。"

杨祖看看江师傅，江师傅问明情形，又细细查看，起身将杨祖扯到一边，说："长公子，令郎这只眼睛被烧烂了，怕是保不住了。"

杨祖心里"咯噔"一下，这是他最担心的，说："江师傅，还有法子医治吗？"

"既然绑匪想让令郎瞎一只眼，就没办法医治。回去后用水清洗，这里开一帖清凉解毒之药，让眼睛尽快消肿，能做的只有这些了。"

杨祖心疼，但吾衍能保住命回来，已经是万幸了，于是道："真是谢谢江师傅了，回去一定照着江师傅说的，好好调理。"

"长公子不要说谢，兵荒马乱的，少爷能够回来，就算是烧高香了。"

包了眼睛，抓了药，江师傅细细嘱咐一番。杨祖欲抱吾衍，吾衍却摇摇头道："父亲，孩儿自己能上马。"

杨祖犹豫片刻，发现吾衍的目光与先前完全不同。

上了马，杨祖信马由缰地走着。他晓得父母家人焦虑地等着，他想淡化气氛，表现出平静的神态。

"衍儿，一定吃了很多苦。"

"没有，他们很凶，但待衍儿挺好。"

"哦，他们是坏人，坏事做绝。"杨祖愤愤地说。

"他们都是平常人，衍儿还与那里的秀才比写字来着。"

"哦，待会儿回家，好好与父亲说说。只是，他们伤了衍的眼睛，这就不平常了。"杨祖故作轻松地说道。

"孩儿还有一只眼睛。"

杨祖想起吾衍患腿疾的时候，夫人、母亲急得流泪，吾衍自己跟没事似的，仿佛这病没患在他身上。

"衍是个勇敢的汉子，像龙叔。"

"父亲，龙叔真的在临安做生意吗？为什么不回家，那'吃菜事魔'的人去临安找过龙叔。"

"有这事？"杨祖惊问。

"是的，是小宗师告诉孩儿的，绑架衍，是想了结此事；杀不杀衍，是布店行窃后生的母亲说了算。小宗师说，他只有十八岁。"

"那么，他们为什么还伤衍儿的眼睛？"

"换后生的命。"

"毕竟他们先杀了人。"

"理屈在先，所以，一条命换一只眼睛。"

"这是那些妖徒告诉衍儿的？"

"谁也没告诉谁，孩儿字里行间悟到的。"

过了石拱桥，杨祖让马小跑起来。父母、蒋氏和子慰早早等在门外，远远看见吾衍，蒋氏发疯似的跑了过来，喊道："衍儿……"

吾衍归来，一家大小少不了安抚，还问了吾衍被绑的过程。吾衍回答简约，像是有意回避，或是说一件与他无关的事，这让家人颇感惊奇。吾衍从小好动，爱笑，与黑子在吾宅串来串去，大人说话爱插嘴，像柏树林里的鸟儿。吾龙在时，爱黏着龙叔；吾龙不在，又黏父亲。只是此事之后，吾衍变得沉静了，仿佛长大了许多。杨祖发现，除了与儿子在"双溪嘴"埠头得见，此后的场合再也没有哭过，那声号啕犹如告别了童年。开始，大人们不太习惯，像是笼子里的鸟儿忽然飞走，没了悦耳啼鸣，又把寂静扔回老宅。慢慢地，生活走向正常，家人意识到，吾衍已经长大了。不过，让杨祖不解的是，尉司询问"吃菜事魔"关押他的地址时，吾衍一概说不晓得，见过的人也都记不清，说每日在恐惧中度过。对孩子来说，符合常理。但吾衍亲口告诉过父亲，他从来没怕过，还与那秀才比试书法来着。这样的疑问一直困扰着杨祖，与蒋氏说，蒋氏也弄不清楚，只道："衍儿能回来，算是老佛显灵了！"

一日元振问："祖儿，能不能治好衍的眼睛？"

"江师傅说了，辛辣之物，溅上了，即洗倒也没事，捂了一整夜，早把眼睛给烧坏了。"

"可怜的孩子，被绝了仕途之路了。"元振凄楚道。

"父亲，衍没懂事，倒没觉出多少悲伤。"

"这就更让大人担心了。"

"父亲，若是在临安站稳了脚跟，孩儿想把衍带过去。"

"是呀，华埠尽管四通八达，毕竟不是临安故都。宋与金元抗争了几十年，临安依旧繁荣无比。"

"父亲，孩儿长这么大，还没到过临安府呢。"杨祖笑笑说。

元振看了杨祖一眼点头道："临安曾为国都，真是个大地方。北起凤山门，南到钱塘江边，东止候潮门，西至万松岭，城周九里，城门十三座。宫内大殿三十座，亭、台、阁、楼遍布。'天街'起中正桥至正阳门，一万三千五百余尺。河里荷花，两岸桃李，春夏之间，如绣如画。这些年来，宵禁渐渐疏松，夜交三四鼓，游人渐稀；五鼓钟鸣，早市又开矣。"

"父亲，尽管世道更替，临安府的繁荣不会消减，这也是想让衍儿去临安的初衷。"

"对，生花坊是个极好的去处。"元振道。

那日晚饭后，杨祖领着吾衍沿河散心，吾衍不再黏人，行至枫树底石埠，见几个妇人正在浣衣。吾衍放慢脚步，举目张望，见画舫远远溯流而上，便问："为什么画舫每日逆流到池淮港栖身？"

杨祖道："古镇有十多个航埠，其中两个官埠，其余都是商埠，没有画舫栖息地。"吾衍听了道："那个叫翠玉的女子还在吗？她为何要去瘌痢癫家？"

"不晓得。"

"父亲，龙叔真的在杭州做生意吗？"吾衍突然问起。

杨祖转过身子望着吾衍，面对长高的儿子，要不要说出真情？他晓得，若是应付吾衍，把不定会失去诚挚与信任；若是实话实说，是父亲绝对禁止的。于是道："衍儿，官府追问衍儿被绑过程，见到什么人，遇到什么事，衍儿为何隐而不言？"

"孩儿只想到此为止，让吾氏家族过上平静的日子。"

"毕竟绑了衍儿，还伤了衍儿的一只眼睛呀！"

"此后，'吃菜事魔'再也不会生事，这才是最重要的。再者，他们不是坏人，只是互帮的庶民。"吾衍平静地回答。

"衍儿做得没错。"杨祖道，"守着的秘密是官府想晓得的，向官府说了，抑或对吾氏会有风险；父亲守着的秘密是衍儿想晓得的，说了对家族同样有害。这么说，衍儿心里明白了吗？"

吾衍望着父亲，微微一笑，然后抓住父亲的手往前走，说道："父亲，衍儿猜想，见到翠玉那日，她古怪的举止一定与龙叔有关。"

杨祖停住了脚步，奇怪地问："衍儿为什么这么想？"

"父亲，是翠玉的神态告诉孩儿的。"

"衍儿，这事与别人提起过吗？"杨祖担心地问。

"没有。"

"这就好，衍儿把这事烂在心里，只字不能提。"

"父亲，孩儿晓得。"

第十五章

沿海战事，传闻颇多，包括邸报转载，几乎没个准信儿。都称，赵昰行宫进入泉州，向蒲寿庚征用船只，惹得蒲寿庚大怒，杀了泉州宗子与士大夫，逼迫陈宜中流亡潮州。这像是，赵昰行宫走着下坡路，又被属下从背后推了一把，迅速滑向渊底。

磨盘前，元振与杨祖吃着茶。元振问杨祖看过邸报没，杨祖点头说是。"大势所趋，还有回天之力吗？"元振哀伤道。

"父亲，这样的结果吾龙早就猜到了。"

"龙儿还是去了。"

"父亲，祖上吾渭打下衢州，做了太守，吾龙一直还记着。吾龙现在的样子，怕是天意。"

"人说，识时务者为俊杰，祖上为大宋打天下，势如破竹，与当下情形完全不同。明摆着送死，这便愚忠了。"

"父亲，还有不少忠臣。如张世杰、陈宜中、文天祥，他们都不傻，同样看到了结局，依旧忠贞不贰，这便是气节了。"杨祖分辩道。

"祖儿，且不谈这个，丁忧结束，到时候一同起程。不过，父亲还是担心子慰，生意的阵势越来越大啦。"

杨祖想了想答："父亲，子慰晓得分寸，这些年处理家事恰到好处，相信不会有事。"

元振听了叹气道："但愿一切安然，元人得天下，武伐后必有文治。"

杨祖最想做的事是见上翠玉一面。杂戏班子已经离开，听子慰说又来了一拨，翠玉依旧做着戏引。那日，杨祖告诉父亲去镇里，嘱咐吾衍一会儿到清源斋读书，便离开吾宅。过了石拱桥上前街，演出现场人流慢慢多了起来，杨祖果然看到翠玉坐在上头，便退到门外。为了避免与熟人打招呼，杨祖找了一个墙角处。看客陆续拥来，锣鼓敲在点子上，急急缓缓地招揽客人。演出即将开始，杨祖远远地看到翠玉缓慢走来，便迎了上去。

"是长公子。"翠玉显然受到了惊吓，用巾帕掩了嘴。

"翠玉姑娘，这是去哪？"

"这是，这是。"翠玉支支吾吾，没答上来。

"若是回画舫，应当往上街走，这是去下街呀。"

"奴去下街看一个人。"

"在古镇，翠玉姑娘认识很多人吗？"

"不是的，长公子……"

"不妨让在下陪陪翠玉，黑灯瞎火，也好有个照应。"

"长公子的心意奴领了，奴自己就行。"

"孩子放在宋家，若是晓得吾龙在祥记章杀人伤人，还会好好照看这孩子吗？"翠玉听了愣愣地望着杨祖，似乎没弄明白发生了什么。"难道吾龙没告诉过姑娘。"杨祖又问。

翠玉摇摇头。

"翠玉姑娘借一步说话。"杨祖将翠玉让到路边阴影里，继续道，"在下是吾家长子，与龙弟最亲密，许多事情龙弟会与在下说，不会告诉父亲。在下不晓得龙弟对姑娘的承诺，但是吾家都是善良的人，不管什么事，只要能够帮衬，都会尽心尽力。"杨祖顿了顿又道，"龙弟此去凶多吉少，行前的夜晚，是在下让他与姑娘见面的，一晃快三年，翠玉一个人过得不容易，有难处尽管说。"

"长公子，沿海战局如何？"

"龙弟一定与你说起过君实这个人？"

"是的，大名陆秀夫。"

"正是。皇帝赵昰因大风落海，虽然救起，终于不治而殁。随从以为大势已去，对赵氏王朝尽忠也到了头。这时，君实站了出来说：'古有一旅一成中兴者，度宗之子还在，百官皆具，士卒仍有数万，天若未欲绝宋，此岂不可为国邪！'一席话，说得众臣低头落泪。"

"这是什么时间的消息？"

"这两天才晓得的。"

"那龙哥呢，还能回来吗？"

"相信他一直与君实在一起。"

翠玉道："只要他活着，翠玉就得等到这一天。"

杨祖想了想问："上回翠玉姑娘说，与龙弟约定三年为限，这又是什么意思？"

"若是三年后没有消息，说明龙哥已经不在人世了。"说着，捂脸流泪。

杨祖心里一抽，单凭吾龙的机敏不会有事，但吾龙是冲着"义"字去的，赴汤蹈火，才是他的心愿！沉默片刻杨祖，问道："翠玉有了孩子？"

翠玉听了，即刻抽泣起来，说："哪里晓得就有了孩子！"

"这孩子是龙哥的吗？"

翠玉点点头，说："当时，舫内的姐妹劝奴退掉，可是，三年后龙哥回来了，怎么向他交代，这么一想，硬是留下这个男孩。"

杨祖心中一喜，于是问道："宋家晓得孩子的来历吗？"

"不晓得。头个月还有奶水，后来就没了。当时有人介绍，宋家媳妇生了女儿，奶水足，便抱了过去。她心好，当自己的儿女养。画舫每日生意繁忙，也幸亏姐妹们撑着，一带就是两年多。长公子，您说瘌痢癫真是龙哥打伤的？"

"翠玉晓得瘌痢癫？"

"是的，曾与龙哥说起过，瘌痢癫是个泼皮，时常骚扰画舫，正法时，姐妹们还专门过去看来着。"

"这真是太巧了。"杨祖像是自言自语。

"长公子，孩子放在宋家妥当吗？"翠玉焦急地问。

"几年过来了。"杨祖倒不担心这个，而是三年后吾龙回不来，他拿翠玉和孩子怎么办，想着问道："三年之后，翠玉姑娘带着孩子怎么过？"

"奴不晓得。"翠玉摇着头，脸色暗淡，"只能走一步看一步。"

"翠玉姑娘，龙弟福相。想想看，认识翠玉姑娘，两人有了一段快乐的日子；姑娘无意间讲了瘌痢癫骚扰画舫，祥记章那边便出了事；翠玉与龙弟相遇时间不长，却有了一个儿子。当下难一点，总会有出头的日子。"

翠玉听了叹气道："长公子，这都是命，上辈子注定的命。福也罢，祸也罢，翠玉都得认下了。"翠玉讲到伯父使阴招害得她家破人亡的事，杨祖听了十分同情，这就难怪气血正旺的龙弟同情翠玉了。末了，翠玉道："长公子今日寻翠玉，就是想晓得这些？"

杨祖想了想答:"丁忧三年即至,在下将与父亲前往临安,之前,想处理好这件事。"

"长公子如何处理?"翠玉望着杨祖问。

"翠玉姑娘,照这个样子先过着,只是不要再做戏引子,免得大庭广众下抛头露面,待在下想出万全之策,会尽快让翠玉姑娘晓得。"说着,从怀里掏出一锭银子道,"姑娘先用着,稍后在下再送些过来,姑娘定要带好儿子,这不仅是翠玉和龙哥的亲骨肉,也是吾家的后嗣。只要翠玉姑娘照吩咐的去做,一切就没问题了。"

"长公子……"翠玉泪水汪汪地望着杨祖。

"可别耽误得久了,快些看儿子去吧——对了,翠玉给儿子取了个什么名?"

"龙生,小名狗娃。"

"龙生,嗯,好。那快去吧。"

回来的路上,杨祖深深吸了口气。

走过驿站,不远处就是石拱桥,水上星光点点,可闻浪涛拍打之声。疾步向前,镇里的喧闹渐渐抛在身后。孔埠与华埠一港之隔,却像不同的两片天地,镇上商埠汇集,街道交错,小巷犹如蜘蛛网遍布,店铺挤挤挨挨,像岩壁上的蜂巢。没有昼夜阴晴,舟船起航停泊,挑夫车夫上下,大小货物进出,整座古镇在不停地旋转,一派市井嘈杂景象。与之不同的是孔埠,森林密布,阡陌纵横,港溪交错,处处显现优雅静谧,仿佛是古镇的后花园。孔埠也有酒肆、茶楼、鱼行与药店,更多的是堤埂边的桃红,田埂上的梨杏,塘埂边的红枣,水塘里的荷花。

过了石拱桥,杨祖放慢脚步。他一时拿不定主意,是现在告诉父亲,还是待有了结局再说。吾龙生死未卜,倘若海边战事结束,吾龙又不能回来,多出的一妻一子,父亲肯不肯认?若是吾龙能够回来,即便翠玉委身画舫,只要吾龙坚持,看在孙儿龙生的分上,日子久了自然会有结果。不告诉父亲呢?杨祖自问。就这么过着呗,挨到战事结束,视情而定!

回到吾宅,父亲依旧在灵堂,杨祖坐了一会儿。父亲问:"事办完了?"杨祖答:"办完了。"父亲又问:"衍之所学,成年人有所不及,可惜无缘仕途,往后祖儿有什么打算?"

"父亲,元治天下,人分四等,临安成了'南人',就像窝里多出的那只小鸟,得不到充分食物。省、院、台、部、宣慰司、廉访司及郡府幕官之职,不太可能起用'南人'，对平民必定亦有更多的限制。因而，哪怕衍儿满腹经纶，无病无疾，仕途也走不了多远。父亲，孩儿只求衍儿之学能保自食其力，也就心满意足了。"

"祖儿说得对，这样让衍多涉经史百家，应其自身喜好，熟谙音律钟镈，精篆字刻印，方能用到实处。其实呀，照衍儿的描述，这次救他的不是长辈，而是自身的才学与技能。否则，一切都不会是这个结局。"

"父亲说得对，回来后，衍儿愈加努力读书呢。"

元振点点头道："元人理政，弃用南人，却离不了大汉文化。否则，长久不了。况乎，南人六七千万，是蒙古人、色目人、北汉人中最多一族。如此分割，无非制造对立，为变乱埋下伏笔，往后的事就不好说了。"

拜见父亲后，杨祖到了清源斋。吾衍依旧埋头读书。自从"吃菜事魔"生事后，吾衍性格变化很大。拿蒋氏的话说："衍儿整整长大了一圈！"的确，吾衍长高了许多，嘴唇上多了一层细细的绒毛，不像先前叽叽喳喳地跟在别人后边，更多的是沉默与思考。现在，这只鹰隼要起飞盘旋了。

"在读什么？"杨祖问。

吾衍像是吃了一惊，说："父亲，孩儿在读子瞻的《格物粗谈》。"

"这书早先不是读过了吗？"杨祖奇怪地问。

"父亲，先前读与现在读不同。"

"怎么不同？"

"先前从学，现在从论。从学只求涉及宽阔，从论讲得深邃独到。"

吾衍语调中充斥着大人的口气，杨祖心里一喜，说"慢慢地像个做学问的人啦。衍儿，现在不同先前，不宜过多疲倦，免得累及身体。"

"父亲，不碍事。只是写字起始不太适应，明明很近，看去甚远，笔尖戳纸，却浑然不觉。孩儿学着闭眼书写，运力笔尖，不久就顺过来了。"

杨祖点头道："爷爷说了，往后全靠衍自己了。元治天下，南人必受排挤，只有悉心读书，才能超越常人。"

"父亲放心，衍儿定当努力，自食其力，不拖累父母。"

"这样甚好。"

"父亲，翠玉那儿可去过？"吾衍突然问。

"衍儿还想着这事？"

"沿海战事不利,宋军不能上岸,君实四面楚歌,再也寻不着同盟。这样的日子还能撑多久?"

"衍儿为何关心起战事了?"

"不,衍只想着龙叔。"

"战事与龙叔何干?"

"父亲,晓得您不想让孩儿伤心。衍想起龙叔走的那个早晨,黑子前堵后追、百般不舍,次日,蜷在窝里不吃不喝。衍曾问父亲黑子是怎么了,父亲说'舍不得龙叔'。其实黑子心里明白,只是不会说……"吾衍望着手中的书卷,眼里含着泪水。

"衍儿,龙叔是成年人,有自己的选择。往后不要再提龙叔,也不要提翠玉。只要衍儿好好读书,过上平静的日子,做父亲的也就把心放下了。"

吾衍顿了顿,答道:"父亲,孩儿明白了。"

"时候不早了,歇着吧。"

"父亲,您先睡,孩儿再读一会儿书。"

杨祖待了一会儿,离开了清源斋。

守制满,元振即赴临安。

此前,同僚曾来信,除去国子监北移大都,临安太学一切如常,里头有做不完的事。

沿海战事平息。那日,吾衍取了邸报来,在清源斋一声不吭地交给父亲。杨祖问怎么了。吾衍道:"君实背着皇帝跳海了……"说着,抱着头抽泣起来。

杨祖大惊,半日不敢动那邸报,这样的结局尽管早已想到,只是没想到君实如此忠义壮烈。半晌,他才安慰吾衍道:"衍儿曾说过,宋朝之亡,元军强大固然亦是,更多的是内忧重积,难以抵外患。君实亲历过程,岂会不晓得?衍,对于饱读圣贤书的忠臣,不管战事如何,都要用自己的性命效忠朝廷。秀夫君实是南宋的忠臣,为君赴命,视死如归,必定名留千古。"

杨祖这般安慰吾衍,心却像被挖空一样。吾龙英武的相貌,在他面前不断闪现。从小到大,他们生活在吾宅,在柏树林里追逐,站在磨盘上向下跳跃,在清源斋静读,在石拱桥上戏耍,在池淮港里游泳捉鱼。若是犯了错,奶奶和母亲责罚的一定是杨祖,但杨祖从不往心里去,一转身又与吾龙缠在一起。吾衍喜爱龙叔，也是其性格所至。对吾衍，龙叔超乎寻常地有耐心，不论读书还是学剑，样样细说慢教，力求扎实。吾衍学有所成，吾龙是头个师傅。现在一切都过去了，海战的狼烟，像晨曦的薄雾，渐渐散去。照着吾龙的忠烈，君实背负皇帝跳海，吾龙必定与之拴在一起。

杨祖慢慢翻开邸报，这是一个月前的事。都说文天祥与张世杰不和，确有其事，文天祥入循州是景炎三年的二月，在惠潮之间活动，每次欲觐宋帝，都遭到拒绝。是年十二月，统军张弘范攻漳州，文天祥退出潮阳，转到五坡岭，在准备进山固守时被俘。文天祥官至右丞相，封信国公，张弘范想要文天祥写信劝降张世杰，文天祥便书了《过零丁洋》诗，以明心迹。无奈，被送往大都。

过零丁洋

辛苦遭逢起一经，干戈寥落四周星。山河破碎风飘絮，身世浮沉雨打萍。惶恐滩头说惶恐，零丁洋里叹零丁。人生自古谁无死，留取丹心照汗青。

"'人生自古谁无死，留取丹心照汗青。'名留千古矣！"杨祖叹道。

祥兴二年正月，元将张弘范、李恒进围崖山。张世杰以作死守。二月，元军大败宋军，陆秀夫背着皇帝跳入海中。张世杰闻讯，亦投入大海。至此，南宋最后的军队被元军剿灭。

父亲依旧在灵堂，杨祖悄悄进去，先上了一炷香，然后默默坐在父亲身边。

"有事？"元振侧头问。

"君实抱着小皇帝投海了。"杨祖轻声道。

元振望着鲁氏画像，问道："这是什么时候的事？"

"一个多月前。"

三年里，元振闭门不出，从未打理过须发，他身着斩衰，脸色苍白，不饮酒，不食肉，形体瘦削，多数时间待在灵堂里。当下，守制已满，起程临近，听了杨祖的话，元振悲伤地望着母亲遗像："母亲，孩儿没照顾好您的孙子吾龙！"

杨祖道："父亲，您别太难过，君实投海，不等于吾龙没有生机。十多万名南宋将士与元军混战，吾龙水性好，身体强健，机遇会很多。父亲一定要保重身体。"

"龙儿是奔君实去的，会有什么机会？"元振茫然问道。

"父亲，不管怎么说，对这样的结局早有预见，您要想开些。"

"唉，从古至今，秦朝为一尽，二汉为一尽，唐朝又为一尽；汉、唐之尽，皆是自尽矣。但是两宋一尽，则是三皇五帝以来，道法相传的天下而之尽矣！"元振悲伤道。

"父亲，崖山海战已终结，一切都将从头开始，吾氏家族还要持续下去，这个家要靠您支撑呢。"

"唉，果为因，因为果，这里终结，那里刚刚开始。崖山海战，看似南宋残部的毁灭，却是四千年来的衰败与陨落，之后，还有华夏九州吗？"

"父亲……"杨祖没想到，父亲这样看这场战事，心里也不光是装着吾龙，还有天下。转而又听父亲道："……祖儿，不几日就起程，怎么安顿衍儿？在华埠找一个书院，让衍再读几年书？"

"父亲，衍儿几年前就被私塾赶出来了，没有哪家书院容得下他。"

"哦，要不与同知说说，在衢州找家书院？"元振问道。

"父亲，这倒可以试试。"

"此去临安，不晓得什么时候才能回来。"

"父亲，孩儿听您的。"

"那去吧，父亲要歇一会儿。"

离别在即，杨祖想要再见翠玉一面。若是翠玉愿意，便将实情告诉父亲，把翠玉接进吾宅，至少留下龙生，那是吾氏的后代，吾龙的苗裔不能流落在外受苦。那次见面之后，杨祖又给翠玉送过两次银子，如杨祖所言，翠玉再也没有充当戏引，心情也好了许多，一心做她的画舫生意。

晚饭后，天已渐黑，雨声淅沥。杨祖打伞提袍子走出吾宅。池淮港北堤，枫树枝叶婆娑，雨点大滴大滴地落在油伞上，发出"噼噼啪啪"的响声。溪内，烟雾悬浮在水面上不肯离去，只闻涛声，不见波澜。杨祖细看，那画舫隐约停泊在石埠之下，淡薄的灯光一闪一闪，有几分诡异。走下石埠，杨祖拾了块石子扔了过去，一个女子探出头来，问道："公子，您有何事？"

杨祖不好意答："在下与翠玉挺熟，能喊她出来吗？"那女子听了道："奴家两天前才来，稍等。"说着，缩了回去，片刻又探出头来道，"公子，您说的翠玉姐姐，几日前便离开画舫了。"

"离开画舫了？"杨祖大吃一惊，"为什么离开，又去了哪里？"话音刚落，里头又探出一女子，看着杨祖问："公子是翠玉姐姐的什么人呀？"

"只是朋友。在下只想晓得，翠玉为何离开画舫？"

"不晓得，五天前的夜晚走的，很是匆忙。"那女子说。

"可留下话？"杨祖再问。

"没有。"

"那么，她的孩子呢？"

女子迟疑片刻答："没见过孩子。"说完，两人缩了回去。

杨祖十分沮丧，本想与翠玉谈谈孩子的事，没料到她像秋天的燕子，一日里忽然消失了。难道老家有什么变故？翠玉走了，孩子留下了吗？杨祖决定找宋家打听。

宋家早早关了门，从窗户朝里看去，室内一片幽黑。杨祖叩门，又叩了一下，里头传出一个女人的问话："谁呀？"

"宋家媳妇，在下是孔埠吾公子。"里头一片寂静，一会儿杨祖听了窸窸窣窣的脚步声。门开了，宋家媳妇掌灯出现在门口。"不好意思，打扰了。"杨祖歉意道。

"吾公子，进来坐吧。"

"不用了，只想问点事。"

"嗯。"

"这两年，宋家带过一个小男孩，可有这事？"

"回公子话，家里穷，只是赚点银子接济家用。"宋家媳妇不好意思答。

"嗯，在下晓得。那么孩子呢？"

"走了。"

"走了？"

"吾公子，五天前的夜里走的。"

杨祖呆呆地望着宋家媳妇。

"那日，奴家睡下了，忽然听到急促的敲门声，一问才晓得是翠玉姑娘。奴连忙穿衣开门，翠玉便问：'龙生呢？'奴说早睡下了。翠玉姑娘没答话，径自走进房间，抱起龙生就走。奴问：'这么晚了，姑娘去哪呀？'她驻足回头道：'感谢姐姐这几年的帮衬，不然不晓得是什么结果。'说着，从怀里掏出一些银子。奴道：'翠玉姑娘等等，半夜三更，要走也得给孩子包上，别在路上受凉了。'她愣了一下，奴取布包了龙生，翠玉姑娘匆匆走了。"

"此前，从未提起走的事吗？"

"回公子话，从来没有。"

"那晚，来的就翠玉一人吗？"

"回公子话，就一人。奴把她送到弄口，也没见到他人。"

"哦，这么晚了，多有打扰，实在过意不去。"杨祖起身道。

"吾公子，没有的事，您好走啊。"

杨祖彻底糊涂了。

回来的路上杨祖在想，原先，他送过几次银子，是为了稳住翠玉，贴补翠玉生活。若是父亲不同意，至少念在骨肉分上，把龙生接进家门，让吾龙有了后嗣。不想事态骤变，翠玉与儿子龙生一块儿失踪。现在，更不能告诉父亲了，若是父亲追问起孩子，杨祖无言以对，更担待不起了。

走过石拱桥，远远望去，画舫灯火已经熄灭。孔埠的夜晚，比华埠来得更早，人们就像鸟儿，觅食一日，天一黑便躲进窝里。杨祖放慢脚步，望着画舫自问："翠玉何以出走？"若是翠玉伯父良心发现，接走翠玉，用不着在夜晚匆忙行事呀。只是除了伯父，翠玉老家再没亲人。"奴与龙哥约定三年。"杨祖耳边响起翠玉的话，这话像钉子，搌进了杨祖的脑海。海战结束一月有余，三年之约恰恰是这个时候，难道吾龙夜间潜回，带走翠玉与龙儿！想到这里，杨祖心里压抑不住兴奋。若是吾龙活着，一定会履行诺言。但是，不合情理的是：三年过去了，生死不明；三年之后，到了家门口，竟然不进家门！杨祖从不怀疑吾龙的忠诚，当下一切已经过去，父亲丁忧在家，母亲思念的泪水不曾干过，灵堂的香烛依旧燃着，兄弟情谊更加深重。这个时候，吾龙悄然而来，又悄然而去，这太不合情理啦。难道真像父亲担心的那样，吾龙害怕累及家人，让吾氏遭遇灭顶之灾。杨祖想起余梦魁，咸淳二年的释褐状元，任浙东安抚使，兵部尚书。因力挺抗元，又义不仕元，潜回老家芳山。至元丙子九月初七晚，元军血洗芳山，烧毁房屋数十间，一族百十余家皆为煨烬。这件事，开阳与古镇华埠人人晓得。吾龙这么做，想让自己永远在这个世上消失……想到这儿，杨祖倍感伤心。于是决定，把这事永远地隐藏下来。

清晨，是离开的日子。

元振剃了须发，换上曲领大袖从省服，尽管瘦削一些，依旧神采秀彻，像是蜕濯了三年，变得洒然脱俗了。杨祖随父亲下钱塘，这是大事。柴氏专程去祥记章扯了一块布，在管缝堂缝制了一件素色筒袖襦，往身上一穿。蒋氏在杨祖身边绕来绕去，说："交关合身。"母亲说："京城不像小地方，穿得破旧让人看不起。"吾衍一边道："奶奶，临安不是京城了，京城在大都。"柴氏坚持说："奶奶说京城在临安，就是在临安！"子慰放下手中的活儿，赶来给杨祖送行。杨祖道："子慰，衍儿的事幸亏有你帮忙，希望有朝一日能够报答。"子慰说："哥，都是亲兄弟，不能说两家话。换作您，也会卖力去做。"杨祖点点头道："其他的话不说了，龙弟不在，哥又远行去临安，照顾母亲的事全靠子慰了。"子慰道："哥放一百个心，子慰会照顾好母亲。"

戴老大的船就要开了，子慰与吾衍一同去了埠头。吾衍不像先前那么黏人，只是默默地牵着杨祖的手跟着。一路上，杨祖对吾衍喁喁细语，吾衍一声不吭。到了埠头，吾衍突然说："父亲，下钱塘后，多寄书籍回来，孩儿好日夜攻读。"

杨祖站定，认真道："衍儿，父亲干的就是这个，时常寄书卷回来。父亲与同知说好了，稍后去'柯山书院'看看是否合适，若不，请同知大人换一个地方。"

"父亲，孩儿明白了，您一路保重。"

"衍儿，在家要听母亲和奶奶的话。"

"父亲，衍是大人了。"

竹篙一点，船舶像箭一样离岸而去。惊起的白鹭，在船的上空盘旋，又飞向对岸。官商埠头，无数舟船融入江中，犹如大雁一字排开；血红的太阳如同火球，离山尖越来越远，光芒四射，在水面上熠熠生辉。

波涛淹没了船舶，古镇在朦胧中渐渐远去。

第十六章

至元十七年初，同知蔡丙松把吾衍接到衢州，安置在柯山书院。

柯山书院前身叫"梅岩精舍"，为隐士毛开研读讲学之地。历时百年，书院颇有名望。淳祐年间，衢州郡守游钧仰慕其名，买地筑舍，扩建书院，延续至今。同知曾与吾衍道："这是衢州最好的书院，各流派在此讲学，海纳百川。当下主讲马端临，江西人，其身世吾公子往后慢慢了解。如此，吾公子先学着，若是合适就留下，直到爷爷接公子下钱塘。"

书院藏有大量书籍，不少吾衍不曾读过。初到，吾衍十分虔诚，供祭投入，每每得到夸奖。相比之下，吾衍更喜欢名家授课。南宋初，张栻、朱熹、吕祖谦、陆九渊修复书院，推崇讲学。理宗即位，定理学为正统。如此，柯山书院游学者甚多，各种流派辩驳争讼，给了吾衍许多思考。照着书院的规矩，学员得博学之、审问之、慎思之、明辨之、笃行之，恰恰又应和了学、问、思、辨四者。一年的学习，吾衍大有长进。

不过，让吾衍高兴的是，在书院结识了主讲端临贵与。贵与号竹洲，是离华埠古镇不远的饶州乐平人。为人忠厚，博学多才，常为吾衍的篆字与刻印所折服。曾让吾衍刻"竹洲"闲章，每每把玩在手，十分喜欢。慢慢吾衍晓得，贵与之父，是南宋右相马廷鸾，幼年丧父，刻苦读书，淳祐京省试考，获进士第一，殿试第四，一举成名，累官宰相。贵与曾以父荫补入录事郎，咸淳九年中漕试第一。入元后，父不愿出仕，一道回到老家。马廷鸾一直在馆阁任职，对史料收藏与编纂十分考究，影响着贵与。因而，贵与一边讲学，一边欲编《通考》一书。

那时，吾衍曾读过杜佑的《通典》，不明白《通典》除了年代之外，如何区分。贵与说："《通典》同样是典章史，只是《通典》所分门类失之太宽。而《通考》在《通典》之上，加以补充，数十门类之下分子目，使之体例更加细密完备。另外，还要添加《通典》中不曾设置的多个门类。"

贵与长吾衍十三岁，两人交往，早早忘记了年龄。除了篆籀与印章之外，贵与颇感吾衍博学。两人时常"每思闻净话，夜雨对绳床"。以至于一日院长道："尔等全没了师生之礼！"

那日，院长带着贵与来见吾衍，院长道："有两条路：一是回到老家孔埠，二是继续留下。"吾衍道："既然父亲让衍读书，当然得留在先生门下。"先生道："吾衍有书可读，这里无书可教了。"吾衍唯唯诺诺地说："先生，弟子有错，尽管责罚，还请先生手下留情，免得父母那里不好交代。"

院长瞪着吾衍说："若想留下，就与贵与一道，帮衬教学，每月付些银子与吾衍。"

吾衍一听惊慌答："先生，学生的才学，哪敢谈教学之事。"

"那么，就离开书院！"吾衍呆呆地望望院长身边的贵与，见他一直在笑，院长又说，"说不准，下任院长就是贵与。"吾衍眼睛一亮，便答应了。

那以后，吾衍成了贵与的助手，贵与赐吾衍字"子行"。除去教学，吾衍还做了藏书阁的"斋长"。

吾衍的博学，让贵与十分吃惊，几次试探，颇觉不可思议。学徒时，吾衍谦卑内敛，恪守本分，所学平常肤浅，却从未流露天分与学力。当了先生的助教，吾衍完全变了一个人，排课教学与原先的完全不同。遇有讲学的名士，吾衍提的问题，常常让坛上讲课的先生灰头土脸。贵与觉得，吾衍不只是精通经史百家，还谙晓诸多古书籍，许多自己都不曾读过，这对书院而言，足以应付生徒。然吾衍还教音律，听击钟镈，让学生分辨宫商，涉及先生全然不懂的刻印，名曰"古法"。如此，一干数年，直到杨祖来信让吾衍去杭州，贵与叹曰："子行之学，怕是当世无人能及了。"

这一年，吾衍十八岁。回到吾宅，吾衍又看到了黑子。母亲说："与黑子一脉，也叫黑子。"说来稀奇，黑子见了吾衍并不陌生，前后跟着跑，让吾衍十分喜欢。

吾衍不晓得父亲如何安排自己，不过让他去杭州，必定安置好了一切。吾衍不晓得，衢州同知早早把吾衍在柯山书院的一切告诉了爷爷元振。如此，父亲杨祖在生花坊招了一批学子。

吾衍希望母亲蒋氏一同前往，可蒋氏得照顾奶奶柴氏，孔埠是家，即便在临安做事，犹如浮萍没个根。父亲说，在生花坊，他找了个伙头，专为吾衍做饭。

吾衍下钱塘，柴氏在祥记章扯了布，请了管缝堂做了袍子，像当年父亲杨祖一样，像个儒生了。起程那日，本来由子慰叔代为送行，可母亲蒋氏硬拖着莲花，带着黑子送了一程又一程，直到孔埠桥头。母亲说："衍儿，再好的菜不下盐，就不提香。不用惦记家里、惦记母亲。"

吾衍望着母亲道："父亲离家数年，孩儿也走了。这个家，终归是太奶奶、奶奶和母亲撑起的，孩儿总觉得欠家人太多！"

母亲道："专心做学问，志在四方，方显男儿本色。若是窝在家里，才让家人瞧不起呢。"子慰听了也劝道："衍，不用担心家里，去杭州边教边学，往后必成大器。"

告别母亲，叔侄低头走着，到了埠头吾衍道："慰叔，衍儿年少不懂事，这些年来多亏慰叔照应，现在又下杭州，不能尽孝心，照应奶奶的事全靠慰叔了。"

望着几乎与自己一般高的侄儿，子慰点头道："放心去吧，家里有慰叔呢。"

还是戴老大的船，说是最后一趟下钱塘，由儿子戴勤掌舵。戴勤数下钱塘，已相当老道。埠头上，戴勤竹篙一点，船离岸而去，白鹭惊飞，一艘艘舟船融入江中，一字排开。太阳渐渐升起，光芒四射，映在水面上熠熠生辉。远处，波涛淹没船只，古镇亦渐渐远去。

七日之后的钱塘码头，杨祖没认出吾衍。他踮起脚，昂首在人群中搜寻，从走路的姿态认定那个高高大大的就是儿子吾衍。杨祖走上前，望了一眼吾衍的左目，道："衍儿。"

"父亲，是孩儿。"吾衍平静地答道。

杨祖心里欢喜，还是暗暗吃惊，说："若是在市里，父亲是决然不敢认的。看，长得与父亲一般高了。"杨祖比画着说。

"父亲，临安天地之宽大，是吾衍难以想象的。"吾衍说着，回望四周，目光炯炯有神。杨祖望着吾衍笑笑，一同上了马车。进入钱塘门，一路上，杨祖介绍走过的每一条道。半个时辰，车上了杨四姑桥，再往前，就是车桥、纪家桥了。杨祖道："这就是浣沙河，也叫清湖河，国子监就在纪家桥一侧。绍兴三年，奉诏即驻跸所在置国子监，至今一百多年。"杨祖说着，指指车外道："那边是长生桥，也叫长生老人桥，那是霍史君庙，那就是纪家桥，西北是华严寺。"

过了纪家桥便是新街，新街之后是北隅。南宋以来，临安官民杂处，商民相间，区块商业的发展形成了街道，里坊渐渐消失，商业街夜市开始兴盛，极近世俗意味。因而，新街、北隅既有商贾，也有官邸。

进入生花坊，前头就是潘阆巷。马车在一座宅院前停下，杨祖说："到了。"

庭院门楼为挑檐式建筑，门楣上有砖雕，字迹被铲去一半。斗框边饰有花卉与蝙蝠，左右置一对石鼓。大门厚重，两只青铜铺首，尽露本色。

潘阆巷两丈余，从巷道口进来往里，直通安济桥。打发了马车，推开门，里头是庭院，门小院大，算是吉象。大门两端各种一棵石榴树，树冠如伞，披挂围墙之外；西侧，还有一片空地，想必花圃菜园之属。往北，便是砖瓦木结构的二层楼房。宅第像是翻新过，外楼梯式结构，前堂后寝，一侧耳房，当作厨房。

杨祖道："这是爷爷先前买下的宅子，最早的主人叫潘阆，为人疏狂放荡，早年在汴京讲堂巷开药铺。太平兴国参与立秦王赵廷为帝，事情败露，受株连而遭缉拿。潘阆假扮僧人逃匿，辗转到杭州、会稽，一直以卖药为生。"

"父亲，孩儿读过潘阆的《逍遥词》。"说着，低诵起来：

长忆西湖。

尽日凭阑楼上望：

三三两两钓鱼舟，

岛屿正清秋。

笛声依约芦花里，

白鸟成行忽惊起。

别来闲整钓鱼竿，

思入水云寒。

"衍儿还记得。不过，潘阆后来得到了宋太宗的召见，赐进士及第，过了一段好日子。"

"父亲，孩儿读得潘阆的书，觉得这位先生酷似郭忠恕，雄健纵放，无所顾忌。如今能在潘宅教授弟子，真是三生有幸了。"吾衍感叹道。

杨祖笑笑道："这是爷爷的用心。其实，元军不曾攻破临安，朝廷不少官员已经出逃，官邸售价便宜，旁边的驸马宫、左藏库也都有售房，爷爷偏偏选中了生花坊的潘阆巷这座房子。"

"父亲，信中说，有几十个弟子待学，都是什么人？"

"不用急。"杨祖道,"先住下,保姆吴妈把屋子都清扫了一遍,晚上就过来做饭。"

"父亲和爷爷不住这儿?"吾衍问。

"当然,爷爷与父亲很忙,来去也不便。国子监北移,太学没什么变化,吃住便当。衍儿,这些年,衢州同知把衍儿在柯山书院的事都说了,院长和贵与不舍得衍儿离开,说明衍儿教学有方。爷爷还将衍儿的手札给同僚看了,个个都很欣赏。"

"这些就是学子来源?"吾衍问。

"还有很多途径。"

走进一楼中堂,客厅很大,置有数十张条案,在墙的内侧,竖有不少苇席。吾衍心喜道:"父亲想得真周全。"吾衍估摸,还可以加些条案,增加数十个生徒。厅堂左右通廊,内设房间,像是后寝。父亲说,这是吴妈歇息的房间,吴妈不住这儿,她的家就在北隅。

顺楼梯盘旋而上,上头学堂略小,同样置有条案。不同的是,柱子一端有一小间,可作待客之用,父亲说是茶房,后寝与楼下相似。吾衍没想到,父亲把一切都准备好了,即使是明日开课,也不碍事。于是感慨道:"孩儿真没想到呢。"

"衍儿有什么打算?"

"父亲,上面可教授稍大的生徒,下头收较小的生徒,上头带下头,彼此有个帮衬。"

杨祖点头说:"甚好。生徒交与衍儿,怎么教,得有个谱。总之,不可误人子弟,否则会渐渐失去生源。"

"父亲,孩儿在柯山书院四年,既做学徒,又当先生。尤其是遇到江西的贵与,博学多才,孩儿受益颇多。其间,孩儿悟出一个道理:用心去教,生徒便能用心去学。就教学内容而言,柯山书院与其他书院各异,孩儿承前教授经文,还有音韵,书字专教古人篆籀与写印,当今鲜有。父亲,有独到之处,便能吸引更多的学子。"

杨祖想了想道:"衍儿,京都北移,旧朝文人一直不被重用,有气节的不愿出仕,大多隐居杭州周边。因而,这里文人荟萃、名家辈出,只有谦让好学,才能立稳脚跟。"

"父亲,孩儿明白。"

未时，吴妈来了。吴妈四十开外，头扎龙蕊髻，上加花钿、珠饰，像是龙蟠凤翥一般，自有豪逸之态。只见她身着窄袖短衣，下着长裙，外穿一件对襟的长衫，清爽整洁，不像是小户人家的奴仆。父亲说一会儿陪爷爷一道来，让吴妈先做起饭菜。

吾衍给吴妈打下手，尽管吴妈客气说自己来，吾衍还是坐在灶膛旁。很多年以前，吾衍就爱为奶奶在灶口添柴，晓得火候，只是在柯山书院多年，这事给淡忘了，再坐回灶膛口，便有几分暖心的味道。

与吴妈谈起身世，才晓得吴妈果然是大户人家的奴仆。吴妈说，二十几年前，她就是北隅项氏家族的奴人，后来与项家的男仆黄氏结婚，生下一对儿女。项氏，原先枢密都承旨，官至从五品，爷爷元振是项家的常客，因而彼此认得。祥兴二年，承旨卒于官，家道开始败落，她与黄氏离开项家。现今，女嫁儿婚，她闲不住，听说元振老爷要家奴，便找上了门。

仲夏，庭院里的石榴长满新枝，石榴花蕾绽放，花瓣光滑平整，颜色娇艳，微风吹过，留下阵阵幽香。

爷孙三人，把桌子摆在院子里。菜肴上桌，元振道："今日三代团聚，得吃点酒。"

吾衍答："爷爷，衍还没吃过酒呢。"

杨祖道："若是没吃过，今日更要吃了。往后结交天下朋友，不吃酒，岂不是少了许多情趣！"

"父亲这么说，衍儿就陪爷爷吃上几盅。"

元振道："柯山书院教学，同知都说了，这就是衍的命。若不是衍在柯山书院求学，又遇上了贵与，而后又教授弟子，这生花坊的学堂，一时还真的开不起来呢。"杨祖听了接话说："父亲，其实衍儿之学，早早超出常人，给他一片地，种什么都能开花结果。"

"哪有这样夸儿子的。临安是什么地方，是大江大海，可以在老家池淮港游泳，不一定经受得住钱塘江的浪潮。"元振毫不客气地数落道。

"父亲，还记得'吃菜事魔'的事吗？"杨祖问。

"当然记得。"

"换作别人，必定吓得没了魂，而衍儿无畏无惧，硬是降服那些魔头。衍儿所学，也与常人不同，入宋以来，文人墨客疏于尚古，而衍儿慧眼识珠，比较今古，与贵与提出复古之学，这要气魄呢。总之，衍儿能有今天，一步一坎十分关键。"杨祖毫无掩饰道。

元振举盅道："如果祖儿夸够了，就一同吃了这盅酒。"说着，先干了，转而对吾衍道："衍，父亲夸你，不论真假，多有不妥。不过，爷爷倒信同知的话，说衍在书院倡导'复古'，教材自己编写，叫什么《习古编》。而书院先生竟然允许衍在生徒中传播，可有这事？"

"爷爷，教材还不成型，衍一边教，一边改。衍教授时从篆书入手，然后是刻印，旨在恢复古意。其间，还有很多东西要学，要琢磨。衍从小读书，并非死读，衍受教于龙叔，才有许多书外的想法。就书而言，从秦到唐，唯有李斯与李阳冰古意尚在。大宋以来，沧桑变易，文典失范，琐细浓艳之风盛行，这些都是衍时常思考的问题。衍想，做学问并非立竿见影，但要用心钻研，长久坚持，自然会得到艺苑的认可。至于教学，衍在柯山书院有所累积，此前与父亲说过，用心去教，并有独到之处，便能吸引更多的生徒。"

"有衍这番话，爷爷就放下心了。不过，爷爷还想告诉衍，做学问，要腾空内心，若是自满，便装不进去了。临安藏龙卧虎，大元治国，日后不得不用大宋遗下的文人，因而，隐居的高人总有出头之日。爷爷的意思是，在此地教授小学，要广交朋友，虚怀若谷，勤学勤思，打实基础。几年打拼后，才能在临安站稳脚跟。"

"爷爷，衍——记住了。"

"吃酒！"元振放大声音说。杨祖看得出父亲高兴，心中暗喜，又借机夸吾衍几句，然后道："所教生徒，不少人是爷爷的同僚后嗣，有些人读过私塾，还有一些人是纪家桥附近的商贾子孙，也有平民后裔。衍儿，不论贵贱，进了生花坊，都要一视同仁，消除差异，让生徒处处觉得正大堂皇。"

"父亲放心，这是孩儿最先要做的。"说着，举盅道，"爷爷，衍办学堂，让爷爷费了许多心思，衍着实感激。所有言语都在酒中，衍敬爷爷一盅。"杨祖听了拊掌道："衍儿真的懂事了。"

元振吃了酒，脸微红，他指着吾衍道："先祖吾渭之后三百年里，吾氏家族出了不少进士，这些年家业微衰，远不如从前。你爷爷，你父亲，算是太学生，世道变革，当下只能是做做学问。爷爷买下生花坊的潘阆故居，确实有另意，衍心里明白就好。爷爷想起潘阆《赴滁州散参军途中书事》这首诗：'微躯不杀谢天恩，容养疏慵世未闻。昔日已为闲助教，今朝又作散参军。高吟瘦马冲残雪，远看孤鸿入断云。到任也应无别事，愿将清俸买香焚。'衍做不了官，就做一个有学问的逍遥客，如此，爷爷也就心满意足了。"

"爷爷之言，正合衍之意。"吾衍爽快一笑，又举盅道："父亲，衍年少时不懂事，没让您少费心；后来历次遇险，更是让您操碎了心。衍身体有疾，让您与爷爷劳心操办学堂，这番情意衍当铭记在心。衍定当努力，不辜负爷爷与父亲的期望。"

祖孙三代又吃。这是吾衍第一回吃酒，几盅下肚便有些醉意。杨祖问："听衢州同知说，衍儿在柯山书院时常作诗，可有此事？"

"父亲是想让孩儿作诗？"吾衍笑笑答。

杨祖四顾，看到围墙边怒放的石榴花道："以石榴为题如何？"

吾衍沉寂片刻，拈袖道："石榴花始红，菖蒲花浅碧。湘簟水风凉，生罗汗微湿。青虫化飞蛾，穴蚁登南柯。前山雨脚来，远色云嵯峨。"

"好一个'远色云嵯峨'！"元振拍案叫绝，"衍的诗如此清纯，真让爷爷耳目一新。"元振说着，摘下幞头，长发散了下来。

"爷爷您过奖了，历经的旧事，衍顺手拈来罢了。"

"这才是诗。"杨祖插话道。

元振说："衍成了生花坊的先生，当有一个字，可曾想过？"

吾衍听了答："在柯山书院，贵与亦曾赐字，曰：子行，叫了数年，衍都习惯了。"

"子行，好好好，往后就这么叫。"元振笑着答。

杨祖觉得酒上了头，便让吾衍多吃菜。吾衍低头不语，杨祖以为他醉了，便问："头回吃酒，难免这样。"

吾衍依旧低着头。杨祖问："是多了？"吾衍抬头，杨祖见他泪流满面，"衍儿，这是怎么了？"杨祖惊讶问。

元振抚了吾衍的头道："是吃多了？"

"爷爷，父亲，衍没吃多，只是突然想起了一个人来。"

杨祖望望元振，小声问："衍儿想起了谁？"

"爷爷，龙叔呢？这么些年，爷爷和父亲一直说龙叔在临安做生意，衍来了，便只字不提了，那么龙叔到底去哪了？"吾衍说着，抹了把泪水。杨祖不再吱声，元振放下筷子，片刻对耳房的吴妈叫道："大妹子，回去吧，吃完了，父子自己收拾。"

吴妈探出头答："这哪成？老爷干不了这活。嗯，如果不便，下人先回家去，一会儿再过来。"

"也成，也成，祖孙三代多年不见，想好好说一会儿话。"元振解释道。吴妈听了，扭着脚走了出去。

元振回首，将儿孙盅里倒满酒，然后沉重道："祥兴二年二月初，崖山之战失利，君实先是仗剑驱赶妻子投海，然后将国玺系在腰间，背起九岁的帝昺跃入大海。船上的大臣、宫眷与将士听到噩耗哭声震天，数万人纷纷投海殉国。"元振说着，泪流满面。

吾衍早已泣不成声。他早先感觉到了，爷爷的话证实了他的猜测，还是让他悲痛万分。"那么龙叔呢？"吾衍晓得问了没用，还是不禁问道。

"龙叔性情笃诚，古朴忠厚，跟定了君实，可能苟且吗？"元振悲伤道，"大家当举盅祭奠君实的。"说着起身，举盅过顶，沉默片刻，将酒倒在地上。杨祖与吾衍跟着做了。

坐定后，杨祖见父亲无心吃酒，便沉思起来。麦子割了一季又一季，燕子秋去春来，过去了那么些年，应当让父亲晓得了。不管自己的猜测是对是错，至少让父亲与儿子有个念想，于是放下酒盅对父亲道："父亲，不管出于什么原因，孩儿猜测，吾龙没死。"

元振与吾衍张嘴望着杨祖。半晌元振问："祖儿为什么这么说？"

"其实，衍儿猜着了一半。早先吾龙带着衍儿常去港里游泳，一次吾龙连救母子二人，认识了画舫女子翠玉，慢慢好上了。临走那日，孩儿让吾龙见了翠玉，两人便有了'三年之约'。吾龙托戴老大捎信回来，父亲必然晓得了实情，只是担心元军报复，把事情隐瞒了下来。但是后来孩儿发现，翠玉生了一个男孩，出生时间与吾龙离开的时间暗合，便与她长谈了一次，证实那是吾龙的儿子，取名龙生。离开孔埠的前几日，翠玉与那龙生突然失踪。孩儿猜想，吾龙潜回孔埠，带走了翠玉与龙生，履行了'三年之约'。"

"什么是'三年之约'？"元振压抑着情绪问。

"吾龙让翠玉等他三年，三年之后他若不再返回，证明他已不在人世，那么，他与翠玉的约定自动解除。"杨祖解释道。

"祖儿，这么大的事，竟然没有禀报父亲！"

"在孩儿明白之前，不敢贸然行事。后来孩儿又担心父亲不认翠玉，不认吾龙的儿子龙生。本想行前安定此事，翠玉母子却连夜失踪。孩儿猜想，吾龙这么做有他的道理，要紧的是元军一直搜寻崖山之战的将士，吾龙害怕连累吾氏家族，只得悄悄潜回，这也应和了父亲原先的猜想。"

"祖儿怎么晓得为父不认龙生，糊涂！"

"父亲，吾龙的选择没错，子随其父，是再好不过了。孩儿想，吾龙并不晓得翠玉怀了他的儿子，三年里突然见到了，不晓得有多欢喜。"

元振举筷不语，像是在拐一个大弯，稍后叹道："吾龙做得对。元军血洗芳山，一族百十余人皆为煨烬。吾龙明白，不能因为一人，毁掉整个家族！"

"爷爷，龙叔带走了翠玉，又会去哪呢？"吾衍追问。

"衍，不管龙叔去哪，只要好好活着就行。往后不论是祖儿，还是衍，都不得再提此事。衍要一心一意办好学堂，上了路，一切就顺了。"

"父亲尽管放心，孩儿与衍定会守口如瓶。"

一直吃到天黑，吴妈进门掌灯，祖孙三人这才散去。

第十七章

开学堂，教授小学十分顺利。除去江南遗臣之子，里弄商贾、庶民子弟也来求学。学堂教授，增设了篆书，时不时还有乐曲。初始，生徒见先生左目眇右足跛，交关惧怕，后又见其一俯一仰妩媚滑稽，不时被逗得生徒大笑。然则，只要吾衍拿起书本，室内即刻悄无声息。吾衍教学，一手持书卷，一手持如意棒在案前行走。若是将如意棒戳在生徒面前不动，便让生徒脸色泛红；若将如意棒戳在条案上，生徒脸色发青，即刻翻身站起。

年长的学童叫赵期颐，亦称子期，祖籍汴梁人。七岁随父赵天锡客杭，后任江南行省大司农管勾。子期从小读经书，有些底子。子期不仅年龄稍长，且十分聪慧，所教之书一习便会。

吾衍开学不久，学堂四周多出许多物件，这些物件与教学有关。在楼的东壁，有数本皆秦、汉碑，皆是大般若寺的老僧所赠；壁下有一几，几下皆是汉唐官私印，有些属昭庆寺小僧赠送，不少是从市上购得。

那日傍晚，有人敲门，楼下赵子期问了姓名，转身喊道："先生，有一姓仇名远的先生求见，可否请他进来？"吾衍在楼上答道："是仁近先生，请他进来呗。"

仇远走进院子，听见吾衍站在楼梯上道："可是山村居士仁近先生？"

"正是在下。"仇远昂首答。

"先生楼上请，晚辈腿脚不便，在上头恭候了。"

仇远笑而不答，拾阶而上，坐定，环顾四周，见学堂搁置不少古物，便好奇地问："曾与家父杨祖交好数年，常听说公子好古，今日一见，果真与其他私学大不相同。"

吾衍笑答："晚辈也晓得仁近好古，擅作古诗，近似唐人，尤效法萧统《昭明文选》，晚辈还晓得《采薇吟》，说着，顺口念道："采薇采薇，西山之西。薇死复生，不生夷齐。陟彼西山，我心悲兮。"

仇远听罢拊手道："甚好，甚好。子行能背诵老朽的诗，实在是荣誉之至。"

"仁近的诗极有《诗》的风尚，典雅古朴，晚辈百读不厌呢。"

"哈哈，在下追随古意，常与孟頫松雪、鲜于枢伯机结为诗友，彼此相答，颇有情趣。"

"松雪赵大人不是去了京城了吗？"

"子行也听说了。"仇远笑笑，"去年，行台侍御史程巨夫奉诏搜访江南遗臣，得二十余人，孟頫松雪名在其中。世祖忽必烈见之才气豪迈，神采焕发，便让他位坐右丞太白之上。"

"于是，仁近就有了'陟彼西山，我心悲兮'的诗句。"

"嗬，哈哈，子行很是有趣，很是有趣。"

"晚辈心直口快，还请仁近不要见怪。"

仇远听了，摆摆手，说："怎么会呢，倒是觉得与子行很有缘分。听说子行倡导复古，这让在下想起松雪说过的一句话：'观近世士大夫图书印章，一是以新奇相矜。'松雪对当下文风十分不满。其实，出仕前，江南名儒吴澄就有诗赞美此君，那时，松雪以篆籀名世了。"

"仁近说的是，松雪出仕时，曾用音律隐喻时弊。'商角征羽，以渐而清，自然顺序不待用清声也，大吕为宫，则黄钟这变宫，还宫之……'云云。"

"不想，子行身居生花坊一隅，对当今世道这般熟知！"

"仁近过奖了。"

"既然子行知其时弊，又如何力挽狂澜呢？"仇远忽然问。

"仁近太看重晚辈了，子行教授小学，让生徒识字、写字、习经史、学六艺，日书百字，哪有挽狂澜之力呀。这样的事，只有当今的松雪赵大人才能做到。"

"俗话说，一个篱笆三个桩，篱笆也好，桩也罢，相互帮衬，才能成事。都说子行所教与常人不同，又怎么不同？"

"仁近大人，正如您所说，大宋以来，流行的图印过于'尚奇'，误走歧途，直到元初，此风不减，让印学走进了死胡同。晚辈从小好古，觉得想改变时尚之风，得要从小学抓起，或是像松雪赵大人那样的艺班头领，高举复古旗帜。而晚辈做的，正是前者。就古印而言，汉有摹，其法只有方正，后人不识古印，妄意盘屈。晚辈多见故家收藏的汉印，字皆方正，近乎隶书，此即摹印篆也。"

"新耳，奇耳，子行对古印研究深也，这与松雪说的篆刻以'圆朱文'一样。

那么，子行又如何看待篆字呢？"

"晚辈觉得，书贵瘦硬。"

"何为'瘦硬'？"

"书当崇尚风骨，追求古风，律以石鼓，方可独步当代。晚辈以为，今日文章，即古人之直言；今日篆书，即古人平常字，历代变更，遂见其异耳。不知上古之笔，不过是竹上束毛，便于写画，故篆字肥瘦均一，转折亦无棱角。"

"听子行一番言论，老朽眼界大开。篆籀也罢，古印也罢，子行研究颇深，若是一日，子行将教授之学，刻印成卷，便可扭转时弊，大放异彩了。"

吾衍听了哈哈大笑："仁近所言，必定是翰林与国子监之职，晚辈造次行事，岂不是夺人家的饭碗。"

仇远不语，望着吾衍，目光一动不动。片刻突然道："这里高谈阔论，与学堂仅有栅栏之隔，所有学子只顾埋头书写，没有一人张望，这又是如何做到的？"

吾衍听了又哈哈大笑："仁近观察甚细。"子行望了一眼静静写字的生徒然后道："凡学之道，严师为难。师严然后道尊，道尊然后知敬学。"

仇远听了也笑道："子行所言极是，所言极是。"

吾衍看看时辰，便起身道："仁近少坐，在下通知吴妈弄几个酒菜，今晚共饮几盅如何？"

"若是子行方便，甚好，甚好。"仇远喜道。

"当然方便。"言毕逐一检查生徒写的字，敲响身边的钟。生徒应声有序告别，鱼贯下楼，没有声响。仇远看着笑道："子行真是教学有方呀！"

吾衍转身，如意棒像剑一样左劈右砍，做了个鬼脸，仇远忍不住笑了。

酒至亥时，两人都有了醉意。吾衍取过铁笛道："仁近先生可谙此道？"

"呵呵，山野之人，哪里懂得？老朽见笛管光滑，子行握笛手法自如，不如演奏一曲如何？"

吾衍哈哈大笑，摘下幞头，头发散开，十分洒脱。然后举笛吹奏了一首，清脆的笛声抑扬顿挫，令人心醉。

仇远听得如醉如痴，末了拊掌道："子行演技了得，让老朽想起梁武帝萧衍的《咏笛诗》：柯亭有奇竹，含情复抑扬。妙声发玉指，龙音响凤凰。当今世上，除子久黄公望，怕是无人能敌了。"

吾衍笑道："公望一峰，晚辈不识此君，只是听说，实在惭愧。"

"哈哈，此君与子行年龄相仿，居于虞山，年初老朽去平阳祭拜过世老友，听此君奏过一曲。"

"若是有机会，一定拜见黄公子。"

"子行年少，笛艺了得，不知师从何人？"

"晚辈从小学铁笛与竹笛，其实只学到师傅的六成。这让在下想起当年长安头笛的李谟，笛声响起，云散雾收。一日演奏毕，众人赞叹不已，唯独席间的独孤生不为所动。李谟道：'是瞧不起呢，或先生是演奏高手？'独孤生慢悠悠答：'又怎么晓得在下不是高手呢？要不您再演奏《凉州》如何？'曲终，独孤生道，很不错，只是声调中掺杂夷乐，难道龟兹也有先生的朋友吗？李谟大吃一惊，起身行礼道：'在下的先生就是龟兹人啊。'"

"子行在夸自己的先生吗？"

"是的，他叫吾龙。"

"吾龙，在下没有听说过。"

"是子行的叔父。"

"难怪了。曾听人提起过子行的叔父，英年早逝，很是不幸。"

两人吃着聊着忘了时间，仇远起身道："时辰不早了，在下还得回去呢。"话音没落，便倒了下来。吾衍拉他一把没拉动，大笑一声，抱来衾枕，自己随即倒在苇席上。

仇远家住不远，过了安济桥往东，是主簿厅和钱塘县学。折南，不出三里到了溪上仇山，那里就是仇远的家。仇远擅诗文，与临安文人均有结交。其实，宋末，仇远已有名望，入元后，朝廷请他做儒学教授，因冷落儒生，仇远死活不从，并作《书与士瞻上人》一首，表达自己的心境：

"末俗由来不贵儒，愚夫愚妇恣揶揄。束书合向山林隐，绝迹莫登名利途。膝上有孙贫亦乐，门前无债醉如泥。咸平处士真堪羡，静守梅花住里湖。"意在不愿富贵，志在田园。

那日畅谈，吾衍名声像长了翅膀，在艺苑里速速传开。此后登门造访的人越来越多，但凡吾衍不想见的，生徒一律拒之门外。

不几年，吾衍像只早鸣的公鸡，名声越来越大，杭人都晓得纪家桥附近有个生花坊小学，慢慢生徒增至百人。吾衍将生徒分成大小两个班，大班在上，小班在下，小班学徒由赵子期等轮流教授，倒省去吾衍许多时间。

吾衍所教，不外乎经史子集及书写篆字，与人不同的是，吾衍还传授篆刻、音律，这在杭州不曾有过。吾衍像蜜蜂，一边采撷花粉，一边酿制蜂蜜，编纂了《合用文籍品目》，呈现历代典籍，佐证教授所得，像是紧锁浮船的大铁环，从古至今，环环相扣，十分严谨。

客杭第四年，又有使者奉诏搜寻江南学子，找到元振，元振借故不从，后由杨祖顶了他的职，这才勉强答应。元振到了京城大都，便在国子监做了知印。

这一年，赵天锡调任镇江府判，子期随父离开杭州。吾衍曾与仇远预言：子期不论做官还是做学问，都十分认真，且篆字及佳，在吾衍生徒中，当是最有出息之人。

后两年，就国子监故址，改修"西湖书院"。讲堂后面为尊经阁，北边为书院书库，库存大量宋版典籍。书院建成，余资颇丰，刻印书籍兴起。杨祖之繁忙，也在此。书院除去修补数十万册旧版经、史、子、集，新刻书目供大都与各路州府之用，也是书院承载的事务。于是，多了不少的"对读校生""比对校勘"之属。尤其"书手刻工"，愈加忙碌，每日面对数千块雕版与数百万字书刻。前几年，吾衍尝试写印，穆仲之弟汲仲去京城之前介绍了林生，说是林生刻印为祖传，止于林生已是第五辈。汲仲还道："林生父亲曾为孟頫松雪刻过'圆珠文'，而与父亲比，林生刀法愈加独特，因而父亲赐林生一个'玉'字。吾衍请了林生，连刻数枚，甚是欢喜。后来，又把林生推荐给父亲杨祖，做了西湖书院的刻工。父亲忙，很少到生花坊，只是时不时派员送些刚修复或翻刻的古本，这对吾衍来说已经足够了。

这日午时，吾衍在楼上讲了篆字写法，称亦当博古，举如意棒指着旁边的磬道："谁晓得这是什么？"一名生徒起身答道："先生，这是磬。"

"谁能告诉先生，'磬'字怎么来的？"

生徒没人能答。吾衍用如意棒轻叩磬："磬，源于先人石制工具，后来用于敲击器乐，天子用玉，诸侯用石。此处，单个悬挂的叫'特磬'；成排的则叫'编磬'。大家细看，这尊特磬，像不像先生弯腰？"吾衍说完，做了个弯腰的动作。众生笑。"对，这就是对长辈的恭敬。"说着，收回如意棒，目光注视着众徒，说道："还有谁能告诉先生，'圣人击磬'的典故？"

众生又低头，室内一片沉默。吾衍虽是左目眇，另一只眼却是目光如炬，令生徒不敢正视。吾衍耍了一下如意棒，走到苇席间，说道："子击磬于卫，有荷蒉而过孔氏之门者，曰：'有心哉，击磬乎！'既而曰：'鄙哉，硁硁乎，莫己知也，斯己而已矣。深则厉，浅则揭。'子曰：果哉！末之难矣。"吾衍言毕，站在案头问："谁能告诉先生，孔圣人说些什么？"

"先生，学生试着回答先生的问话。"有生徒举手道。

"嗯，丘见南学童，诸生听好。丘见南学童每次总是抢先，大家不妨学学，听见南如何回答。"

"先生在卫国时，一日正在击磬，一个担柴的人在门口道：'有心啊！这磬击的！'过了一会儿又说：'鄙极了，如此硁硁然，意志坚确，又没人知之，为你一己也就罢了。水深，和衣走过去；水浅，撩起衣裳走过去。哪有定准呀！'先生道：'这人果决，没有话可驳难他了。'"

"甚好。"吾衍道，"先生为何要讲磬的出处与典故？"

丘见南又站起道："先生是想告诉众生，学篆，必须穷其理！"

"对。众徒学篆字，必须穷理至博古。能识古器，则器中古字，神气淳朴，可以助人，又可知字古象形，一看便知，皆有妙处。先生在学堂四周挂起古物，是望生徒识别上头的古字，先生用心，生徒一定牢记。"

"先生，都记下了。"众徒答。

这时楼下有童生大声道："先生，穆仲先生前来拜访！"

吾衍接话道："快快请上楼。"言毕走出课堂，步入楼梯口，"是穆仲先生吗？"

"子行，正是老朽。"

"快快上楼坐，正想与您说事呢。"

坐定，童生上茶，穆仲胡之纯道："栅栏之隔，咱们说着话，总觉得会妨碍生徒们习书。"吾衍听了哈哈大笑道："不妨，生徒本当'不闻栏边事，只读圣贤书'。这也是本堂教学的锤炼，让生徒心静如水，方得始终。"

"子行教授像一本本书，处处叠着学问，每翻一页，都有教诲。老朽敬服呢。"胡之纯道。

吾衍哈哈一笑："穆仲今日是专程送笑话给子行的吗？"

"哈哈，老朽心语而已。"

吾衍挥着如意棒道："稍前托人送来的软玉印料，晚辈早早写完，只是林玉觉得印料贵重，犹豫着不敢下刀。晚辈也想呀，先生的印料，长短都有分寸，下刀有误，而后磨去一层，怕逃不过先生的眼睛。真那样，不怕先生责怪，倒怕先生笑话了。"

胡之纯听了哈哈大笑："子行的想法，本身就是笑话了。"

吾衍手持如意棒，在空中画了一个圈，说道："说正经的，其实，不怕玉石硬，子行有法治焉。"

"有什么法子？"胡之纯听了颇感兴趣问。

"这般。"吾衍揙起衣摆，放下如意棒接着说，"用地榆一两，先煮一滚，再入蒜汁一碗，葱汁一碗，再煮二滚，下刀便容易了。子行让林玉照着这个法子试了，回话说甚为管用。"吾衍说完，从柜里取出一枚方印，又打开印泥，将方印钤在纸上，但见白印文"穆仲印"三个字。

胡之纯细细看了，啧啧称道："古朴雅致，美轮美奂，真是精妙极了。"说着，拿着方印，像把弄古玩，颠来倒去地看，"子行为何这般写印，老朽只晓得好看，不晓得缘由，能否请教一二？"

"穆仲先生说什么请教，晚辈只是遵循古法罢了。若是四字印，前两字交界处略有空，后两字无空，须当空一画以别之，字有脚无脚故言及此，不然一边见分，一边不见分，非法度了。若是三字，就不同了。"

"怎么不同？"

"若穆仲与兄之纲、从弟长孺一样，三人都是进士出生，皆以经术文学闻名于世，但所著文章全然不同。这才有'千古兴亡惟有泪，漫山花雨杜鹃愁'之绝句矣。"

"子行太有趣了。"胡之纯揙了一把长须笑道。

"穆仲讥讽晚辈了。若是三字印，右边一个字，左边两个字，以两个字处与为一字处相等，不可两字中断，又不可十分相接。这便有古意了。"

胡之纯点头道："老朽手中这枚印属白文，粗壮豪爽，颇衬吾意。"

"朱文圆润挺拔，白文古朴雄厚，自然要用汉篆，平方正直，字不可圆，从有斜笔，也当取巧写过。"

"老朽不曾想到，里头还有这般学问。"胡之纯叹道。

"哈哈，与当今相去甚远。"吾衍举如意棒画了一圈，而后忽然想起什么，说道："光顾说话，穆仲先生，不知兄弟汲仲境况如何？"

"长孺过于刚直，当年朝廷下诏求贤，硬是被召入京城，当了翰林修撰。结果，冲撞了当今宰相，被贬至扬州教授。"胡之纯叹道。

吾衍先是点头，后又摇头："江山易改，本性难移。为官之道，在曲意迎合。就像汲仲，年少随舅在四川参加铨试，得了第一，授予迪功郎，监重庆酒务。未久，又兼总领湖广军马钱粮所金厅，与名儒高彭、李是等号称'中南八士'。可谓一路高歌。本朝官场，往后有汲仲受的。"末了耍了一下如意棒，又在地上戳了一下。

正说着，楼下生徒高喊："先生，有容斋先生前来拜访。"

吾衍听了坐着没动。胡之纯道："子行可听见，容斋便是徐琰，海内外大佬，浙西肃政廉访使，难道子行不晓得？"

吾衍不语，楼下童生又喊道："先生，有肃政廉访使徐琰拜访。"吾衍起身，手持如意棒走到楼梯口大声喊道："容斋先生，此楼何敢当贵人登邪，愿明日谒谢使节。"言毕，转身回堂。

胡之纯望着吾衍，颇感兴趣道："容斋先生来访并无恶意，子行为何拒之不见？"见吾衍笑而不答，又道："徐琰容斋先生属'东平四杰'之一，少有的文才，学成入仕后成了名宦，任职太常寺，后为陕西行省郎中，官职五品。据说，容斋到任后，创制坑冶，发展三千户从事冶炼，减免租税，布政周全。后调任湖南道提刑按察使，前几年迁浙西肃政廉访使，官居三品。令尊大人一直在西湖书院做官，而容斋先生曾是书院的主持，想必熟知。老朽的意思子行一定明白。"

"不巧，子行正与穆仲先生叙事，不便打扰。至于容斋先生那里，明日子行登门谢罪便是。"

"哈哈哈，子行这又何苦？"

"穆仲先生一定明白！"说着，哈哈大笑。

"外面疯传，说子行拒见松雪赵大人，可有此事？"胡之纯两眼眯成一条缝，颇有兴趣地望着吾衍。

"纯属谣传。"吾衍否决道，"孟頫松雪是宋太祖子秦王赵德芳之后，更是当今的艺班头领，自幼聪敏，读书过目不忘，下笔成文，当下身居高官，怎么可能拒见呢？"

"听起来，子行像是有意似的。"胡之纯笑笑说。

"穆仲先生，几年前，孟頫松雪的确屈驾陋室，当时晚辈正与长孺在仁近家里吃酒，这事便传开了。"

"传得好，传得好，今日之事与孟頫松雪之传闻，是异曲同工，怕也会成为

'传闻'呢。"

吾衍听了大笑。学堂生徒一个个面目肃然，低头读书。胡之纯看了一眼道："不可思议。"吾衍舞弄如意棒，做了个怪相，朝胡之纯挤挤眼睛。胡之纯又问："传闻子行玉笛吹奏甚好，认识这么些年，不曾亲耳听过，今日难得一见，不知老朽有幸聆听一曲否？"

"这又何妨？"说着，转身抽出玉笛，对众生徒道，"都歇一会儿，听先生吹演一曲。"话音刚落，众徒速速从条案后站起，拥向栅栏外侧，一个个高兴得瞪大眼睛。

桂月申时，天空忽地下起细雨，弄堂、宅院，不见树，不见花，堂风里却穿过桂花的幽香，袭人心怀，沁人心脾。宁静中，吾衍的笛声悠扬响起，萦绕着追思，婉转升飞，在屋梁间绮靡萦散。众人心绪随着笛声进入旷野，或高亢，或低回，或激越，芳草碧天，在长亭与古道间游荡，渐渐四处蔓延。

一曲终了，学堂内异常肃静，只有瓦檐雨水滴滴答答，先是铜铃般的喊声，紧接着爆竹似的掌声在学堂里响起。

胡之纯道："善哉善哉。'情动于中而行于言，言之不足，故嗟叹之，嗟叹之不足，故咏歌之，咏歌之不足，不知手之舞之，足之蹈之也。'"

吾衍耍着如意棒，哈哈大笑。转而问生徒道："谁能告诉先生，听明白先生吹的是什么曲子吗？"

童生齐齐回答："《梅花三弄》！"

"对。"吾衍道，"谁还能告诉先生，何为'三弄'，不是四弄五弄呢？"吾衍问，目光在弟子中搜寻。

一个学童挤到前面举手道："先生，弟子试着回答。"

"嗯，丘见南弟子。"

"先生，《乐府诗集》中曰：'以笛作下声弄、高弄、游弄三种吹笛技法。故称'三弄'。'"

吾衍点点头。然后又问："还有吗？"一个学童抬头看看吾衍，又低下头去，闪到众生背后。吾衍道："想必叶森弟子晓得。"

听了吾衍的话，叶森缓缓走上前，说："先生，弟子自己猜想的。"

"那好，说与大家听听。"

"先生，'梅花三弄'寓意花开三度。一度花少蕾多，欲露还藏；二度舒展怒放，花树银白；三度寥落零星，探出嫩芽。也可以这样说：一日赏花分早、午、晚不同时辰。早晨含苞欲放，晶莹洁白；午时花朵盛开，如群蝶起舞；傍晚西衬夕阳，落英缤纷。先生，弟子所言不晓得对与错，错了请先生责罚。"说着，脸一红，低头站到一边。

"好一个'群蝶起舞，落英缤纷'。"吾衍说完，对着胡之纯做了鬼脸道，"回到苇席上去。大家听后坐回条案后，继续读书。"

吾衍对胡之纯道："这学童叫叶森，是学堂里最出色的生徒。"

"哦，是哪人？"

"钱塘人，父亲叶林，曾为上朝小吏，入元后谢官，在御道一侧开蟹行，生意兴隆。赐儿名为森，比父多出一木。"

胡之纯点头道："小小年纪，遣词造句充满诗情画意，就学文才而言，前景不可估量。"

"晚辈也是这般觉得。除了经书，篆籀学得也很快，而且好印章，与子行小时很是相似。"

"若是子行觉得他是根好苗，一定错不了。不过，子行吹笛功夫好生了得，不是笛仙，胜似笛仙。难怪外头传说，子行之笛声，可与一峰先生匹敌。"

"穆仲先生指的是黄公望先生？"吾衍问。

"正是，嘉府平阳县人，别号大痴道人。先前为官，后皈依全真教，在江浙一带以占卜为生。"

"先前，仁近也曾提及一峰先生，后来晓得，一峰是性情中人，年龄与晚辈相仿，说是画技得到过孟頫松雪的指授，笔力简约深厚，山水雄秀，淡雅明快。"

"正是。老朽与一峰还有交往，一峰本是常熟人，后过继给平阳黄氏为子。此人擅书能诗，也听过他的吹笛，若是只闻其声，不见其人，老朽怕是分辨不出子行与一峰先生呢。"

"有幸见到一峰先生，定当请教一二。"吾衍道。

"先生占卜，行踪不定，专门寻他还真不易。把不定哪日，先生从巷尾里弄冒出来，才是'大痴道人'之品行呢。"说着，忽然醒悟道，"光顾说话，看看放学时辰过了没？"

吾衍回瞄一眼漏刻，失声叫道："过了一刻。"便问众徒，"告诉先生，哪位学童见着过时了？"见学生不语，又道，"都没看见吗？"

"先生，弟子看到了，弟子溺急，因而看了漏刻。"丘见南站起道。众徒想笑又不敢笑。吾衍道："往后由见南弟子掌管时间，若是忘记了，负责提醒先生。"

"是的，先生。"

吾衍举如意棒在钟上敲了三声，众徒起身道"先生好"，像鱼一样从门中有序走出。

吾衍走到楼梯口，望着学生走出院子，然后对吴妈说些什么，回首道："暖一壶酒小饮两口，穆仲先生难得来。"

"只要子行有兴致，老朽奉陪便是。"

第十八章

天气尚好，郭界到生花坊看吾衍。

于吾衍，郭界年龄略小，不过长得身材魁梧，脸庞方正，且蓄有长须，故友人称其"郭髯"。吾衍与郭界相识，是在可权的西湖多宝院，那日郭界埋头抄写经文，见了吾衍，便掷笔道："与子行神交久矣，今日不写了。"见可权望着自己，郭界又道："在多宝院没酒吃，不如去生花坊的好！"吾衍早听说过郭界。晓得其原住洺水，随父迁居于京口，业承家学，且通晓蒙文。郭界为人豪爽，心直口快，故取号"退思"。这次到杭，一是会老友；二是为庙主抄写经文。

说到抄写经文，郭界楷书极佳，往往日书千字而不乏，因而请他抄经的庙主甚多。午时一刻郭界到了生花坊，迎接入院，迎面扑来的酒香，让吾衍心中暗喜。引郭界上楼，堂内学子坐着没动。郭界重重咳嗽了一声，并无人回首张望，便叹服道："子行兄，什么样的状况，生徒才会抬头看一眼来客呢？"

吾衍一边为郭界沏茶，一边回答："没有那样的状况。"

郭界听了哈哈大笑，说："子行兄，这手段是如何学得的？"

吾衍笑答："刚到柯山书院不久，那日院长开恩，让弟子吃'洛阳水席'，所谓水席，无非是汤水罢了。餐毕，弟子们装着一肚子水坐在条案后，先生却不紧不慢地讲着朱熹与陆九渊'鹅湖之会'的典故，像是早把汤席的事给忘了。有的生徒憋不住了，不停地扭动身子，但先生犹如入禅，重复念'抛开内心的杂念，一心只读圣贤书'这句话。末了，有生徒溺了裤子，先生道：'这就叫课堂！'从那以后，先生讲课，不再受外人打扰。"

茶毕，吾衍问："此次到杭，依旧游山戏水？"

郭界叹道："这只是其一，还要为甘露寺本无长老抄经。小弟是数次推辞，不想长老一再邀约，又派小徒送来定金，再推，就不近人情了。"

吾衍哈哈笑道："退思日书千字，抄写经文，就像公鸡啄米，有何难哉？"

"难倒不是，只是小弟性情怠惰，再者，藏金阁抄写经文，断绝酒肉，叫人实在难忍，不如市上作画，转手换作银子，大碗吃酒，大块吃肉来得畅快！"

"哈哈，退思的才华，也是天下少有。书法学孟頫松雪，画仿米芾，又师事高彦敬，深得其笔法。子行时常听人说，退思擅长酒后作画，通常兴到神来，为天下宝物呀。"

郭畀听了哈哈大笑道："子昂松雪亦师亦友，倒是学了不少。只可惜，身为艺班头领，却又担当朝廷重任，往往身不由己。稍前，曾与小弟谈起代写斋集一事，一拖又是两年。"

吾衍答："松雪出仕，心里却装着天下百姓。记得子行到临安第五年，大都发生大地震，死伤十余万人。而丞相却借清理钱粮，大加搜刮，征入数百万银，未征数千万。弄得民不聊生，百姓相继自杀。也是松雪子昂，当庭直言，迫使丞相免除赋税，百姓因而得救。"

"子昂心里明白着呢。"郭畀笑笑说，"在朝廷，参与中书省政事，久在君王身边，晓得会遭人嫉恨，一直想谋求他职。后来出任同知济南路总管府事，因不顺金廉访司事韦哈剌哈孙之意，处处受到中伤与刁难，好在朝廷要修《世祖实录》，召子昂还京，接着又写金字《藏经》，才有安稳的日子。今年秋，听说子昂要回江浙任儒学提举，不晓得是真是假。"

"哈哈，到哪都是元人的天下！"吾衍笑笑答。

"呵呵，那是，那是。"

"一直以来，听说退思尤善竹木窠石，极富天趣。今日文房具备，退思来一幅窠石如何？"吾衍话锋一转道。

郭畀望着吾衍半晌不说话，突然扑哧一笑道："从进门闻到小弟身上的酒味，子行就有了主意，还说了一通好话，是不？"

"退思多虑了，前几次相聚，朋友甚多，衍不好意思提起，今日天赐良机，权当子行教学之用。"吾衍笑道。

"若是别人，小弟断然不会推辞，但在子行面前，小弟万万不行。小弟之学，皮毛而已，在子行这儿，连笔都握不直。"

吾衍正要说话，楼下生徒大声叫道："先生，达观先生求见。"

"达观？不是到真腊国了吗？"郭畀惊讶道。

"想必是回来了。"说着，提袍起身，手持如意棒，与郭畀一道走出厅堂，"可是草庭达观逸民？"

"子行先生，正是在下逸民。"

"快快楼上请，好友退思也在呢。"

达观一手提着袍子，一手提着行箧，快步走进院子，嘴里道："太好了，太好了，今日达观有缘，同时拜谒两位高人。"说着，勿忙上楼。

达观周姓，少时居温州，家父七品，入元后辞官不仕。达观长吾衍一岁，从小喜爱读书，擅长地理，极其欣赏鉴真东渡传戒，痴迷其海上历险。之后随渔民出海捕鱼，不久入朝，在承直郎下做了一个文书。

元灭南宋，圣朝诞膺天命，奄有四海，曾讨伐越南，并入侵真腊国。但因地理、气候所阻，未能成功。因此，朝廷改用规劝。达观此行前，朝廷尝遣虎符百户、金牌千户赴真腊国，竟然拘执不返，便借真腊国朝贡不常至，派大舰队，遣使诏谕其国。达观懂地理，又擅航海，奉招随行。得到消息，极其兴奋，便来告知吾衍。吾衍告劝说："尽管没有上谕，但所见所闻，当细细录下。"达观一口应承。不日从温州起航，本以为不过三十日航程，不想一去就是三年。

楼上，一阵寒暄，客人坐下，童生上茶。吾衍道："逸民兄，赴真腊国，路程不过三十日，为何去了这么久？"

达观叹了口气道："说来话长，本以为数十日航程，遇上逆风，船只在海上漂流了数十日，所到之处都是荒芜的岛屿，或因沙浅不通巨舟。二月离开温州港口开洋，七月始至，漂泊整整五月之余。"

郭畀颇有兴致，接话问："去真腊，必经七洲洋，这七洲洋以凶险著称，自古舟师都说：'去怕七洲，回怕昆仑'，朝廷的舰艇，是怎样过七洲洋的呢？"

"传说而已，传说而已。"达观答道，"至元二十年元，朝廷派大将史弼南征讨爪哇，曾过七洲洋，逸民钻研过这段史实。出兵爪哇的战船从泉州起航，沿海募集水手、兵勇，到达爪哇后并无战事，反倒落居者颇多。舰艇队进出七洲洋，不曾遇见传说中的凶险。这次舰队过七洲洋后，经交趾洋，转占城。从占城顺风半月到真蒲，入真腊国境内。沿途海港数十个，舶艇者唯有四港，其余皆是修藤古木，黄沙白苇。无奈，顺水半月抵达查南，又换了小舟，顺水十日，过数个村镇。按照蕃志称：其城五十里，地广七千，其国北抵占城半月路，西南距暹罗半月程，南距蕃禺十日程，其东则大海，为通商口岸。"

"如此说来，途中五月，在真腊国一待就是一年余。其间逸民定是遍访真腊邦畿，对当地风土人情了然于心喽。"

"哈哈，朝廷大船一到，真腊国遂即臣服。之所以置留未返，主要待翌年西南季风大潮，方能启航。因而到了大德元年六月回舟，八月十二日抵四明。真腊国一年余，尽管风土国事人情不能尽知，然大略亦可见矣，因而草作《真腊国风土记》，书名与文章待后订正。"

郭畀拊掌道："甚好，甚好，在下可开开眼界了。"

"若是退思能在本书上题诗作画，在下不胜感激。"达观笑笑道。

"逸民兄不是难为在下吗？论画，退思只是边角小料；论诗，子行逸气流荡清新，独辟尘客俗骨，不敢在子行面前题了；论字，全然没有在下的地盘，子行追求古风，可谓当代独步。人称，'二李'之后，便是子行了。这让在下想起杜甫先生的《李潮八分小篆歌》：'峄山之碑野火焚，枣木传刻肥失真，苦县光和尚骨立，书贵瘦硬方通神'；至于写印，更不用说了，节笔浑然，圆润恬静，非子行莫属。"

郭畀话音落，吾衍哈哈大笑，正想说话，学童丘见南举手道："先生。"见南声音颇大，在座的都转过头去。

吾衍几分吃惊问："见南弟子，有话要讲吗？"

见南仿佛被自己吓了一跳，拿眼看看漏刻说："禀报先生，先生让弟子掌管时间，所以……"

"哦哦，见南弟子坐下。"而后起身对众徒道，"本想让众徒见识退思先生的画，看来缘分未到。好在先生是生花坊的常客。现在休课，众徒一路小心。"

众徒起身同唱："先生再见！"言毕，鱼贯而出。

达观见了叹曰："学子百十，如出一人，不晓得先生靠什么来约束？"

吾衍道："靠礼。礼，天之经也，地之义也，民之行也。"

达观又道："大多弟子居生花坊周边，却是远近不等，鱼贯而出，子行先生放心得下？"

"退思呀，大海船队，不可能纵横流漫，必然是纵深前行。小时居孔埠，最喜欢看鸭子暮归。长长一队，从堤上'叭叭叭'走过，到了路口，'嘎嘎'叫数声，出列分队，各自归家。鸭子尚且如此，况乎人呢？当然，放学童子也有远的，均有家人或奴仆候在潘阆弄口。"吾衍道。

郭畀点点头，转而对达观道："还是逸民说说真腊奇闻，子行也一定喜欢。"

吾衍做了个鬼脸，达观笑笑答："好吧。真腊本是南海中一个小国，原先为扶南之属，其后渐以强盛。自隋起始，见于外国传；唐史并未记录。逸民有幸此行，首尾三年，不但圆了航海梦，也猎奇异国趣闻，因记所见所闻凡四十则，文义颇为奇赡。"

郭畀性急，接话问道："那真腊可有城郭？"

"与临安城无异。州城二十里，城有五门，门各两重；城之外巨濠，濠之外皆通衢大桥。"

"可有宫室？"郭畀又问。

"当然有，只是游历一年，但见国宫与官舍，只是不曾与国君谋面，抑或逸民爵位过低。不过，宫室防禁甚严，无法任意踏入。据当地土人传：宫内有一座金塔，国主夜卧其上，塔之中有九头蛇精，系女身，每夜与国主同寝交媾，二鼓方离，之后国主方能与妻妾同睡。若一夜不见，蕃王必获灾祸。"

"离奇，离奇了，甚至臣民也不曾见过国主？"郭畀叹问。

"那么三教呢，既然是蕃国，必有宗教，真腊兴何教？"吾衍接着问道。

"子行所言极是。"达观答，"其儒者呼为'班诘'，僧者呼'苎姑'，道者呼为'八思'。唯'班诘'不晓得所祖是谁，亦不见学舍之处、所读何书。奇怪的是，'班诘'入仕者则为高上之人。'苎姑'削发穿黄衣，偏袒右肩，腰系黄布裙，跣足，瓦盖寺庙，中止有一像，如释迦佛，呼为'孛赖'。僧皆吃鱼肉，唯不饮酒，'八思'如常人打扮外，头戴红布或白布，八思不食他人之食，不饮酒，不诵经。"

"听逸民兄言，真腊之地等级森严，仿佛不曾进化。"郭畀起身提起袍子道。

达观点点头答："一年里，所到之处，颇感民众之等级分明，普通百姓处日仿佛刚刚脱离原始，十分清苦，但人无怨言。若是养女，父母会道：愿有人要你，将来嫁千百个丈夫。富室之女七至九岁，贫之家则止于十一岁，必命僧道去其童身，名曰'阵毯'。后当以布帛之类赠予僧人赎身，否则此女终为此僧所有。其风俗既不以为耻，亦不以为怪也。'阵毯'之夜，一巷中或至十余家交错于途，鼓乐迎送。"

交谈间，吴妈上菜，吾衍欲取酒，达观摆摆手道："逸民带着真腊国的酒。"说着，打开行箧，取出一瓮放置案前。

"甚好，甚好。"郭畀拊掌道。

"在真腊国，逸民兄曾尝过这等水酒？"吾衍问。

"有过，真腊酒有四等，一等唐人呼'蜜糖酒'，用药曲以蜜；其次土人呼为'朋牙四',是树叶之名;再次曰'包棱角',米也。其下还有糖鉴酒,以糖为之。"

"那么,今日逸民兄带来的是什么酒?"郭畀追问。

"容逸民不点破,两位吃了再说。"

吾衍听了哈哈大笑。

去了封口之腊,启开木塞,倒酒于盅,但见酒色微黄,一股浓郁的香气瞬间萦绕鼻吸,像蜂蜜,像玫瑰,又像荍麦,令人闻之舒畅惬意。郭畀举盅在鼻下嗅了嗅道:"好酒,好酒!"禁不住吮了一口,咂咂嘴又说:"有临安竹叶青的味道,又像是太守王元邃兑的'红白酒',风味颇奇。"

吾衍跟着吮了一口,除了蜂蜜,颇觉味道古怪。达观望着吾衍,吾衍道:"味道奇特,退思尽管是酒场俊秀,怕是没吃过这样的好酒。"

"的确没吃过。"郭畀老老实实回答。

达观说:"随船一行开始吃不惯,稍后习惯了,感觉味道甚佳。因而,主公带回数坛,敬见圣上。"

吾衍说:"这酒色泽暗红,味有蜂蜜,又泛谷物之香。正所谓:'兰陵美酒郁金香,玉碗盛来琥珀光。'"

"子行先生,倒不如趁着酒兴,作诗一首,添些兴致与大家。"郭畀怂恿道。

"兴致要看性子。"吾衍笑答。

"那好,先吃起来。"郭畀捋起袖子举盅便饮,酷似饥汉见了美食。

吃酒夹菜,郭畀又问真腊藩国有没有唐人。达观介绍道:"早有唐人,只是不晓得祖上的朝代。还说唐人在真腊地位极高,路遇唐人,土人则伏地顶礼。土人酷爱唐货,以金银第一,五色轻缣帛次之,其次,真州锡镴、温州漆盘、泉州青瓷器,以及水银、银珠等在本朝司空见惯了的用品,都是藩国珍爱之物。"

酒过三巡,郭畀突然问达观:"唐人地位如此之高,那么逸民兄在真腊国可有艳遇?"

吾衍听了大笑。郭畀问笑什么?吾衍道:"逸民是朝廷官员,又是斯文之人,怎么回答退思的问题呢?"

郭畀听了自嘲地笑了。达观接话道:"逸民只说一件事,真腊藩国十分炎热,不论土人还是贵族,白天数次澡洗,入夜后亦免不了一两次澡洗。土民居住稠密,或每家有一水池,或两三家合用,不分男女,裸体入池,无拘无束,顶多手遮牝门。数日间，妇女三三五五，涌向城外河中洗澡，多时会聚千人，脱去所缠之布，不以为耻。河内水温如汤，五更后变得微凉，至日出则复温。"

"这等好事，颇有情趣。子行兄您说呢？"郭畀笑道。

"视翠鸟啄鱼，野狗逮兔，习以为常。"吾衍答。

"正如子行所言。民间习俗入常，便不为怪了。真腊蕃国人种混杂，多为土人，也有莹白如玉之妇女。如宫人与南棚府第之人，一布缠腰，不论男女，皆露胸酥，国主之妻也是如此。"

郭畀问："历朝历代，帝王皆有三宫六院七十二嫔妃，坐拥天下美女，那么七洲洋之外的真腊国主，亦有这般豪迈吗？"

"问得好。"达观道，"国主有五妻，正室一人，四方四人，其下嫔婢之属闻有三五千，嫔婢自分等级。"

"这回退思满意了吧？即便海外列岛小国，亦是常人。"吾衍笑着说。

三人边吃边叙，达观所叙趣闻，让吾衍与郭畀大开眼界。

酒酣，达观举盅起身道："子行先生，出海前，曾嘱咐逸民，所见所闻，当细细记录。海岛羁留期间，逸民处处留心，录下当地风土四十余篇。逸民想，尽管朝廷派舰船出行三年，真腊业已臣服，但国朝并不看重此次出海，史官也不会记录在册，日久了，便像海中的浪花，淹没在旋涡中。小臣微不足道，还是想保留这本异国他乡的风土记，誊清后刻印出版，供子孙后人赏读。"

吾衍亦举盅道："甚好，正是此前与逸民说的道理。史分为三：国史、方志与家谱。留有方志或家谱，让风土记刻印出版，无愧于三年之行。"说着，与达观举盅共饮。

吃毕酒，达观并未坐下，而是继续道："因此，逸民有事相求了。"

"逸民兄尽管说。"吾衍也起身道。

"逸民愿子行，为真腊风土记题诗作赋，让这本小记柴门生辉。"达观说着，两眼直勾勾地望着吾衍。

"怎敢，怎敢？衍之诗赋，不敢示人，刻本若是代代相传，岂不贻笑天下！"

吾衍摆手道。

"子行不答应，逸民就不坐下；借故推辞，逸民也不坐下。直到子行答应为止。"

郭畀一边道："逸民算是找对人啦，普天之下，若是子行的诗赋被人见笑，那么，就没人敢题诗作赋了。"

"退思贤弟所言，说出了逸民的心底话。"

吾衍再起身道："既然如此，子行只能从命了。"说着，三人一道把酒干了。

观达十分喜悦，连连为吾衍盅里添酒。众人都有几分酒意，个个去冠垂发，神情豪放。郭畀一边劝道："逸民兄，今日三人相聚，甚是难得，不如摊开纸砚，请子行挥毫作诗，以免往后再度劳顿！而退思小弟亦能亲眼看见，仰止无穷呀！"

吾衍捋了一把长发望着郭畀，片刻大笑道："退思点子甚多，如此，乘作酒兴，作诗送与逸民，也了确一桩心思。"

逸民跃起，像是生怕吾衍反悔，一边在插架上取下笔砚，一边嘴里道："子行之行真是仪态优雅，豪放不羁，识之乃三生有幸矣！"

吾衍不语，手持玉蟾注，水一滴滴落在砚槽里，而后细细磨墨，神情肃穆。片刻一声大笑，拈过开化笺一张，连写三首诗。末了，掷笔案桌，任凭达观与郭畀观望。题为：

周达可随奉使过真腊国作书纪风俗因赠三首。

只听郭畀念道：

裸壤无霜雪，西南极目天。岂知云海外，不到斗牛边。异域闻周化，奇观及壮年。扬雄好风俗，一一问张骞。

绝域通南舶，炎方接海涛。神仙比徐市，使者得王敖。异俗书能记，夷音孰解操。相看十年外，回首兴滔滔。

汉界蹿铜柱，蛮邦近越裳。远行随使节，蹈海及殊方。缺舌劳重译，龙波极大荒。异书君已著，未许剑埋光。

"好一个'未许剑埋光'！"

郭畀拍案叫绝。达观更像清晨的小鸟，手持诗稿，叽叽喳喳说些什么。而后扶过吾衍，斟满酒，举盅道："子行不吝赐诗，逸民真是喜出望外。为表达感激之情，逸民满敬一盅。"言毕，拢过袖口，一干而尽。

"逸民兄，理当敬退思一盅。"郭畀笑笑说。

"这是当然的。"说着，举盅于眉下道，"今日能在子行处见到退思，也算是缘分。从真腊回来，忙于整理风土记，不曾见过亲朋好友。本想择日拜访，不想此处相聚，促成子行为在下题诗，真是一举多得。在下敬退思这一盅。"说着，一口喝尽，郭界也大笑接受，同饮一盅。

三人吃着聊着，甚是随性。月光从窗棂透进来，在案上投下一片片银光。远处，隐约传来嘈杂声。元后，经商已不在四民之末，尤其南人，情愿舍官而做获利丰厚的商人。因而，城内商市建有高屋，四周均有店铺，经营香料、首饰。酒店可出售自酿的米酒，到了集市日，数万人拥进市场，人头攒动，鱼、蟹、姜、菱、鸡、鹅，比比皆是。

是夜，茶肆、酒店、面食店和荤素食店接着白昼的活，灯红酒绿，所列酒菜美羹百种。大街坊巷大小铺席，连门俱是，无一家不卖者。夜禁早已松弛，夜交四鼓，游人始稀；五鼓钟鸣，卖早市者，又开门迎客，一片繁荣。

城北的运河及江淮的河舟，樯橹一一相接，昼夜不舍；城南江干来往于台温福泉，以及日、朝和南洋的海舶云集。

街道宽阔处，遍布"瓦市"，出演有杂剧、杂技、傀儡戏与说书，昼夜不辍。

因而，生花坊小聚，早已融入杭州城大市。

第十九章

阳春三月，万物复苏。

一大早，有一男子来访，自称是华埠古镇万寿宫船帮戴帮主。吾衍看着笑问："怎么看也不像戴老大呀。"男子哈哈大笑说："父亲岁数大了，身体又不好，这摊子早早交与庶民戴勤了。不知吾先生是否记得，是庶民送先生下的钱塘，那是父亲最后一次，也是庶民第一次独自掌舵。"吾衍听了，也笑道："其实戴帮主的模样在下依旧记得。那时，老帮主与吾龙叔交往甚多，而在下只是扯着龙叔的衣角。"

戴勤听了，又笑道："记得吾宅围墙边上的香枹树，挂在围墙外的香枹，让镇上的童子垂涎呢。"

"奶奶柴氏常说，墙外的就是别人的，墙外的香枹吾家从来不摘。"

"吾家做人好，因而有威望。"说着，拎过一扁篓道，"下钱塘前，令堂托子慰到庶人家，吩咐有空来看看吾先生，昨日装完货，今日下午起航回程。"言毕，取出一瓮豆阴酱道，"这是令堂让带的。"

吾衍启了瓮盖，闻了闻道："真香，当年太奶奶做的豆阴酱，在下最欢喜，这手艺传给了奶奶和母亲。"两人说了一番家乡话，仿佛回到过去。到了分别时吾衍道："往后下钱塘，只管来生花坊歇脚。"

彼此客气一番，吾衍将戴勤送到院门外。

徐琰容斋被拒访，廉访使又一次登门，不过这次不曾冒昧。午时，派仆役专程谒见吾衍，递交亲笔信函，像是检讨上回的突兀。徐琰被拒门外，吾衍也没像承诺的那样登门拜见，像是早把这事给忘了。后来胡之纯提及此事，已是数旬之后。胡之纯问吾衍道："可晓得容斋作的《戒石铭》吗？"

吾衍摇头说不晓得。胡之纯道："天有明鉴，国有公法，尔畏尔谨，以中刑罚。"吾衍听了，沉默不语。

徐琰容斋遣仆役预先谒见，约了午时三刻。这样的约见像是暗示吾衍，廉访使颇讲信誉。仆役说："先生可有书信回复，奴一并带回。"

吾衍耍了一下如意棒答："照着廉访吩咐的时间，子行在陋室恭候。"

于生花坊，外头传说甚多：诸多达官贵人因仰慕子行之名，款门候谒，若是不合心意，吾衍断然不见。其实，这样的传言与徐琰之访被回绝有关。徐琰为海内大佬，名声极佳，吾衍拒见类似官吏，是何等的傲岸！其实传说亦对亦错。在生花坊，"款门候谒"一点不假，不过，多是生徒家人，其中不乏官宦，只是大多数人没见过吾衍，因而有了此类传说。

吾衍应了徐琰，即刻忘到一边。看了楼下的学堂，见弟子坐姿端庄，丘见南教授有方，满意地上了楼。

"谁能告诉先生，自古至今，字有几变？"吾衍手持如意棒踱步案前，弟子的目光随着他的脚步移动。

叶森举手道："先生，弟子禀报不全，但也晓得一二。"

吾衍以如意棒一指道："说说看。"言毕，回到座椅上，望着叶森。

"先生，自古以来，字有七变，一曰科斗书，是造字圣人仓颉，观天地之意而为之。因而，科斗书是文字之祖。二曰籀文大篆，是史籀取仓颉字形字意配合为之，史籀所作，故曰籀文。三曰小篆，是秦李斯省籀文之法，同天下书者也，以籀书为大篆，故此曰小篆。先生，往下弟子就不晓得了。"

"那么，为什么就不晓得了呢？"

"弟子只想听先生教授，弟子爱听，即使弟子晓得，弟子也爱听。"叶森回答完，不好意思低下头。

吾衍脸上没有表情，未想叶森还有这般心机，而后挥了一下如意棒，示意叶森坐下，"好，既然众生徒想听先生的，先生往下讲。"

"四曰秦隶，程邈以文牍繁多，难以用篆书写，因减小篆为便用之法。哪位弟子告诉先生，谁是程邈？"吾衍问道。

有弟子起身道："先生，弟子回答先生话。"

吾见是瘦小的程和图，便点点头。程和图父亲是前朝国子监的小吏，入元后辞官回家，在纪家桥南侧，做布匹生意。

"程邈字符岑，是秦朝的官吏。曾当过县狱吏，因性情耿直，得罪了皇上，被关进云阳狱中。狱中，程邈集中民间流传书体，加以变化，把小篆圆转改变成方拆，删繁就简，用时十年，造隶字三千，献给始皇。始皇甚是高兴，免了程邈的罪，做了御史。由于程邈的官职微小，属于"隶"，众人将他编纂的文字叫'隶书'。"

吾衍望着瘦小程和图，颇感惊讶，便问："和图弟子如何晓得这般清楚？"

"禀告先生，和图是程邈第四十代子孙。"

"哦，这就难怪了！"吾衍感叹道，"好，先生往下说。之五是汉篆……"

话没说完，听得楼下生徒大声叫道："先生，有廉访使容斋先生来访，可让进不？"

吾衍头都未抬，便答道："请先生回呗。"

稍许，生徒又大叫道："先生，容斋先生称，与先生有书信之约。"

吾衍忽然想起，顿顿说："请容斋先生上楼。"说着，并未起身。

片刻，徐琰的身影出现在门槛前，后头跟着手提大藤篓的仆役。吾衍看了徐琰，见他中等个头，身材消瘦，举止稳健，安步前行。徐琰依旧身着宋式锦袍，头戴幞头，已是长须半白。吾衍忽然想起，徐琰的岁数超自己的父亲，内心掠过一丝自责，便拄着如意棒前行道："容斋走好，晚辈腿脚不便，没能下楼迎接，请容斋先生见谅。"

请进学堂，徐琰见一堂弟子，稍做犹豫，吾衍即道："但请无妨。"

坐定，仆役立于一旁。徐琰再看肃静阅读的弟子道："常听人言，子行在生花坊教授小学，常数十上百人，未成童坐之楼下，由稍长者教授之；而楼上，与客对笑喧哗，群童一是肃安。今日一见，果然如此。"

吾衍听了哈哈大笑："先生过奖。先生曾主持西湖书院，家父在先生手下供职，一定认得。"

"何止认得。祖上元振将令尊送来时，只是做个校官。令尊才学兼优，在收藏和整理旧版中，发现许多白字，后来做了总校官，也算上名副其实。"

"谢谢先生的提携。嗯，数旬前与穆仲吃酒，逢容斋先生登门，子行晚辈……"吾衍话没说完，见徐琰摆摆手道："耳闻子行才艺，恰巧路过生花坊，一时性起，冒昧打扰，是老朽的不是，故有今日之预约。"

"先生年长于家父，今日亲自登门有何见教？"吾衍问道。

"正是这个话题。"徐琰笑笑说，"元初，老朽受人推举入朝，任职太常寺，后又出任陕西行中书省郎中。陕西古物甚多，老朽又偏爱之，于是购得不少。只是老朽才疏学浅，许多古物叫不出名，也不晓得用途。今日带来数件，请教子行。"

吾衍暗中一笑，晓得请教是假，暗考是真，于是道："容斋先生阅历深厚，不像晚辈久居陋室，哪里识得天下古物？"

徐琰笑道："子行倡导复古，受到吴兴松雪大人的推崇，若是像子行所言，岂不是大人看走了眼。子行不必多虑，老朽是真心上门请教。"言必，让仆役打开藤箧，取出一卷轴，徐徐摊在条案上。

吾衍不再推辞。细看，但见画中一丰润妇人，坐在五色神鸟背上，那神鸟头像孔雀，长羽扇尾，十分绚丽。妇人却是云彩华贵，衣袖飘逸。

吾衍审画时，徐琰看见吾衍的目光在游动。

吾衍起身子，笑着对徐琰道："先生是考在下呢，还是真心想晓得呢？"

徐琰笑答："子行博古，老朽好古，为此老朽花去不少银子，购得字画金石器具，但不晓得真假，便有了这个心愿。这些年，闻子行复古，博大精深，今日特请教之，与'考'字无关。"

吾衍依旧笑笑，说："如此，晚辈只能献丑了。"说着，对众徒道，"先放下书，难得赏析容斋老先生的画。"学徒听罢，起身围着案桌。片刻吾衍道："谁能告诉先生，原画作是谁呢？"吾衍的目光在人群中搜索。一个生徒举手道："先生，可能是唐代梁令瓒作的画，叫《二十八星宿》，这是其中一宿。"

"哦，和图如何晓得？"

"回先生的话，祖上曾收藏过这样的画，两年前弟子还见过一次，尽管神像不同，用绢相似，神像旁边都匹配有篆字。"

"好，好。梁令瓒在唐玄宗时任集贤院待诏，开元九年，遵帝命改造新历'大衍历'，创制浑天铜仪，对五纬金木水火土颇有心得，更喜爱二十八星宿。因为梁令瓒工篆书，擅画人物，便描了《五星二十八宿神形图卷》。此画原分上下两卷，前画五星，后画二十八宿。先生这幅画当是第四宿，曰：太白星宿。刚才和图弟子说了，每幅神像旁边配有篆文，看看，这幅画中写的什么字，谁能读一读？"

不少生徒举手，徐琰微笑，一边望着生徒，一边给吾衍投去赞许的目光。

"好，就由叶森弟子来读。"

叶森往前挤挤，念道："太白星神祭用女乐，器用金，币用黄，食用血肉，不杀牲，亦忌哭泣，太白庙女官中黄屋，饰皆黄，仍被五彩，太白后妃也。"

"好，叶森诵之无误。众徒可记得，先生曾讲过二十八星宿吗？"

"记得。"

"但是有谁能讲明始末？"

众徒不语。

"对，汉前的岁星纪年法极其繁杂，怕只有历法之神才能读懂。先生细读《尧典》，曰：定中星以戌为昏，是后世不问日之长短，以地上日落为昏，日短则不及，那么，戌星未中也。日行说，法古今有别，若能则一园，图以'二十八星宿'，分十二次舍剪为活盘于外，作一定盘书十二时环之午上子下，随四仲以日加戌，《尧典》中星见矣。先生想让众徒晓得什么？'二十八宿'像神话，又是古人以星宿推算年月时辰。因而，每宿都有一飞禽鸟兽代之，众徒可晓得，哪二十八种物类？"

见南年岁稍长但个头小，在后头高高举手道："先生，弟子回答。"说着，往前挤。

"好，见南弟子回答。"

"东方曰青龙，下分七宿：角为木蛟，亢为金龙，氐为土貉，房为日兔，心为月狐，尾为火虎，箕为水豹……"

"好，见南弟子。因而，唐人梁令瓒描了二十八宿画神像。或妇人，或羊首人身，或牛首人身，形貌奇异。而画作细劲秀逸，匀洁流畅。这是《五星二十八宿神形图》的传承。"

众徒齐声答："先生，弟子记下了。"

"好。"吾衍转向徐琰，见他一直望着自己笑。吾衍好奇地问："容斋先生是笑子行教学笨拙吗？"

"不不不，子行先生把授书、读书与讲书揉到一块，破去常规，引经据典，兼授关联，极为鲜有，这样弟子学起来融会贯通，易懂易记。"

"哈哈哈。"吾衍听了大笑，而后话题一转道，"容斋先生，像是把话扯得远了。"

"没有，没有。"

"好好，卷轴来历刚才说了，子行想，这《五星二十八宿神形图》并不像和图说的，原画出自唐梁令瓒，而是梁张僧繇的原作。"

徐琰望着吾衍道："子行，太有趣了！"

"这张僧繇与顾恺之、陆探微及唐代的吴道子并称'画家四祖'，系南北朝梁武帝时的画匠，擅写人物花鸟，更擅壁画。容斋先生一定晓得，梁武帝好佛，装饰佛寺多命张僧繇画壁，画风自成样式。《五星二十八宿神形图卷》就出自张僧繇之手，而唐代梁令瓒只是临摹之，故流传在世，而真迹早已遗散。"

"这么说来，老朽持有的这卷轴，不是梁时张僧繇的，而是唐代梁令瓒的？"徐琰疑惑地问吾衍。

吾衍微笑，摇头说："容斋先生的卷轴，既不是梁时张僧繇的，也不是唐代梁令瓒的，而是宋人的临摹品。"望着失望的徐琰，吾衍禁不住笑了，"不要说张僧繇原作，就是梁令瓒的临摹，存世仅有十七幅，其余已失散。而宋人的，有不少临摹本在世。"

徐琰听了叹道："若是早些认识子行，就不至于花冤枉钱了。"

"容斋先生，花的钱一点不冤枉。所购卷轴，出自宋代高人之手，临摹尚有南朝人物遗风，笔触匀洁流畅，色彩古雅精微。是绝佳的高仿品。"

徐琰叹道："听子行这么一说，容斋的心又放下了。"回头命仆役从藤箧取出一器物来，吾衍见是青铜制器，小口，广肩，深腹，圈足，有盖，形为方。

"这是陕西任职所得，人说彝，又有人说罍，在下觉得都不像，不知何物，便珍藏在家，今日恰好请教子行。"

吾衍回首望众弟子："可有人晓得何物？"

弟子听了便猜，有说匜，也有说斝，还有说鬲。吾衍一一摇头道："知之为知之，不知为不知，是知也。"众徒不好意思地低下头。吾衍又道："此乃罍，春秋时的盛酒器也，器形小于彝。罍有方和圆两种，方罍商晚期，圆罍商周皆有。《诗周南·卷耳》道：'吾姑酌彼金罍。'其意是说：'吾姑且斟满那酒罍'是也。"吾衍说完，望着众徒。

众徒齐声答："先生，晓得了。"

吾衍继续道："西汉时，罍已为藏品，王公贵胄们竞相收藏。梁孝王刘武是古物藏家，其中一罍，视为至宝。刘武临死前立下遗嘱'善保罍樽，无得以与人'。刘武的孙子刘襄继位，王后任氏骄横跋扈，又贪得无厌，得知府库有一尊罍，便向刘襄索要。刘襄过于宠溺王后，置祖训于不顾，又不听祖母劝告，将罍送给王后。有人将梁王与其祖母争罍之事告于朝廷，汉武帝与群臣商议，以为梁王不孝，理应惩处，于是下令削去八座城池，斩首王后于市。史称'梁王争罍'。"

"先生博学，才俊是也。"徐琰叹道。

"容斋先生过奖了，晚辈只是略懂皮毛，哪敢提才俊两字。"

"照子行意思，这尊方罍是商晚期之作？"

"晚辈之愚见，容斋持有的方罍，的确是商晚期之作。"

徐琰一脸喜气，一一从藤箧取出古物，数量之多，让吾衍颇感惊讶。徐琰望了一眼吾衍，笑笑说："其实，老朽收得的古物还要多得多，今日拿过来的都是不知名的古品，若是有空，请子行到府上，帮着老朽一道分出贵贱。"

"甚好，晚辈也想见识见识。"吾衍高兴答道。

徐琰应道，最后从藤箧里取出一楠木盒子，打开盒子，但见一个黄绫包裹，徐琰推开仆役，自己取过包裹，小心开启，露出一尊铜器，置于案桌，说："这尊宝物，精美绝伦，自购得那日起，不敢再示人，只是自己把玩，喜不胜收。"

吾衍见青铜表面铮亮，想必如徐琰所言，时而掌玩。不少弟子钻进来一同观望。器具作虎状，四足伏地，身形威猛，周身铸有卷曲花纹。在伏虎的颈、背、胸和尾部，以细线刻画，毛须逼真。一眼望去雄浑精细，是一尊极佳的古物。

"不知子行如何看，此为何物？"徐琰问。

吾衍表情严肃道："这器物非出自陕西。"

"正是，出自江南一古墓中。"

"这就对了。此器见于晋代前后，多为瓷器，六朝过后没了踪影，故青铜制器更为少见。若是晚辈没说错的话，随葬通常为男子，或是夫妻合葬。"

"子行言之极是，正是一男子的墓葬品，觉着稀罕，便买下了。"

"也就是说，买下后容斋一直没有与人看过，还时不时把玩在掌？"

"正是正是。"徐琰指着闪亮的物件道，"这古物容貌矜严，威风异常，铸造十分精美，甚是可爱。又想，本是一只虎，通常令人惧憎，却可任意玩耍，岂不是快哉！"

"哈哈哈……"吾衍大笑不止，取铁如意在空中挥舞着。尽管生徒近在眼前，却毛发无损。吾衍笑，众徒也跟着笑，徐琰不明事理，只道是吾衍笑声不辍，也跟着大笑起来。这一来，堂内师生更是笑作一团。

好半日，吾衍止住笑声，用长袖拭了把泪水道："只是说，此事太有趣了。"

徐琰喘气道："子行大笑，必有道理，老朽不晓得其中玄机，跟着也笑了。"说着，自嘲般又笑了起来。

其间，叶森小徒一直没吱声，吾衍看了他一眼问："叶森弟子有话要说吗？"

"是的。"叶森答。

"叶森想说什么？"

"先生，徒儿怎么看，这古器都不像是把玩之物。"

"叶林弟子以为呢？"

"徒儿不敢说。"

"既然不敢说，那就不说了。先生给众徒讲个故事。"说着，严肃起来，"弟子们当然晓得西汉名将李广了。也就是太史公说的'桃李不言，下自成蹊'的那个人。一次，李广与兄弟共猎冥山之北，见卧虎一只，搭箭射之，一矢即毙。便断其骷髅以为枕，示服猛也；铸铜像其形为溲器，示厌辱之也。众徒可明白这是什么了？"

"虎子。"从徒齐声答。

"对，虎子。那么叶森弟子想的，与先生讲的一样不？"吾衍问。

"回先生话，一模一样。但是，弟子还是不明白。"

"弟子说说看。"

"既然溺器，又叫虎子，何也？"

吾衍大笑，末了微微昂起头道："在神鸟之山，去中国约二十五万里，有兽焉，名曰麟主。此兽欲溺，则虎伏地仰首，麟主垂其背而溺其口。故中国制溺器曰虎子也。百兽之王，成了麟主的溺器，这一点都不奇怪。"吾衍说着，看看一边的徐琰，见他强装笑颜，便又抑制不住笑声。好一会儿才道："其实古今相似，刚才容斋讲过，虎令人恐惧憎恶，握手中任意玩耍，岂不是快哉！这理儿与古人没什么不同。"

徐琰本是脸色苍白，后又转红。毕竟是廉访使，饱经阅历，这回听完吾衍的讲述，除去一脸钦佩，便是自嘲了，"玩虎子于掌，真是太有趣了……"

吾衍听了，又大笑道："容斋，这不奇怪，早些时候吴兴有一叟，持些许古物令子行鉴赏，其中也有虎子，与容斋的不同，器型较小，且是陶制品。那古物主人道，平常用作油壶，比起把玩更甚之。在下笑言，油精贵啊，可有若大口子？主人听在下说是溺器，当场摔成碎片，怒气道，出门逢大雨，朋友借把伞，却是破的，真是晦气！于是连连跺脚，像是跺掉虎子当油壶的晦气！"吾衍言毕大笑，众弟子也跟着笑，挽回了徐琰的一点颜面。

徐琰起身拱手道："老朽偏爱古物，却无能深究其精要，许多款式多莫能辨。本以为子行不过如此，今日聆听赏鉴，果真精敏，真是茅塞顿开，三生幸事呀。"

"容斋过奖了，上下数千年，自夏及唐，古物甚多，除去可移动者如石器、陶器、铜器、金银器、玉器、瓷、漆、书、画，还有不可移动的古建筑、石窟寺、石刻。到了北宋，太学博士吕大临曾撰《考古图》十卷，收录秘阁、太常、宫廷内藏和民间青铜器二百二十四件，石器一件，玉器十三件，件件造型精美，价值甚高。但就古器而言，只是九牛一毛。诸多精品藏在地下。因而，子行所见，只是大海里的一滴水，不值得容斋夸奖！"

徐琰听了笑道："子行虚怀乐善，老朽领教了。望能到府上再叙。"说着，从仆役处接过一小袋，"耽误子行不少时间，这点银子务必收下。"

子行微笑并不推辞，说道："容斋客气了，到时约晚辈便是。"

送走了徐琰，回到学堂，生徒已坐回位子。见漏刻，放学时间已到，吾衍问见南："为何不提醒先生？"

"回先生话，弟子舍不得。"

"怎么又舍不得了？"

"回先生话，王献之，用尽十八缸水写成了书之大家。"

"说明什么？"

"回先生话，说明时间。尔等至今没用半缸水，到十八缸怕是都老了，因而，在师傅身边的每时每刻，都十分精贵。"

吾衍有几分感动。见南心智为中，却十分勤奋。往后成不了大器，但足以依杖所学而谋生。想了便道："与人交，诚信第一，过了申时，留学不放，门口等着的长辈和仆役，会觉得先生不守信用。因而，事之好坏，有利有弊，要时时推己及物，己所不欲，勿施于人，换吾心，方知诸心。"

"弟子牢记了。"言毕，起身辞别，从楼梯口列队而出。

第二十章

大德三年大旱，粮价攀升，不少学子辍学。告别期间，吾衍细问缘由，道是从师问学，束脩不足。这是生花坊首遇难题。让吾衍伤感的是，其中包括程邈四十代子孙程和图，亦有丘见南与叶森。和图随父去了集庆，怕是一去不再复返。见南不同，父亲在三桥街开了一家线铺，生意一向很好，不想几日里隔壁的柴家布店突然风光起来，连连扩充店面。暗中打听才晓得，柴家店铺将数年积压的暗花罗与瓜子春彩帛转运婺州，三日里竟然卖出三四百匹。见南父亲眼红了，将线铺改做布匹，亦贾亦商。见南识字，想带着跑生意，其实与天旱无关。

见南十二岁，排行老四，兄妹六人。与吾衍见面那日，父亲逼迫问见南道："想在先生这儿读书，还是跟着父亲做生意？"见南脚搓地面，不敢抬头看父亲。"怎么没话了？见南亲口告诉父亲，一道出去见世面吗？"吾衍知晓，这些无非是父亲的托词，便道："不要逼迫见南，熟知见南的还是先生。见南承认了，对不住先生；否认，对不住父亲；承认与否认，都对不住自己良心，让他如何是好？"听了吾衍的话，见南哽咽着，说不出话来。父亲欲再问，吾衍抢着道："见南什么也别说了，父命不可违，先回去，有空常来生花坊看望先生与学童。"话音刚落，见南"哇"的一声大哭，转身跑了出去。

叶森退学，也与大旱无关，是因家址移居候潮门外，且远离生花坊。叶森父亲叶林毕竟是吴县前朝小吏，晓得读书才是正途，只是考虑接送不便，无奈退学。对叶森，吾衍偏爱有加，其智在中上，虽然言语不多，也不见死记硬背，却是过目不忘；回答提问，更是与众不同。在吾衍看来，叶森像头孤狼，与众人不合且善沉思；处处虚逊，又像受惊小鹿，因而吾衍舍不得放弃。吾衍道："先生行贾，必定繁忙，若是接回叶森，不仅帮不了忙，还会累赘先生的生意。"

"不像从前，犬子可以自行回去。现在路途遥远，每日往来没人陪着，怕是途中车马，不太方便。"

"先生若是担心这个，就让叶森住在陋室，在下腿脚不便，上下楼梯有个帮衬，到先生想起儿子的时候，请家人过来接便是。"

叶森听了，脸上掠过惊喜。

父亲道："犬子哪里修来的福分，得到先生这般器重。先生学富五车，是杭州城的名人，廉访使都在背地里称颂先生博学多艺，犬子能跟着先生，真是三生有幸，也是叶家祖上积的阴德。"说着，拢袖就拜，回头对叶森道："森儿，快快谢谢先生，这是孩儿的福气呢。"

叶森咧嘴笑，下跪拜了起来，吾衍腿脚不便，倒伸如意棒，说："抓着，快快起来。"叶森一把抓住如意棒，跃起身子。

有生徒退学，也有生徒入学，吾衍并不担忧，更多的是可惜。在生花坊，百名弟子如同飞翔的大雁，没有因厌腻而离队的。与周边小学不同，吾衍不仅教学细致，还旁征博引，穷高极远。众徒的课时，是在不知不觉中度过的。还有，尽管生徒在堂，雅室时常高朋满座，吾衍时常抓住机遇，把课题引向宾客，甚至请宾客直接教授。生徒皆是传话筒，点点滴滴传到家里：今日先生讲什么课？请了谁云云。因而，有意无意，生花坊在杭州城早已是声名大噪。说到可惜，这是吾衍最不能接受的。生徒辍学，像是落队的羊羔、孤飞的大雁，让吾衍感到怜恤。吾衍想起母亲临别之言："再好的菜，不下盐，不提香。"母亲说得真好！

依旧没雨，太阳悬空，像颗燃烧不尽的火球。蔚蓝的天空云翳早被化去。石榴树叶，忍受不了酷热，卷曲着叶子。树下的深井里，水越来越浅。吴妈担心没水，常常跑到安济桥下浣衣洗菜。卯时刚至，济家桥、安福桥和清湖桥外，炮仗齐鸣，伴着锣鼓，祈雨呼号震天；酉时未过，广惠寺、感恩观四周的梵钟敲响，僧侣方士低诵经文，呼风唤雨，荡起浣沙河波光粼粼。

炮仗响过，吾衍心烦，在院里来回踱步，又以铁如意为剑，耍了一套剑法。这是孔埠柏树林常习的套路，叫蛾眉剑法，龙叔就是他的师傅。龙叔常说："蛾眉剑法以柔为本，刚柔相济。"无论是童子叩门还是玉女抽身，龙叔耍得松柔灵活，飘然轻灵。到了龙叔离开孔埠时，吾龙说："吾衍已学得八分。"吾衍惊问："如此可敌数人？"吾龙道："若是义举，可敌数人，反之，一人不敌。"龙叔名在教剑，实传道义。后来龙叔在祥记章一人敌三人之义举，受到官府通令褒奖。只是考虑安全，爷爷与父亲都不让龙叔揭榜。一晃二十年，龙叔音信全无，每每想起，内心都会掠过丝丝哀伤。

太阳落进院里，周遭像置放了火炉，赫赫炎炎直逼体内。吾衍打了桶井水洗了身子，井水透凉，消散了许多烦躁。叶森揉着双眼从楼上下来，一边嘴里叫着先生，一边走近井边。吾衍打水置于井台，吴妈便在外头敲门。

早晨，弟子没来，吾衍便听得楼下有人喊。叶森见是西湖多宝院主僧可权，便高声唱道："先生，多宝院主僧求见。"吾衍答："快快请主僧进来。"说着，在楼梯上探出身子。

主僧可权年长十岁，却称吾衍为师。十年前，可权从子行学诗，此后两人交往甚密。可权身着海青袈裟，头戴禅巾，走进院落。主僧一向繁忙，一早登门，想必有要事相告。坐毕，可权道："先生，天大旱，百年不遇，土地龟裂，像张开的大嘴企盼天降甘霖。当下不说黍稷全无，连人畜饮水都十分艰难。旱灾引发蝗灾，所到之处，枝叶如同焚烧一般，真是灾上加灾。"

"这些先生晓得。"

"民间求雨，僧院祈雨，道士作法都曾用过，只是天不见一丝阴云，若是旱情持续，国之危矣！"

"这些先生也晓得，只是可权想让先生做什么？"

"此前，各寺院已商定作法求雨，学生寻过吴兴松雪，请儒学提举作一招雨诗文，可他拒绝了。"

吾衍微怒："赵孟頫为何拒绝？"

"他说，若是书画也罢了，但是诗文还得另求高明。"

"求谁？"吾衍问。

"子行师傅您。"

"这是赵大人说的？"

"千真万确。"

"松雪赵大人如此器重在下，真是难得。"吾衍微笑道。

"先生，明日申时三刻，杭州四大名寺住持，邀请城内大小五十座寺院主僧与比丘，聚集广惠寺门前招雨。学生与沙门主僧商定，请先生撰写招雨诗文，并登雩台祈天。"

吾衍笑道："先生并非出家道士，更无法术在身，可权召集杭州十有八九的僧侣真人，这阵势，不是先生能压得住的。"

"先生胆略过人。很多年前，先生被妖帮掳去，硬是凭借自身智慧，让妖帮放弃杀心。至于是否是道士，不用学生多说。先生最喜爱的一枚印，便是'布衣道士'。先生不曾出家，至少也是'火居道士'。"

吾衍听了哈哈大笑，说："当可权是老实人，不想这般刁滑。"

"只要答应学生写招雨诗文，不要说骂，即使如意棒打，弟子也是笑呵呵地领受。"

吾衍又笑道："善哉善哉。不过镇住人，能镇住天吗？招了雨也罢，招不来雨，岂不是让天下人笑话？"

"先生，若是为天下人祈天招雨，个人得失算什么。还有，在先生之前，杭州所有寺庙、道观皆有祈雨之举，至今不也没招来雨吗？若是先生登雩台，神情激荡，说不定感动上天，真的下起雨来，岂不是惠泽天下，令黎民折服？"

吾衍望着可权，见他明目清澈，脸色因激动微微泛红，人虽清癯，却是精神矍铄。可权见吾衍一直望着自己，察觉刚才有些失态，连连作揖道："对不起先生，学生有些过分了。"

吾衍举起如意棒耍了一圈，大笑答："无礼有真言！"

"先生……"

"好，先生答应可权便是。"

可权听了，倒地就拜，吾衍忙扶起道："可权过矣，不必如此。"

"先生，数日来，学生四处奔走，为促成招雨之事殚精竭虑，时间迫近，真是焦虑万分。现在先生答应了，真是万事俱备。"

"好，借了众僧的东风。"吾衍言毕，哈哈大笑。

这一晚，吾衍做了一个梦。梦见徽宗命通叟道士祈雨，结果失了手。又命神霄五雷王文卿继续，那王文卿瞬间变成了吾衍，与师傅吾龙商量。吾龙道："天数旱灾未满，非法力可治。"吾衍问："何时有雨可求？"吾龙答："天下龙潭与水源，皆被玉帝封锁，虽有符法，亦难祈雨。"吾衍急问吾龙怎么办，衍已答应可权，明日申时宣招雨文，若无雨可下，又如何是好。吾龙答："唯有池淮港之水不曾锁闭，可激雷神，从港内借水二尺，救天下之旱情。"

忽地醒来，是一场睡梦。看看刚过寅时，索性起身，磨墨伏案撰写招雨诗文。

申时未过，众徒放了学，可权叩响大门，问开门的叶森道："先生呢？"

叶森答："楼上。"

可权便喊道："先生，贫僧请了顶轿子在门外等着呢。"说着，往楼上走。吾衍在楼上喊道："可权不用上楼，先生下来了。"说着，身着内服，走下楼梯。可权不好意思看，低着头道："难道先生晓得学生带着法衣？"

"可权不能让先生这么上高台吧！"

可权对门外喊道："快快送进来。"

几名僧人手捧法衣进来，脚步匆促。可权道："先生穿上，轿子到了。"

稍许，吾衍穿上法衣，紫色，对襟，袖长随身，胸前有金丝银线八卦图案，往下是仙鹤、麒麟，方帽前额一大八卦。可权看了，拊掌笑道："果真像个道士！"说着，从身后取出剑一把，"这是作法用的剑。"

"真剑？"吾衍惊问。

"本朝禁菜刀，况乎利剑！"

吾衍听了哈哈一笑。

轿子到了广惠寺，人头若蒜，挤挤挨挨。大经旗杆前搭起祈雨雩台，约二丈，左右插着二十宿旗号。台上置条桌，香炉烟雾袅袅。雩台从下至上，两边插有蜡烛，正中竖着金字牌，刻一"虁"字，当属雷神名号。台前有数个大缸，注满清水，四周插有杨柳枝条，两个道士守护着一架纸炉，周边皆是执符使者与土地赞教之神。台下最多的是僧人与道士，各自低诵经文。

大轿停在庙门前，吾衍看天，瓦蓝瓦蓝的，没一丝云，心想今日非裁了不可。这么想着，忽地四方号起，童男童女各八人起舞。吾衍缓步登上高高的雩台，俯视下方，黑压压一片人群，每个人都仰望雩台之上。

吾衍忽然想起了父亲，炎热的天空下，父亲在地里干活，汗水湿透了脊背，从来没有怨言。若是在这样的天气下父亲依旧在地里做活，吾衍不敢想象。

鼓乐停止，四周宁静，仰望天空，依旧无云。一股热腾腾的气体从内心涌起，直冲头顶。身上的法衣，仿佛也在焚烧。吾衍忽地拔出剑，直刺天空，大声吼道：

"大德三年夏，六月天旱不雨，民以为忧，且祠祷多有不应，文士吾衍呼雨而告之，为之文而焚之。"

吾衍的喊声若洪钟大吕，在祈雨台上空回荡，鼓乐手中的器乐震出怪异回响，屋檐下的鸟惊恐飞起。众人抬头，惊骇地望着祈雨台上的吾衍，当是玄冥再显。

道士惊恐地接过吾衍手中的祈雨文，在纸炉前点燃。

吾衍接着高声唱起，犹如雄狮吼叫，声传数里：

> 穹宇之分莫兮，以涸以清；嘘以为炀兮，吹之以冷爱，施降之有序兮，下上以宁，旁礴之有所或冷兮，皇览告余，以不成惟兹夏之亢盛兮，草木暵以蚤零，曷有浡之不沛兮，火腾烠兮赩燹，望凯风之靡至兮，嗥萍翳兮弗兴魃，倡披以骋骛兮，吾有哀夫民之惩，龟大荒之罼偶兮，爥后土之阴精，恐暍死之骈道兮，蔓天造之忠贞，乌灵蟒兮齐以盛，神之徕兮雷为霆，欸帝坑子复徕下，庶九有兮民惟正，围赤魃兮山以围，风尔驾兮云尔旗，玄泽下兮万福厘，陈吾辞兮其陈兹。

吾衍唱道，一句一挥剑，剑锋次次直刺向太阳中心，阳光撞在剑头上，发出"锵锵"之金石声，溅起光芒，刺得众人睁不开眼睛。其间，吾衍完全沉浸在祈雨中，早早忘记身在雩坛，而从体内发出的热流，几乎将吾衍彻底融化！

西边，被剑锋挑起的一片乌云，像一只巨大的鸟儿在飞翔，阳光渐渐暗淡，天空变得灰暗。台下众人齐齐下跪，发出了可怕的喊声："雩祭甘露，雩祭甘露，雩祭甘露……"

吾衍取出号令，领着众人高声唱道："一声令牌响，风来——；二声令牌响，云起——；三声令牌响，雷闪——；四声令牌响，雨至——"

乌云滚滚，雷声撕裂云层，闪电迸出，大雨倾盆。

广惠寺前人群早已疯狂：男人忘记礼节，丢弃头布，撕去袍子，穿着内衣狂舞；妇女拉扯着，彼此不管是陌生还是熟悉，抱成一团，大声哭泣。天下骤雨，地下积水，众人踏踩浪花四射，大雨不停地下，没人离开，任凭大雨浇濯。

不知谁最先想起雩祭台上的吾衍，带头喊道："子行玄冥，子行玄冥。"

高高的雩台上已空无一人。

那日晚上，吾衍高兴，便信手写了一首诗叫《好雨》：

> 好雨来还歇，霏霏入暮多。藓墙遗旧湿，庭树忽新柯。生意能如此，黎民喜若何。田畴近东作，为美玉山禾。

数日后，邸报录入了这次招雨，把吾衍写成了神仙。吾衍笑笑，再数日，送童子求学者一直排到潘阆巷口，吾衍不得不择优录入。

这日下午，送走众徒，吩咐吴妈做晚饭。吾衍上楼读书，叶森写字。自从留下叶森，给了吾衍许多方便，楼上楼下招呼，该见不该见的全凭叶森拿捏。叶森乖巧，颇能察言观色，先生一颦一笑，都能捕捉。让吾衍高兴的是，只要吾衍在读书，叶森就拿着书在一边细研，不懂之处一一记下，到先生放下书，一并提问。

吾衍举杯饮，没有茶水，叶森提着茶壶为先生添水。吾衍问："写什么呢？"

"若是先生想歇一会儿，弟子有话要问。"叶森道。

"有话尽管说。"

"当下隶书好扁，古时反之，若是见惯了扁又书写不扁，很是不顺，弟子不晓得如何是好。"

"在生花坊读书，必寻古法。扁与不扁，眼顺而已。一直以来，隶书多为宜扁，殊不知妙在不扁。挑拨平硬，如折刀头，方是汉隶书体。方劲古拙，斩钉截铁，备矣。"吾衍在一旁指点道。

"先生之言，弟子明白了。不论篆隶，只要遵循古法，便具其大略矣。"

吾衍笑而不答，抚摩了一下叶森的头。此时，楼下有叩门声，叶森飞跑下楼。稍长时间没有回话，吾衍便问是谁。叶森回答："先生，不认得。"

吾衍起身道："问问做什么？"

楼下又没了动静。吾衍走出学堂，看到叶森堵着一人，与之交谈。稍许只听叶森道："先生，来人说他是黑子的主人。"

吾衍一愣，大声叫道："快快请进来。"说着，跌跌撞撞地往楼下跑去。

院子里，吾衍望着稳健走进的男人，见他身材高大，肩膀宽阔，身着白色襦袄，头戴帷帽，下巴长着浓浓的胡须。来人面带微笑，两眼交关有神。吾衍的目光在来人脸上搜寻，意图捕捉当年的标志与清朗，却遇到苍茫与混浊。

"龙叔。"吾衍克制着内心的冲动。

"衍，长大了。"

"龙叔，是长老了。"说着，上前一把抱着吾龙，良久不放。

"龙叔，随衍楼上说话。"

坐定，上茶。吾龙指着叶森问："是仆役，还是弟子？"

"当然是弟子。"

"冷峻机敏，像把匕首。"

"前途无量呢。"吾衍转而对叶森道，"森儿，帮衬吴妈烧灶膛，饭好了，告知先生。"说着，两眼依旧留在吾龙脸上。

叶森一走，吾衍动情道："龙叔，这么多年才现身，家人不晓得有多么想念您。"说着，眼里早噙满了泪水。

吾龙伸手在吾衍手背上拍了拍道："吾龙不忠不孝，当遭家人唾弃，忘记了，才是龙叔的心愿。"

"龙叔说什么啊。"吾衍抹去泪水道，"龙叔悄悄离开，家人没有责怪您。况且，爷爷收到过信件，晓得真情。不忠不孝，又从何说起？"

"不辞而别，便是不孝；国灭未卒，便是不忠！"

吾衍不语，片刻才道："龙叔，事情过去那么多年，还耿耿于怀啊。"

"与家与国，龙叔都有亏欠，因而，这些年一直没有勇气走进吾家的院子。"

"龙叔为何这么想，都是亲骨肉，吾氏依旧是龙叔的家园。海战后，衍甚是关注邸报，知道是宋军与眷属全部投海。龙叔跟随君实，能安然潜回，必有原因。"

"这便是龙叔活着的理由了。"吾龙往后仰起身子，对吾衍说，"最后一刻，秀夫君实割断与龙绑在一起的绳子。"

"龙叔早就晓得，衍从小好奇，望龙叔告诉衍。"

吾龙抬起头，目光越过吾衍的头顶，重重地叹了口气："景炎三年五月，卫王帝昺被陆秀夫、张世杰在冈州拥立为帝，改年号'祥兴'，六月，迁到崖山。陆秀夫为左丞相，张世杰为越国公。"吾龙目光悠长，像是探索深邃的远古。

吾龙道："同时，右丞相文天祥在五坡岭被张弘正所俘，督军府彻底瓦解。二年正月，元军首领张弘范，率水陆两军直奔崖山。那崖山，背靠高山面对大海，易守难攻，亦算地势险要之地。久围之后宋军被迫烧毁了宫屋，全部人马登船，将千只战船排成长蛇阵，绳束连接，船体涂上厚厚的湿泥，以防元军火攻；缚上长木棒，阻止敌船靠近。宋之将士上上下下，都晓得这是最后一战，没人畏惧，个个以死相拼。阵势已定，秀夫与世杰藏帝昺于船阵中央，诏示将士与舰船共存亡。那时，龙叔一直紧随秀夫君实。"吾龙说着，拉回了思绪。吾衍两眼一动不动，早被吾龙的故事吸引。

吾龙歇息片刻又道："元军见战船集结，行动不便，先用小船装满柴草，浇油点火攻击宋军。谁知船上的湿泥阻止了火势蔓延，长木又顶住了火船，因而火攻失利，便切断水源，封锁海口，令宋兵饥渴交加，元军派出张弘范过来说降，被拒绝了。"

"那张弘范是汉人，为何如此为元军卖力？"吾衍愤愤道。

"有名而已。"吾龙说，"张弘范的父亲张柔，元太祖八年曾以豪强的身份，聚集乡邻亲族数千人，与蒙古军战于狼牙岭一带，兵败后被俘，降于蒙元，被封行军千户、保州元帅。张弘范是他四十九岁时生的儿子，兄弟十一人，张弘范第九。五坡岭之战，其弟张弘正击败了文天祥，俘虏了宋瑞。"

"劝降时，龙叔可见到张弘范？"吾衍问。

"没有，龙叔跟随陆秀夫左丞相，只是听张世杰国公说起过。张弘范身长七尺，长须拂胸，口才甚好。其擅骑能射，又精于马上舞槊，武功了得，是个真正的将才。"

"真是可惜了大宋了。"吾衍叹道。

"二月六，是最后的决战。胜败的结果，其实对宋军已经没有意义。元军占据了大陆，铺天盖地；而宋军，像大海孤舟，即使打胜，又能坚持多久？不过，对忠臣来说，气节顶是要紧。战前，秀夫丞相问：'若是败了，吾龙想做什么？'龙叔答：'既然投奔左丞相，就把一切交与了您！'龙叔说着，停了下来，仿佛回到二十年前。

"龙叔……"吾衍道。

龙叔一惊，揉揉双眼，继续道："那时，叔与左丞相守护皇帝在中央大舰船上。看得清楚张弘范分兵四路猛攻宋船队，宋军奋力抵抗。此时，闻得对方船上奏起了音乐，以为是元军举行宴会，一时松懈。不料，此乐是元军总攻信号，敌船射出的箭如暴雨般，趁势夺走宋军战船七艘。之后，各路元军又猛扑过来，厮杀震天，鲜血染红海水。从中午到傍晚，宋军死伤过半。这时，有报称：有一只小船和十多名勇士朝大船驶来，说是国公派人来接帝昺的，准备一同突围。小船来接帝昺，左丞相不定真假，又担心突围不成反被元军截获，坚决拒绝。他晓得君臣难以脱身了，便跨上自己的座船，仗剑驱使妻子投海自尽。然后，换上朝服，回到大船，礼拜帝昺，哭道：'陛下，国事至今一败涂地，陛下理应为国殉身。先前，德佑帝被掳北上，遭受耻辱，今日陛下万万不能重蹈覆辙了！'帝昺流着泪道：'臣尽职吧。'陆秀夫起身，将黄金国玺系在腰间，拿眼望着龙叔。龙叔即刻背起帝昺交与左丞相，左丞相将帝昺与自己绑在一起。龙叔亦拉过绳头，将自己与左丞相缚在一起。秀夫道：'吾龙，跟随君实三年，除了打仗还是打仗，没过上一天好日子。你年轻，水性好，不能就这么走了，要活着，把崖海战告诉世人。'说着，取匕首割断连接叔的绳索，掷匕首入海，背着帝昺跃入海中。"

吾龙说到这里，已是泣不成声。

"龙叔……"

"龙叔不是怕死，反而觉得跟随帝昺与左丞相去死，无上光荣。留下了，活着又有什么意思！"

"龙叔，衍明白……"

"船上的大臣与宫眷，听到噩耗，哭声震天，十万人纷纷投海。龙叔也随之跳入海中，或游，或潜向越国公的船队，又随张世杰突围到海陵山脚下。国公问："帝昺与左丞相呢？"叔禀报了实情，张世杰悲痛不已。此时，飓风起，部属劝他上岸暂避，张世杰俯视漂摇的残船，绝望答：'无济于事了。吾为赵氏竭力了，一君亡，复立一君，如今又亡，在崖山没有殉身，是望元军退后，再立新君，然而，国事如此，这是天意。'说完，坠身入海。"

学堂内异常宁静，远处弄堂口偶尔传来叫卖声，像扔进水里的石头。待一切平静后，马蹄声又起。吾衍望着龙叔，晓得其承受的折磨，若是与陆秀夫一道葬身大海，便省了许多痛苦。龙叔说得没错，那是一种荣耀啊！

吾衍突然举起如意棒，一下一下击向悬挂的扁钟，声音深沉浑厚，徘徊低回。"文天祥身陷囹圄，尚为君实秀夫作诗：'文采珊瑚钩，淑气含公鼎。炯炯一心在，天水相与永。'而当下，一切都过去了。"吾衍放下如意棒道。

吾龙勉强笑笑。

"龙生狗娃可好？"吾衍忽然问。

"二十多岁了，再过几个月就要成家了，孔埠三年，取名龙生，接回后，改名吾谨。"

"父亲离开孔埠前，本想告诉爷爷奶奶，商量接回翠玉与龙生。那晚两人同时失踪，父亲也就猜着了。"

"这一切，龙叔都晓得。翠玉一个人带着狗娃，大可给了不少银子，帮她渡过难关。"

"这个，衍并不晓得。"

"大哥担待得太多了。"

"龙叔，这些年一直驻足哪里？"

"海战之后，叔隐姓埋名，先是到海宁，又转秀州，最后在海盐北境住下。也就是华亭县，元贞元年，改叫海盐州。离船时，龙叔带了银票，因而安家并不困难。接了翠玉，叔出海捕鱼，翠玉在家带狗娃，过着平静的日子。"

"当下局势，稍前宽松了许多，福建州县起用南人做官，足以证明。衍曾讲过，蒙元入汉，犹如楚人避迁南蛮，最后会被同化。元人起用南人，龙叔可以回到老家，至少可以看看母亲。"吾衍说。

"龙叔已死，现在的吾龙，习惯了海边的生活。吾氏始祖从北到南，在衢州做了太守，生儿育女，一脉留在了衢州，一脉迁徙华埠，华埠又分三系，寓意如何？几百年来，家族科第文物，复见辉映。子分异地，是要让吾氏族大繁衍。吾龙留在海盐，也不违祖上的心愿。这么多年都过去了，就让它过去，何苦又折回去呢。"吾龙平静道。

"在吾家，龙叔从来没死，现在，哪有不回家见父亲之理，奶奶年事已高，子慰店铺开得不错，江师傅去世，子慰接管了德裕堂，又让其女儿做了掌柜，分文不取。家里人期待龙叔回转，两眼望穿啊！"

"龙叔欠吾家太多，也欠了衍的。"说着，望着吾衍的眼睛，"这么说，翠玉讲的都是真的，只是她不晓得实情。"

吾衍挥了一下如意棒，笑道："衍好好的，还时常习剑，不过只能假借如意棒了。"

"后来怎么出来了？"吾龙问。

"一边官府追拿，一边交了赎金。"

"既然交了赎金，为什么还要下此毒手？"

"祥记章布店的事算在衍的头上了。两人其中一个是'吃菜事魔'教徒，教友的事，是帮里的事。恩冤相抵，大约是'吃菜事魔'的帮规。"

"这些畜生！"

"龙叔，药伤眼睛，是祸，也是福。父亲曾说，出事之后衍懂事了，成熟了。衍倒是觉着，真正想事，是从那时候开始的。没有那段经历，说不定衍不会有今天。"

"老天爷总是公平的。"吾龙道。

"对了，龙叔，您是怎么找到生花坊的？"

"衍是大人物，谁不晓得呢，龙叔在海盐都听说了。"

"龙叔别挖苦衍了。丁忧后，爷爷带父亲来杭，在西湖书院做雕版刻印，爷爷随着国子监去了大都，书院不远，衍让人请父亲去。"

"不用了，龙叔对吾氏家族颇有亏欠，除了衍，不见任何人，衍也不要提起龙叔的事，就当龙叔不曾来过。对了，衍，那天龙叔看求雨了，衍变得龙叔不敢认了。"吾龙错开话题。

"这么说，龙叔来杭州好些天了？"

"是的，现在做点干货，说不定往后会卖到杭州。"

"那样，龙叔就可以常来衍这儿了。"

吾龙笑笑没答。

叶森出现在门口道："先生，吴妈说，可以上菜了。"

"好好好，龙叔，一同好好吃上几盅。"

第二十一章

大雨缓解了旱情，吾衍声名大噪。作为说客，可权功不可没。

可权随吾衍学诗，因忙于佛事，用心不够，不过可权人脉通旷，尤其祈雨之后，时常拜访吾衍，不时带上名流，让吾衍不好拒绝。

年末，万物凋敝，生花坊也被寒冷凝结。石榴枝条迎风颤摆，像是刻意甩脱附着的霜冻。别样的是井水不曾冷过，一桶上来冒着雾气，因而，叶森时常把手泡在水桶里，吾衍如同往常，每日用冷水沐浴。

与寒冷不同的是，求印者越来越多。吾衍照着古法，写完后交与林生镌刻，只是苦了林生。林生从事经文雕版，这头为吾衍刻印，那头还在赶时间，忙得不亦乐乎。林生勤奋，工艺精湛，照着吾衍的印文，一刀刀从没含糊过。吾衍守信，加之印章彰显汉风，让许多人欢喜。除去私印，书画稍有成就之人，总想把字画送过来，请吾衍题款钤印。

尽管天气寒冷，逢有太阳，吾衍还不时地带弟子出游。出了潘阆巷，是原先的武学和太学，入元二十多年，房屋依旧。走过杨四姑桥，到了金福庙，吾衍便将弟子撒在庙前。

庙前开阔平坦，阳光甚好，往东便是钱塘县丞厅和主簿厅。吾衍为生徒活动划定一个圈，让大家席地而坐，也是读书，与学堂相比，阳光下生徒心境完全不同，一个个显得十分开心。

吾衍不时地在生徒间走动，途经者惊叹：童子读书，不在学堂，却在旷荡之地。甚是稀奇。这日金福庙出来一小僧，见了吾衍，便道："曾见先生作法求雨，豪情万丈，令小僧十分敬佩。"

吾衍笑答："师傅为施主解签，能保定每次准吗？"

僧徒答："不能。"

吾衍道："这就对了，子行也不能保证求雨能得！"

小僧听了抿嘴一笑又问："教授弟子，通常在学堂内，若入室弟子或入门弟子，唯独子行迁生徒于旷野中，这又是为何？"

"师傅有时间，坐着看了，就明白了。"

那小僧果然坐着看，人群与香客进进出出，不时驻足观望，议论一番，但不管周遭何种异声，众弟子依旧静心读书。"贫僧终于明白了。"那僧徒道。

"其实，不在学堂有门无门，或弟子是否入室，对学子而言，门在心里。何况，孔圣人有弟子三千，七十二贤，周游列国，不也出了'孔门十哲'嘛！"

"师傅想法别致，言谈与众不同，小僧十分受教。"

路人好奇，总在指指点点，明白人说到子行，都晓得是祈雨的道士，不论男女，都上前行礼，吾衍一一答谢。

阳光甚好，照在身上暖暖的，吾衍一边与人招呼，一边读书，回头见可权远远走来，便起身相迎。

"先生，金福庙前，怕是先生的风水宝地了。"

吾衍听了，笑道："可权，大老远的，怎么跑到这儿来了？"

"学生到了生花坊，吴妈说，先生在这里，便折了过来。"

"可权有何事？这个季节，可不是求雨的时候。"

"先生真会说笑，除去求雨，天下求先生的人多了，只怕是先生不愿意给。"可权半开玩笑道。

吾衍听了哈哈大笑道："师徒之间哪有不给之礼。"可权认真道："学生曾听退思抱怨，数次向先生讨要篆字，先生一直不肯下墨；退思还道，下次先生再推辞，就抱走学堂里的那口扁钟。"说着，自己先笑了起来。

"真要那样，退思所藏古物，远比子行多得多。"

"那倒也是。"转而道，"先生，这里人多眼杂不便说，啥时带众生回去？"吾衍看看庙前日影："若是有事，现在就可以动身，一路放走生徒便是。"

"甚好，这样与先生到生花坊细谈。"

吾衍起身，用如意棒在石头上敲了三下道："本来一个时辰之后，可嬉戏一般，今日主僧有事，早些放学吧。若是众徒喜欢，下回再出来如何？"

"先生，喜欢。"

吾衍回头望一眼可权，笑笑说："好嘛，今日就到此为止，路上就近回的，与先生说一声，若是家人在生花坊接的，就与先生一道往回走。"

"是，先生。"

到了生花坊，依旧有八九名学童，时间尚早，吾衍让生徒到楼上习读。坐定，叶森上了茶，可权看看叶森道："这童子前景看好。"吾衍点点头答："众徒中，最出色的一个。半年多来一直跟着子行，不怕他学好，倒怕他学坏。"

"学坏？先生，这话从何说起？"可权不解地问。

"月有阴晴圆缺，子行也有不足之处，辨别是非，对这个年龄来说不容易呢。"

"先生多虑了，无常、无我、无行为之目的，这就是佛心了，何错有之？叶森跟随先生，在是非间权衡，就是难得的锤炼。"

吾衍听了哈哈一笑，末了道："倒是忘记了。"说着，转身抱出一摞书籍置于案前。

"这是什么？"可权问。

"先生刻印好的《学古编》。"

"太好了，哪刻印的？"

"西湖书院官印，林生的雕版，已被州府收录，各地习读。"吾衍解释道。可权听了翻开书卷，见有吾衍自序：

　　干、莫，利器也；补履者，莫能用。栭梁，大材也；窒鼠穴者，莫能举。故求此道，必得于此道，则达于此道矣。既达矣，止斯可乎？曰：不可。夏后氏治水，水之道也，汨使之流，道使之注。山泉之蒙，尾闾之虚，不相与违，斯所谓道。偶得此说，因写为《学古编》序。

　　　　　　　　大德四年五月二十五日，真白居士吾丘衍子行序。

读罢，可权问："往后教授小学，便有了固定的版式了。"

吾衍点头："在生花坊，先生边教授边摸索，不断修正，之所以不曾早早定稿，也是担心误人子弟。过去这么些年，才有了这本书籍，算是没有白白辛苦。"

"千锤百炼啊。"可权笑着说。

吾衍点头道："说了半天，倒是忘记了可权的来意了。"

可权说："不碍事。"片刻又问，"吴兴孟頫松雪，与先生尽管不曾见面，可有书信往来？"

吾衍笑笑道："当然，与松雪有过书信。"

"哈哈，这事说来话长了。尽管如此，也有宁愿'含英在林中'，不愿在朝为官，谢绝推荐的经历。"

"最终，为元所捕获，听从了程巨夫召唤。"吾衍大笑说。

"其实，松雪一度有过彷徨，但母亲丘夫人颇有预见，说'圣朝必收江南才能之士而用之'。之后，朝廷果然数次派人到江南搜罗才子。"

吾衍听了又笑："别人也就罢了，大宋宗室另当别论了。"

"松雪对朝廷腐败相当不满，不然不会有'南渡君臣轻社稷，中原父老望旌旗'之诗句了。"

吾衍想起龙叔讲的崖海之战，想起君实持杖剑逼迫妻儿跳海的情景。十万官兵与宫眷漂浮海上，这样的情景老是浮现在吾衍眼前。可权见吾衍不语，又道："前朝无法阻止蒙元进攻，也无法阻止其统治，松雪抑或希望用自己所学，使圣贤之泽沛然于天下。一如子行的《学古编》，倡导天下复古，蛰居生花坊教授小学，其意与松雪暗合呢。"

吾衍望着可权，诡谲一笑："可权绕了半天，到底有什么事呢？"

"刚刚讲到松雪，现在再讲管道昇。"

"可权说的是松雪子昂的夫人？"

"正是。"

"夫人怎么了？"吾衍奇怪地问。

"管道昇瑶姬从小才资过人，聪明慧敏，又美貌多姿。先生开设生花坊之后三年，瑶姬与松雪结婚，一直未中断习文，精于诗、书、画，尤擅墨竹、梅、兰与马图，笔意清绝；又工于山水、佛像，行楷与松雪十分相似，甚至以假乱真。"可权一口气道。

"可权所言，子行早有耳闻。"

"先生可听说过《我侬词》？"

"这倒没有。"

"一年前，松雪任江浙等处儒学提举，可权数次拜访松雪，府上见过管夫人写的这首词。"

"写些什么？"

可权想了念道："你侬我侬，忒煞情多；情多处，热似火；把一块泥，捻一个你，塑一个我。将咱两个，一齐打破，用水调和；再捻一个尔，再塑一个我。我泥中有尔，尔泥中有我：我与尔生同一个衾，死同一个椁。"

吾衍听了突然想起了翠玉，那个为龙叔生了孩子又孤等三年的美貌女子，于是问道："管夫人为何写这样的词？"

"因为松雪大人欲纳妾。"

"这就难怪了，大人欲要新欢，才女管夫人自然无法接受。不过管夫人一不厉色，二不顺从，而是高雅通达作词一首，颇有情趣。"

"此后，赵大人再也没提及纳妾之事。"

"又绕了半天，还是没说到正题。"吾衍笑道。

可权拿过乾坤袋，取出卷轴，缓缓展开。吾衍看了一眼，以如意棒在楼板上叩了两下，几个学徒便围了过来。

"生徒们看看，这幅马图是哪朝哪代的画风？"

"唐代画风。"有生徒答。

"对。"吾衍道，"这画叫《五马画》，不过与北宋李公麟的《五马图》不同。从唐开始，韩干画马，有《相马图》《辕马图》《牧马图》，用笔简练，线条织细有劲。他曾画过一幅《照夜白图》，是唐玄宗李隆基的坐骑，那马拴在一根木桩上，马蹄腾骧，昂首嘶鸣，似乎想挣脱缰索缚。其次便是《昭陵六骏图卷》了，这是宋金赵霖之作，笔法匀细，色彩浓重。再次，就是前面讲到过的李公麟。不过吴兴子昂松雪也画马。子昂身在朝廷，画马唐风十足。《滚尘马图卷》与《人马图卷》一味避开蒙古鞍鞯，其意不言而明。说到这里，先生还不晓得松雪夫人管道昇也画马。与李公麟不同的是，管夫人画的《五马画》，马都在同一面上，近远重叠，神态各异，每一匹马都是圆肥劲健，鬃毛飞扬，自得悠闲。"

"弟子明白了。"众徒答道。吾衍转而问可权："可权让先生看管夫人的马画，意欲如何？"

"其实很简单，只要先生在上头题诗钤印即可。"

"是子昂松雪嘱咐，还是管夫人之托？"

可权笑笑答："这样的事管夫人求之不得，松雪当然推崇。"

吾衍没有答话，想了想，提笔在画上写下一首诗："神物相随似六丁，千年一到洛阳城，世人若欲知名字，问取山中卫叔卿。"末了，取案桌一枚小印道："这是子行的'好嬉子'贺圆印，印虽小，十分精致，子行甚是欢喜。"

可权见是玉印，把玩手中，总觉得分量不足，于是道："生学晓得先生有'竹素山房''吾氏子行''布依道士''吾衍私印'，还有'鲁郡吾氏'。除此之外，还有'飞丹霄''直乐'与'放情'，这枚'好嬉子'先生不曾用过？"

"当然用过，不少文墨雅士求之，子行喜欢，便多用此印。"

"先生此画钤此印？"可权试探问。

"若是觉得不妥，便无印可钤了。"

"当然，只要先生喜欢，管夫人也就高兴了。"

吾衍将起袖子，叶森早早取出印泥，吾衍按揿两下，一枚号章落在款尾。叶森大吃惊，看看吾衍不敢吱声。有弟子惊叫道："先生，倒用了印！"

子行笑笑道："不妨，不妨。"

可权面色尴尬，过后大声笑道："这才是吾衍子行！想必，管夫人看了一定喜欢，只是松雪大人未必。"说完，又笑。

吾衍笑而不答。叶森提醒吾衍道："先生，接生徒的家人到门外了。"

吾衍看漏刻，对剩下的学童道："家人来了，都走呗。"

"先生再见。"说着，依次下楼。稍后，院子里一片叫声。可权收起卷轴，吾衍要留可权吃饭，可权说回寺庙吃。吾衍叹道："不吃酒，对子行来说，少了一点趣味。"吾衍命叶森代送，回到学堂。

吴妈送菜上楼，吾衍取出水酒，让叶森一同在楼上吃。叶森不肯，依旧与吴妈在厨房用餐。吾衍也不勉强，自饮自醉，喊来叶森磨墨，而后举笔写道：

"风惊雁阵鸣寒天，迎春燕彩飞联翩。星门十二转华月，三十六簧吹暖烟。琼芳散漫舞幽碎，酒力微昏不成醉。尽衣送岁鼓逄逄，椒花翠盘分小红。"

写毕，掷笔条案，倒头便睡！

痾月，桃花一样绽放。午时刚过，吾衍便放了众徒。仇远一早遣人过来通报，下午约了胡长孺与可权，一道游西湖孤山。

租了马车到西湖多宝院，与可权一道过断桥赶到仇远的家，胡长孺已在等候。见了胡长孺，吾衍十分高兴。胡长孺长吾衍舞象之年，与吾衍一见如故。长孺刚过二十，便从外舅徐道隆入蜀，因铨试第一，授迪功郎，监重庆酒务。宋亡后，长孺回到永康山中，至元二十五年，朝廷下诏求贤，长孺避之不从，几乎强迫，无奈，进京城做了集贤修撰，后又改做扬州教授。

吾衍道："石塘，想想有五年没见了。"

"时光如梭，总是匆匆而过，扬州一去十年，本想早早回到故里，无奈朝廷一直不允。"

"日下何有缘回到杭州？"

"一则公务，二则母亲久病，三则听闻鲜于枢病重。"

可权道："前年，于枢伯机儿子鲜于必强不幸去世，伯机又在金华去官。双重的压力，让这个身材魁梧的髯公倒下了。"

"与鲜于枢，金华为官时就认得，每每酒酣鹜放，吟诗作字怪态丛生，但酒后之诗旷达可喜。鲜于枢性格豪放，不拘一格，各州县为官时，常与上司争执于公庭。不过，百姓十分喜爱，称鲜于枢为'吾鲜于公'。"胡长孺慢慢叙道。

吾衍接过话题："幸得仇远与可权引见，子行曾在'困学斋'见过伯机。书画古器鉴别，有独到之处。正、行、草甚佳，当下无人能敌，子行十分敬重于枢伯机。"

"前些时间，贫僧与仁近陪同松雪大人专程去'困学斋'，一条北方大汉，瘦得不成人样。历年来，松雪处处推崇伯机，曾当着贫僧的面说：'余与伯机同学草书，伯机过余远甚。'"可权道。

仇远接话说："其实，余与子昂、戴表元、鲜于枢均为诗友，互相赠答，几年前加上子行，尽管大家见面机遇不多，但常有书信来往。伯机长松雪七八岁，惜才爱才，一直默默帮衬子昂。"

"仁近所言有理。与其说松雪推崇伯机，不如说伯机为松雪在铺路。松雪未到京师，于枢已经向京官举荐松雪，说他是'神情简远，若神仙中人'。一段时间，松雪沉迷高宗书法，鲜于枢一语点破，令其从右军入手。此后，松雪书法大进，气韵超常，且游刃于晋人之间。"胡长孺赞道。

可权凄楚道："伯机与松雪均擅古琴，伯机觅得许旌阳手植桐，斫了'震雷'与'震余'两琴，'震余'送了松雪。那日，松雪欲邀伯机同奏一首曲，又担心伯机身体，便自行弹奏了《阳关三叠》。"

仇远一拍脑袋："只顾说话，都什么时辰了。"说着，让仆役将酒菜搬上船。

一条小型画舫，中央搭有草棚，搁置一张小案，供客人吃茶吃酒。一行四人上船坐定，环顾四周，心情豁然。艄公是名后生，生得俊俏，船技娴熟，见他船桨一翻二翻，画舫便离岸而去。

仆役上碗碟盅筷，气氛顿时松弛了下来。

仇远年长长孺两岁，吾衍最小。好友当中，吾衍爱讥讽，唯独敬重汲仲。不是为朝廷委屈了这位扬州教授而抱不平，而是汲仲处事忠纯机敏，待人宽绰厚道。

仆役从竹篓取出酒，斟满酒盅，又一一取出下酒菜，有五香豆、白切鸡、油炸小鱼干，还有从西湖捉的螃蟹。

仇远端上蟹唱道："画舫倒影印吾前，螃蟹郭索来酒边。"

"有趣，有趣。不承想，仁近备了那么些好菜。尤其这螃蟹，尽管不在初秋，但味道毫不逊色。"胡长孺高兴地说。

"俗话说，靠山吃山，靠水吃水，在下临湖而居，四季之食，自然离不开西湖之水。若是汲仲不在扬州在杭州，就可以吃到蟹的'蟹黄'与'脂膏'了。"仇远笑答。

吾衍一笑："子行倒想起了傅肱的《蟹谱》：'蟹，以其横行，则曰螃蟹；以其行声，则曰郭索；以其外骨，则曰介士；以其内容，则曰无肠。'言之极是，自己倒像个蟹王了。"

可权道："贫僧晓得东坡嗜蟹成癖，有诗曰'不到庐山辜负目，不食螃蟹辜负腹'的喟叹。故而'堪笑吴中馋太守，一诗换得两尖团'。一诗换两蟹，真是情趣相得呀。"

说话间，那艄公高声唱道：

孤山寺北贾亭西，水面初平云脚低。

几处早莺争暖树，谁家新燕啄春泥。

乱花渐欲迷人眼，浅草才能没马蹄。

最爱湖东行不足，绿杨阴里白沙堤。

这一唱，便引出胡长孺的兴致："仁近，这艄公也能唱白居易的诗？"

"哈哈，汲仲有所不知。湖边人家，常年捕捞，接待游客，把诗当作号子消解郁闷，抒发情趣，亦有青睐游客之嫌。因而，个个能唱古人写西湖的诗赋。"

"这决然是一道风景！"吾衍叹曰。

此时，微风轻拂，湖面上波光粼粼，画舫荡漾，荷叶摇曳，举目遥望孤山，形如水中卧牛。孤山不高，好似蓬莱宫静，与白沙堤连绵一线，横亘湖上，东端是断桥，背靠宝石山，将孤山和北山连接在一起，外湖与北里湖由此分水。

舫公一曲终了，吾衍问："那后生可晓得张祜的《题杭州孤山寺》？"

舫公不答，接着高声唱道：

> 楼台耸碧岑，一径入湖心。
>
> 不雨山长润，无云水自阴。
>
> 断桥荒藓涩，空院落花深。
>
> 犹忆西窗月，钟声在北林。

可权拊掌道："怕是再问，也难不住这位后生。"

且吃且聊，自西向东，画舫邻近孤山。仇远道："想当年，理宗在孤山修建西太乙宫，半个孤山，成了孤家寡人的御花园。"

"孤山不孤，断桥不断。"吾衍笑着回应。

可权滴酒未进，甚是清醒，他问胡长孺道："汲仲可听过子行吹奏玉笛？"

"只是听说，不曾听过。"胡长孺望着吾衍答。

"仙境之地，再吹响玉笛，那是什么光景？"

汲仲问子行："可备有玉笛？"

可权嘿嘿一笑："昨日仆役专门提醒过呢。"说着，从身后抽出笛子，交与吾衍。吾衍酒已半酣，接过玉笛对胡长孺笑笑道："子行献丑了。"说着，盘腿而坐船头，面对孤山吹奏起来。

笛声起，声声拍击湖面，又洋溢在涟漪里，小鱼随着笛声聚集，不时跃出水面。舫公划桨的节拍，成了笛声的伴奏，船上的宾客听得如痴一般。

仇远压低嗓门道："是子行最拿手的《梅花三弄》。"

胡长孺问："仁近必定读得懂此曲。"

仇远道："不敢，子行之笛声仿佛直入太霞，似青鸟啼魂，如寒冬万木凋零，又似蜡梅，有迎风而立之感。"

"现在的吹奏，与前段不同，又在述说什么？"胡长孺问。

"此段曲谱为'二弄'，笛声清音夏玉，风荡梅花。曲调频繁跳跃，交替吹奏，又由静转动，曲调高亢，寓意梅花与寒风搏斗之情。"

一曲未终，便听得孤山上传来回声。仇远十分惊奇，这孤山离湖面不过三十来尺，并无山谷阻碍，如何有回音？于是他问可权道："可听到笛子回声？"

可权听了道："贫僧也觉新奇，这孤山何如有回声？"

吾衍凝神细听，回声依旧，便说："不是回声，是铁笛吹奏声？"大家再听，笛声由远而近，在涟漪的湖面上渐渐散开，恬静悠远；又像淙淙流水，婉转清脆，巍峻低回。吾衍道："此铁笛响亮非常，有穿云裂石之声，吹奏者技巧娴熟，运气自如。"

"当下还有如此高人？想必是听了子行的吹奏，悉心和之。"仇远颇感奇怪，拿眼询问大家。吾衍听了笑笑，信步下船，举笛又吹了起来。

孤山两笛，甚是有趣，铁笛苍凉，玉笛温润。一个从孤山而下，一个从湖中而上，两个吹笛人越走越近。吾衍腿跛，却是步履稳健，一边吹笛，援步向前，仇远、胡长孺与可权紧随其后，个个好奇，想晓得下山吹笛的是何人。其实，仇远心里猜出八九分。

穿过默林，走过小径，吹笛人离吾衍十步开外，只见他年龄与吾衍相仿，与吾衍一样，边吹笛边行走，其后五步开外，跟着三五友人，好奇望着吾衍。两屡笛声，时高时低，时抑时扬，一起一落，在默林中游荡。

仇远放慢脚步，心想，技法如此娴熟，天下唯有平阳大痴道人黄公望啦！说着细看与吾衍迎面的吹奏人，见其身着对襟道袍，头戴方帽，眯娄双目，溺于笛声之中。仇远看了暗喜，果然是大痴道人呢。

两人从对着走，像是约好了的，只顾自己吹奏，擦肩而过，互不相望，将飘逸的笛声留在身后。仇远快步上前，跟随公望的好友见仇远走近，抢着问："请教这位先生，吹笛者是何人？"

仇远拱手作揖："布衣道士吾衍是也。想必那位先生是大痴道人公望啦？"仇远笑着问道。

"正是正是。主公果然猜着了。"

仇远听了哈哈大笑，然后感叹道："此前曾听过，这回更像是桓伊、王徽之再现呢！"

笛声渐远，一个入山境，一个下西湖。仇远走近吾衍道："这一幕甚是动人。"

"子行估摸，那先生是道人公望。"吾衍笑着猜测道。

"正是大痴道士，在下曾与子行说起过，平阳祭拜，听此君奏过一曲。"今日与吾等一样，约好友一道游孤山，不想小径相遇，这是天意！"仇远哈哈大笑说。

"正是，正是，早晓得，公望因受累入狱，后隐居江湖。今日以笛相会，也算是三生有幸了。"吾衍叹道。

"以笛会友，此话甚好。"胡长孺接话说，"友在交，亦不在交，心交胜于形交。今日与公望以笛相会，可谓神异，虽未说话，甚是万言，必然留佳话于后人矣。"

"正如汲仲所言，当年王徽之与桓伊，一个车骑参军，一个大司马参军，二人素不相识。桓伊身价显贵，豁然蹲在胡床上，三弄一曲，弄毕上车去，始终未曾说话。宋人程大昌《演繁露》中记有'桓伊下马踞胡床取笛三弄'之事，以为放达，不拘俗礼，事近千年，依旧在世流传。"仇远高兴地说。

可权接话说："真能流芳百世，与子行一道的汲仲、仁近与贫僧，都沾了子行的光了。"

众人大笑。

一路前行，到了西太乙宫，见前殿匾额上写有"皇庭之殿"，殿门匾额上写下"景福之门"。宋时此殿用来安奉太乙十神帝像。往东有延祥殿，以备皇用，匾额上写下"福祥之门"。宫殿建成，凡宫中事仪，四立祀典，都将在东太乙宫进行。咸淳年间，西太乙宫又以"德辉堂"为元命殿，"明应堂"为太皇元命殿。"迎真殿"在太乙宫的右侧，通真、养素二座斋房。

众人且行且看，不知不觉天时渐晚，大家吃了米酒，最后的去处是"西湖夜月"。

穿过默林，让吾衍想起隐士林逋，据说山麓多梅，始于林逋。这林逋性孤高，不趋荣利，以梅为妻，以鹤为子，隐居孤山二十余年，终生不仕，天下人传为佳话。

月亮升起，天空繁星点点。仇远领着众人站在高处，朦胧中，西湖尽收眼底。吾衍望去，湖面像是一面大镜，月亮印在湖心中央，四周金星闪烁，与湖水交相辉映。仇远道："先前叫'平湖秋月'，现在叫'西湖夜月'不论哪种叫法，脚下是最佳观月之地，往这里一站，颇有'一色湖光万顷秋'之感。"

"'平湖秋月'，此处观景甚佳，往后，必定修建'观月亭'，成为'平湖秋月'固定观赏点。"吾衍预见道。

可权拊掌，高兴得像个孩儿，敦促众人道："星月当空，各位是当今显赫之文士，何不乘兴吟诗作赋，娱悦情趣，也让贫僧一饱耳福啊。"

"尚好。仁近年长，作诗颇有唐风，古体近似《文选》，理当带个头。"吾衍抢先说。

"论诗，汲仲与子行在老朽之上，怎能当得领头羊？"

"认了仁近的话，只能说好戏在后头。"吾衍说完，胡长孺听了哈哈大笑。"仁近兄，不要与子行辩嘴，无时无刻都记住。"

仇远听了笑嘻嘻道："在下所知，除了汲仲与之纯之外，天下没有人是子行不敢讥消的。"

"如此，仁近就认了呗。"可权笑嘻嘻劝道。

仇远望着天空，沉吟片刻大声道：

吹杀青灯炯不眠，满衿怀古恨绵绵。

江东曾识桓司马，沧海难追鲁仲连。

吴岫月明吟木客，汉宫露冷泣铜仙。

何时一酌桃源酒，醉倒春风数百年。

"一片怀古之心！"胡长孺长叹一声。

吾衍接话说："仁近诗词，其意迷离，极其隐晦。单单吟诵《齐天乐·蝉》一文，可谓是朗朗上口。子行十分喜欢。'夕阳门巷荒城曲，清间早鸣秋树。薄翦绡衣，凉生鬓影，独饮天边风露。朝朝暮暮，奈一度凄吟，一番凄楚，尚有残声，蓦然飞过别枝去……'此曲托情于蝉，语含凄苦。"

"好好好，贫僧一一记下了。"言毕拿眼望胡长孺。胡长孺将一把长须道："务请子行与仁近指点。"说着，吟诵道：

"细柳新蒲春已满，飘风急雨乱如颠。渔人若解忘鱼意，系却扁舟卧碧烟。"

吾衍望望仇远道："可有指点？"

"不敢。"仇远答。

"子行也不敢。"吾衍笑笑说。

"那好，下一个便是先生了。"可权说着，对吾衍作揖。

"若是可权在先，子行有耐心等待。"

"贫生那点墨水，怎敢在各位面前糊弄！"可权连连摆手说。

胡长孺解围说："子行，别难为可权师傅了，还是往下接吧。"

可权急忙道："汲仲说得对，请先生接着来。"

吾衍嗓门大，一张嘴让大家都愣了一下：

"年少不再得，朱颜易凋零。春浓不作赏春去，春风亦笑人无情。平湖照天浮醁醑，湖边柳色蛾眉青。远山空翠尽烟淡，扁舟画舸何纵横。金壶有酒君且倾，桑田屡变湖边亭。人生得意且醅畅，羲和六辔无停行。我吹玉箫对杨柳，君当长歌更挥手。意阑酒尽各自归，荣辱于人复何有。神仙休鍊九转丹，焦身苦思良为难。不如逢春对酒但适意，且与笑乐开心颜。"

仇远听摆拊掌道："好一个《将进酒》。在下的诗，远不如子行的超凡脱俗，诸如：'不如逢春对酒但适意，且与笑乐开心颜。'一句，让凝结的郁悒，从心里一并拔除、消散！"

"仁近言之有理，子行诗不屑于谨守绳墨，清新独辟，尘客俗骨一扫殆尽，真是当今好诗。"胡长孺接话说。

吾衍拱手答："汲仲过奖矣。子行生长于古镇华埠，客杭后，一介布衣。宋元更迭即使桑田沧海，与子行无干，故心无芥蒂，知足而已。在下倒是想起孤山居士林逋的绝笔：'湖上青山对结庐，坟头秋色亦萧疏。茂陵他日求遗稿，犹喜曾无封禅书。'这样的心境，天下谁能达到呢？"

说到林逋，又是一番话题。末了，再议古人写西湖的诗句，且说且忘，一吐为快。

一行参拜毕林逋墓茔，夜宿广化寺。

第二十二章

那日，父亲函告吾衍，说爷爷身体不好，奶奶年逾古稀，欲辞官回家，只是朝廷不允。爷爷一再坚持，所以只得准许。父亲说，爷爷已从京城动身，两个月后回到华埠。

书院虽然不远，杨祖却很少来生花坊。杨祖繁忙，也不想干扰吾衍的教学。因而，除去书信或差人送些翻刻的古本，父子难得见面。父亲写信，自然是希望吾衍随行回开阳华埠。

离九月九还有数旬，吾衍未做决定。入秋后，学满弟子离开，新弟子入学，又是一个忙碌的季节。除去教学，吾衍还要整理教学文稿，诸如《周秦刻石释音》《印式》《听玄集》《造玄集》《九歌谱》和《十二月乐词》。这些课程唯吾衍独创，生徒十分喜爱。吾衍将《十二月乐词》做成工尺乐谱，诸如正月：羲和日驭鞭苍龙，璇玑夜转行天东，鹅黄拂烟柳条短，伶伦竹声催昼暖，金刀错落红锦丝，玉钗鬓影东风吹，芙蓉酒浓香染衣，花楼风语黄蜂飞。或弹，或吹，众生徒参与演奏，课堂气氛十分活跃。

每一部书稿，吾衍力求独创。不过最让吾衍费心的是，教授之学，必有出处，作为辅助知识，供众徒参阅。吾衍称之为《合用文集品目》。如"小篆品"五则。其中许氏《说文解字》十五卷；仓颉《十五篇》；徐锴《说文解字系传》四十卷。这些文稿，均放置学堂一侧，生徒可以随即翻阅，部分已收入刻印的《学古编》。

那日午后，弟子习书，吾衍凭栏吹笛，连吹数曲，笛声甚哀。叶森悄悄走到吾衍背后道："先生。"

吾衍未回头问道："叶森有什么事？"

"先生，弟子闻得笛声有哀伤之意，是弟子有不周到之处？"

吾衍回过头来，叶森长高了许多，只是性格依旧沉静、稳妥。"但凡是人，都有哀伤的时候，现在先生就是这个心情。先生刚刚吹的是《断情殇》，一首悲伤的笛曲，叶森能够领悟了。"

"是的先生，听此曲弟子鼻尖酸酸的，总想流泪。敢问先生，这《断情殇》是哪个朝代的？"

"是先生自己作的曲谱。"

"那么，先生为谁而作呢？"叶森继续问道。

吾衍看看叶森，发现他目光十分坚定。"叶森弟子晓得恕先否？"

"回先生话，先生是指五代末期画家郭忠恕？"

"其实，先生最崇拜恕先了，尽管道不同，心却相印。先生六七岁时，也能读经文，而恕先已是举童子及第了。后又召为宗正丞兼国子监书学博士。大凡身怀志向学士，都不愿苟同。恕先因争讼朝廷，被贬为崖州司户，期满后去官不再复仕，纵放岐雍、陕洛间。入宋后，当了国子监主簿，常常纵酒狂言，讥讽时政，遭流配于登州，死于临邑途中。"

"因而，先生敬仰恕先，作了《断情殇》。"

吾衍点了点头："忠恕擅界画，楼观舟楫十分精妙，被列为神品。先生之前曾见过恕先画的《雪霁江行图》，精工生动，有宋徽宗之题识。人说，三百年之唐历五代以还，仅得卫贤以画宫室得名，本朝郭忠恕既出，便视卫贤辈其余不足数。"

"凡是先生喜欢的，弟子也喜欢！"叶森望着吾衍道。

吾衍看了叶森一眼，便听得楼下有人敲门。叶森跑下楼，开门见是仇远数人，便闪开让路。

仇远与可权来看吾衍，同行的还有龚璛子敬。龚璛与吾衍曾在仙姑山北玉泉见过面。那日，清涟寺主僧虚云，一定要吾衍为玉泉题诗，吾衍提下了《过玉泉》一文："东山白石路，霜草相因依。碧泉吐明珠，隐隐涵玉辉。拊阑紫鳞惊，日暮倒影归。犀火或可然，吾当测幽微。"写毕，当场交与虚云。虚云看了甚是欢喜，又让龚璛将诗写成斗方，方才作罢。

在吾衍眼里，龚璛子敬性情温和，言辞谨慎，是个好相处的文士。吾衍后来晓得，龚璛与赵孟頫、戴表元、仇远都有深交，常有书信往来。不过，吾衍更喜欢龚璛的书法，也喜欢龚璛诗文，那句"古道直如矢，古心能断金。今人思古人，寥落谁知音"让吾衍感慨颇深。据仇远说，龚璛著文颇丰，名曰《存悔斋集》，不过吾衍至今不见龚璛刻印。

楼上坐定，叶森上了茶。吾衍戏问："今日有趣，三人成众，到陋室必有赐教。"

仇远道："子敬在寒舍住有两日，吟诵诗文，同游孤山。早晨，可权又来，一同祭祀，于是三个结伴看望子行。"

"祭祀？"

仇远顿顿道："先不说这些，今日来生花坊，就是寻酒吃的。"

吾衍笑答："子行与子敬大人见面，还在三年前，此次到陋室，不吃酒不成敬意。"说着，吩咐叶森，让吴妈准备下酒菜。

可权道："贫僧带着酒来了。"说着从藤箧里取出两瓮酒。

吾衍惊讶道："沙门主僧也饮酒？"

"先生，僧人戒酒，不戒藏酒。这酒并非两浙产，而是来自大都。"可权解释说。

"有趣，听说蒙古人朝上也吃酒？"

"先生说的极是。大都举行重大庆典仪式，诸如群臣上皇帝尊号，册封皇后，册立太子，少不了吃酒。通常是大臣三拜九叩，三呼万岁，丞相捧觞进酒三次。据说，当下正制定进酒礼仪，十分烦琐。"

仇远笑笑说："可权就说说这酒的来历，又好在哪吧，看子行的眼神，恨不得一气吞咽两瓮酒。"

吾衍听了哈哈大笑。

可权道："先生，贫僧有个堂弟，在大都尚酝局管酿酒，尚酝局专司内府供酒，一是酿造上用细酒，一是掌管酿造百官酒醴。上用细酒，监管甚严，专酿专管；百官酒醴，是那堂弟专管，才有学生手里的两瓮酒。"

"大都自酿酒醴，想必与杭州的不同？"吾衍问。

"此为烧酒，名曰'阿剌吉'，意为'出汗'。将发酵的葡萄酒再加蒸馏，制成烧酒，浓烈醉人，吃着让人出汗。"

"可权快快住嘴，想让先生即刻品尝呀！"吾衍笑道。

大家品着茶，有说有笑。先前，坐在茶室一则的客人，说话总有忌讳，担心扰乱学子心绪。日久之后，众生徒就像耕田的水牛，只注重吾衍手中如意棒，对宾客的喧闹毫无反应。龚璛初到生花坊，不时拿眼望望堂内弟子，说话语细声小，像是面对熟睡的婴儿。吾衍笑道："子敬自顾自己，不用操心堂内生徒。"

龚璛起身跨过门槛，步入堂室，细看生徒书写的字，然后低声问叶森道："先生让你每日写多少字？"

"回先生话，三百。"

龚璛看了又道："人说隶书在扁，尔等为何与众不同？是子行先生教授这般写的吗？"

叶森答："隶书宜扁，妙在不扁。洪适云：方劲古折、斩钉截铁备矣。隶法颇深，具其大略。"

"果然有些新意。"龚璛笑笑说。

这边龚璛在看学子书写，那边可权向吾衍讨教修行之法。吾衍道："问问仇远是如何安置心闲与手繁之要领的。"

仇远笑笑答："心闲读长卷，手闲写长文。"

吾衍接道："仁近所言极是。只是子行有更多的安排。心闲手懒时，则观法帖，以其可逐字放置。手闲心懒时，则治迁事，以其可作止。心手俱闲时，则写字作文，以其可以兼济。心手俱懒时，则坐睡，以其不强役于神。心不甚定时，宜看诗及杂短古事，以其易于见者，意不滞于久。心闲无事时，宜看长篇文字，或经注，或史传，或古人文集，此又甚宜于风雨之际及寒夜。又曰：手冗心闲时，则思。心冗手闲，则卧。心手俱闲时，则著作书字。心手俱冗时，则思早毕其事，以宁吾神。"

仇远听了笑道："这般缜密，难怪乎子行之学广博、深邃。"

"其实类似学法，子行从小养成。那时，随父亲与两个叔叔就读清源斋，各人读各人的书，写各人的字，唯独子行不时转换科目，让心身交换懈怠，故而能长时间读与写，不至于劳顿。"

正说着，叶森叫道："先生，该敲钟了。"

吾衍看刻漏，果然到时辰了，便起身敲了匾钟，说散吧。众徒齐声再见，鱼贯而出。

龚璛品茗，末了，问吾衍："子行客杭近二十年了吧？"

"正是。"

"其间可与吴兴松雪见面？"

吾衍听了摇头。可权插话道："先生到杭不久，松雪大人离开了杭州，一去十多年，两年前回江浙，任儒学提举。听说松雪微服来过生花坊，子行先生恰巧外出，因而一直没有机遇。不过，管夫人曾画马图，请先生题诗钤印。"

"哈哈，盖了一枚'好嬉子'，眼力不及，故而倒盖了。想必触犯了松雪大人，令其不快呢。"吾衍大笑说。

"先生，若是学生转达松雪大人的话，倒是怕先生生气呢。"可权道。

"不妨，既然管夫人委托可权与子行题诗钤印，自然不会多加限制。再者了，'好嬉子'是子行偏爱之印章，平常把玩于掌心，以子行之所爱加盖管夫人之马图，亦算物有所值了。"

"嗯嗯，那日送图画过去，管夫人说'好嬉子'精制优雅，玲珑可爱，甚是喜欢。这倒让学生把悬着心放下了。后来松雪大人看了说……"

"可权只管说。"

"松雪大人说：'这个瞎子，他倒是好嬉子耳！'"

吾衍听了哈哈大笑，震得周遭钟磬嘤嘤作响，笑毕道："其中意思，子昂松雪一定读得明白了！"

龚璛显然晓得这回事，沉吟片刻说道："实话说，子敬与仇远及可权，都是子昂松雪好友，尽管子行不曾与松雪见面，但多年来心心相印，亦有书信往来。宋以来，古学印章流弊之风盛行，入元后，此风愈演愈烈。多年前余曾谒见子昂松雪，与子敬说：'观近世士大夫图书印章，一是以新奇相矜。'此话与子行所言：'前贤篆乏气象，故后宋印文皆大谬'相似。因而，子行倡始其说，以复于古，与松雪'复古说'可谓是志同道合！"

"如此说来，见与不见何妨。松雪大人是集贤直学士，儒学提举，官居一品，子行不过是处士。一个天上，一个地下，相互够不着。见与不见不可勉强，随缘便是。"吾衍微笑着说。

龚璛点点头："子行说得没错，一切随缘。"

仇远接话道："这些年松雪凭借一己之力，所做善事甚多。至元二十七年大地震，死伤数十万，京城尤其剧烈。那桑哥举国清理钱粮，天下百姓无以生计，继而自杀，或逃匿深山。松雪通过阿剌浑撒里，请奏忽必烈大赦天下，免除税赋，桑哥执意不肯。松雪道：'百姓死亡已尽，那些未征上来的钱粮到哪里去征？若不免除，有人将未征之数千万钱粮作为损失而归咎于尚书省，岂不连累了丞相？'桑哥顿悟，免除赋税，百姓得救。"

"为官一任，造福一方。"吾衍笑哈哈应付道。

叶森走进堂室道："先生，菜肴好了。"末了，各自挪动身子，摆酒盅菜肴，可权打开酒瓮，氤氲扑鼻而来。"不吃，也晓得是好酒了！"吾衍叹道。

各自斟满，吾衍欲举盅，却被可权拦住。吾衍不解地望着可权。可权道："先生，本不该扫兴，不过今日就是为此而来。"可权停顿片刻，吾衍望仇远，又望龚璛，一时摸不着头脑。

仇远接过话题："前头说到祭祀，也就是了。今日生花坊相聚，龚璛本约了翼之钱良右，不想行前有事，匆匆走了。另外是想告知子行，择日前往'困学斋'祭奠。故借子行一方宝地，先行祭祀于枢伯机。"

吾衍举盅呆呆望着仇远问："伯机去世了？"

众人点点头。"昨日与可权都收到了信函。"仇远答。

吾衍放下酒盅叹了口气："富贵难驻，生死无常呀！"

仇远道："伯机先后辗转为官，三次去官遭贬。三十有七侨居杭州，于虎林筑'困学斋'二十年。今日，吾等备薄酒一盅，一同祭祀于枢伯机，抚慰亡灵。"说着，大家将盅中酒倒至足前。

龚璛举盅过头，静默片刻然后说："伯机孤守'困学斋'，不只是气节，更在于风骨。曾闻当年，伯机以京官辞隐西湖，高朋满座，吟诗作画。松雪曾寄诗云：'脱身轩冕场，筑屋西湖滨。开轩弄玉琴，临池书练裙。雷文粲周鼎，鹿鸣娱嘉宾。'这诗告诉世人，子昂松雪多么羡慕伯机。"

"松雪处境与伯机相反。元世祖在位时，欲意重用子昂松雪，特许他自由出入宫门，寄以腹心。松雪则自感身处要地，势必遭人猜忌。但也不愿意开罪世祖，因而，但凡问及国政，均倾心直言，只是更少出入宫中，并力请调离京师。"仇远说完，吮了一口酒。

龚璛点头说："子昂松雪十分敬重于枢伯机，说伯机一度筑霜鹤堂，于是赵子昂为伯机画了《西溪图》，题诗赠予鲜于枢伯机：

"山林忽然在我眼，揽袂欲游嗟已远。长松谡谡含苍烟，平川茫茫际曾巘。大梁繁华天下稀，走马斗鸡夜忘归。君独胡为甘寂寞，坐对山水娱清晖。西溪先生奇崛士，正可着之岩石里。数间茅屋破不修，中有神光发奇字。绿苹齐叶白芷生，送君江南空复情。相思万里不可见，时对此图双眼明。"

"如此，可见两人情意深重。"仇远身子往后一仰说。

说起于枢伯机，众人多是惋惜。吾衍虽然与于枢见面甚少，但对其行草十分赞赏。在他与生徒教授课程时，就讲到过当今行草莫过于鲜于枢。叶森颇有天赋，学鲜于枢之字极像，只是显得遒劲不足，骨力欠缺。

说了一番祭毕的话，众人开始品尝尚酝局酿造的百官酒醴。吾衍每吃一口均称赞不绝。半个时辰，一瓮见底。仇远从藤箧内取出一卷轴，缓缓张开，竖在旁边的椅子上。仇远道："这是伯机两年前为在下写的。伯机的行草，当今怕是无人敌了。"

吾衍细看，果然一笔好书：

次韵仇仁父《晚秋杂兴》，枢拜呈。

薄宦常为客，虚名不救贫。又看新过雁，仍是未归人。茅屋空谁补？柴车晚自巾。青云有知己，潦倒若为亲。沈静莓苔合，门闲落叶深。炎方秋尚暑，水国尽多阴。寓意时观画，怡情偶听琴。起予赖诗友，为尔动微吟。身共宾鸿远，心同野鹤孤。谋生知我拙，学稼任兄愚。北望空思汴，南游未厌吴。年须问藜藿，兴不在尊鲈。

"可谓是清森峭劲，风骨棱棱呀！"龚璛感叹道。

吾衍道："古风者，除去钱良右翼之，就是伯机了。"

可权接话说："还有先生您和松雪大人。"

"子行就不提了。"说着，话题一转，"钱良右在吴县做儒学助教，怎的有闲暇来杭？"吾衍问。

"不久前西湖书院仿刻了班固的《汉书》，钱翼之奉教谕之意，想购置一套，回去后分册刻印，供吴县学子习读，因而寄住蔽室。"龚璛解释道。

"去年翼之前往西湖书院取书，在陋室住了三日，尽管翼之小于在下，处处显得老陈持重。每日与在下研讨篆隶，不知倦怠。其实，翼之的古、篆、隶、真、行、小草，无不精绝；而行书高朗卓越，风格不让伯机呢。"吾衍道。

龚璛说："松雪与邓文原善之很是器重翼之，数次引拔之，在下估摸，不几年就是吴县教谕了。"

仇远放下酒盅，捋了把长须对吾衍道："翼之曾告知在下，去年回返吴县前夜，二人酒酣，便写下《送翼之回吴》一首，在下至今不曾闻见，可否趁酒兴，诵与众人听听？"

吾衍哈哈大笑道："那是酣后胡写，岂能在各位面前献丑！"

"兄弟之情，何丑有之。不如随众人心愿，以助酒兴？"龚璐一边催促道。

吾衍举盅干了，转身从案桌中翻出一卷书，然后大声诵道：

"游子动归思，南风起秋声，我亦当此时，相送难为情。交朋尚如斯，况尔怀父兄。三吴亦邻邦，一水非远程。君还姑苏台，我留凤凰城，两地各相望，驰心互奔倾。流光若颓波，彼此即寓萍。浮世苦离散，辗转百虑萦，何能慰余怀，握手徒营营。"

龚璐叹道："情真真，意切切。'君还姑苏台，我留凤凰城，两地各相望，驰心互奔倾。'绝非酒后戏言，乃处心积虑呢。"

"听说事后，翼之寻了伯机于枢，央求他写了手卷。不知可权曾见过？"吾衍问。

可权摇摇头答："若真的见过，早禀告先生了。"

吾衍点点头，回首看到叶森依旧伺候在一边，说："森儿若是不想睡，到堂室看书去，别在这儿候着了。"

"是的先生。"

"叶森跟随先生多少年了？"仇远问。

"过了小学的年数，本想遣其回家，这孩子硬是不肯，说一辈子跟随先生。子行道：哪有一辈子跟先生的？他怎么回答？说有呀，鲁国宁阳的颜回，十四岁拜孔圣人为师，终生师事之。这一答，在下没话说了。"吾衍苦笑说。

龚璐道："子敬细细观察过叶森的篆隶，书写咸有法度，一笔一画酷似子行。"

"与子行小时十分相似，不但爱写爱读，还爱琢磨，每事穷究，不仅好篆刻，其余兴趣甚广。"

"在下早与子行说过，叶森智在中上，是棵好苗。"仇远接话道。

"其父母忙于生意，兄弟姐妹六七个，怕是没时间照顾叶森。若是其父叶林愿意，哈哈，往后当儿子养着。"吾衍之言像是玩笑，又像真话。

龚璐听了，停住酒盅道："子行，说到当儿子养，子敬有一句话要说，这个年龄，当有秦晋之好，不能老是耗着。有妻有妾，照顾子行与学子；若是送回老家孔埠，也好照应尊长。仁近与可权都是老杭州，总认得谁家的女子，做个媒什么的，把事了了。"

吾衍摇了摇头答："子行足跛目眇，还能娶谁？婚姻大事是父母之命，媒妁之言，做父母哪个不心疼子女的，能看上旧疾在身的女婿吗！"

"子行生花坊教授，已扬名杭州城；作法求雨更是名噪一时。若是先生看上哪家姑娘，父母哪有不愿意的。"可权笑笑说。

吾衍起身撑了撑手臂，又抖了一下身子，像甩掉身上的积水："当下整理诸类手稿，教程也待修整，篆书与刻印之学又有心得，个人之事，放一放亦无妨。"

"子行，老朽仁近虚长，平心而论，早生子早享福。前些年在下曾托媒人说与子行，连门都不让进。子行心意已决，总有他的道理。"仇远道。

龚璛听罢，欲言又未开口，默默吃了一口酒。

两瓮见底，众人都已半醉。吾衍让叶森撤了碗筷，上了茶水。吾衍问道："诸位可晓得子行印泥制作方法吗？"

见子行转换话题，众人无奈附和："数月前，子行委托可权代为熬制印泥，想必弄妥了。"

"回先生话，弄妥了。"说着，从藤箧中取出大口瓷瓶，搁在案前。众人见印泥油亮鲜红，闻之散发馨香。

龚璛问："是主僧熬制的？"

"照着先生的配方。"说着，捻过便笺，又启藤箧，取出一玉质印色池，揭去盖子。吾衍取印章，在印泥上重重敲了两下，钤在笺上。白文"布衣道士"四字鲜红耀眼。

"尽管是油制泥，落在笺上却是渗而不化。"可权赞许道。

仇远对龚璛说："之前，在下用泥封、色蜡或是密色，从未用过油泥。之后，子行调制了送与在下，的确胜过其他印泥。"

龚璛拿起印色池细看，又嗅嗅道："像是麻油，馨香沁肺。"

"子敬所言极是，正是麻油熬制。"可权回答。

"敢请主僧可权说说，如何制作这瓮印泥的？"龚璛饶有兴趣问。

"先生，贫僧说与众人了。"可权问吾衍，"熬制印泥，工序甚繁，这里只是大略说与各位。先用麻油或菜籽油一斤，置银瓮内漫熬，以蓖麻子七粒去壳，投下复熬。后明矾、猪牙皂角，投下文武火。以细纩滤，动漫滓，贮瓮瓶。地中藏数月，久之色愈明亮。"

"这前前后后要耗去多少时光？"龚璛问。

"少则数月，多则一年。"可权答。

"耗时不少。"龚璛说。

"因而，熬制一次，可用十年甚至数十年。"吾衍道。

"何其珍贵哟！"仇远对龚璛说。

又说了一通印泥的话题，约好祭祀鲜于枢的时间，各自都没有走的意思。吾衍道："已过子时，尽管没有宵禁，不如在学堂将就一晚。"

"先生，本来就这般打算。可权答。"

"这样甚好。"于是换来叶森取出被衾，四人同席而眠。

第二十三章

　　吾衍虽然顾念家人，终究未随父亲杨祖回孔埠。

　　侨杭之后，吾衍没见过母亲，爷爷北上大都，也是多年未见，思念之情犹如茧丝不绝。但是，回孔埠少则一月，多则数月，生徒教授之事如何交代。那日，吾衍告诉父亲想法。杨祖道："父亲与你母亲和你爷爷说明。教授弟子，就像每日三餐，断不得粟米。交往讲诚信，为子讲孝道，只是衍儿少了一个帮手。"

　　吾衍明白，父亲所谓的帮手，指的是妻妾。父亲老说："父亲是吾家长子，又是单传，不能断弦于衍辈。"吾衍觉得身有疾病，不仅自卑，还担心遭人拒绝，故而一拖再拖，这样的想法有些古怪。仇远曾与吾衍说："子行天资过人，才学绝卓，却在婚事上少了几分自信。"这话说到了点子上，只是吾衍不肯承认罢了。

　　留在生花坊，最高兴的是叶森。叶森父亲好些时间没来探望儿子了。那日放学后，吾衍躺在石榴树下看读书，叶森一边习帖。入秋的季节，天气微凉，树叶飘零，不时落在吾衍的书本上，吾衍也不弹拂，任凭卷曲的叶子躺在眼前，口中念道：

　　"铅花飞霜满枯草，摇落风来楚山老。海神收水无泪痕，鸿飞古树啼老猿，云低昼檐秋影昏。"

　　叶森停手问道："先生在作诗吗？待弟子记下。"

　　"吾衍笑笑，权当《十二月乐谱》吧，待后好好琢磨。"

　　叶森认真道："先生，弟子定当记下，不然先生忘记了，弟子又没录下，如何是好。"

　　一直以来，除了学堂授课，哪怕是酒后，只要叶森觉得有趣的东西，都会默默记下。那日，吾衍与友人吃酒，酒酣性起，讲了一则故事，甚是怪诞，次日叶森将录入的让吾衍修正，只见写道：

　　"宋之末年，姑苏卖饼家检所鬻钱，得冥币焉。因怪之。每鬻饼不识其人，与其钱久之，乃一妇人也。迹其妇，至一冢而灭，遂白之官。启冢，见妇人卧柩中，有小儿坐其侧。恐其为人所觉，必不复出，饿死小儿。有好事者收归，养之与常人无异，不知其姓，乡人呼之曰：鬼官人。国初时犹在，后数年方死。"

吾衍自己倒忘了，看了哭笑不得，道："记这些有何用？"

叶森肃然答："当然有用，若干年后，都是先生的经典。"

"乱七八糟的，怎么就成经典了呢？"吾衍笑着问。

"先生难道忘记魏文帝曹丕《列异传》，干宝《搜神记》，刘义庆《幽冥录》，祖冲之《述异记》，还有《山海经》《冤魂志》吗？皆是神仙鬼怪，奇闻玄事之著，流传至今，普众必定喜欢。弟子把先生说的话、有趣的事都记下，届时编入先生的《闲居录》，便可流芳百世了。"

吾衍听了叶森的话哈哈大笑，从此，不再阻止。

诵完诗，吾衍忽然问道："是不是令尊不要叶森了？"

叶森回答道："家父忙着赚钱呢。"

"钱哪赚得完，定是把叶森给忘记了。真要那样，叶森岂不是真成先生的养子了？"

叶森听了道："一日为师，终身为父。弟子与先生朝夕相处，早把先生当成了父亲。"

"这样就好，往后改叫先生义父。"

"义父，在外人面前，叶森依旧叫先生。"

"叶森弟子酌情便是。"

"义父……"叶森欲言又止，不好意思摆弄着手中的笔。

"义子有话就说。"

"义父，孩儿写了一首《蝶恋花·小院闲春愁几许》。"

"为何是'小院闲春愁几许'？"

"义父，诗中所写并非义子之体验，义子站在义父的角度，作了这首词。"叶森不好意思道。

"挺有趣，不妨吟诵听听。"

"好的，义父。"说着，站起诵道，"小院闲春愁几许。目断行云，醉忆曾游处。寂寞而今芳草路，年年绿遍清明雨。花影重帘斜日暮。酒冷香温，幽恨无人顾。一阵东风吹柳絮。"

"倒有几分义父的心境。'酒冷香温，幽恨无人顾'。这句甚佳。对了义子，什么时候琢磨起诗词来了？"

"也是不久前，那日义父与仁近吃酒，当众吟诵了义父送给翼之的《送翼之回吴》一稿。从那时候起，义子模仿义父学写诗词。"

"叶森是个有心人呢！"

正说着，听得有人敲门，叶森放下手中的书跑了出去。

门开处，见一男子领着一个孩儿站在门外。男子身着窄袖长袍；孩儿光着头，短袄右衽一颗盘结纽未扣。叶森问："请问先生找谁？"

"鄙人找作法唤雨的吾先生吾道士。"男子唯唯诺诺道。

"先生，找吾先生有何事？"叶森依旧挡住去路。

"犬子求学。"男子又道。

叶森做了一个手势，意为别进门，然后跑到吾衍面前喃语。吾衍点点头，从椅子上站起。转眼，叶森领着父子走到面前。男人作揖道："鄙人吴禹，先世濮阳人，父亲带着家人移居杭州，做小本营生。犬子吴睿，龆龀之年，生在杭州，曾就读数家小学或私塾，今日送到生花坊，愿先生留下犬子，教授才艺。"

吾衍听了笑道："既然别家就读，为何又送生花坊？"

吴禹叹气答："拜师求学，当如实相告。一说犬子过于顽劣，被逐；一说先生无所教授，被请。总而言之，两者兼而有之。"

"何谓'无所教授'？"吾衍又问，想起自己在柯山书院被逐的事。再看吴睿，这孩儿个头不大，长相俊美，圆脸，大眼，瞳仁甚亮。说话间，吴睿并未正眼看过吾衍，两眼像猫寻老鼠，在院里搜索。吴禹道："其实，都是先生们的托词。犬子过于顽劣，不好直说，寻个由头辞了。"

"子行明白了。"末了，转向孩子问，"若是先生同意，吴睿愿意留在生花坊读书吗？"

吴睿并不看吾衍，过去拉着叶森的袍子道："这要看先生能做些什么！"

"回答先生问话要望着先生，懂得礼貌！"吴禹喝道。

吴睿勉强看了一眼吾衍，像是受了惊吓。吾衍问："先生能做些什么，或不能做些什么，都是吴睿的先生，对吧？"

"叫了先生，又不像先生，岂不是白费了银子。"

"住嘴！"吴禹打断吴睿的话，转身道歉说："吾先生，宽恕犬子无礼。数家私塾，一见面，就谢绝犬子，因而鄙人再三叮嘱，讲规矩，懂礼貌，犬子一一应承，一进门，都丢在了一边。真是朽木……"吾衍笑道："顽劣与朽木无关。"说着，问吴睿道，"不管先生能不能做些什么，照着家父的旨意，先留下来，试一试如何？"

"那就留下试试呗！"吴睿古怪答道。

"还不快谢吾先生！"说着，扯着吴睿一同作揖。吴睿草草拜了一下，又去扯叶森长袍。吴禹一把拉着吴睿的手道："请教吾先生，犬子何时能进学堂？"

"看吴禹先生方便。"

"那么，明日早晨如何？只是鄙人不晓得生花坊的入塾费，有个数目，明日好带过来。"

"不急。刚才说了留下试试，若是吴睿觉得生花坊没什么可学，可以另寻高明；若是觉得有些趣味，就留下来。"吾衍笑笑，举如意棒在空中画了一个圈，又猛地一戳，吴睿本能后退，怔怔地望着吾衍问："先生的戒尺用的是铁棍吗？"吾衍听了哈哈大笑道："在生花坊，所有的弟子都领教过。"

"因为铁棍当戒尺吗？"吴睿又问。

"问问师兄。"吾衍指着叶森说。

吴睿把目光投向叶森，叶森道："先生的铁棍比戒尺沉多了！先生武功了得，使铁棍比使针还快！"

吴睿缩了一下脖子，回首望一眼父亲。父亲脸上没任何表情，平静地望着吾衍。吾衍右眼明亮，光芒似剑。

吴睿转而问吾衍："先生为何目眇呢？"那表情，倒像把前面的话题给忘记了。不等吾衍开口，吴禹给了吴睿一个劈面巴掌。"畜生，问出这般无礼的话来，难道又要被逐不成。"

吾衍哈哈大笑，说："童言无忌，吴先生何苦责备？"转而道，"吴睿想晓得先生为何目眇，入学后再讲与吴睿听。"

吴睿摸摸脸，并没有哭的意思。"快快与先生道别，明日一早入先生学堂，也好早些吃如意棒！"吴禹虎着脸喝道。

吾衍回礼道："在下腿脚不便，请先生自便！"

叶森送吴禹父子回来，吾衍问："义子如何看吴睿？"

"义父，与睿之名相似，非同一般。"

"哈哈，机敏睿达，看似漫不经心，却早已囊括眼中；反客为主，扼其主机，转被动为主动。"

"是的，义父，拿如意棒比戒尺，是吴睿极不适宜的话题，摆脱后急转指先生的眼睛，转移话题。"

"哈哈哈，义子讲得有理，如此，课堂上有戏了！"

次日上午，吴睿没来，吾衍回想昨日见面过程，担心吓着童子。未时，没等到吴睿，倒是来了另一班人马。走在前面的是丘见南弟子，后头跟着郭畀退思，仇远落在了后面。

吾衍没认出见南，愣了一下。"先生，弟子有礼了。"见南拜见道。

听说话的口气，吾衍笑了，说："见南长成后生了，先生一时没认出来。"

"先生一向可好？"见南问候道。

"好着呢。对了，退思与仁远怎么与见南一块了呢？"吾衍不解地问。

郭畀道："在下先寻见南秀才，而后一同去了仁近处，吃了茶，吃了饭，便一道过来了。"

"哦，见南都是秀才了？"吾衍惊问。

"早就是了。在下有篆字《金刚经》，不曾写完，故请见南继之呢。"郭畀抢着道。

吾衍问仇远："仁近好些时间不见了。"

"不像当年，腿脚有些不太利索了。"仇远苦笑道。

"子行兄，一会儿还有一个人要来，你猜猜是谁？"郭畀笑着问吾衍。

"神神秘秘的，猜不着。"

"既然猜不着，一会儿见面便是。"仇远也笑了起来。

"别站着说话，大家快快上楼坐。"吾衍招呼众人上楼。

仇远没跟着上楼，而是走进楼下学堂。学堂内坐满了弟子，叶森正教授课程。见仇远进来，快步走出来作揖。仇远摇摇手，意在别打搅学子。退出学堂，叶森跟着上楼。众徒正在习读经书，一行从身边走过，没有一个弟子抬头。入座茶室，叶森沏好茶，大家说着近期话题，吾衍问："郭畀有些时候没来杭州了？"

"在镇江做了几年学录，说是调任，恰好饶州路鄱阳书院少了个山长，借机会到杭州拜会朋友。"

"甚好。听传，退思的画越来越像米芾了，尤其是山水之风范，以假乱真。仁近可见过？"吾衍道。

"老朽哪有这眼福呀。学录大人或在多宝院为可权写经文，或与无锡画人倪瓒论画。那笔楷书，都把孟頫松雪给迷住了。"仇远笑着道。

郭畀退下头布，露出长发，脸上长须飘逸，神采飞扬，说道："仁近若是想要在下的命，尽管拿了去，免得您老人家亲自动手。"

见郭畀动作怪异，众人笑。仇远问吾衍道："子行晓得杜牧几则典故？"

"仁近讲的是杜秋娘？"

"也是。这杜秋年方十五，嫁与镇海节度使李锜为妾。不久李锜反判朝廷兵败被杀，杜秋随即入宫，讨得唐宪宗的欢喜。穆宗即位，命杜秋为皇子李凑傅姆，李凑被废漳王，赐杜秋归故乡。在金陵，巧遇杜牧，见其又穷又老，感怀赋诗，洋洋五百六十言。"

吾衍听了诵道："我昨金陵过，闻之为嘘唏。自古皆一贯，变化安能推。"吾衍面色隐晦，声音低沉说："杜牧之诗，讲述杜娘一生，其实也是杜牧自身写照。宣宗三年，因俸禄过低，杜牧请求外放杭州，却未获准；一年后，又数次请求外放湖州，朝廷终于应允，不想两年后卒于刺史。"

郭畀接话说："杜牧请准外放湖州，说法不一，一曰俸禄；二曰对朝政不满；这三，为了绝色美女。"

"这就引出了第二个故事。"仇远说，"杜牧早年游历江南，见一十岁的绝色少女，欲求婚。女母说，她才十余岁。杜牧说，在下许下定金，等十年来娶。十三年后，杜牧任湖州刺史，再度寻时，女子已出嫁生子。杜牧嗔怪，母亲说了'十年之约'，杜牧默然怅叹，于是写下怅诗《叹花》一首：'自是寻春去校迟，不须惆怅怨芳时。狂风落尽深红色，绿叶成阴子满枝。'"

"往下进入正题了。"郭畀笑哈哈说。

可权一边道："先生，刚才说的都是引子，下个故事主人就是张好好了。"

"退思弄什么鬼，仁近、可权主僧也掺和了，唯独捉弄子行！"

"说了半天，所有的故事都与好好相关。"仇远微笑说。

"杜牧的故事，子行了如指掌。"吾衍笑着说，"至于张好好的典故，还能说出什么新花样？"子行捋了一把长发接着说："杜牧曾在江西沈公属下供职，遇见年方十三的家奴张好好，颇有好感，不想沈公将她许配其弟为妾。又过几年，杜牧在洛阳东门撞见好好，此时，她已沦落为卖酒女。杜牧感旧伤怀，含泪作《张好好诗》，洋洋二百九十言。"

仇远叹道："杜牧颇有情怀呀！"

"只是今日相聚，与好好的诗何干？"吾衍话音刚落，便听得楼下有人敲门，一楼弟子开门问话。片刻唱道："翼之先生到……"

吾衍眼睛一亮："难道退思讲的就是钱良右翼之？"

"哈哈，想必子行也猜不着。"郭畀话音未落，吾衍早起身走了出去。楼梯口，子行挥舞着如意棒道："翼之一向可好啊？"

钱良右楼下昂首作揖道："子行兄，好呀。"说着，趋步上楼。吾衍一边牵着良右翼之走进茶座，一边道："一别又是冬春，人生苦短矣！"

"子行这里高朋满座，那里还有小弟的份呀！"

"若是担心这个，不如罢去游荡，在陋室教授弟子，这位置不都是翼之的吗？"吾衍笑着说。

郭畀急忙接话道："去年子行为翼之写了五言《次韵谢钱翼之》，那诗里把翼之颂扬的：'文章五凤楼'，'美才须比玉'。本意是望翼之继续留下，故有'吾庐正萧飒，二仲得羊求'之言，不想，不几日翼之自顾云游去了。"

"哈哈哈，在下懒散惯了，久处一地，犹如豢养羊牛，即便饲料充裕，亦非合乎吾意呢。"

郭畀道："翼之像狼不像羊，野惯了的。子昂松雪亦曾看好翼之，数次引见朝廷，翼之一再借故推辞，偏是不从。"

仇远道："不如说说翼之携带的宝贝。"

翼之拎过竹篚，取出布袋，一卷轴滑了出来。将卷轴徐徐展开，吾衍看了大吃一惊，竟然是杜牧的《张好好诗》。伏身细看，果然是真迹。

"此物何处所得？"吾衍望着钱良右惊问。

"在下没这个福分，只是受人之托。"钱良右笑笑答。

"翼之真乃神也，记得大德癸卯，翼之曾持《开皇兰亭本》与子行观赏，今日又是《张好好诗》，翼之背后必有真人。"

钱良右哈哈大笑说："《开皇兰亭本》上已有'吴兴赵孟頫得观于钱塘客舍'等多家名人，就是缺子行的，那主便让在下送来。子行提了'鲁郡吾衍观'，还钤印，让主人十分高兴。"

"今日翼之受人之托，也是让吾衍观赏这宝贝吗？"吾衍追问。

"正是。"

"敢问一句，这宝贝的主人又是谁？"吾衍道。

"若是道出主人，便是违约了。"钱良右说到这里，卷轴已展开。吾衍对众生徒大声道："大家放下书卷，过来见识一下晚唐的宝贝儿。"

从徒听罢，匆匆围拢过来。

仇远看了道："行草雄健姿媚，笔势飞动，深得六朝遗风，与诗文互为表里呀，真乃神品呀！"

"都说，颜柳之后，杜牧亦算是名家了。"钱良右接着说。

"杜牧多情，的确没错，从杜秋到叹花，再到《张好好诗》，真是'十年一觉扬州梦，赢得青楼薄幸名'呀。"郭畀笑着说。

"在仁近看来，杜牧不仅是倜傥才子，无疑还是忧国忧民、颇有情怀的志士。记得李商隐说杜牧：'刻意伤春复伤别。'这'刻意'寄托深远。'远上寒山石径斜，白云生处有人家'与'清明时节雨纷纷，路上行人欲断魂'尽管像柳条划水朗朗上口，却不及《杜秋娘诗》《张好好诗》更让人动情。"仇远指着书稿道。

"仁近说得对。看似风流的杜牧，却是忧民忧国的能士。那'王幽茅土削，秋放故乡归'一句，颇为含蓄。《杜秋娘诗》看似写了秋娘一生，何又不是朝政更迭、人世沧桑之再现呢？"吾衍侃侃而谈。

"翼之甚是赞同子行这番话。"钱良右接着道，"《张好好诗》与《杜秋娘诗》手法类似。以'翠苗凤生尾，丹叶莲含跗'开篇，对好好艺技生涯重笔描写；到'洛城重相见，婥婥为当垆'的人生急剧变化，直接讲述了张好好升浮沉沦，及诗人'洒尽满襟泪'。对悲剧的同情，这才是真实的杜牧。"

大家对《张好好诗》各自论述一般。半日吾衍问："这诗有多少人题款钤印呢？"大家俯身细看。卷前有宋徽宗书签"唐杜牧张好好诗"，钤有诸玺印。《张好好诗》本无题款，从徽宗起，便有了名称。

吾衍道："《张好好诗》本来在宋徽宗那儿，后来转给了贾似道，几经流沛，花落何处呢？"

钱良右听了又笑，说："子行呀，在下今日带上《张好好诗》，目的只有一个，就是请子行观赏，题款钤印！"

"这样的宝贝，子行如何敢当！"吾衍惊讶道。

钱良右笑笑道："子行困踬生花坊，却是名扬天下，又首倡复古，得到松雪的推崇。子行与松雪尽管不曾见过面，一有机遇，子昂便是处处推崇子行。子行的篆字与白文印，更是当今文士求之不得的宝物。因而受托之人，再三拜请，欲得子行题字与钤印，而在下已打下包票，子行不必推辞！"

仇远激动道："藏家点了子行，若不是，老朽早早下笔了。"

听仇远说，钱良右指着卷轴末端道："子行兄，在下斗胆，在此先题了款，钤下子行雕刻的闲章。"

吾衍俯身看，果然有"吴郡钱右观之西湖"字样，一侧钤有葫芦闲章。于是道："既然如此，那子行从命便是。"

那边，叶森早早准备了笔墨，子行举笔，沉思片刻以篆文写下"大德九年吾衍观"字样，而后接过叶森送过的第一枚印钤上。叶森问："先生，第二枚印用'布衣道士'吗？"

"那是自然。"吾衍答。名章便是"吾衍私印"，与后面"布衣道士"相比，印章大小相近，皆是白文。吾衍推崇汉法，名章、闲章没有过朱文印，这两枚印是吾衍常用之，且用在庄重的字画上。

仇远细看题款，对众生徒道："先生的篆字，天下没人能敌呢。秦时有个李斯，唐时又有李阳冰，到了宋元便无人了，第三个就是先生子行了。这样的先生，众弟子哪修来的福分哟！"仇远转向众徒说。

众徒听了一个个露出灿烂的笑容。

这时楼下的生徒叫道："先生，有个叫吴禹的先生求见。"

吾衍想起昨日的吴睿，对众人道："今日收的学生叫吴睿，天资聪慧，机警敏捷，是根好苗子，只是历进学堂，又历次被逐，昨日寻到生花坊。"说着，支着如意棒走到楼梯前道，"有请吴先生。"吴禹父子走上楼梯，吴睿看见吾衍手中的如意棒，踌躇不前。父亲道："先生要罚，先罚父亲。"

吾衍脸上没有一点表情，一只眼睛光芒四射，吴睿一定是吓着了，望着吾衍问："先生使如意棒责罚吗？"

吾衍绷着脸道："吴睿弟子认为如何呢？"

"父亲说了，要罚先罚母亲，因为弟子告知母亲，先生常用如意棒责罚生徒，便死活不让孩儿过来；父亲又说了，要罚先罚父亲，因为父亲一时没劝动母亲，说好上午，却延误到现在。不过，父母之过当由儿子代罚，先生要罚，先罚吴睿便是。"说着，欲解对襟短衫。

吾衍暗笑，然后道："这样说来，得先罚母亲，再罚父亲。不过诚信比责罚更要紧，若是没有诚信，昨日先生应承弟子进学堂，今日又反悔了，出耳反尔，岂不是折腾时间。那么，谁还敢再进生花坊？"

"弟子明白了。先生还责罚学生乎？"

吾衍举了一下如意棒，然后对吴禹道："学堂里头说话。"

吴禹犹豫了一下，跟着往里走，见里头生徒围成一圈便问："敢问先生，鄙人进去合适不？"

"都是朋友，众生徒在听高谈阔论，有什么不合适？"吾衍解释说。

吴睿一走进学堂，目光四处搜寻，早早看见了叶森，便快步走了过去。仇远看吴睿，果然如吾衍所描述，心中甚是欢喜。吴睿挨个儿看了眼前的大人，目光留在郭界身上，然后问道："先生的胡须，显然是美髯公嘛。"

郭界听了哈哈大笑，转而对吾衍道："子行兄，将带个好学生矣。"

"子行也这么想。吴睿，既然进了学堂，一切得按规矩来，先听仁近先生上课。"

吴睿并没看吾衍，一手牵着叶森，目光依旧留在了郭界胡须上。

仇远支着《张好好诗》道："众弟子，老朽的话题来了。"仇远看看吾衍，吾衍会意。像其他好友一样，仇远在生花坊，时常借题发挥，给众弟子教授课程，人说其稳重缠绵，后音拖得很长，与吾衍比，又恰恰相反，因而众弟子很是爱听。仇远道："这'大'字妙在何处？"

一弟子答："先生，大字妙在像人！"众徒笑。一弟子又道："《说文解字》曰，天大、地大，以人大，故大像人。"生花坊教授，吾衍吸收了柯山书院的样式，所有题，都可以在学堂内辩驳。

"弟子们，还有吗？"仇远问。

"先生，爹爹说，大字像男人小恭。站着撒腿，顶天立地是个大丈夫。"众徒哈哈大笑，学堂气氛活跃。

"也有道理。众弟子注意没有，先生倡导复古，从微小处开始。先生写的大与《说文解字》大字相似，双手悠闲放下，腋下对称，空间均匀，两脚稍许拉开，笔力雄健有劲。"

钱良右听了，对吾衍道："子行，何不请仁近当助教，对生徒这般耐心，怕是天下少有。"

"仁近时常来生花坊，不仅仁近，可权、退思、胡穆之兄弟都会帮着走场，学堂因而丰富很多。"

"这样甚好，看来在下也不能推辞了。"钱良右说。

吾衍听了，哈哈大笑，转而对众徒道："都到位置上去呗。"说着，挥挥如意棒，像在赶一群鸭子。吾衍早为吴睿准备了条案，因个头小，排在了前座。父亲吴禹，远远地站在一边。仇远分别在纸上写好数个"德"字，案前举起道："这边说到了'德'字，先生一一列举，弟子们告诉先生，分别是由谁写的？"说着，举起第一个"德"与众弟子看。

一个弟子道李斯；又道《说文解字》；再道子行先生……只是没人说《诅楚文》，李阳冰或是子昂松雪的。

仇远看看坐在前排的吴睿问："听说吴睿弟子才学过人，所学甚丰，那么，请吴睿弟子回答刚才的问题。"吴睿速速站起，看了一眼吾衍，吾衍举着如意棒把玩，吴睿缩了一下脖子道："先生，睿从小读经书，后又历经数个学堂，从未见识过这般教授弟子的。这让弟子明白一个道理：才识无边，学无尽头。"

吾衍听了心中一喜，接话道："大凡是人，历时甚短，华夏数千年，知晓、熟知前人之学，唯一途径是学而习之。吴睿明白的道理，众生徒都应当明白。"

仇远将吾衍在《张好好诗》题写的"大德九年吾衍观"七个字，一一比较讲述，不知不觉到了休课的间。叶森不好意思道："先生，漏刻的时辰到了，弟子听了入迷，未及时禀报先生。"

"好。"吾衍答着，如意棒在匾钟上敲了三下，众徒告别散去。

吴禹牵着吴睿迟迟不走，吾衍见了问："吴禹先生，还有事吗？"

"吾先生，为了犬子读书，鄙人费了许多心思，也见过许多学堂教授，没一个像先生这样的。把犬子托付给吾先生，鄙人心里别提多高兴。因而，不论入塾费多少，鄙人照付。"吴禹感激道。

"在生花坊，束脩相同，若是吴先生愿意将儿子留下，在下自然全力教授，这也是在下的职责。"

"吾先生，当然愿意，不信问问犬子。"

吾衍把目光投向吴睿，吴睿道："先生，弟子愿意，生花坊除去授课别致，学堂内的器物也很吸引弟子。只是弟子是个爱问的人，若是先生不怕烦，弟子甘愿挨先生的如意棒。"

吾衍听了哈哈大笑。

第二十四章

那日上午，叶森听到敲门，见是同门师兄赵期颐子期，彼此寒暄，让进宅院。

叶森就读时，赵期颐已经离开学堂。之后，赵期颐入仕，官至江浙路员外郎，不时来生花坊拜见先生，与叶森互称兄弟。听叶森说吾先生在楼上，正要上楼，突然想起什么问："师弟在生花坊几年了？"

叶森答："八年。"

赵期颐想了想说："这么说，师弟从学道转入门弟子喽？"

"只要师傅不嫌弃，弟子愿意跟随师傅一辈子！"

赵期颐点点头："子期与师傅说点事，楼上可有客人？"

"师兄，没有客人。"说着，前头领路。

见是赵期颐，吾衍让座，挥舞着如意棒道："员外郎今日可有空？"

"先生挖苦弟子呢，即便做了少傅太傅，先生也是子期的先生。"

吾衍大笑："生花坊能教授少傅太傅，先生真的出大名了。"

赵期颐笑答："想必先生也不在乎这个。不过，朝廷欲调任子期礼部，出使安南，弟子一直犹豫，故未成行，这次怕是顶不住了。"

"这是好事呀，倘若子期依旧是布衣，就别再问政；既然在路上，就应当走下去。安南是陌生的土地，与杭州比，兴许有诸多不同的感悟。"

"先生讲得在理。只是子期生性慵懒，又不在乎仕途，时常一出超脱之心。前些日子，还专程去余杭洞霄宫，欲拜谒邓牧心，不想……感慨颇多。"

"子期说的是那个'三教外人'？"

"先生一定晓得，之前，弟子也曾拜谒过牧心，喜欢他淡泊名利、遍游名山的做派。去年，朝廷派玄教大师吴全节请牧心出山，遭到拒绝。不想今年已卒，年刚六十矣。"

吾衍显然晓得，沉吟片刻道："先生曾读过牧心的《伯牙琴》，若是说'三教外人'，其实不然，牧心论生与死，更偏向于道。诺：'以人观之，生不知死，死不知生；以世观之，古不知今，今不知古'之类。充斥道义。"

"先生说得对，回来之后，学生还真想换换环境。"说着，叹了一口气。

"这就对了。子期，今日登门，定当还有其他事吧？"

"是的，先生。家尊下午申时来看先生，遣弟子先行拜谒。先生若有时间，弟子回去禀报家尊。"

"哦，令尊大人很长时间没光顾生花坊了。"

"先生，家尊成天忙于公务，空闲甚少，连家都很少回。"

"这么说，令尊大人高就了？"吾衍好奇地问。

"不不，先生。家尊依旧是浙路照磨，成天管理钱谷出纳，营缮料例和数计、文牍、簿籍之事。"

"那么，今日为何有空来生花坊探望子行？"

"家尊没说，只是让子期拜谒而后回复。家尊曾说，数日前来过生花坊，吴妈道：先生与友人去了杨寺洞，不晓得何时回来。"

吾衍听了大笑："是啊，那日是大醉杨寺洞，夜宿寺内，次日醒来，僧主硬是索要诗文，逼得先生仓促写就《杨寺洞中吹箫》一文。"

"先生，弟子好长时间没听先生吟诵了。当年先生所言，弟子一一暗中记下，尤其是醉酒诗篇，先生酒醒即忘，弟子记录真的不少。"

"哈哈，这《竹素山房诗集》就有子期记录的文稿。还记得《酒醒试野服》那诗文吗？"

"当然记得。"子期答，"那'酒醒微风入，天高白鹤飞'一句颇有气势，弟子也十分喜欢。不过，若是今日能听到先生吟诵《杨寺洞中吹箫》，便是弟子这趟的额外收获。"

"好好好。"吾衍连说三个好字，接着念道，"独携凤管入岩扉，树拂春风草拂衣。不敢更吹天上曲，恐惊石散作云飞。"

赵期颐听罢啧啧称道："先生的诗真是逸气流荡，清新飘逸呀！"

"哈哈哈，子期过奖了。先生倒觉着，酒后作诗，更有情怀。"

"弟子也这么想。先生早些时候说，已在编《竹素山房诗集》，不晓得当下可有完成？"

"当下更要紧的是教学用材，若经史类的《晋文春秋》《楚史梼杌》《说文续释》《尚书要略》几册书，没有最后誊写完毕；印学类《周秦刻石释音》和《印式》也在整理；音乐类有《听玄集》《造玄集》《九歌集》不曾写完。至于《竹素山房诗集》与《闲居录》这等闲书，可以闲时补订，来日方长呢。"

"先生这般铺开，就像是展翅凤凰。弟子跟随先生数年，收益颇多。只是弟子到了安南，一时半会儿回不来，少了教诲，又不能聆听先生吟诵，失之大矣。"赵期颐无奈说道。

吾衍听了，大笑道："子期，不是客套话啊，有得必有失，大丈夫志在四方，安南之行，定会有意想不到的收获，子期当早早成行。"

"对了，先生，光顾说话，学生得回复家尊去。"说着，起身告辞。吾衍一直送到楼梯口，招呼叶森道："送送子期员外郎大人。"

"先生，放心吧。"叶森回答，与赵期颐一同走出院门。

申时，赵天锡赵祐如约来访。请入茶室，赵天锡并不谈事，而是拣些无关要紧的话题。吾衍也不急，一会儿与众弟子交谈数语，一会儿又回到内室茶桌旁，没把赵天锡当生人。之后，赵天锡问道："子行，吴妈在生花坊多少年了？"

吾衍掐指算算答："也有十八九年了。"

"也好让她歇息了，生花坊的活尽管不重，吴妈毕竟到了岁数。"赵天锡关切道。吾衍没想到赵天锡会关心起下人来，颇感意外，想了想答："也曾劝过，吴妈说：她身子骨硬朗，还能干些年。"

赵天锡道："吴妈是个厚道人，关键是，子行也是个厚道人。"

"这么说来，倒是子行没理了。不过，赵祐大人，今日到生花坊陋室，不只是关心吴妈吧。"吾衍举起如意棒，在空中画了个圈。赵天锡听了大笑道："当然不是，今日拜见，想为子行介绍一个下人。"

"顶替吴妈吗？"

"也是，也不是。说是，可以当厨子使；说不是，还能给子行暖被窝。"赵天锡笑笑解释道。

吾衍听了大笑："绕了半天，赵祐是想给子行介绍妻妾！"

"子行明白就好。这女子二十又二，不算年轻，曾也是如花似玉。尽管不是官宦世家，也未承祖上之文脉，但从小家教甚严，三从四德具备，纺织刺绣通晓。子行娶过来，做不得娇妻，当妾倒也妥当。"

子行笑笑道："照磨大人真是偏爱子行了。客杭近二十载，始终孤身一人，不少好友劝子行娶妻生子，子行颇觉麻烦，一一谢了。这妻妾之事，子行还真的没有想过。"

"唉，男大当婚，女大当嫁。子行信奉孝道，娶妻生子固然是大孝了。不过，说到妻，当是父母之命，媒妁之言，兴师动众，没那么便当。纳妾就不同了，不仅少了许多麻烦，甚至无须告知父母。合适的，当下人用着；不合适，遣回老家或转送他人，都是子行一句话。当然，若是生得一男半女，又让子行特别喜欢，又是另外一回事喽。往后，子行觉有合适的，亦可另行娶妻，一点都碍不着纳妾之事。"

这么一说，吾衍竟然一时无话。赵天锡见子行犹豫，接着说道："客杭多年，长辈的思念不必多说，年纪大了，想早些抱孙子，也是常理。这一点子行比祐更清楚。子行若是答应，让妾取代吴妈，少支一份工钱，多一个寒夜捂脚的人，倒有别样的温暖。"

吾衍听了笑道："照磨大人早早计划好了！"

"在下只是觉着，子行该办这件事。人生苦短，子行聪明过人，学富五车，为后人留下诸多著作，同时子孙满堂，这才算是真正的男人。"

"赵祐之言，子行当放在心里。只是当下……"

"只是当下教学甚忙！"赵天锡插嘴道，两眼望着吾衍。

"既然赵祐这般推崇，必定是不错的女子，为何是妾不是妻呢？"吾衍疑惑问。

"子行问到这儿，祐不得不说了。大德丁未，两浙饥，浙东为甚，越民死者甚多，不少住户父食其子，以图苟存。祐说的女子姜氏，名玉娥，娘家曾以卖酒为业。两年前经人介绍，嫁于浙东财姓剃头匠。男人体质孱弱，干瘦得像个小老头。至今，姜氏都不晓得他的年龄。成家一年，姜氏没有怀上，便成了男人、婆婆的出气筒。男人醉酒殴打姜氏，婆婆每天逼着姜氏吃药。又过了一年，那肚子依旧不见动静。大旱来临，婆婆饿死了，男人把十一岁的妹子送人做了童养媳。姜氏有一顿没一顿的，实在支撑不下去了。男人回家见没吃的，扯着姜氏就打，直到自己瘫在地上。一个夜晚，姜氏趁黑逃回娘家。母亲看到女儿瘦成落苏干的模样，心痛得直落泪。后父牟利却道：'嫁鸡随鸡，嫁狗随狗，泼出去的水，怎么收得回来。'姜氏说：'娘，村里人饿死了一半，再回去，怕是见不到女儿了。'说着，撩起袍子给母亲看，但见皮肤上满是疮痂，不少已经溃烂化脓。'这都是剃头匠打的，用剃刀割的。'玉娥像个孩子，忍不住大哭起来。牟利吼道：'哭个啥，夫妻之天地，既然归人，就伏于人！'母亲怒道：'你自到姜家，从不好好做酒卖酒，成天倒腾鬼名堂。为这个家、为女儿出过多少力！若是硬把女儿送走，就离开姜家！'妇人从来伏贴，动起怒来，还真让牟利害怕。之后，在母亲的央求下，牟利便托了媒人，把婚给断了。"

赵天锡说到这，眼里闪着泪花。

"这么说，姜氏玉娥的生父去世了？"

"十三岁那年，玉娥生父病逝，一年后母亲招进后父牟利，做点小生意。玉娥刚过十五岁，牟利就想把她嫁出去，母亲一直不肯，从此牟利对玉娥非打即骂。"

"可怜的人儿。"吾衍道。

赵天锡顿了一会儿道："姜氏玉娥命贱，伤口不到三个月痊愈了，竟然没落下丁点疤痕，身子也胖了许多。邻居都说，照着前头那个，谁还敢认呀！出嫁两年多，姜氏的日子过得不像人，这样的女子，再作践她，也不过如此了。"

吾衍想了想道："稍过些日子，若是赵祐方便，带过来看看，可先试着做厨子，替了吴妈。"

"当然方便，旬后祐带人过来便是？"

吾衍点点头。

次日，杨祖到生花坊看吾衍，还带来几本翻刻的古本。杨祖问，有没有给爷爷写信，吾衍答不久写了。父亲又问："爷爷奶奶年事已高，老想着长孙有个一男半女。"

尽管是妾，吾衍还是把打算告诉了父亲。父亲听了道："娶妾，是衍自己的事，有个人照应也不是坏事。"想了想又问，"衍确信那女子是退了婚的？"

"是的，父亲。提亲的是行省照磨，其子曾是生花坊学子，听口气那女子当是照磨的远亲。"

"哦，那就继过来，若是往后怀了子女，可送孔埠去。不过，妾是妾，妻是妻，即便有妾，也要娶妻，衍饱读经书，这个道理自然懂得。"

"父亲，衍闲散惯了，一切顺其自然的好。"

"衍不是孩子，父亲就不多嘴了。"

吾衍忽然想起一件事，便问杨祖道："父亲，可记得柯山书院的院长马端临先生吗？"

"就是那个叫贵与的江西人？"杨祖问。

"正是，其父马廷鸾是南宋右相，衍入杭第三年，其父去世，贵与辞教回了老家，用了差不多二十年时间编纂《文献通考》。若是好了，不晓得这本书能不能在西湖书院刻印？"

杨祖摇摇头道："出书从动议、制订体例、初修事项，都要奏呈。批复后其刷印、装潢、陈设、用板、细套、细面都有规定。待刷印、装潢完竣后还要恭呈。手续十分严格，否则，进不了西湖书院。"

"如此，再好的书，没有大都的应承，怕是永远也刻印不了？"吾衍倔强地问，心里有几分不快。

杨祖点点头："正是。"说着，把话头转向堂内的弟子，"听说衍这儿越来越热闹，有些生徒想进生花坊，都被谢绝了；还有人把情说到父亲这儿了。"

"能说到父亲那儿的，必定是府衙里的人，生花坊弟子平民不少，平民的弟子好教授。再说，这儿容不下更多的人啦。"

杨祖点点头："父亲晓得，只是衍儿，若是嫌小了，父亲可帮衬寻个大点的地方，那样就可以招收更多弟子了。"

"父亲，生花坊足矣。衍儿教授弟子，既不为钱，也不为名。只是想让弟子习古，传承古意。谁做了皇帝，汉庶民都不能忘记炎黄祖宗。"吾衍眼睛盯着父亲，眼睛灼灼发光，杨祖瞬间意识到，吾衍不是孔埠的吾衍了，这孩子真的长大了。听得吾衍继续道："之前，友人也曾提醒衍儿换个地，被一一谢绝了。衍儿既然认定了生花坊，就不想再改变它。"

杨祖点点头，不再说什么。他缓慢起身，走进学堂，审视了弟子写的篆籀，然后道："自己书写与教授弟子书，毕竟是两码事。"言毕，在吴睿面前停下脚步："这圈中字，为何不填满？满了充腴，岂不耐看？"

吾衍跟在父亲后面，笑眯眯地望着吴睿。吴睿起身道："先生有所不知，弟子原本写得如先生说的，到了生花坊，吾先生把弟子彻底给改了。"

"就是说，弟子原先有一件新衣裳，到了生花坊吾先生又置了一件，逼迫弟子换上。""可老朽不明白，既然弟子有衣裳，为何应了吾先生换上新的，岂不是有弃琼拾砾之嫌！"

"先生大谬也！"吴睿一脸认真，目光并不看吾衍，"先生可晓得刺史董卓乎？

卓曾问李肃曰：'车折轮，马断辔，其兆若何？'李肃曰：'乃太师应绍汉禅，将乘玉辇金鞍之兆也。'"

杨祖回首看了一眼吾衍笑笑问："弟子这般言论，让老朽眼界大开。只是老朽听其言，未知其理。以旧换新，总得说出一个理来，不然如何服人？"

吴睿看了一眼吾衍手中的如意棒，杨祖指着如意棒问："因为它？"

吴睿摇摇头答："先生从未使用过！"

"那是因为什么？"杨祖追问道。

"先生有所不知。凡'口'圈中字，不可填满，但如斗井中着一字，任其下空，可放垂笔，方不觉大。'口'不可圆，亦不可方，只以炭斁范子为度自好，若'日、目'诸字，须更放小。若印文中扁'口'、井'口'字及子字上'口'，却须略宽，使'口'中见空稍多，字始浑厚，汉印皆如此。先生要听'理'，这便是了。"

杨祖听罢哈哈大笑道："这就是衍儿教的学生呀！"

"父亲，这弟子叫吴睿，机敏聪慧，过目不忘。这让衍儿想起孩时在清源斋读书，父亲总指责衍读得过于庞杂。其实，衍是无书可读。幸好爷爷从国子监寄书，还有衢州同知的馈赠。吴睿与衍孩时十分相似，阅读甚快，且有问必答。今日父亲送来萧子显的《南齐书》和姚察、姚思廉《梁书》，在弟子中，习得最快的必定是吴睿了。"

"调教得好，前景不可小觑呀！"说着，伸手抚了一下吴睿的头。

"父亲，明白孩儿如是醉心于生花坊了？"

杨祖点了点头，然后叹道："说起来是父亲不好，让衍一次次遭受劫难。论才智，衍不只是教授小学，可以……"

"父亲，祸兮，福之所倚也。当年，越王勾践栖于会稽，后雄霸天下，因而转败为功。若是没有'吃菜事魔'一劫，没有孩时的病魔，或许没有孩儿今天。'两魔'相加，造就了生花坊，也造就了'复古'之学。父亲，这生花坊多好呀，教授学童，交游天下才子，谈书论道，均有心得，衍是心满意足了。"

杨祖点点头道："这般，父亲也就省下心了。"

杨祖行前让吾衍时常给母亲和爷爷奶奶写信，并告诉吾衍，爷爷离开了京城，那边一直催促父亲接任，只想着离家越来越远，一直迟疑。往下，不去可能不行了。吾衍笑道：那样，父亲就是京官了。杨祖没作回答，转身告辞了。

这日放了学，叶森正收拾课堂，叶林进门拜见吾衍。

　　叶林多时没来生花坊，像是把儿子给忘记了。吾衍请叶林上楼，叶林不肯。其实，叶林早来了，一直恭候在门外，等到弟子放学，才走进庭院。见叶林不从，两人便在石榴树旁坐下。

　　秋风起，是石榴成熟的季节。圆圆的石榴有些棱角，像火红的灯笼，与浓密绿色枝叶相伴。吾衍道："今年少雨，叶森甚是勤快，时而浇水，否则长相没那么好看。"

　　"吾先生，这都是叶森应当做的。"叶林起身道。

　　"嗯，叶先生今日来，是想接叶森回去？"吾衍问。

　　"先生说得对，他祖父病重，能不能熬过中秋不好说；再者叶森在生花坊，处处麻烦先生，回去了，也让先生清静数日。"叶林说话一直站着，让吾衍很是过意不去。

　　"叶先生喜欢站着说话，那么，在下只好也站起了。"说着，欲起身，叶林连忙按住道："使不得，鄙人坐下就是。"

　　"这就对了，在下腿脚不好，好在叶森多有照应，理当感谢叶先生才是。"

　　"吾先生，这般如何受得起。犬子在生花坊，受着先生恩宠，学业长足进展。吾先生如同再生父母，鄙人不晓得如何感激。"

　　"哈哈，叶先生也别说那么多了。叶森，收拾一下与父亲回去。"

　　"先生，弟子走了，谁照顾您？"

　　"当年叶森没在时，先生照样过着。快走吧，还有一段路程呢。"

　　叶森拱手道："弟子不在时，望先生多保重。"

　　"去吧，去吧。"

　　送走叶森父子，天色渐渐晦暗，庭院倏然清静，唯有微风翻弄着树叶。吾衍手持如意棒来回踱步，面无表情，像是陷入沉思。片刻，脱去长袍，摆开架势要了一套剑法，吼声如雷，震得石榴荡漾起来。吾衍怀念老家的柏树林，怀念那棵香椀树。耍剑弄棍，吾龙既是叔叔又是师傅。吾衍喜欢剑与棍，祖上传剑，玄铁而铸，金龙雕案，锋利无比。每每耍剑，吾衍身影轻盈，出剑犹如青蛇吐芯。使棍且不同了，柏树林里施展不开，通常在磨盘周边耍弄。棍条长六尺八寸，因年代久远，棍条乌黑，闪着玄光，使起来抽搡油滑自如。到了吾龙手上，棍条变得颇有神韵，打、劈、压、扫、穿、挑、撩，只听得"呼呼"生风，见光不见影，真是舒展拓落，力透棍梢。不过吾衍得病之后，吾龙再不让他摸棍，只是剑再也没断过。现在成了"南人"，只能以如意棒代剑了。

舞毕，吾衍提井水洗了脸，舒适坐在长椅上。与父亲的交谈，像云翳盘旋在心头。从小得病，又遭"吃菜事魔"绑架，除去身体残疾，内心并没有沮丧，只是父母觉得对不住他。其实，吾衍从来没责怪父母，也不曾想过依赖人家。一路走来，从柯山书院习读到生花坊教授弟子，与友交往，一晃就是二十年余。除去注疏经传，还有篆文与刻印章法，倡导复古，得到了诸多文士的拥戴。但是，内心总觉得少了点什么。

说到柯山书院，吾衍又想起了先生贵与。贵与回老家尽孝，继续他的《文献通考》，之间书信少了，不晓得著书如何。想着，吾衍胸中盘绕着一股情绪，闭目思索，又倏地从椅子上站起，拄着如意棒冲上楼。挥笔写下《如意篇》：

"世巧吾所后，玄金起尘泥。华芝鼓神炉，至宝惊海蜺。平飞剑飞铓，醉舞河汉低。歌翻玉壶冰，男折珊瑚枝。古士日以迈，人今孰如兹。王夷鏖毛轻，葛亮空羽资。表世各有尚，陶仙乃吾师。我携白云中，鸾鹤为我飞。高举轶虚旷，凌霞扣天扉。一笑竹化龙，空随长房归。"

写毕，掷笔长笑，竟然一脸泪水。

旬后申时，赵天锡如约而至，身边多了个女子。

巧遇天阴，浓云像口铁锅覆盖上空，与往常比，生花坊小楼幽暗了许多。秋风扫过，庭院里枯叶滚动，忽而又卷起的旋风，聚拢叶子又四散吹开去。吾衍稍感身体不适，便早早放了学，见了赵天锡，依旧强打起精神。

赵天锡把带的菜交给吴妈，吾衍见吴妈身边还有一个妇人，奇怪问是谁。吴妈不好意思道："吾先生，是远房的一个亲戚，今日专程来看奴家，一会儿就走。"转而对那妇人说，"快叫老爷。"那妇人搭手屈膝叫老爷，神态自然，一看便晓得是大户人家的奴仆。吾衍点点头，陪同赵天锡一道上楼。

茶座边，姜氏玉娥低头不语。吾衍细看，见她年方二十余，瓜子脸，肤色白净，长相标致，上着瘦俏背子，下穿多褶裙，头梳顶心簪，脚穿花布鞋，一身汉装。入元以来，"南人"女子亦受蒙古人影响，好穿一种黑褐色的粗布左衽，窄袖，腰束大带。相比之下，吾衍更喜欢玉娥的汉服。

赵天锡看到吾衍倒茶，连忙阻止道："不用子行动手，让姜氏来。"

姜氏听罢，像捞着救命稻草，连忙起身，接过吾衍手中的茶壶，娴熟地倒进盏里。"若是子行方便，可请友人过来吃盅水酒。"

"哈哈哈，照磨大人的酒量，谁又能敌呢？"

"子行过奖了。说起来，应当在下请子行吃酒。"

"这又是什么道理？"

"与姜氏尽管不是近亲，也是一房人。她生父本是秀才，因病早逝，母亲寻了后父，待姜氏甚薄。姜氏从小识字，喜爱元杂剧，如此，后父欲把姜氏卖到杂剧班，母亲死活不肯，草草将她嫁人，没想落入火坑。"赵天锡细细道来，倒是把姜氏的身世说得明白了。

"这么说，姜氏是识字的？"吾衍问。

"为人妻后是否荒废，子行只能私下问姜氏了。"

"照磨大人真是费心了。那么，今晚在陋室吃盅水酒，让吴妈做几个菜。"

"只要不麻烦子行就好。"转而对姜氏道，"不如去帮衬吴妈，丑媳妇总要见公婆，饭菜做得好坏，要看自己的本事了。"

"太舅公，奴婢尽力就是。"说着，碎步下楼。

见着姜氏背影，赵天锡问吾衍道："子行，意下如何？"

"照磨大人的心意，子行感激不尽。前些日子在下与吴妈说了此事，她甚是欢喜。吴妈年纪大了，想回家养老，一直没有找着合适的人，又不肯向在下提起。这样正好，让吴妈带姜氏几日，随她什么时候走都行。"

"子行的意思在下明白。"赵天锡说，"对了，原先有个叫叶森的弟子，一直跟随子行，怎么没见人影？"

"祖父病笃，父亲接他回家了。"

"这样，更要人来侍候子行啦。"

"于是照磨大人送来了姜氏！"

"哈哈哈。先前，子行刻印了《学古编》，惊动了杭州城，各家学堂争先抢购，几经断货，想必是传世之作了；前些日子子行整理诗篇《竹素山房诗集》，说是逸气流荡，清新独辟，能不能先睹为快呀？"

"并未成卷，还须烦琐地修订，哪里拿得出手。"吾衍推辞道。

"子行教授篆书与刻印之法之外，还有一本《印式》，何时能够付梓呢？"

"俗话说，教学相长。学然后知不足，教然后知困。知不足然后能自反也，知困然后能自强也。因而，教与学没个尽头。哪日生花坊关了门，抑或是编纂刻印

《印式》和《周秦刻石释音》的起始。"

就这个话题，两人聊了半天，又转述篆书写法。这样的场合，吾衍常是据理力争，推崇所学，不肯让出半分。赵天锡道："子行这般执着，是认定理了，若孟頫松雪，一心向古，在楷、行、草、篆重建法度，极具典故风范。在下很想晓得，复古之风，矫正了宋以来轻法度之缺陷，使古风得以传承，这到底起始于子行，还是孟頫松雪？"

吾衍听了哈哈大笑："先生若是把这道题出给孟頫松雪，岂不是更加便当？"

"子行当松雪会怎么回答？"赵天锡望了吾衍问。

"子行从小喜欢篆字与印学，参照今文，今古对照；侨居杭州生花坊，又穷其所学，以古风传授众徒，博得少许名声，仅此而已。"吾衍说。

"子行真是谦恭呀。胜朝既亡，当下艺苑之名望，莫过于孟頫松雪、于枢伯机、文原善之。在下与之交往中，曾提及子行篆书与刻印，通常是点头缄口不言。在下看来，实是默认。"

"照磨大人所指的，一是荣禄大夫，一是太常典簿，还有是翰林侍讲学士。都在天上；而子行一介处士，匍匐地下，怎可与之相提并论？"

赵天锡听了哈哈大笑："子行不要忘记手上把玩的闲章？"

吾衍张开手掌，露出一枚玉印："先生说的是'好嬉子'？"

"正是。"

"这'好嬉子'可有说头？"

"有。记得管夫人画的《马图》吗？"

"当然记得。"吾衍狐疑答。

"管夫人羡慕子行篆及印久已矣。那日作毕《马图》，在下与可权刚好上门拜访松雪。管夫人让在下与可权看了《马图》新作，并问画得可好。在下与可权啧啧称道。在下看来，《马画》当是管夫人之杰作了。"

"子行有幸见过。的确如照磨之言，学了不少唐人画马的精髓。"

"这就对了。管夫人问松雪，子行的字与印如何？松雪道：'篆字与白文印天下无双。'管夫人道：'能否请子行在《马图》上题款钤印？'松雪看看在下与可权，没有回答。可权笑着接话道：'这有何难，旬内贫僧要去子行那儿。'如此，就有了子行倒盖的'好嬉子'佳话了。"

"哈哈哈，看来这事还真的有趣。"

"子行图痛快，管夫人也喜欢，只是孟頫松雪窝了一肚子火又发不出。"

吾衍又笑。这时姜氏走进茶座道："太舅父，饭菜妥了。"吾衍看了姜氏一眼，大声道："那就上吧！"

桌上四菜一羹，加两个下酒菜。最后一道菜是"西湖醋鱼"，是吴妈端上来的。吾衍呆呆地望着吴妈问："这些年很少吃到这道菜，做法也不同，今天是……"

"今天奴可没插手。奴老了，也该回家歇息了。"吴妈言毕欲往外走。吾衍叫住了她。"吴妈的意思，这些菜都是姜氏做的？"

"奴只是帮着烧火添柴。"吴妈笑笑道，"这回，吴妈真的可以歇息喽。"

吾衍呆呆地望着吴妈的背影，一时没反应过来。姜氏屈膝道："太舅公，老爷先吃着，奴家去送送吴妈。"说着，跟着吴妈下楼。

"不晓得是子行的口福，还是在下的？"赵天锡望着吾衍问。

"赵祐与子行的口福。"吾衍一边为赵天锡倒酒，一边回答，"这些菜是照磨大人带来的，当是早早晓得姜氏厨艺了？"

"哪里晓得。是姜氏途中提醒，在下照做了。姜氏说：'突兀串门，若是吾先生留太舅公用餐，岂不是忙坏了下人，不如备些菜去。'"

吾衍夹了一块醋鱼放进嘴里，边咀嚼边点头道："尽管吴妈做过大户人家的伙头，菜做得亦不错，但子行从来没吃过这样的西湖醋鱼！"

赵天锡也夹了一块放进嘴里，说道："据说，杭州诸菜有二三百种，西湖醋鱼算得上是头几道菜了。二三百家菜馆都会做西湖醋鱼，唯独没品尝过这样味道。"

说话间姜氏上了楼。吾衍道："坐下一块吃。"

赵天锡望着吾衍，那眼神分明在说，这怎么可以。姜氏在条桌一侧远远地跪下："奴婢侍候太舅公与老爷用餐。"

赵天锡接话说："只顾咱们吃酒，姜氏一会儿再吃。"

吾衍沉默片刻问："玉娥，这手艺跟谁学的？"姜氏听了，迟疑了片刻，满脸通红地低着头，一只手拧着另一只手。"怎么了？"吾衍奇怪地问。

"怕是自己，都把自己的名字给忘记了。子行突兀一喊，是把玉娥吓着了。"赵天锡说道。

吾衍沉吟片刻道："往后在生花坊，不许叫姜氏，只许叫玉娥。"

玉娥听了急急道："老爷，如何使得！名字尽管是父亲所赐，只在孩儿时听父亲叫过。后来，就再也没人叫了。老爷叫玉娥，让奴婢回忆起早前的时光，心里……"

"就这么定了。照磨大人，您说呢？"

"清官难断家务事呀！"

"哈哈哈，家务事不缠清官。刚才说这道菜……"

"回老爷的话，这菜，是奴婢跟随外公学做的。"姜氏低着头回答。

"哦，玉娥外公又是谁，能做出这等菜来？"吾衍不解地问。

"外公屠姓，宋时在御膳房做厨子。入元后，辞职回家，后来又在清河坊一家餐馆掌勺。奴婢九岁时，跟外公学做菜，外公教奴分外耐心。十四岁那年，外公因病去世。在家里，大凡有客人，都是奴婢下厨偷偷做菜，母亲也不曾对外声张过。"玉娥跪着轻声答道。

"这就难怪了。"吾衍高兴道，"照磨大人，今日吃的菜，是御膳房厨子传人做的，算是有福气了。"

"福气留给子行吧，不过，今日在下得带走一半。"说完，拍拍肚子。

吾衍大笑。玉娥跪步向前为赵天锡与吾衍斟酒。子行说："就在条桌旁，省得来回挪动。"

"老爷，这是奴婢的本分。"说着，又往后挪了去。

"子行，只顾吃咱们的酒，随她去便是。"

"能做出这等好的西湖醋鱼，可晓得何叫西湖醋鱼？"吾衍吃了一盅酒，问玉娥道。玉娥跪步向前，先为吾衍斟满酒，又回到原先的位置："不晓得奴婢回答得对不对？"

"但说无妨。"

"听老爷吩咐。这西湖醋鱼，也叫'叔嫂传珍'。说是宋时西湖住有宋氏兄弟，以打鱼为生，当地恶棍占其嫂，杀其兄，嫂子哭劝叔子逃离，并制糖醋鱼为其饯行。之后，小叔得了功名，除暴安良。一次宴席，小叔尝到了西湖醋鱼，由此，叔嫂相认。后人传其事，仿其法，烹制醋鱼，成为杭州名菜。"

"哈哈哈。"吾衍大笑，"如此说来，子行就不用再问'东坡肉'与'龙井虾仁'两道名菜了。不过这道美羹做得甚好，润滑香醇，十分鲜美，又叫什么羹呢？"

"回老爷话，外公曾与奴婢说，御膳房内有羹二十九种，这道叫'西湖牛肉羹'，是二十九种羹其中的一种。"

"又如何做成这般美味？"吾衍又问。

"回老爷话，只要主料牛里脊、豆腐、葱、姜就行，加上盐、酒配料，慢火熬成。"

"子行，现在只管享用，菜肴制成，往后与妾慢慢交流便是。"

"照磨大人说的是。"子行举盅与赵天锡碰了，而后一干而尽。

第二十五章

亥时，赵天锡方才离去。玉娥收拾碗筷，再度返回，堂内鼾声已起。微风灌进窗棂，秋夜透凉，吾衍直挺挺地躺着，玉娥忙取来被褥盖上，自己扯了一件袍子窝在椅子旁边。半夜里，玉娥被巨大的"哼哼"声惊醒，见吾衍蹬开被褥，连忙起身，忽然间，感觉走近一个火炉，伸手一摸吾衍额头，便惊出一身冷汗。"老爷，老爷，快醒醒！"玉娥边摇边喊。

吾衍昏迷中睁开眼睛，望了玉娥一眼道："冷。"

玉娥麻利地为吾衍掖好被褥，只听得吾衍不停地喊冷，牙齿"咯咯"作响，如同炒豆一般。玉娥速速从房内取来被褥，压在上头，整床被子抖得像筛子。"老爷，您这是怎么啦？"玉娥泪水满面道。

"冷。"吾衍依旧模糊答道。

"老爷，奴婢扶您上床睡去。"说着，使劲抱起吾衍的头，将吾衍扶起，跌跌撞撞走进内室。

"热。"吾衍迷糊道，蹬开被褥，汗液渗透内衣，如同水里涝起一般。

玉娥强行为吾衍盖上被子，心想这一冷一热的，是什么病！于是道："老爷，您好好躺着，奴婢得请郎中去。"说着，匆匆下楼。

出了院子，秋风甚疾，卷起了玉娥的袍子，玉娥紧缩身子，突然想起这夜深悄静的，往哪请郎中？心里一急，不知如何是好。若是折回问老爷，老爷人事不省；若是往前走，户户门宅紧闭，去哪寻问？玉娥急得直跺脚。老爷呀老爷，若是玉娥耽搁了老爷的病情，明日，只有含羞离开生花坊了。想着，泪水直涌眼眶。

咽着泪，两脚不停往前走。丑正二刻，四更鼓远远响起，"咚——咚！咚！咚！"情急中玉娥灵机一动，细听鼓声，仿佛在巷尾。折回身子，寻声出了弄堂，便是浣沙河，远远看见那更夫不紧不慢走在长生桥上，便快步向前。更夫见玉娥迎面走来，远远问道："这女子，三更时分，只身在外，莫不是有什么急事？"

玉娥急急道："这位大伯，家里老爷病重，又没他人，女子初来乍到，人生地不熟，不晓得哪里寻郎中去，恳请大伯指点，好救老爷性命！"

"哦，女子家住何处，老爷又是谁？"

"这位大伯，女子住生花坊，老爷姓吾名衍，号子行，夜里突发高烧，女子只得四处寻医。"

"是生花坊的吾先生，快快随庶人来。"更夫说着，收起鼓槌，前头引领，沿着浣沙河一路行走。说到吾衍的好，便提起作法求雨之事，赞不绝口；还说一个远房至亲的孙儿，也在生花坊求学。

往前又是一桥，更夫道："看到前面的桥了吗？那是纪家桥，过了桥往前走就是"鹤年堂"药铺，女子只管敲门便是。"

"这位大伯，深更半夜，若是人家不开门，开门了呵斥女子，如何是好？"

"女子有所不知，'鹤年堂'是老字号，有百年店史，掌柜的姓宋，四代开设药铺。胜朝时，因店铺距离钱塘县主簿厅、国子监较近，生意兴隆，名声显赫。'鹤年堂'有个规矩：凡求医者，不论春夏秋冬，子丑寅卯，必定随时出诊。此规矩入元后也不曾改变。因而在杭州，提起'鹤年堂'，口碑一向很好。"

玉娥听了万分心喜，屈膝道："女子为救老爷，匆忙出门，不曾带得赏银，事后一定禀报老爷补上。"

更夫摇摇鼓槌道："道士是杭州的恩人，何故提到赏钱？快快去吧，别误了老爷的病情！"

玉娥千谢万谢，快步向前。到了门前，顾不得整理袍子，叩响门环。稍后一个门徒出来开门。玉娥说了病情，门徒道："这位姐，师傅出诊回来，刚刚睡下……"说着，面有难色。

玉娥顾不及那么些，急急道："老爷烧得厉害，又晕迷不醒，这回不晓得怎样了。奴家一个女子，深更半夜寻医，人命关天了！务必请师傅禀报掌柜的，救奴家老爷一命。"

门徒犹豫片刻问："这位姐，老爷家有多远？"

"不远，就在生花坊潘阆巷。"

"这这这……"

"这怎么啦？"堂内竹帘挑起，一中年人走来问道。

"师傅，这位姐说她家老爷烧得厉害，要请……师傅您刚刚睡下，徒儿不忍心叫您……"

中年人道："师傅说过多少次了，诊病如救火，半夜三更，不是病情危重，谁愿意出门招医，徒儿怎么就不长记性！"

"是，师傅。"徒儿低头道。

玉娥叙述完病情，宋掌柜沉吟片刻问："老爷叫什么，住得可远？"

"老爷住潘阆巷，叫吾衍子行。"

"是吾先生啊，贵人，贵人！"掌柜一脸笑意，"佼女所言症状，十有八九是疟疾，抓药熬了就行；若是吾先生，一定得上门号脉再下药。"

玉娥噙着泪水，如释重负："真是太谢谢宋掌柜了。"

"唉，佼女有所不知，那年大旱，要不是吾先生登台祈雨，不晓得要饿死多少人；吾先生在生花坊教授小学，是杭州出了名的。"说着，往外就走，转而又回身对徒弟道："随师傅同行，完了回来，抓药送过去，免得佼女半夜里再跑一趟。"

"是，师傅。"

卧榻前，吾衍缩成一团。宋掌柜号了脉，玉娥早已取来笔砚，掌柜瞬息写下方子，交于徒儿，转而吩咐玉娥道："不论冷热，都不要撤掉被子。拿到药，猛火煮沸，稍凉后与老爷吃下。明早醒来，再煎熬一帖，睡一觉也就没事了。"

"不晓怎么感谢宋师傅才是，只是奴家身上没钱，等老爷醒来……"玉娥腼腆道。

"不碍事，先生好起来，就算是'鹤年堂'的幸事。"玉娥千谢万谢，送宋掌柜到门外，开门等着抓药的门徒。一袋烟工夫，门徒气喘吁吁地跑来："大姐，照宋师傅吩咐的，熬后吃下便是。"

玉娥又谢，匆匆进了火房。

吾衍又喊冷，身上却是烫得吓人。玉娥帮着脱去袍子，见内衣粘着身子，水里渗过一般，半日解开纽扣，热水擦洗，换上洁净的内衣，喂下汤药，才坐到床边。折腾了半夜，玉娥又累又困，一歪头，便蒙眬睡去。恍惚间，且梦见前夫站在面前高举板凳，瞪眼逼近玉娥，正当劈下，玉娥惨叫一声跌下床来，便听得吾衍又叫"冷冷冷"。

玉娥揉眼，方才晓得是场噩梦。"老爷，两床被褥都盖上了，奴婢如何是好？"玉娥一边说，一边为吾衍掖紧被子。见吾衍紧闭双眼，脸色铁青，牙齿碰得像鼓板，心痛地哭了起来。"老爷，奴婢刚来，就让您受这般苦，奴婢一定是丧门星，给老爷带来了灾祸与晦气。老爷，您要撑着，'鹤年堂'的掌柜来过了，他人真好，为老爷号脉下药，掌柜的还说，只要撑过今晚，明日一定会好起来。明日，奴婢任凭老爷责罚……"

玉娥边哭诉，边紧紧抱着被子，整个身子随着吾衍不停地抖动。

"冷冷。"吾衍不省人事地呻吟着。

玉娥心一横道："老爷，再冷，奴婢只得用身子焐了……只是老爷醒了，不要羞辱奴婢，老爷好了，奴婢做什么事都甘心！"说着，脱去袍子，解开合欢襟，露出玉白的肌肤，钻了被窝，紧紧抱着吾衍。

清晨，吾衍睁开双眼，觉着头疼难忍，一扭身，却被人从身后紧紧箍着，惊得从床上跳起来，且见玉娥裸身睡在一边，赶紧抓起袍子穿上。玉娥更是吃惊，拉过被角遮了身子道："老爷，奴婢不是故意的。"

"古人有'七弃'，不是故意的，怎么会在床上？"吾衍嘲讽道。

"老爷，奴婢……"

"昨晚一定是醉了，才弄成这副模样。"

"老爷……"

"快收拾吧，弄些早饭，一会儿学童就要来了。"话未说完，顿感一阵眩晕，忙用如意棒支住身子。玉娥急忙上前搀扶。"老爷，您的病没好利索，万万不可下床，更不能教授生徒。'鹤年堂'宋掌柜有过吩咐，老爷还得再吃一帖药，睡一觉方能痊愈。"

"什么'鹤年堂'宋掌柜，什么再吃一帖药？"吾衍有些茫然地问。

玉娥跪下，把昨晚的事一一说了，说要感谢那更夫与宋掌柜的。吾衍沉吟片刻道："如此，是子行错怪玉娥了。"

"老爷没有错怪奴婢，奴婢心急，见老爷冷得浑身发抖，无奈之下如此这般。只要老爷快快好起来，奴婢听凭老爷责罚。"

吾衍道："快起来吧，玉娥没错，为何责罚？先熬药去，子行躺着等一会儿。"吾衍说着，回到床上。

生徒陆续到堂，见了玉娥好生好奇。玉娥对众徒道："先生病了，那么，照着昨日，众生徒该学什么？"

众生徒答："三百千千，写篆籀。"

"好，那今日习新课《千家词》，下午写篆籀，明日先生检查，都带餐了吗？"玉娥问。

"带了。"

"好，各自入座吧。"

午时，吾衍并没醒来，却有人在楼下敲门。吴睿起身对玉娥道："大姐姐，叶森师兄不在，先生有吩咐，由弟子招呼客人。"

玉娥点头说去吧。一会儿吴睿带着林生上楼，见了玉娥，林生施了礼，干巴巴地问："子行先生呢？"

玉娥说了缘由，林生连忙走进房间，见吾衍欲起床，忙道："先生，身体不便，何故起床了？"

"不碍事，好利索了。"

玉娥在身后叫道："老爷，再睡一会儿。"

吾衍说没事了，转而对玉娥道："玉娥，这是林生，西湖书院的刻印工。"

"奴婢有礼了。"

林生看吾衍，笑笑答："先生真的好利索了，还有些印要写呢。"

"林生先坐着，在下洗洗就来。玉娥，为林生沏壶茶水。"

"奴婢听老爷吩咐。"

上了茶，林生问玉娥："学生该叫师娘，还是叫玉人呢？"

"林先生，奴婢昨日才入生花坊，还不晓得自己的身份。若是林先生不嫌弃，只管喊奴婢的名字。"玉娥跪在一旁说。

"是这样，许多人为子行寻亲，只怪缘分没到。现在这个样子，让朋友少操一份心了。"林生边吃着茶，边自言自语。

"林生，看看都有谁的印？"吾衍走进学堂问。

林生从袋里掏出笺纸，递与吾衍，吾衍细看，既有名章，也有闲章，都是些成名的雅士。"这里还有刻好了的，学生带过来了。"林生又从身上取出数枚印章。这些都是吾衍收的，写完交与林生去刻；若是林生收的，就像今日，交与吾衍先写。吾衍欲磨墨，玉娥道："老爷身体没痊愈，不可这般劳累！"

"先生，若是身体有恙，不如先放一放，反正学生与他们说过，刻印要些时间，让他们等着便是。"

吾衍笑笑没停手："既然送来，总想早些取。子行身体一向健壮，这疾病定是潜伏了数日，像两条好斗的公牛，一条斗赢，一条斗输，便有了昨晚的一劫。现在不碍事了。"

"老爷，让奴婢替老爷磨墨。"玉娥伸出手，吾衍顿了一下把墨交到她手里。"先前可磨过墨？"

"回老爷话，奴婢先前磨过墨。"

"也写过字？"

"回老爷话，也写过字。"

"哦。"吾衍说着，拿起林生送来的印章，一一看过，感叹道："林生，刻得真是屈曲缠绕、古朴严谨呀！"

"先生，学生只是比着葫芦画瓢，若不是先生篆写行列整齐，方正均匀，哪有学生后来的缪篆之功呢。"

"哈哈，汉印方正，后人不识。在下多见故人收藏的汉印，近乎隶书，此即摹印篆也。"

林生想了想道："人说，篆籀之学，到了宋季其敝极矣。国朝以来，先生倡始以复古，吴兴文敏松雪和之，其学乃大明，先生可谓是博雅之士哉！"

"不仅过奖，实是大谬矣。林生一定晓得吴澄幼清？子行刚到杭州，最先读到的就是幼清'五经'与《大戴礼记》。那是程巨夫上疏朝廷推荐的书籍。朝廷采纳了巨夫的意见，命江西行省誊写进呈，而后国子监与诸生经习，又传之天下。后三年，幼清曾诗赞松雪，那时，松雪已篆籀之名世了。"

"学生当然晓得，松雪也道，不以古圣为样辙者，皆外游尔。学生以为，先生与松雪早已是享誉艺坛。人说，入元以来，则有先生与文敏，描篆作印，一个正其款印制，尚圆朱文；一个主张小篆为基础，尚白文。但宗为复古，始开元人之门户呢。"

"哈哈，林生，不谈这些。稍候，七枚名章一会儿就好。"说着，坐直身子，一手举印石，一手旋腕，快捷地写了起来。

不知什么时候，吴睿稍稍走到吾衍背后，踮脚痴迷观望。吾衍并不理会，一枚接一枚，两刻时光便写完了。林生举印细看，啧啧赞道："先生篆字线条，真是惟妙惟肖啊，虽是写在印石上，却像刻在学生的脑海里，闭上眼睛，便能感受到刀锋游走，石屑飞溅，嗞嗞有声呀！"

"哈哈，写篆在前，成印在后。林生刻刀像是有眼，纤毫毕显。"说着，转身问吴睿道："看出什么来了？"

"先生，弟子觉得神奇，先生仿佛闭着双眼，手中的笔像在游走，却也能写成印章小篆。"

"每每先生写篆，吴睿弟子都这般痴迷，看来真的是喜欢。不过，吴睿未经先生允许，擅自离席，理当责罚。"吾衍说着，如意棒在地上戳了一下。吴睿一缩脖子，望着吾衍道："若是能学到先生这个份上，弟子甘愿受罚。"

"那就站在身后。另外，先生只有一只眼睛，并非弟子说的'闭着双眼'。"吾衍平静道。

吴睿羞得满脸通红。

望着吴睿天真模样，林生掩嘴偷笑。吾衍脸上没有任何表情，玉娥怜爱地望着吴睿，听得林生道："先生常说，凡姓名表字，古有法式，不可随俗用杂篆及朱文。这朱文与白文的写法，到底有何不同？"

"白文印满，朱文印细；白文印于边，不可有空，空便不古；朱文印，不可逼边，四旁有出笔，边须细于字。"

"先生这么一说，学生就明白了。每每下刀，朱白两文时隐时现，款识模糊，常常令学生迷茫不解。"

"哈哈，款为阳，识为阴，视之久了，便会阴阳混淆，文白不分。朱文，线条为实，即有虚幻；白文，线条为虚，即是实存。可谓是无中生有，有中亦无，万事皆是如此。"

"先生之言，学生领悟了。"林生叹道。

"那么吴睿呢？又从中明白了什么道理？"

"先生常言，自唐用朱文，古法渐废；宋之后绝无知者，故后来印之大谬矣。如此，弟子要学先生，推崇汉晋印学，亦做一个'印谱考辨'，让先生成为印学的一代宗师！"

"哦，哈哈哈……"吾衍听了大笑不止，如意棒在空中不停舞动，吓得吴睿缩回身子。

林生见吾衍笑个不停，接话道："先生有幸，吴睿虽小，志向甚大，从先生数年后，若能学得真知，怕是前景不可估量。"

"学得真知，就不会再走仕途了。"吾衍不屑道。

"师傅，人各有志，这些年您带的学生，不少也是前程锦绣，六人及第，五人中举。那个赵期颐，篆书直溯周秦，而又苦读圣书，发誓来年登科。"

"如此说来，得赐个字号与吴睿。"吾衍望着吴睿道。

"先生，弟子并未行冠礼，如何取字号？"

"有何不可？名以正体，字以表德，号为美称。有了字号，吴睿自然遵守师训，重艺更重德了。"

"如此，吴睿一定承受得起。若是字号出自先生之口，是弟子一生的荣耀，父亲自然欣悦受之。"

吾衍想了想道："先生赐吴睿字'孟思'如何？"

"先生，这'孟思'有何说法呢？"

"吴睿生于正月，曰孟春；而后名为睿，字可为孟，曰孟思。意在勉力吴睿刻苦求学，时时求进。至于'思'字，先生不言，吴睿自然晓得。"

"先生取字之意，弟子明白了。往后弟子的字就叫孟思。"

"哈哈，弟子吴睿，吾先生赐字，并非寻常之事，回去后告诉父亲，得为吴睿弄点好吃的，庆祝一般。"

"弟子还要禀报父亲，请父亲来生花坊，当面感谢先生！"

吾衍听了大笑："若是令尊觉得有悖常理，权当一个笑话。"转而问玉娥道，"可见过赵期颐？"

"回老爷话，见过。"林生听了接话说，"期颐早先在生花坊求学，跟先生五年，算是子行的得意门生。"

"日复一日，年复一年，时间犹如老家池淮港流水，奔腾而去，不再复返。"说着，一声长叹，凝神望着桌上一颗颗玉印，突然持笔写道：

"入夜寒砧作，秋虫语亦哀，易催风物改，不逐日车移，疏懒终何益，优游每在兹，重阳今又过，兴尽菊花期。"

写毕，掷笔于案，大笑起来。林生疑惑抬头，竟然见吾衍满脸泪水，不觉吃惊道："先生，大病一场，不如先歇息。"

玉娥满脸愁云，不晓得如何是好，嘴里却道："老爷，宋郎中还留下最后一剂药，待奴婢熬了吃下。"

吾衍摇摇头，半晌道："不用了，忽然间思念母亲与奶奶，又联想跟随龙叔在江里畅游的情景，一时情致罢了。"说着，对吴睿摆摆如意棒，吴睿即刻走下学堂。

玉娥挪动身子，递过巾帕。吾衍抹了一把脸，恢复原先的神态，顺手从条案上拾起一枚玉印，细细再看，对林生道："林生，在下一直不明白，这纤毫细密的线条，是怎么刻出来的？用肉眼，怕也有走神的时候；闭着眼睛，凝神于手，线条蜿蜒盘曲，如何做到纵横舒卷，自然如意呢？"

林生笑笑道："学生感叹先生写篆印之精妙，才有学生犀利的刀法，即便闭目凝神，也能意趣畅达。"

吾衍点点头："若是没有林生的刀法，哪有山房的索价呢？"言毕哈哈大笑，拈过一纸，用篆书在上头写道：

"我爱林生刻画劳，能于笔意见纤毫，牙签小字青铜印，顿使山房索价高。"

末了，在刊头上写下"赠刊生林玉"五个字。

林生接过一看，高兴得像撒欢的家犬："先生过奖了，不过学生很是喜欢！"

中午，林生并没有留下吃饭。吾衍也道胃口不好，只是吃了一碗粥。玉娥熬了最后一帖药让吾衍吃下，醒来时，已过放学的时间。其他生徒走了，唯独吴睿守在卧榻门外，无论玉娥如何劝说，只是不与理会。吾衍看到吴睿奇怪问为何留在这里。吴睿道："弟子曾读过'程门立雪'，杨时为了求学，在程颐先生门外等了一个晚上，雪盈双膝，学得真谛。弟子只是在卧榻门外等了一两个时辰，与杨时不可比拟呢。"

吾衍听了哭笑不得："叶森师兄临走前，与吴睿吩咐过什么？"

"是的，先生。大凡叶森师兄做的，都吩咐弟子了。"吴睿认真说答。

"孟思还是孩子，叶森大得多。再说，滞留生花坊，令尊也不会愿意。"吾衍笑道，穿好袍子。

"先生，若是先生同意，弟子与父亲去说。"吴睿进一步道。

"快回去吧，别让家人等得急了。"吾衍说着走进学堂，恰好撞见玉娥。玉娥道："老爷，奴婢再三劝了，孩子就是不听，父亲在大门外等着，奴婢将他让进了院子，快快下楼吧。"

吴睿不情愿站了一会儿，看看吾衍不再理会，便跟着玉娥下楼去了。半响玉娥没有上楼，吾衍好奇，往楼梯下看，见她与一男子说话，便大声问道："那人是谁呀？"玉娥听到吾衍问话，推那男人没推动，便答："回老爷话，是奴婢的后父。"

"那快快楼上请。"吾衍道。

玉娥迟疑片刻，陪着后父上楼。楼梯上吾衍道："不晓后父光临，子行未能迎接，实在过意不去。"

牟利摆摆手道："读书人就是读书人。"说着，抬腿往里走。

茶毕，吾衍细看，牟利个头矮小，头发不长，胡须凌乱，偏大的袍子裹在身上显得几分滑稽，两眼光亮，流露贪欲之色。牟利环视四周，然后道："今日特来致谢吾先生，犬女在家，生不出半张楮币来，张嘴却是要吃的。"

"父亲……"玉娥着急道，牟利瞪了她一眼："为父说错了吗？"

吾衍沉吟片刻道："生花坊没有闲人，玉娥也不外。"

牟利点点头："妻也罢，妾也罢，用时都一样。"

"在生花坊，玉娥是个帮得上忙的人。"

"能帮上忙，是再好不过了。"

"父亲，老爷病未好，父亲没事就赶紧回去。"玉娥道。

"没事就不能来看看女婿了！"牟利拿眼瞪着玉娥。

"说来与父亲不相干。"玉娥口气强硬道。

"才做了几天妾，连父亲都不认了！"牟利挖苦道。玉娥羞得满脸通红，又不敢在吾衍面前顶撞，只得抹着眼泪。

"好了，这是在生花坊。"吾衍目光从玉娥身上又移到牟利身上，脸上没有一点表情，稍顿又道："牟先生，子行要感谢您的养育之恩，既然玉娥到了生花坊，往后您就不用操心了。"

吾衍这般口气，让牟利软了下来："吾先生说的是，不过当下……"

"有话只管说。"

"灾情刚过，卖酒生意又不好做，当下手头有些紧，能不能借点……"牟利支支吾吾道。

"不可以，老爷不欠您什么！"玉娥口气生硬道。

吾衍伸手制止道："不说借了，这里还有一点楮币。"说着，从案底取出一卷宝钞。牟利见了两眼发光，迅速接过，生怕被人抢了似的，说道："吾先生，不不，贤婿，真是不好意思。"

吾衍摆摆手道："子行病后体弱，需要休息，让玉娥送您吧。"说着，起身往房间里走。

"那真是谢谢贤婿啦。"牟利背后作揖道。

玉娥返回，吾衍已躺在床上。见吾衍没有盖上被子，便上前道："老爷，后父此行，就是要钱，老爷遂了他的愿了，往后还会有第二次。"

"毕竟初次登门，不能不顾人情吧？"

"后父对母亲不好，对奴婢更是想打就打，想骂就骂。若不是在自己家里，早早赶母女出门了。"

"过去的事就让它过去吧！"吾衍叹道。

"是，老爷。"

睡了两个时辰，吾衍身体完全恢复。起身走下院子，猛听得天空传来"嘎嘎嘎"叫声，抬头望去，大雁排行整齐，叫着往南飞去，内心便经过思乡之情。甩了一下身子，像是抖去身上的雨水，换上棕麻鞋，在院子里练了一套剑法，出了一身的大汗，便觉得淋漓畅快。

这个晚餐，吾衍觉得胃口甚好，将桌上的菜吃得精光。玉娥跪在一边喜悦地望着，吾衍突然问："玉娥为什么不吃？"

"回老爷话，奴婢在灶膛吃过了。"

"往后约法，生花坊没有宾客时，玉娥不许在灶边吃饭。或在楼下，或在茶室，与吾衍一道吃饭。"

玉娥听了惊道："老爷，这怎么使得？古人云：'七年，男女不同席，不共食。'奴婢长这么大，从来没上过八仙桌，老爷用的又是条案，面对着老爷吃饭，更是不可以了。"

"有什么不可以？别人怎样吾衍管不着，在生花坊，玉娥只能与吾衍同案吃饭。"

"老爷，如此奴婢咽不下去。若是老爷硬让奴婢上案，侍候老爷吃完，奴婢才能拿起碗筷。"

"待子行吃完了，玉娥还吃什么，就像今日！"

"老爷，奴婢只要吃一口剩下的羹，也就满足了。"

听了玉娥的话，吾衍心一下子软了，缓了缓口气道："这样，慢慢习惯呗，习惯了，就顺过来了。"

"老爷……"

"收了碗筷，子行还要著文呢。"玉娥听了连忙起身道，"奴婢听老爷的。"

吾衍著文很晚，玉娥在茶座外侧跪着。吾衍几次抬头看到玉娥，便分了心。

"玉娥为什么不去睡，在这儿能帮子行什么忙？"

"老爷没睡，奴婢不能睡。"

"只管睡去，子行习惯熬夜，玉娥怎么受得了？"

"侍候老爷，是奴婢的本分。把老爷侍候好了，撑起这个家，奴婢才有好日子，这是母亲一直训导奴婢的。"

"玉娥跪着，子行也分心。先下楼去睡吧，也把吴妈的房间整理一下。"

"奴婢听凭老爷吩咐，先去整理房间。"

三更响起，吾衍伸了个懒腰，掷下笔，席地而卧。

第二十六章

胡穆仲病逝，郭畀晓得在可权之后。

那日郭畀去了甘露寺，见了本长老，长老大喜，好生招待郭畀，仍求书放翁《水调歌》、孙楚望《摸鱼子》二词，写于多景楼下壁上。末了，又以纸求书，望能帮着抄写《遗教经四十二章经》，郭畀并未推辞，日书千字，本长老十分喜悦。

数日后，郭畀到省中照磨所，见赵天锡，改抹元文，欲见赵子昂不遇，遇录事张景亮，相约一同拜望吾衍的时间，转道多宝院见可权。可权说了胡穆仲病逝，道："子行与穆仲、长孺三兄弟亲如手足，昨日晓得后本想告诉子行，又担心扰搅他的教授，还是忍着没去。"

"此言差矣！"郭畀大声嚷嚷，"既然亲如手足，哪有知情不报之礼。明日下午退思要访子行，一定告诉他实情。"

"听天锡道，子行刚刚纳妾，晓得了实情，会坏人家好事，总觉得不妥。"

"这事在下听天锡说了，纳妾竟然没请大家吃一盅酒，正待追问，看子行怎么说。"

"退思，这样妥吗？"可权疑惑问。

郭畀大笑道："主僧大人，在下见机而行，您就一百个放心吧！"

当日，郭畀没到生花坊。次日，见了仇远，仇远听噩耗大惊，想到的也还是吾衍。郭畀道："不说，吾衍迟早也会晓得。"仇远犹豫道："退思一定择机行事，不可勉强。"郭畀答："仁近放心吧，在下听说，子行刚纳了妾，余兴未尽，可是好时机。"仇远分辩说："毕竟是两码事。"然后吩咐郭畀："退思带口信与子行，过两天在老朽去拜访他。"

郭畀在仇远家吃了午饭，仇远写了挽诗，委托郭畀带上，之后与录事张景亮一道去了生花坊。

郭畀喜乐，到哪都带着笑声。在生花坊，只要郭畀在，吾衍真还担心闹了生徒的静学，好在生徒早早习惯郭畀的嗓门。

这个下午，吴睿领着郭畀与景亮走进茶座，玉娥连忙上茶，郭畀便问："叶森呢？"说着，望了一眼玉娥，大咧咧地摘下帽子，弹出一头长发。

玉娥愣愣望着郭畀，吾衍抢着答："祖父病重，回家去了；前日又传话过来，祖父已过世，因而陪着父亲尽孝呢。"

"哦，子行可认得景亮渔仲？"郭畀指着张景亮问。吾衍见张景亮与郭畀年龄相仿，想不起在哪遇见过。"不曾相见。"郭畀听了哈哈一笑说，"渔仲是行省录事，一直以来仰止子行，想讨得一幅篆字，今日相约一道过来了。"

子行听了点头与之打招呼，各自坐下。郭畀看看玉娥问："这么说，子行请了个下人？"

"退思，是子行的庶妻，照礼，退思得叫声嫂子！"

"哦，嫂子大人。"郭畀响亮地叫道。

玉娥像受了惊，羞愧得满脸通红。郭畀不看玉娥，只顾调侃道："子行，这就是您的不是了，是妻是妾，都是一个褥子滚的人，这等好事，就没好酒好菜招待退思与好友们吗？"说着，转向张景亮道，"渔仲您说是吧？"

张景亮笑而不答。吾衍笑说："退思在本长老那儿吃饱喝足，还嫌不够吗？子行穷道士一个，哪来的好酒好菜？"

"嘿，子行兄，退思晓得这儿藏有达观带来的好酒，这时候不取出庆贺一般，更待何时呢？"

"那酒，不是让退思吃完了吗？"

"那么，可权，尚酝局的酒呢，子行可别说两瓮都吃完了。"

"也等不及退思啦。"

正说着，门外有人大喊，张景亮一听，说道："下人在喊渔仲呢？"说着，欲起身。郭畀听了笑问："一个掌管文书、钩稽缺失的官吏，就没自己的时间？"

张景亮笑笑答："这几日整理史稿，行省要得急。"

郭畀与景亮道："好事多磨，好在录事离生花坊不远，今日识得吾先生，往后请字也方便了。"

"在下有空，定当另行拜望吾先生。"说着，作揖道别，吾衍吩咐吴睿送到楼下，转而问郭畀，"退思如何认得张景亮？"

"说来有趣。几年前，退思在酒馆里吃酒，见泼皮欺负一后生，便仗义相护，不想泼皮依仗人多势众，与退思纠缠起来，难解难分时，渔仲起身表明身份，叱喝了泼皮，子行当事后怎么的？"

吾衍望着郭畀问："怎么的？"

"听口音像是京口人，细听总觉得耳熟。一问才晓得，孩时与退思同一私塾习读。子行，这天下小不？"

"退思所言倒也传奇。"

"渔仲好书，喜欢退思的小楷，更羡慕子行篆字，曾习数月，只是天赋不足。"郭畀遗憾地说。

"怕是退思不肯传授。"郭畀听了一挥手，像是要甩掉当下的话题。沉吟片刻道："在子行这里没讨着好事，退思只有坏消息告诉子行了。"郭畀望着吾衍，看他的反应。

吾衍一愣问："什么坏消息？"

"其实，可权让退思别说，退思忖，子行早晚要晓得，不如先说与子行听。"郭畀依旧犹豫道。

"快说吧，这不像退思的性格。"吾衍催促着。

"这可是子行逼得！穆仲病逝了。"郭畀一字字说。

吾衍呆呆的，一时没说话，过了半晌问："在哪去世的？"

"婺州老家，应当是前几日的事情。"

"那么，汲仲可晓得？"吾衍问。

"是的，可权说汲仲已转台州路宁海主簿，应当通知到了。"

吾衍脸色凝重。"是个坏消息了！"吾衍长叹，泪水噙在眼眶里。

"子行，别太难过，生老病死犹如春夏秋冬，花开花落，乃人之常情。想那穆仲，早年获取进士，本可以荣华富贵，却选择布衣陋巷，行如古人。好在这些年留下不少文字，明洁可诵，受人敬重。这样的好友不会沦没，会一直活在友人心里。"

吾衍抹去泪水，将如意棒狠狠摔在地上道："子行该前往吊唁的。"

"子行，路途遥远，来去少说两旬。在下听可权说，松雪因事不能前往，写了诗文寄往悼念；子行腿脚不便，不如也作挽诗，寄托对穆仲的哀思。"见吾衍不语又道，"今晨，在下见了仇远，得知此事，甚是悲痛，写了挽诗交与在下。"说着，从怀中取出仇远的诗文。

吾衍接过细看：

"诸老俱尘土，令予双泪流。几年能再见，一气故应休。江左衣冠尽，人间翰墨留。空山茅屋底，野史属谁修。"

读罢泪流满面。

玉娥一旁紧张道："老爷，大病初愈，一定要节哀。"

吾衍回首望了玉娥一眼，毫无表情，吓得玉娥连忙低下头，说："老爷……"

"也效仿一回仁近，烦请退思一并带往婺州。"吾衍道。

"子行放心就是。"

"唉，这些年，先是鲜于枢，后是方万里、史敬舆、龚圣予相继沦殁，现在又是胡穆仲……也难怪仁近发出这感叹，令人伤心哪。"

"逝者已矣，生者如斯！"

"说的也是。"吾衍无奈答。

"唉，子行，到了该放学的时刻了，总不能让退思饿着肚子走吧？"郭畀岔开话题。

"退思带的消息，赚不到饭吃。"

"饭也就罢了，有酒就行。"

"还真的赖上了。"

"进门看嫂子面相，就晓得善良，即使子行不肯留在下吃晚饭，嫂子绝不会答应。嫂子，在下退思说得对吧？"郭畀笑嘻嘻望着玉娥，玉娥扭过脸，又是一阵通红，低声回答："奴婢听老爷的。"

"嘴再甜也不管用。"转而对玉娥道，"弄几个菜去。"

玉娥应声，欢欢喜喜下楼。吾衍又陷入沉思，如意棒"哪哪哪哪"在楼板上叩起来。郭畀晓得吾衍想着什么，也不作声。良久吾衍拿笔写下了挽诗，交与郭畀。

"退思，看看如何？"

郭畀读道："出处嗟吾道，穷经独暮年。凋零鲁先哲，感激汉遗贤。青简馀心在，金华客梦悬。寥寥想孤鹤，吊影白云边。"

"甚好，子行的诗与人不同之处，在于古朴。在孔埠老家清源斋，一定读了不少的书文。"郭畀由衷道。

"也是，爷爷与父亲都是读书人。除此之外，还有两个叔叔，精通经文，只是喜好不同。这样的家里，尽管有太奶奶和奶奶宠着子行，读书却是必定遵守的规矩。"

"那么，两个叔叔呢？"

"所学不同，结果自然各异。"吾衍答，"长叔子慰在老家开了几家店铺，娶妻生儿，日子甚好；小叔吾龙，宋元更替时到杭州做生意，从此下落不明。"

"战乱时期，两国两族争斗，死的却是平民；更多的无辜，纷乱中丧身非命，尸骨难寻呀！"

"唉，不说这些，都是多年以前的事了。还记得老家华埠，衢通三省，沿江的埠头层出叠见，小镇虽然不大，甚是繁荣。子行居住的孔埠，与华埠一桥之隔，更是山清水秀，树木森森，是个养生的好地方。当下只愿长辈们身体健康，好好地过日子。"吾衍说着，丢开如意棒，两手支着椅子跃起。

"子行一定是想家了。"郭畀显出几分体贴。吾衍不答，转而问吴睿："到放学的时辰了？"

吴睿起身答："回先生话，弹指间就到了。"

"那么就放了呗。"

吴睿起身拾起如意棒，说："先生，可以敲钟了。"

"哈哈，子行又有了一个如意弟子呢。"郭畀笑笑说。

吾衍举起如意棒敲了三下，众徒起身与吾衍道别，唯独吴睿慢吞吞地赖着不走。"吴睿为何不走？"吾衍奇怪地问。

"先生，弟子禀呈父亲大人了，要像叶森一样，侍候先生。父亲满口答应，说日后多加银子与先生。"吴睿两手背后，一字字答道。

"哈哈，看来孟思是铁了心了。可是叶森没有走呀，若是回来，让先生如何安置孟思？"吾衍笑着问。

"先生有所不知，弟子前几日拜见过师兄。伯父令他与孟頫松雪大人学画，师兄不肯，几日不与伯父言谈，最终还是拗不过伯父。师兄正不晓得如何向师傅交代，难为说起这事，兴许是想让弟子与先生放个风，说是伯父大孝在身，多有不便，几日后师兄自己登门，拜见师傅。"吴睿一气说完，眨眼望着吾衍。

吾衍听了默然，叶森是根好苗子，当下学艺渐精，古文诗歌，咸有法度。放弃了的确可惜。好在叶森跟随吾衍数年，厌弃仕宦，不会轻易放弃所学。

郭畀劝道："子行，这样的弟子，走到哪都是好样的。叶森在生花坊读小学，跟随子行数年，若真像吴睿所言，拜师松雪门下，也是叶森的造化。不管怎么说，子行是叶森的开山师傅。"

"哈哈，郭畀是担心子行想不开呀？生花坊教授小学，犹如井圃育苗，盼望有朝一日移植山野，长成大树，哪有不乐意之礼。子行只是担心，孟頫子昂大人身居要职，没有时间教授叶森，白白误了时光。"

"子行放一百个心，叶森求学，一点就通，无须紧跟子昂松雪前后。"

"这倒也是。嗯，吴睿，安居生花坊，又想从先生这里学些什么呢？"

"先生，弟子腿快，可代替叶森为先生上下跑动。若是闲暇，先生所有，便是弟子所学。"吴睿说话一向认真，与同龄人相比，少了几分童趣。

"子行呀，吴睿的心还真不小呢。"转而又道，"若是吴睿真想从先生这里学到全部，怕是比登山还难呢。"郭畀说着笑笑。

"退思先生，学不在多少，而在坚持。弟子愿毕生追随先生，至于学到几层，那是天意。"吴睿依旧认真说。

"这童龀在下喜欢，子行若再推辞，在下可收下了。"

"那还得看弟子心思呢！"吴睿噘起嘴道。

"吴睿，不得无礼。"吾衍制止道。

"没有，没有，若是吴睿不愿意，子行使如意棒，怕也不管用。"郭畀笑嘻嘻接话说。

吾衍问吴睿："今日就留在生花坊吗，还是待令尊与先生说之后？"

"先生，弟子禀报了父亲。父亲说，若是先生答应就留下，父亲择日再过来拜谢先生。"

"留下吧。"吾衍话音刚落，吴睿猴子般蹿起来，尽显孩儿本色。"先生答应了，那弟子帮衬师娘烧灶膛去！"说着，鞠躬跑着下楼。

吾衍与郭畀哈哈大笑："子行，您觉得吴睿天资如何？"

"是在下带过最聪明的弟子，若是这般肯学，往后不亚于在下了。"吾衍高兴地说。

"相信子行眼光不错，也能看到吴睿的出头之日。"郭畀话音刚落，吴睿跑上楼说上菜了。郭畀瞪大眼睛，看着一道道菜肴，嘴里大喊道："子行，哪来的福气呀，这是妾吗？分明是内府的御厨啊！"

"退思有口福，今日赶上了。"吾衍笑笑说。

"嗯嗯，吴睿，与吾先生说个情，让退思一道留在生花坊，每日这等菜肴，还有尚酝局的好酒，哪舍得离开哟！"郭界怪异地说。

吴睿笑笑答："留下先生，也得请令尊同意呀！"郭界听了憋不住笑，吾衍变戏法般摸出一瓮尚酝局的酒。郭界叫道："子行，不是吃完了吗？"

"那两瓮是吃完了。"

"这个可权，私下里藏着掖着！"

两个人又笑。吾衍看看一边侍候的玉娥与吴睿说："两人一块吃吧。"

"老爹，奴婢还要做个羹。"

"弟子也要烧灶膛。"两人说着，起身下了楼。

酒过三巡，郭界又提起与孟頫松雪见面一事，吾衍说："与松雪素有心交，见面与否，有什么要紧呢。"

"子行，都是艺坛巨子，书印同是倡导复古，且彼此近在咫尺，不见面，岂不是留口舌与后人？"

"留口舌又有何妨？那元相公为御史，时白在京，彼此寄诗与对方。一个是'忽忆故人天际去，计程今日到梁州'；另一个是'驿吏唤人排马去，忽惊身在古梁州'。如此神交，真是令人羡慕呢！"

两人边吃酒边谈着与松雪会面之事。其实这不是第一次，也不是郭界一个人劝过吾衍，吾衍总是说："子昂松雪官居一品，到生花坊自然放不下架子；而自己一介处士，又懒得苟同。"其间，仇远与可权提出，在可权寺里会面。吾衍哈哈笑道："如此做作，岂不生硬？交情讲个缘分，又何故强求？"

吾衍与子昂相聚，尽管有诸多的撮合，兴许缘分未到，隔着好友，时常传递口信，也算是文苑中的趣事了。

吃着聊着到了半夜，一瓮酒完了，两人掷下碗筷，倒头便睡。

穆仲病逝，诸多文人写了悼念辞赋，其中也有孟頫松雪，那日可权来看吾衍，拿了孟頫挽诗，吾衍细读，百感交集。

"我有三益友，对之如古人。布衣甘陋巷，书册老遗民。泪落黔娄被，神伤郭泰巾。请为千字诔，书刻上坚珉。"

穆仲与长孺不同，长孺从重庆酒务到扬州教授，又拟转宁海县主簿。而穆仲，虽是咸淳十年的进士，才气逼人，文章明洁，却是布衣一生，酷似古之独行者。

吾衍素来敬仰穆仲，除去人品与经文，处境十分相似。记得一年前深秋，与之夜宿多宝院，谈起许慎的《说文》，叹其所列古籍异体字周全，并按六书分析字形，诠释字义，以此辨识音调。两人的交流，解疑辩惑，交替互补，感慨万千。那一幕仿佛还在昨夜。不想⋯⋯

这些年，生花坊学子来来往往，好友也相继离世，让吾衍内心焦虑不已，总觉得每日在失去什么，呼吸的空间愈加窘迫。于是时而舞剑弄棍，咆哮声起起落落，如欲拓跋疆域的雄狮；时而又骑栏吹笛，其音哀怨凄楚，情寄悠然。

这日未时，父亲杨祖来看吾衍。见了玉娥，除去点头外，并无多余言语。其实天锡早早告知了父亲，就是说，吾衍纳妾，天锡预先征得杨祖的同意，方有吾衍后面那场戏。因而父亲杨祖不作评价，也在情理之中。

杨祖是送新刻书籍来的，同时告诉吾衍，明日动身赴京。杨祖说，奶奶柴氏身体一直不好，便没有下文。自从"祈天求雨"之后，杨祖对吾衍说话一直留有分寸，让吾衍自行体会。其实，奶奶对吾衍的思念，吾衍心里明白，父亲不想点破话题，只是不想让吾衍保留着解释的时机。不过，不论父亲的话有多少层意思，吾衍觉得应当回老家孔埠一次，客杭二十年有余，第一次泛起回家的念头。

午后收了碗筷，吴睿为吾衍整理《闲居录》，时不时询问吾衍不懂之处。吾衍一边书写印章，一边道："遇到不懂之处，先不急于问先生，反复多看几遍，依旧不懂，方可再提问。"

吴睿想了想问："师傅潜心教授，弟子勤奋好学，将来可会有出息的日子？"

"怕不是吴睿自己想问的吧？"

吴睿低头答："是的先生，是家尊急于晓得。"

"那么告诉令尊，专注于出息，便不再会有出息了。论学，要抛弃异念，醉心于书本，读文以正音，深究全文古意，吃透章句，感悟讲述道理。"

"先生，弟子明白了！"

吾衍正要开口，便听得楼下有呕吐声。吴睿跃身下楼，片刻回到茶座室道："先生，师娘脸色苍白，在灶膛炉灰缸里呕吐呢。"

吾衍连忙起身下楼，见锅里堆着碗筷，窝里冒着热水。"这是病了？"吾衍关切问道。

"老爷，奴婢好好的。"玉娥掩了嘴，低声回答。

"好好的，为何脸色苍白，又为何在炉灰缸里呕吐？"吾衍严厉问道。

"老爷……"

吾衍转而问吴睿："可记得'鹤年堂'？"

"记得，就在纪家桥附近。上回先生带着弟子专程感谢过宋郎中呢。"

"吴睿腿脚快，去请宋师傅过来，告诉他师娘病了。"

吴睿听了拔腿欲跑。玉娥连忙喊住："老爷，奴婢真的没病，只是一时恶心，现在没事了。"

吾衍并不理睬玉娥，对吴睿吼道："快去快回！"吴睿飞身出门，吾衍转身将碗筷放进锅里，玉娥惊慌阻止道："老爷，使不得，老爷洗碗，不如打奴婢的劈面巴掌！"

"洗几个碗碍着什么了？玉娥有病，就该歇着。"

"老爷，奴婢真的没病。"说着，用身子挤开吾衍。吾衍见玉娥脸色暖了些，便离开灶膛，稍过一会儿，吴睿便闯了进来，跑得上气不接下气。

"吴睿，怎么没与宋郎中一道过来？"

"先生，郎中出诊，弟子与门徒说好了，回来后即刻禀报。"

见玉娥没事，吾衍道："自己的身体自己晓得，往后不用守夜，子行读书也罢，写字也罢，玉娥尽管去睡，免得过于劳累！"

"老爷只管放心，奴婢先前吃过苦，在生花坊，有老爷的庇护，奴婢像过着天堂里的日子。只要老爷好，老爷开心，怎么使唤奴婢，奴婢都万分乐意！"

吾衍看了玉娥半天，见吴睿依旧站着便道："吴睿，既然师娘硬要洗碗，只得由她去了。"说着，领着吴睿往外走。刚走到石榴树边，便听见有人叩门钹。吴睿跑去开门，见是宋郎中。吾衍迎上作揖道："宋先生刚到家，就往这里赶，在下真是过意不去。"

"吾先生哪里的话。把脉问诊，开方抓药，一点耽搁不得，这叫医德，也是'鹤年堂'延续几代不衰的道理。"

"宋先生言之有理。"说着，对吴睿道，"快叫师娘出来。"

吴睿跑进厨房，一会儿牵着玉娥的手出来，见了宋郎中，玉娥搭手屈膝请安。各自在石榴树旁坐下。宋郎中细细为玉娥把脉，只见他眉头紧锁，屏气凝神，两指时而在腕上移动，半晌没个定论，把吾衍急得，又不好询问，只得愣愣地站在一旁。

"脉象圆滑，如珠滚玉盘之状。"宋郎中终于吐了一句。

“脉象圆滑，是个什么征兆？”

宋郎中伸出手，并没有回答吾衍的提问，微微闭上眼睛，再做一番确诊，稍许，肯定地点了点头，说："吾先生，恭喜了！"

“恭喜？喜从何来。”

“夫人有了！”

“有了……”吾衍与玉娥同时张着大嘴？好一阵才缓过神来，"宋先生，这怎么可能？"吾衍想起玉娥两年里不育，为此吃尽苦头，颇为诧异问。

“脉象清晰，本郎中不会误诊。”宋郎中肯定说。

“如果无误，为何……”吾衍一时不晓得如何表达。

“哦，吾先生，凡事有'五不女'，也有'五不男'者。骡、纹、鼓、角、脉者无妊娠；天宦、漏、建、怯、变者不能使之怀孕。这生男育女不单是男人或是女人一方说了算！”

吾衍默然，然后点点头。

宋郎中拱手说了一通吉利的话，又吩咐一些要紧的事情，然后道："吾先生，不用医，不用药，让夫人好好珍重便是。在下那边还要出诊，得赶紧走了。"说着，匆匆告辞。

院子里，玉娥低着头，像犯错的童子。"有了"，甚是突然，是好是坏，对玉娥来说一概不知晓。两年多来，老公、婆婆想有儿孙，挨打、受辱，不晓得吃了多少苦，反复地折腾，早让玉娥断了生儿育女的念头。这回真的有了，倒让玉娥不信了，又担心老爷因此责备自己，毕竟，自己是妾身！

“吴睿，到楼上习书去。”吾衍对站在一边的吴睿道。

吴睿一走，玉娥觉得大祸临头，惊慌道："老爷……兴许是宋郎中弄错了，玉娥真的……"

“真的一直没有怀上？”吾衍平静地问。玉娥听了"扑通"一声跪下："老爷，奴婢不敢诬言。两年多来，婆婆一直指责奴婢'天癸'不至，怀不上一男半女。因此，奴婢受过多少打骂，做过多少丑事！遇上大荒年，婆婆为了省下一口饭，好保男人强壮，传宗接代，硬是给饿死了。这个，又成了男人殴打奴婢的由头。奴婢的苦吃在断后上，哪里还敢欺骗老爷呢？"玉娥说着，早已哭成了泪人。

“玉娥快快起来。”吾衍向前扶起玉娥道，"难道没想过，玉娥不孕怪不得玉娥，是那男人的欠缺？"

"老爷，古往今来，不孕是女的事，谁敢往男人身上赖！"玉娥认真地说。

"刚刚宋郎中说，有'五不女'，也有'五不男'，生儿育女，本来是夫妻之间的事，何故单单推给女人？"

"老爷的意思，先前不生，不怪奴婢，只怪那男人？"玉娥迟疑问道，不信这是真实的。

"至少不是玉娥一个人的事，当下，吾衍有后，不就证明了吗？"吾衍说着，高声地嚷嚷起来，如意棒在空中挥舞着，飞身一跃，跳上了井圈，吓得玉娥尖叫起来，吾衍却哈哈大笑。

稍许，玉娥担心道："老爷，奴婢是妾……"

"是妻是妾又有何妨，都是吾家吾衍的后代！"

"老爷……"玉娥感动得捂着嘴。

"玉娥，往后重在养身，若是身体不适，再寻厨子，足月后给吾家生个大胖小子。"吾衍举如意棒一劈道。

"老爷，奴婢没那么娇气，母亲说，生产奴婢的头天，照样洗衣做饭；母亲还说，孕身多干活，生产才顺当，哪里用得着另请厨子。"

"不管玉娥母亲怎么说，在生花坊，就得听老爷的！"吾衍高声嚷道。

"一切听从老爷的就是，只是厨子万万另请不得。"

第二十七章

腊祭刚过，玉娥肚子渐渐鼓起。但凡友人来访，玉娥除了灶膛的活，不再出现，楼上楼下只有吴睿匆匆的脚步。友人问起，吾衍只答："有所不便。"入假后，生徒各自回家，生花坊变得冷冷清清，吾衍寻思着万寿宫的货船何时再下钱塘。这些年，不曾踏上过华埠的码头，想起有几分愧疚。玉娥有喜之后，吾衍致函告诉母亲，母亲说，奶奶让衍把妾送回来。还说，不久万寿宫的戴勤要下钱塘，让衍准备行程。

祭灶将至，戴勤果真来访。每次来生花坊，戴勤都会带来豆阴酱，这次还带来了香枹。听吾衍问道，戴勤笑答："吾先生，这是令堂的心思，说是姜氏有孕，爱吃酸；还说，一路坐船，豆阴酱途中当零嘴。"

"只有母亲想得这般周全！"吾衍感叹说。戴勤告诉吾衍，今日刚到钱塘，明日装货，后日一早返程，与吾衍相约于钱塘码头见面。

戴勤刚走，吾衍与吴睿道："后日生花坊关门，再开门得来年春季。明日，先生送孟思回家。"

"先生走了，弟子学习如何继续？"吴睿问道。

"嗯，除去日写百字，还要熟读《晋文春秋》与《楚史梼杌》，每日研学先生的《周秦刻石释音》与《印式》。"

"若是不懂之处，弟子又该问谁？"

"读书百遍，其义自见。孟思在私塾读了不少书，只是不曾精读。先生曾告诉孟思：读书切忌'主私意'。以私自想法，揣测书中本意，穿凿附会。要学会放弃原先所学，试着从零开始。"

吴睿听了点点头，说："先生，《印式》弟子也曾读过，只是不曾像先生说的那样读百遍；而先生教学用的《学古编》，弟子特别喜欢。弟子想，照着《印式》与《学古编》中的'三十五举'，学刻印章，敬请先生许可。"

吾衍想了想答："孟思有愿望，不妨试试。"

"先生，太好了，如此，先生不在，弟子有先生的书籍相伴，既可研读，也可照着要领试着刻印。"吴睿说着，脸上喜滋滋的。

吾衍安顿好吴睿，回到生花坊已是未时，进门见玉娥面有难色，心里一惊，问及缘由，玉娥说怕见吾衍母亲与奶奶。吾衍笑笑说："丑媳妇总要见公婆。玉娥的事，家人早已晓得。再说，衍四十未婚，娶妾生子，以续吾家香火。瞧，戴勤带来吃的，哪一样不是为玉娥准备的？尤其是香枹。既然母亲已认，玉娥还担心什么？"

玉娥点头，回想先前日子，心里依旧害怕，想了想道："奴婢吃苦多，老天爷开眼，才有老爷的眷顾，让奴婢有了栖息之地。奴婢这些天一直想，不管老爷往后怎样对待奴婢，奴婢都愿意侍候老爷，即使死，玉娥也含笑而去。"

"不说这些了，收拾收拾，还有什么要带的，明日一早赶到钱塘码头。"

次日，吾衍一行赶到钱塘码头与戴勤会面。这是一条大船平底帆船，内分八舱。帆在船前，前兜井连接货舱，再后是梢橹与后兜井。整条船选用上等木材打造，以葛筋、桐油石灰嵌缝，内外桐油涂刷。

"记得，吾衍离开华埠下钱塘，乘的也是这条船。"

"哈哈，除去龙骨，差不多翻新了一遍。"

"是呀，戴勤成了真正的船老大了！"吾衍感叹。

船上货物不多，吾衍问是怎么回事。戴勤说："市场不景气，生意很不好做。"

船如约起航，逆水行驶，吾衍还是第一次，好在风浪裹着江水，船上拉起樯帆，借着风力，一路顺当。

一场小雨，玉娥坐进舱内，吾衍挂着如意棒立在船头。玉娥道："老爷，下着雨呢。"吾衍张开手掌道："没雨了，没雨了！"说着，对着青山大吼，又举如意棒，在空中挥了两下。

"吾先喊声如雷，必定会惊醒龙王呢。"

"这场大旱，龙王也应该醒了。"

"半年大水半年旱，一年里，苦死农家了。这还不算，有天灾必有人祸。年初宫内争斗，刀枪见血，皇上哪有心思治理天下呢？"

"戴老大也晓得这些？"

"哈哈，别忘记戴家与吾家的关系。先前，龙哥时常将邸报与庶人看。后来衢州同知告老还乡，子慰不晓得通过什么关系，也弄到了邸报。"

"的确，皇族争夺皇位，遭殃的却是百姓。"

"皇帝上台，面对的却是先皇留下的诸多弊端。那个'持盈守成'早让国库空虚。那么，接下来倒霉的就是百姓喽。"

"嗯，子行常与好友谈起，过多的赏赐早让国库空虚：'名爵扫地，赐予空帑'，钞法几近崩溃了。"

"这是读书人说法，庶民认定的道理只有一个：有钱买不着东西！"戴勤愤愤道。

"哈哈，有得有失，当今皇上尊儒，倒是不曾有过的。之前的'至圣文宣王'诏封'大成至圣文宣王'，并遣使祭祀，以表尊崇，算是登峰造极了。"吾衍说。

"这是明里，谁又晓得暗里的呢。"

"灾患过后，农家的日子有了缓和，戴老大的日子更是优胜不少。"

"农家苦，船家也不容易。买卖萧条不说，大旱期间，从华埠到钱塘，不少河滩过浅，个个恨不得在船底装上轱辘。船家不能行船，靠什么过日子呢！"

吾衍听了大声吼道："不说这些丧气的话了，看看这两岸的风光多好。"说着，捋了一把胡须。

"吾先生，一会儿有更好的。"戴勤笑笑说。

吾衍举目四望，每段江面，景致迥异，变化无常。再往前，江面险要，却是奇山异水，天下独绝。戴勤道："吾先生，回到舱内，坐得稳些。"

吾衍听了哈哈大笑："这水怕是淹不死子行。"说着，以如意棒探入水中，划出道道波纹，"这是什么水域？"

"这是南北源两江汇合处，叫富春江。"

"哦，这就是富春江，人称'小三峡'。"

"正是。吾先生，从钱塘至华埠，这段水路最为险要。"

"不过如此，子行还真想下河畅游一番呢。"

"吾先生，先前龙哥随家尊下钱塘，看中的是叔哥常年嬉戏港里，练得一身好水性。"

"令尊请了龙叔，不光因为水性，还有一身武艺。"

"是呀是呀，那时真羡慕龙哥，只恨家尊逼着庶人读书，其实水上人家，哪有读书的天分？"

"戴老大读了几年私塾？"

"前后五年。"

"五年不少了。"

"与家父比，的确不少，用时又嫌不够。每次下钱塘，见一路风景，心里有感慨，嘴里道不出，看了也就看了。世道就是这个理，是乌龟，在泥淖里爬；是纤夫，背负纤绳岸边行。"

吾衍不语，望着绵亘的江面，感慨万千，片刻喃喃自语道："浩瀚的江水，倒是让子行想起吴均的《与朱思元书》一文：'自富阳至桐庐一百许里，奇山异水，天下独绝。'果然名不虚传呀！"

"吾先生在杭州教授学子，有大学问，必定也会作诗吧？"

"哈哈哈，会一点。"吾衍开朗道。

"先生看两岸青山，一阵雨后，水洗般翠绿；那瀑布，像一条白带垂落在山涧。这些能作诗否？"戴勤一边掌舵，一边问道。

"戴老大说的，已经是诗了。"戴勤不好意思笑笑。吾衍沉吟片刻，转头对玉娥道："备好笔墨。"而后目视远方，口中念道：

"雨后长流写急湍，奔雷转石喷虚寒。凭谁挂起三千尺，试作庐山瀑布看。"

"吾先生，庶人真不懂诗文，只晓得吾先生诵得好听，这让庶人想起读私塾挨板子的事！"戴勤打趣说，"吾先生教授弟子，也用板子吗？"

"不用板子，用如意棒。"说着，举如意棒劈空而下。

戴勤缩了一下脖子道："这样的打法，弟子怕是挨不了几下。"

吾衍听了哈哈大笑，说话间，东面挂起了彩虹。吾衍叫道："玉娥，快来看彩虹，好生漂亮。"

玉娥走出船舱，顺着吾衍手指，但见彩虹悬挂在天空，赤橙黄绿青蓝紫七色，编制圆弧的彩桥，一头伸向江面。"老爷，一定是仙女渴了。"玉娥微笑道。

"哈哈哈，肯定是仙女渴了，多长时间不下雨了，否则，何必探江饮水呢？"说着，走下船舱，接过玉娥的纸笔写道：

"返照馀光白，斜虹带雨长。半天分远近，二气襄阴阳。娲石犹能见，秦桥不见梁。龙渊在何处，倚望极苍茫。"写毕，哈哈大笑。

数日行船，一路顺畅。近午时，船至常山港，戴勤说，到家门口了，顺当的话，酉时前便能进华埠了。"说着，将舵往岸边拐。

"戴老大要在这里靠岸？"吾衍问。

"先生几天吃喝在船上，一道进港吃个早饭。"

吾衍笑道："若是为子行，就不必麻烦了。"

戴勤说："有什么麻烦的，还得给儿子买方砚台。戴家世代行船，常年漂泊在江面上，到了犬子辈，一定得让他上岸了。"

"哦，是这样？"

"吾先生若是在华埠教授弟子，一定让犬子上先生的学堂。"戴勤一边絮叨，一边缓缓将船驶入港湾。

玉娥身子不便，留在了船上。跟着戴勤踏上码头，见人流稀疏，市井凋敝，完全没有华埠古街繁荣的印象，甚是诧异。正想开口问戴勤，却被穿着破袍的妇人扯住。那妇人指着身边女童道："老爷，行行好，买下犬女吧，她父亲死了，只要半口棺材钱！"

吾衍蹲下身子，见女童年龄不过总角，头发蓬松，皮肤蜡黄，瘦得皮包骨头，两只眼睛出奇的大，恐惧地望着吾衍。"是亲生母亲。"吾衍指着妇人道。女童点点头。吾衍转向妇人问："总还有亲戚朋友吧？"

"老爷，这年月，大家都一样，能凑多少钱呢？"

吾衍回头望望戴勤，见他沉默不语，便从身上掏出一张宝钞："拿着吧，再穷，也不能卖儿卖女呀！"

妇人颤抖着手接过钱，倒地便拜，女童也跟着"咚咚"地磕头。见吾衍欲走，妇人忙道："老爷，这是奴家见过最大的宝钞呀，老爷不带走犬女，奴家如何担待得起！"

"苦，苦在一块，女儿毕竟是母亲身上掉下来的肉。"说着，转身就走，两人脚步渐远，依旧传来母女俩的磕头声。

"怎么会这样？"吾衍不解地问。

"与行船看到的风景相比，又如何呢？"戴勤低声问道。

吾衍听了心里"咯噔"了一下，猛然领悟："那么华埠呢，不至于像常山这般吧？"

"差不了多少。边远处卖儿卖女，卖田卖地大有人在。不过华埠毕竟是古埠，商贾云集，底子又厚，比起乡村略强一些。"

听到这儿，吾衍再也无心闲逛。看到眼下情景，真正感受到玉娥所受的苦难。

转而对戴勤道："要不戴老大去了就来，妾家只身在船，子行放心不下呢。"

戴勤见吾衍突然回转，不晓得何故，只好道："那庶人去了就来。"

回到船上，玉娥见了吾衍惊诧问："老爷怎么折回了，戴老大呢？"

"买砚台去了。"

"那老爷……"

"留玉娥一人在船，老爷不放心。"

"老爷……大白天的，有什么不放心的。"

"这两年，玉娥真的吃了不少的苦。"吾衍默默道。

玉娥一愣，转而道："老爷，玉娥要忘记它，那一场场都是惊魂的噩梦！好在现在……"说着，用衣袖掩了眼睛。吾衍道："先前，子行并没有意识到，下船时看到卖女妇人，便想起了玉娥的婆婆。为有后嗣省下一口粮，硬是把自己给饿死……都是苦命之人啊！"

"老爷……"

"到了吾家，相信这样的日子不会再有了。"

"老爷，奴婢懂得感恩，一辈子听从老爷的使唤！"

吾衍点点头，沉思片刻："取笔纸来。"玉娥取过笔纸，吾衍匍匐在甲板上写道：

丁未岁哀越民：

越壤吴江左，州民泰伯馀。田莱空草莽，井邑共萧疏。相食能无忍，传闻信不虚，寒沙满骸骨，掩骼意何如。

这首诗，一定得录入《竹素山房诗集》。吾衍心想。

戴勤回来，还带了几个烧饼，说："常山的烧饼顶有名了，吾先生尝尝。"

吾衍接过咬了一口道："真的不错，喷香柔糯。玉娥也尝尝，糊上带着的豆阴酱，更合玉娥的胃口。"玉娥咽了一口唾沫道："老爷吃得那么香，真让奴婢嘴馋了！"

不出酉时，船至华埠。吾衍搀着玉娥走过桥，回首与戴勤道别。戴勤道："吾先生真是贵人，这么多年钱塘江上上下下，像这般顺风顺水的还真不多。"

吾衍听了哈哈大笑："若是子行年轻些，也像龙叔，为万寿宫戴家押船。"

戴勤也笑道："岂敢，岂敢，吾先生是贵人，路上好走。"

蹬上台阶，踏着青石板，两边店铺依旧林立，离开古镇二十二年，眼前一切未变。不过时逢灾年，少了先前的号子、车行人拥。没人认得吾衍，且走且停，吾衍与玉娥说店铺的故事，玉娥应着，踏着吾衍的脚步。过了石拱桥，高高的防火墙映在树林中，吾衍不禁加快了脚步。进了院门，不想黑子立在院门口，见吾衍便摇起尾巴，吾衍呆了一下。一个田童从户内跑出叫黑子，看到吾衍愣在那儿。吾衍笑笑道："眼前的一定是吾坤。"吾坤是子慰的三子，垂髫之年，大的吾萃、吾娟都是女孩。子慰成家不久，就从吾宅搬了出去。

吾坤望着吾衍半晌问："先生是谁呀？"

吾衍笑道："吾坤的家在华埠'双溪嘴'，怎么跑到孔埠来了？"

"这是爷爷奶奶的家！"吾坤生气道。

"这就奇了，子行在家里长大，怎么从来没见过吾坤呢？"

吾坤疑惑不语，突然转身跑向房内，嘴里喊道："爷爷，吾衍大哥回来啦！"

吾衍笑着对玉娥道："这个机灵鬼。"说着，一道往里走。走到门边，只见吾坤牵着元振的手走出厅堂。吾衍一见，即刻下跪道："爷爷，孙儿吾衍回来了。"

几年不见，元振头发霜白，长长的寿眉像两把刷子垂落下来。吾衍心里一紧："爷爷，一向可好？"

"好好，衍，快快起来。"元振话音刚落，吾坤跑来扶吾衍，甜甜地叫道："大哥哥，坤好些次梦见哥哥呢！"吾衍摸了一把吾坤的头说："这大哥也太大了！"

"就衍一人吗，姜氏呢？"元振四顾问道。

吾衍回头没见人影，便走了出去，见玉娥低头站在墙边："玉娥，爷爷叫你呢，怎么就站在院门外了？"

"老爷……"

"快快进屋吧。"说着，伸手来牵，"爷爷，这是玉娥。"话没说完，玉娥"扑通"一声跪下："奴婢给爷爷请安！"

"起来吧，路途辛苦，别累着身子。"元振道。吾坤欲扶玉娥，元振继续道"坤，告诉奶奶，说你吾衍大哥回来了。"吾坤稍作犹豫，转身就跑。"你奶奶身子不好，有些日子了，天天都问，衍什么时回来。"元振说。

"爷爷，衍看奶奶去。"说着，拉起玉娥。

到了房间，柴氏没在，出来正巧遇见吾坤。吾坤道："奶奶在丁字间。"

吾衍感到诧异，不明白奶奶为何独自搬离原先的房间。

奶奶睡在阴暗的丁字间，听父亲杨祖说，太奶奶去世后，那房间一直空着，后来慢慢用于贮藏。柴氏一病不起，让子慰腾空丁字间，晒了石灰，不日搬了进来，一住就是半年。

听了吾坤报信，奶奶柴氏正欲起床。吾衍三步两步赶到床前，帮奶奶重新躺下，然后跪在床前道："奶奶，衍孙不孝，这么多年没回家看您老人家。"说着，在踏板上磕起头来。

"衍，俗话说，小麦点在寒露口，点一碗，收三斗。这长辈不就是为晚辈图个好吗？只要衍有出息，看不看奶奶，有什么要紧！"

"奶奶，别这么说，不然衍无地自容了！"吾衍说着，握起柴氏的手，泪水横流。

"好，奶奶不说。衍扶扶奶奶靠在床背上。"吾衍还想劝劝，见柴氏硬支起身子，便顺势扶着柴氏。柴氏望望门外跪着的玉娥问："是姜氏吧，别老跪着，身子要紧。"

吾衍接话说："快进来给奶奶请安。"

玉娥听罢连忙走进房间，下跪道："奴婢给奶奶请安！"

"起来吧。"柴氏低声道。

二十多年了，奶奶远不是原先那个精明利索的柴氏，那时，太奶奶鲁氏病了，爷爷在国子监，家里大小事情都靠奶奶柴氏撑着。奶奶做事果敢，从不磨叽，一人挑起吾氏家族的重担，没皱过一次眉头。现在，奶奶瘦成一副骨架，在床上躺着，吃得又很少，让吾衍分外心痛。于是吾衍劝道："奶奶，别老躺着，到院子里晒晒太阳，身子骨慢慢就好起来了。"

"想当年，奶奶也这般劝太奶奶鲁氏。现在想起来，不是不想晒太阳，而是力不从心了。俗话说，不怕年老，就怕躺倒。"

"不会的，奶奶，您没病，只是常年劳累的。"

"唉，自己的身子自己晓得。这人就像狗，咽气那会儿找个角落，不想让主人看着死，省得吓着主人。黑子不是这样的吗，奶奶现在就是这个心情。"

柴氏的话一下子让吾衍想起太奶奶鲁氏，也想起了懂事的家犬黑子。奶奶生病后在丁字间躺了半年多，直到离世；而黑子硬是悄悄地死在弄堂一角。吾衍想着心里一酸："奶奶，快别这么说，往后让玉娥服侍您。"

"秋分种蒜，寒露种麦。人就像庄稼，各有各的长法。姜氏产子，为吾家繁衍后代，这才是她该尽的本分。"

"奶奶，衍明白。不管怎么说，奶奶一定得听从郎中吩咐。"吾衍抹着泪道。柴氏听了没吱声，片刻问道："见过母亲没？"

"没有，衍孙先拜见奶奶。"

"快去吧，家里的重担落在你母亲身上了，她不容易呢。"

"往后有玉娥，奶奶和母亲也好歇歇了。"吾衍接话说。

"奴婢一定会尽全力的。"玉娥一边接话道。柴氏望玉娥一眼道："去吧，看看母亲去。"

蒋氏在厨房里，吾衍走到哪，黑子跟到哪。吾衍摸摸黑子的头，一同走进厨房。蒋氏听到叫声并没有回头，只是道一句："来了？"接着专心炒菜。

玉娥无声走近灶膛，看着菜刚刚下锅，便往里添了一把毛柴。吾衍道："母亲，这些年没回家看您，衍儿很是过意不去。"蒋氏依旧低头炒着菜，没有吱声。吾衍又道："这个家靠母亲撑着，真是辛苦啦！"

听见抽泣，吾衍绕到灶膛前，看到母亲满脸是泪，连忙跪下道："母亲……"

"快起来吧。能回来，母亲高兴。"说着，用围裙拭去眼泪。

"母亲，往后玉娥侍候您和奶奶，让母亲好好歇着。玉娥外公是宫廷御厨，小时候起就学做菜肴，先给母亲打下手，慢慢地把活都交给她。"吾衍边说，边细细看母亲：母亲脸上爬着皱纹，再也没有先前的风韵，袅袅的蒸气中，已度过了二十多个春秋。

母亲这才望了玉娥一眼："衍儿，有几个月了？"

玉娥起身答："回婆母话，有四个月了。"

"能看出来，这是头胎。三四月最要紧，往后就不用太劳心了。"

"奴婢听从婆母教诲，往后奴婢有不当之处，婆母只管责罚。"玉娥搭着两手，低着头道。

"衍儿，去摆桌子吧，菜一会儿就好了。"末了，蒋氏已装好一碗饭，将菜与汤另打了一碗，放进托盘。吾衍进门见了道："母亲，还是孩儿来吧。"蒋氏一愣，吾衍又道："小时太奶奶病了，母亲与衍儿常送饭菜。"

母亲笑笑："还是叫坤去吧，您腿脚不便。"

"母亲，还是奴婢端过去吧。"玉娥主动道。

吾衍道："母亲，让玉娥去吧。"蒋氏想了下，把托盘交给玉娥："小心点，吃完了，收回来。"

玉娥走后，母亲问："是个本分的女子，可惜头一遭嫁错了人，都是命呀！"

"母亲，衍儿在杭州多年，孤身一人，先前真没觉察出什么，有了玉娥，磕磕碰碰的日子少了。"

蒋氏并吱声，片刻道："子慰明媒正娶，生了两女一男；吾龙也算有后了。衍儿是吾家十三代长子，未妻先妾，这个头没带好呢。"

"母亲，妻也罢，妾也罢，都是吾家的亲骨肉，这才是顶重要的。只要人好，别人怎么看，孩儿不会放在心上。"

"那姜氏，先前吃了许多苦，衍儿收留她，是她命好。感激之心，足够让姜氏侍候衍儿一辈子。"

"母亲，孩儿蛰居此心，优势作威，就不近人情了。对玉娥好，她心里明白，衍不图她的回报，只想她往后好好侍候家里长辈，衍也就安心了。"

"衍长大了，道理懂得也多，不说别的，姜氏能给吾家生儿育女，母亲的心也就踏实了！"

吾衍劝慰母亲一番，见黑子依旧候在身旁，摸摸黑子的头道："也叫黑子？"

"是呢，不过不是衍儿从柯山书院回来时见到的黑子，孙辈了，也老了。"母亲说着，吾衍听了点点头："一代代都没把孩儿当陌生人，又常年厮守吾宅，这也是天意呀！"

晚饭时，子慰也来了。吾衍问，怎么没请过婶婶，子慰说女人家事多，一会儿再过来。桌上四人，各坐一边。元振准许吾坤上桌，蒋氏与玉娥在厨房里吃了。吾衍取出尚酝局的酒，吃着都说浓烈馨香。

子慰很少饮酒，现在他是华埠盐铺的首富。当年师傅为了保住名号，将德裕堂传到子慰手里。江师傅去世后，子慰让江师傅的女儿做了"垂帘掌柜"，又时常指点那"关门弟子"，总算把德裕堂传承了下来。现在德裕堂由江师傅的外孙江时掌管，而子慰慢慢脱了手。子慰为德裕堂干了二十多年，分文不取地还给了江家后代，成了华埠古街的一段佳话。

酒桌上吾衍道："爷爷，衍感慨甚多。"吾衍激动地说："爷爷年轻考取进士，出仕朝廷，看似离家很远，但是吾家能有今天，是爷爷打拼出来的。尤其是父亲与叔叔，是爷爷一手栽培着，到了衍这一辈，依旧不离不弃，直到进京做官，还惦记着生花坊的教授。整个吾氏家族能有今天，功劳应当归功于爷爷。衍敬爷爷满盅。"说着，一干而尽。

元振举盅道："爷爷在外，先前的事靠的是太奶奶，现在靠的是奶奶。这些年，吾家三子潜心读书，懂孝道，有情义，是太奶奶与奶奶的功劳。爷爷与你父亲杨祖，只是宫廷里的小吏，过眼云烟，往后能够留名在世的只有衍了。"元振毫不遮掩夸道。

"爷爷，没有您和父亲的教诲、叔叔的传帮带，就没有衍的今天。"转而又对子慰道，"子慰叔，母亲与奶奶信中说到慰叔不多，但叔早已声名远扬。都说天下无商不奸，唯独吾家的商人厚道，衍当敬子慰叔一盅！"

"衍侄过奖了。慰叔从小不善言辞，衍与龙叔最亲近，衍所学，皆是龙叔真传，可惜龙叔他……"

吾衍吃了盅里的酒，低头默默道："吾家顶值得敬重的要算龙叔了，他心里装着家，也装着国。龙叔才是吾氏家族真正的英雄！"

"不说这些了，大家多吃菜。"元振打断话题。

蒋氏与玉娥走出厨房，玉娥扶着蒋氏坐在椅子上，自己在一边的门槛上坐下，一声不吭听着男人聊天。一会儿，子慰小女陪着汪氏到了吾宅。当年东岸的汪氏，已是三个孩儿的母亲。子慰诚实又讲信誉，汪家小女的坚定，硬是扛着父母之命，寻死觅活，直到子慰八大轿抬进家门。

子慰结婚第二年，买下了"华祥盐行"房产，朝街依旧是店面，后面仓库改成住房，做了修缮。第一个女孩儿出生后，子慰搬出孔埠老宅，住进了"华祥盐行"。

吾衍见过婶婶，话题转到生花坊。子慰突然道："若是把生花坊搬进古镇，对衍而言，与杭州有什么不同？"

"都是教授童子，也没什么不同。"吾衍随口答。

"如此，不如回到古镇开设学堂，教授当地童子，与家人也有个照应。不是两全其美吗？"子慰又道。

"慰儿，在古镇教授童子，对衍孙而言，成了小庙里的和尚，只限于教学。若是做学问，结交名望，远没有在杭州便当。试想一下，若是衍孙从柯山书院回到华埠，而不是去生花坊开办小学，哪有现在的名声呢？人的一生，台有大小不同，结果也就两样了。"元振道。

吾衍想了想道："爷爷与子慰叔说的都没错。威权日盛，名望日增，总有折回去的时候。这就像太阳，东边出，西边落。从这个道理上讲，衍一直感激爷爷的生花坊。在生花坊，衍几乎结交了当朝所有名流，不能见面，也有诗书往来。这让衍像一名郎中，能从脉象中体察艺苑之走向，全力推崇复古。这条路衍要一直走下去。总之，在生花坊，除了教授童子，还有许多学问可做。"

子慰叹道："衍的心境，不是子慰叔揣摩得了的。"说着，自饮一盅。

"慰叔与龙叔一样，从小对衍关爱，那年遭受绑匪，是子慰叔冒着风险，舍弃盐款，救了衍。这盅酒，侄儿代父亲母亲敬子慰叔。"

蒋氏坐一边点头，眼睛里闪着泪花。

三代人有说不完的话。其间，玉娥数次起身看柴氏，像当年柴氏看护鲁氏一样。蒋氏不让柴氏闩门，自己到了那一天，也要搬进丁字间，给老爷腾个清静。

散席后，吾衍送子慰出门道："慰叔，算起来，您也是古镇有名的郎中了，您看奶奶病……"

子慰摇摇头答："能拖多久是多久。"稍停又道，"母亲为了照应父亲和这个家，像灯芯一样熬着，又不听劝，不肯补补自己的身子。"

吾衍点头，望着三人的背影消失在黑夜中。

第二十八章

逗留孔埠数日后，吾衍走进清源斋。书籍原封摆着，仿佛一直没人触摸过。抚过书架，脑海里翻动着儿时的记忆，内心颇感亲切。清源斋的书吾衍大多读过。后来，吾龙走了，父亲走了，子慰开了盐铺，而吾衍去了柯山书院。之后，仿佛没有人再走进清源斋。

爷爷是否常进书斋，吾衍不得而知。家里的田雇人耕耘，地却是自家种的。母亲说，爷爷耗在地里的时间最多。离家多年，爷爷的老本行一点没忘。爷爷曾说，身体硬朗，务农是本。

清源斋可读的书不多。吾衍此行带来三本手稿：《造玄集》《九歌谱》和《十二月乐词》，经反复修改，勘定誊写后便可定稿。

季春至，柴氏躺在床上，像一根折断的草，日渐衰弱。蒋氏担心柴氏熬不过正月，一日复一日，还是挺过来了。玉娥的肚子一直往下坠，尖尖的往外鼓着。蒋氏私下里对吾衍道："男抱母，女背母，看那肚子，必定是个男孩。"

吾衍打趣道："猜不如让子慰叔过来号号脉。"

蒋氏道："古人讲的不会错，酸儿辣女。那姜氏，怕辣好酸，闻到酸味就流口水。"

"母亲，生儿生女都一样，吾家的女眷都是当家人。让衍儿说，生儿有名，生女有福。"

吾衍依旧睡吾龙的房间。吾龙出走，子慰有了新家，房间一直空着。与原先不同的是，两床变成一床。在与戴勤约定的前晚，玉娥道："老爷，奴婢言行，不晓得长辈们满意不？"

"不满意，早就有话搁在老爷面前了。"

"奴婢只是担心，长辈只是看在腹中的孩，过了这一天，怕是……"吾衍听了，揽过玉娥道："吾家的规矩重，礼数多，绝不会做出格的事。玉娥心地善良，跟随母亲做事，手脚利索，不问不语，不会有人瞧不起玉娥。"

"嗯，奴婢听老爷的。只是……"

"什么？"

"暗地里听母亲议论，腹中必定是'弄璋之喜'，到日子却是'弄瓦之喜'又如何是好！"

"母亲在乎这个。不过生男生女，谁说了都不算，一切听天由命，想必母亲想得开。况乎，还有二胎、三胎呢。"

"奴婢很在乎老爷这么说，往后为老爷生一大堆儿女！"玉娥轻声道。

吾衍哈哈一笑："老爷是个开明的人。"

玉娥望着楼板，脸上喜喜的。"真要能为老爷生下一堆孩儿，老爷就在家里开办学堂，教授自己儿女！"听了玉娥的话，吾衍一阵欢喜，转而又忧伤起来。听到玉娥轻声叫老爷，吾衍叹气道："最放心不下的就是奶奶了。此次回杭，不晓得能不能再见到她老人家。"

玉娥听了轻声道："奴婢晓得老爷的心思，老爷不在的日子，奴婢尽心侍候奶奶，让老爷在杭州过得踏踏实实。"

"有玉娥这般话，老爷也就放心了。"

回生花坊的第二天，吾衍看了吴妈。吴妈已过古稀，身体依旧硬朗，见了吾衍十分高兴。问起玉娥，吾衍说回家了。吴妈道："吾先生是想找个下人？"

吾衍笑道："吴妈善解人意！"

"奴家离开项家前，曾介绍一远房亲戚接替。韩姓，那时十二岁，父亲做点小生意。别看韩氏人小，把项家打理得很有条理，几年后项氏家族败落，韩氏也嫁了人，生了一男一女。不久男人病死，再没改嫁。"

"这样算来，韩氏比子行年长不了几岁。"

吴妈点点头道："对了，老爷曾见过韩氏，去年在生花坊。"

"吴妈这么一说，子行倒是想起来了，天锡带着玉娥到生花坊那会儿，在厨房里见过一面。"

"老爷，好记性，正是韩氏。那日本想和老爷商量，让韩氏顶替奴才，玉娥来了，奴才便不再吱声。"

"哦，那请吴妈再跑一趟。"

"吾先生放心，韩氏就住在钱塘门外，一会儿下人过去问问。"吴妈笑着说，像自己的事一样热心。

次日未时，吾衍正在清扫庭院，吴睿第一个进门。几个月里，吴睿长高了，言谈举止也较原先沉稳。吾衍停下手中扫帚，笑着道："孟思是第一个到生花坊的弟子啦。"

吴睿腼腆笑道："几个月不见，弟子很是想念先生。"

吾衍点点头："行前先生要孟思读的书、写的字，可否完成？"

"照先生的吩咐，除去日写百字，弟子还抄写了《千字文》，细读了《晋文春秋》与《楚史梼杌》；研读了先生《周秦刻石释音》与《印式》。此外，弟子还刻了数枚印章，带过来请先生指点。"

"很好。后日开学，令尊还允许孟思留在生花坊不？"

"是的先生，在生花坊，父亲允准孩儿一辈子跟随先生。"

"那好，孟思先回去，后日再来，可把《千字文》与印章留下。"

"先生，弟子不回去了。开学在即，庭院要打扫，学堂要清理，这些事不能推给先生一个人。弟子早两日过来，就是想帮衬先生干活的。"

吾衍想了想道："若是这样，孟思可与令尊说明，或与令尊一道过来。"

"先生，正是父亲的意思。明日已时父亲来生花坊，当面拜见先生。"

"看来，孟思早已有主意了。那好，就住下呗。"

这个夜晚，吾衍看了吴睿的《千字文》和名章，觉得长进不小，尤其让吾衍感到欣慰的是，吴睿刀笔之间的灵秀、工整与浑朴，是生徒中少有的。吾衍觉得，数年后，吴睿将以篆字与印章名享天下。

"大凡写篆，一定要熟读《说文》，能通《说文》则字不差了。除此之外，还要读《通释》。先生不便直接说出《千字文》之不足，不说，是想让吴睿对照《说文》自行辨析，那样比先生说一百遍都重要。"学堂里，吾衍指点着吴睿的《千字文》道。

"先生，这正是吴睿希望的。直接道出弟子不足，等于先生剔除了弟子的思考；自行辨识，就不会有二次错误。"

"这样甚好。孟思，写成篇章文字，只用小篆；凡写碑扁，字画宜肥，体宜方圆，但以小篆为正，不可用杂体。"

"先生，弟子明白了。"

"古时，并无押字，通常以印章为信令。唐以前，印章皆用白文；之后，用朱文甚多，因而古法渐废。至宋南渡临安，无人知晓古印了，之后印文，皆走了邪门，可谓大谬矣！"

"弟子明白。篆字古印之学，自先生倡始复古。先生所列《合用文籍品目》，收集所有篆字、钟鼎、碑刻与器品。如此教学，除先生之外，天下怕是没有第二个人了。"

"这些事，由后人说去。"吾衍一挥如意棒道。

开课那天下午，生花坊第一个迎来的客人竟然是胡长孺，这让吾衍大吃一惊。

长孺耳顺之年，却是一头白发，他慈祥地望着吾衍问："子行，恭喜生花坊戊寅开张，阔别多年，一向可好？"

"没想开课头天，汲仲先生会来。"

"去冬，子行与仇远、可权不是约好的吗？"

"正是，一直以为先生在扬州当教授，不想……"

"稍前遣任宁海主簿，这次回老家，顺便来杭州看望子行。仁近与可权一会儿就到。"

"汲仲，实在不敢当，快快楼上请。"吾衍高兴道。坐定，吴睿上了茶。长孺望了一眼学堂道："'欲常常而见之，故源源而来'。上次来生花坊，是叶森端茶倒水，现在是吴睿。想必，都是子行的得意门生。"

"汲仲，吴睿天资极高。"吾衍说着，拿过吴睿的《千字文》。长孺看了啧啧称道："子行，后继有人呢！"

"这吴睿，读过杭州数家私塾，桀骜乖戾，屡进屡出。到了生花坊，顺从好学，锐意精进。习读颇有主见，与常人异。那篆印，刻得也有模有样。"

"那么，子行用了什么法子让吴睿折服了？"长孺好奇地问。

吾衍举了一下如意棒，做了一个下劈的动作道："这还不够吗？"说完，哈哈大笑。

"真要是这样，不光吴睿，怕是学堂里的众徒早就跑光了。"

看到长孺认真的样子，吾衍又大笑。

说话间，仇仁近与可权也到生花坊。两人进门抱拳恭喜，吾衍一一谢过。见可权又带酒来，便道："尚酝局的酒仿佛是为生花坊酿制的！"可权笑笑答："先生，这怕是最后两瓮了。"

"为何是最后两瓮呢？"吾衍不解地问。

"堂弟尽管还在尚酝局，已不是百官酒醴主官，两月调任上用细酒总管。学生曾说过，上用细酒，监管甚严，套取怕是难了！"

"如此说来，这两瓮酒子行得藏着，别让郭髯退思嗅到，退思不仅丰髯，鼻子也长。"吾衍说着，拎过酒，藏在案下。

坐定，可权道："前些日子退思在杭州呢，只是不晓羁留何处，多宝院欲请其抄经，一推再推，转眼又逮不着了。"

"退思是杭州的常客。那日访生花坊前，先抵吕城坝下，换了小舟，入城元丰桥，又见白湛渊提举，到太平寺，观壁上画，生出汹涌生动之意，叹曰奇笔。而后，转生花坊，告知子行一日之行，酒醋后席地而睡，真是奇人唉。"

众人听了笑。仇远道："退思的洒脱，与汲仲的沉稳正好两端。汲仲刚到宁海，心里就想着灾后苍生，走遍乡村，安抚百姓。前些日子，还冒着风险办了善事，百姓甚是感激，让汲仲名扬江浙两路！"

吾衍听了问："汲仲，不如说来听听。"

"小事一桩，不值一提。"胡长孺笑着摇头道。

"人命关天，绝非小事。没有汲仲的赈灾款，乡村必定是饿殍相枕。论官，汲仲不过是小吏，利却谋在百姓身上，像个老圃，施肥于根须，迎来满园瓜果飘香。"仇远动情道，长长的胡须随着声音跳动。

"这么说来，汲仲是非讲不可了。"吾衍接着说。

仇远笑道："让汲仲自己说，且有表功之嫌，不如仁近说吧。"

吾衍拊掌道："这样甚好！"

仇远道："年初，汲仲上任宁海主簿，时值灾后大荒，春季无麦，百姓饿死无数。时有宣慰使司欢察，倡议各地豪富捐赈粮款，得一百五十万。至宁海时，尚余二十五万，便吩咐长孺先行收藏。其实，长孺暗晓得脱欢察有藏匿之意，趁其巡行各州之时，将所余赈款尽散灾民。一月之后，脱欢察返回宁海取钱，长孺说明原委，脱欢察大怒道：胆大如山！岂可擅自为之？长孺将赈款簿册交上解释道：百姓饥饿，不能有一日之耐，不及上报，是在下之罪过。脱欢察想想无奈，只得自嘲道：主簿是为本官布扬德泽呢。"

吾衍听了，哈哈大笑道："脱欢察识趣呢。汲仲所为，如仁近所言，施肥于瓜果根里，利却在朝廷？执掌天下，只有惠利百姓，安抚难民，才能治家治国平天下。如此，脱欢察抛下一句'为吾布扬德泽'，也纯属无奈！"说完，又大笑。

仇远道："宣慰司兼管军万户府，亦掌军民事务，权势之大，足以辗死地方官吏。因而在下说'冒险'两字，并非夸张。"

正说着，楼下生徒带上一个人，大家回头看，竟然是郭畀。吾衍好奇道："可权，说来就来，这回可把退思给逮着了！"

大家拱手作揖，一一坐定。吾衍吩咐吴睿，让韩姨多加些菜。郭畀道："前些时间去松雪家，只见管夫人；今日巳时又去，算是见着松雪了。"

可权问："退思，今日又游走了些许地方？"

"呵呵。一早到省中，次到儒司，转而登吴山，下视杭城。啧，尔等不曾见过那样的风景：烟瓦鳞鳞下，莫辨处所，左顾西湖，右俯浙江，望故宫苍莽，独见白塔屹立，亦奇亦幻耳。后谒伍子胥庙，转至朝天门，行大街官巷，拜谒茅山书院山长赤盏象贤，遇金坛教谕，茶罢，拜见子昂松雪先生，后直奔生花坊。"

仇远摇摇头道："如此往返，退思必定是骑着快马。"

"或骑或车，在杭城甚是方便。"郭畀答。

胡长孺问："听说退思为子昂抄写《松雪斋集》，不知成卷几何？"

"汲仲，子昂公务繁忙，整理历年诗赋一拖再拖，因而抄写进展缓慢。其实，管夫人楷书甚佳，子昂不让其抄写，有舍近求远之嫌呢。"

"退思是子昂松雪的弟子，这样的事怎会让师母管夫人去做！"仇远接话道。

郭畀点点头道："今日在松雪家，在下看到了书札帖卷，祭奠鲜于伯几的五言诗稿，真是大吃一惊！伯几去世五年，子昂先生念念不忘，这首五言，倾诉了子昂松雪的全部哀思！"

"五年了，子昂一直没动笔，一定有其道理。"长孺道。

"在下也问子昂松雪。他道：太重，一直不敢动笔！"

"可有祭文抄本？"仇远问。

"当然有，在下知晓今日之约，自然带上抄本。"说着，从怀里掏出卷纸，在几案上徐徐展开。这是郭畀的临本，为了逼真，尽可能模仿孟頫松雪的字体。

"天哪，不愧是松雪大人的弟子！当是楷书了得，行楷与松雪亦无异呢！"可权叹道。

吾衍看了笑道："这临本，甚是遒劲飘逸，珠圆玉润。"吾衍一夸，众人跟着道好。再看文字，个个伤悲哀切。

哀鲜于伯几：

> 生别有再逢，死别终古隔。君死已五年，追痛犹一日。我生大江南，君长淮水北。忆昔闻令名，官舍始相识。我方二十馀，君发黑如漆。契合无间言，一见同宿昔。春游每拏舟，夜坐常促席。气豪声若钟，怨愤髯屡戟。谈谐杂叫啸，议论造精覈。巍煌商鼎制，驵骏汉马式。奇文既同赏，疑义或共析。锦囊装玉轴，妙绝晋唐迹。粲然极炫曜，观者咸辟易。非君有精鉴，畴能萃奇物。最后得玉钩，珥琢螭盘屈。握手传玩馀，欢喜见颜色。刻意学古书，池水欲尽黑。书记往来间，彼此各有得。我时学钟法，写君先墓石。江南君所乐，地气苦下湿。安知从事衫，竟卒奉常职。至今屏障间，不忍睹遗墨。凄凉方井路，松竹荫真宅。乾坤清气少，人物世罕觌。绯袍俨画像，对之泪沾臆。宇宙一何悠，悲酸岂终极。

胡长孺读罢道："松雪小于伯几，相识官舍，两人一见如故。《哀鲜于伯几》于诗与书，定是千古之著呀！"

仇远接话道："'夜坐常促席'，松雪与伯几情同手足啊！"

"退思，怎么看，这都像子昂松雪的手迹。"吾衍顿顿问，又将临本举到眼前。

"出家人不诳人。"郭畀紧跟一句，拿眼望可权，可权笑笑，仇远赞许说："毕竟是子昂的高徒，可以假乱真。"

"仁近所言，正是在下投奔子昂先生之故。伯几已殁，子昂松雪、文原善之，天下鼎足而立，难分高下。若是子昂十分，在下学得六分，足已！"

长孺点点头对吾衍说："子行客杭多年，与子昂一直不曾见面，退思与可权，倒是子昂府上的常客，就不能撮合一下？"

郭畀嘴快，抢过话说："穆仲，在下与可权何止一次谈起此事，问问子行，两人仿佛商量好似的，笑而不答，怕是都想做伊恒与王微之呢。"

可权笑笑道："只是缘分未到，几年前子行与公望并非有约在先，却在孤山有过'斗笛之会'。贫僧与退思商量好了，请动两人见一次面。"

说话间，吴睿走到案前道："先生，放学时辰已到。"吾衍点头，欲起身敲钟，吴睿接过吾衍的如意棒道："先生坐着。"言毕，走到钟前，敲了三下，堂内的生徒与吾衍道再见，逐一下楼。

长孺道："孤山之行，路遇公望子久，一个吹铁笛上山，一个吹玉笛下山，擦肩而过又互不相望，胜似伊桓与微之。那样的场景，老朽至今不忘。"胡长孺叹道。

吾衍听了笑答："公望多才多艺，笛子只作消遣。不仅如此，公望子久山水画得到子昂指授，笔力老到，简淡深厚，如今与子行已成了好友。"

郭畀笑道："与公望，虽然不得常见，也算是同出师门。不过，公望号称'大痴道人'，居无定所，只晓得在江浙一带卖卜。"

吾衍点点头，呗了一口茶水，说："也是，公望曾到生花坊，二人同吹铁笛，奇妙无比呢。"

"说到笛子，在下多年不曾听过子行的演奏了，既然酒未上桌，不如吹一曲众人听听如何？"长孺道。

郭畀听了即刻拊掌："正合吾意。别说汲仲，退思与子行时常见面，同样多年不曾听过子行之仙笛呢。"说着，催促吾衍。吾衍一声长叹："笛声过悲，只留给自己听；喜庆的曲子，又吹不出底气。"

"子行之言，老朽明白了。这些年，先是廉访使徐琰，后是鲜于伯几和之纯穆仲，好友离世，让子行颇感伤悼。"仇远接话说。

吾衍叹气道："子行孤身客杭，视诸友为亲人。这些年，如近仁所言，好友一一离世，子行哀矜抑于胸间。因而，不时吹笛，以消郁结耳。"

郭畀听了大声道："喜庆亦罢，伤悲亦罢，总之，退思爱听子行笛声。"说着，对吴睿大声道："孟思，取先生玉笛过来。"

吴睿望着吾衍一动不动，郭畀厉声喝道："听到没有！"吴睿依旧没动，神态安谧。吾衍对吴睿道："听郭大髯的。"吴睿转身，从墙上摘下笛子，说："先生，您的笛子。"郭畀长叹道："这就是子行教出的弟子！"

"子行心情，亦是各位心情。之前子行写诗一首，谱了笛曲，不用诠释，各位自然能听出些许意境。"

郭畀催促道："子行尽管吹起来。"

吾衍沉寂片刻，笛声渐渐响起，回旋婉转，声音忽高忽低，忽轻忽重，低到极处，迂回盘旋，再度下沉，翻转复来，似风筝高高扬起，又落落欲往，吹奏始终，徘徊于轻疾洒脱、悲怆之间。

良久，吾衍沉浸在笛声中，依旧是郭界抢先道："笛声如此飘逸苍凉，除了子行，天下无有了！"吾衍苦笑，将笛子交与吴睿，又听郭界道："若是没酒吃，就像宫商，打不起精神；若是有酒吃，就像徵羽，炫彩多姿。"

仇远探过头对郭界说："此笛声将人带入高山大海、苍莽原野，之间体味到什么，人各有异。但无论如何，都听不出与酒有关。"可权听到仇远挖苦郭界，笑笑道："听听汲仲先生怎么说。"

"携一缕惆怅，穿梭于六合，或大海，或高山，横跨千古，又扶摇直上。把宫商角徵羽，化作土金木火水；东南西北中，驰骋于春夏秋冬。缓慢间，低回倾诉，无休止游走，苍凉悲壮。"

"正是此意。"吾衍拊掌道。

"子行，有了曲谱，诗中写些什么，让众人见识见识，看看与汲仲所言是否吻合。"仇远对吾衍道。

子行点头，转身从案底抽出藤纸来，只见上面书有：

"萧飒西风绿野秋，琅玕摧折凤雏愁。卧龙未必壶中醉，飞梦终为海上游。白发每逢师柱史，青门何处觅秦侯。岂知目断烟霞客，欲问卢敖竟莫留。"

"果然互衬！"仇远道。

"这首曲谱，如何制作的，吾衍总有个说头。"郭界捋了一把长须问道。

吾衍吮了口茶水："化宫商角徵羽五音，驰骋于春夏秋冬。宫为土声，居中，与四方四时相应；角为木声，居东，时序为春；徵为火声，居南，时序为夏；商为金声，居西，时序为秋；羽为水声，居北，时序为冬。依据诗意，极尽五音七律，推及四时，故能听出曲调的方位与季节。"

胡长孺道："难怪乎，子行对音律之研讨这般深邃，教授于小学，运用自如。如此带出的弟子，非一般私塾能比呀！"

说话间，楼下有人敲门。吴睿飞身下楼，稍许，传来大声对话，像是吴睿阻止外人闯入。吾衍起身走到楼梯口，见吴睿正将一男人堵在门口，听到吾衍问道便答："先生，这人自称居士，说有事想见先生。"

吾衍弯腰细看，来人五十光景，身着海青处士袍，黑脸虬髯，未戴僧帽，言语嗓门洪亮，手里还提个藤箧。

吾衍问："先生来生花坊有何见教？"

"吾先生，鄙人是讨教矣。"

"先生来自何处？"吾衍又问。

"鄙人来自豫章。"

"哦，远道而来。吴睿，放那先生进来。"

回到茶座，郭界问起何人。吾衍说，一位来自豫章的处士。长孺接话道："必然有求于子行尔。"说话间，吴睿领着处士进了学堂，见有数人在座便道："不想吾先生有客在先，冒昧，冒昧。"

吾衍笑笑答："来的便是客，先生不必多礼。"说话间，吴睿已上了茶。客人自行介绍道："鄙人刘姓名胜，字虚静，豫章人，好古物，多年收藏数十件玩物。早闻吾先生大名，特地从豫章赴杭，当面请教。"

吾衍听了道："请教实不敢当，华夏四夷数千年，物藏浩大，子行所学，渺不足道矣，彼此间商榷为是。"

"哈哈，吾先生真是客气了。很多年以前，就听说先生为肃政廉访使指点古物之事，很是折服。这些年，鄙人也在学，苦在此道博大精深，学成绝非易事。"

"哈哈，识古博古，哪怕写篆，精通古器文字，则成一半矣。在座的每一位，德才具备，博古通今，个个都是大佬，与之举盅之间，便胜读十年书呀。"言毕，一一做了介绍，刘胜听了咂舌道："倒是个个气宇不凡，原本都是当代名士！如此，鄙人远足亦值矣。"

众人笑，彼此说着恭维的话。吴睿走进学堂道："先生，韩姨菜烧好了。"

吾衍收拾案上杂物，取出酒盅。刘胜道："鄙人特地从豫章带了李渡烧酒，请各位品尝。"说着，打开藤箧，取出瓷瓮，搁置案上。

郭界哈哈笑道："几年前就听说李渡烧酒好，只是不曾尝过，今日有口福呀，先尝李渡烧酒，后尝尚酝局的宫廷酒。"

"想当年，王安石与晏殊每过李渡，必豪饮一番。留下'王安石闻香下马，晏同叔知味拢船'的佳话。"吾衍十分开心地说。

说话间，菜肴上齐，酒已入盅。吾衍对长孺道："汲仲先请！"长孺说大家一块来。郭界饮了一口酒道："果然浑圆浓烈，粮香扑鼻，名不虚传呀。"说着，不顾礼节又饮了一口。

吾衍与刘胜道："咱们边吃边聊，虚静远道而来，必定带有古物。"

刘胜点点头："说到刘姓，各位会想起海昏侯刘贺。"说着，拿眼扫了在座的，"四代之后，除去古墓，刘氏一族离散殆尽了。"

"这么说来，先生是刘贺的后代啦？"吾衍问。

"不肖子孙。"刘胜咧了咧嘴答。长孺笑着举起酒盅："祖上刘贺，是第二代昌邑王。汉昭帝弗陵去世，因无子嗣，大将军霍光征召刘贺主持丧礼，拥立为帝，可惜……"

"可惜只当了二十七天皇帝，就被霍光废了！"刘胜答。说着，与长孺喝了一盅。"说到底，尔祖上刘贺不是做皇帝的料。"郭畀道，"但是霍光称二十七天干了一千一百二十七件荒唐之事，不过是废除刘贺借口罢了。"

"是呀。"刘胜举筷说，"刘贺被逐昌邑，当了海昏侯，三十余便去世了。长子刘充国、次子刘奉亲在接诏书不久，莫名相继去世。十五年后，汉元帝想起了偏安的近亲，加封刘贺之子刘代宗为海昏侯，到了刘保世三代，又被王莽给废除了。刘秀帝建立了东汉王朝，刘保世之子刘会邑复继侯位，这是第四代，海昏分拆两县，刘家从此流散，一族人也成了活着的孤魂野鬼。"刘胜一脸悲怆。

吾衍举盅饮了一口道："虚静说这些，是想告诉在座的什么？"

"这便是在下来的目的了。众官晓得，从刘贺之父刘髆封昌邑王，到四代海昏侯，前后百余年，尽管地属偏邑，却过得极度豪奢；死后筑起庞大的墓群，大凡人间的奢侈品，统统搬到了地下。"

吾衍伸手制止刘胜道："先生意思在下明白了。四代侯墓群里，除了大量的金银饰品之外，还有不少钟磬琴瑟等器乐，而先生又颇为欢喜。"

"吾先生所言极是。"刘胜呷了一口酒，脸色微微红润。"四代封侯，至今已逾千年，说墓群不曾被盗，那么，入市的古物又从何而来？"

众人不语，吾衍笑笑道："子行明白了，先饮酒吃菜，其他事一会儿再叙。"

"鄙人好酒，见了诸位，心血来潮，甚怕酒后误事。"刘胜自嘲说道。

"哈哈哈，子行功夫了得，手上如意棒胜过刀剑，怕是虚静什么也做不了。"郭畀打趣道。

吾衍听了哈哈大笑："汲仲、仁近吃菜，别听郭髯胡扯！"

第二十九章

这晚，个个酩酊大醉，除了长孺与仇远，吾衍、郭畀与刘胜席地而睡，弄得可权没少忙活。次日，东方渐白，街面渐渐翻腾起来。三人分别醒来，刘胜取出藤箧中的古物，吾衍一一对之，刘胜感叹道："昨晚光顾说话响酒，没想先生学堂里也有如此多的古物。"

吾衍笑笑答："古器乐与古籍本，用于教授弟子，并不值钱。"

"鄙人兴许有好东西，却又不识物。"

"玩久了，自然晓得。古乐，知其形还要识音，就像金石，知其篆籀还要晓得字意一样。"说着，举如意棒击打所列钟铙问："这又是什么音？"刘胜一一答出。吾衍又击打东柱下的镈钟。刘胜疑惑问："宫乎？"吾衍笑笑答："宫当浑以圆，重以兹，郁勃不发。故而，此非宫，盖古弃镈耳。"刘胜听了很是折服，说道："来年，鄙人驾一马车，将器型较大的古物也搬来，请吾先生一一鉴定。"

吾衍听了哈哈大笑。

刘胜从藤箧里取出排箫，吾衍接过看："此乃宝物矣！"

刘胜笑笑答："若是宝物，便赠予吾先生。"

吾衍大惊："既然是宝物呀，何以随意赠人。"

刘胜笑着答："宝物，亦是身外之物，况乎鄙人吹之不响，留有何用？不如赠予先生，与其相得益彰。"

郭畀一边拊掌道："子行的铁箫玉箫，不亚于黄公望。只是不曾听过子行吹过骨排箫，往后，退思有得享受了。"说完，哈哈大笑。

吾衍致谢再三，才放刘胜离去。

时至荷月，吾衍估摸玉娥产期已到，却没接到母亲来信。那日船帮主戴勤来访，吾衍问起，戴勤说不曾打听，若是再下钱塘，问清后禀报先生。

二旬下午，父亲杨祖突然出现在吾衍面前，令其喜出望外。自父亲去了大都，再也没有来过生花坊。在吾衍眼里，父亲高大敦实，举止斯文，说话声音纯厚，是个靠得住的一家之主。这才几年，父亲老了许多，人亦癯然不少，仿佛变了一个人。茶室坐定，吾衍问道："父亲，是回家，还是公差？"

杨祖沉吟半日，最后道："你奶奶去世了，作为长子，当丁忧三年。"

"奶奶她……"吾衍愣住了。

"年初回老家，衍都看到了，奶奶常年卧床不起，能拖到现在，已经不易了。"

吾衍沉默良久，回想儿时奶奶的好，很是难受。"在家时，衍劝过奶奶起床走动，晒晒太阳，可奶奶说，当年，她也是这般劝太奶奶的，轮到自己，晓得力不从心。还说……总之，衍听了十分难过。"

杨祖望了一眼吾衍，劝道："衍别太难过了，生老病死，人之常情。就在奶奶去世的头十天，姜氏为衍产下一子。"

吾衍抬头望着父亲问："真的？"

"当然是真的。"

"那母亲为何不告诉孩儿？"

"母亲没告诉衍儿，自有她的道理。母亲说，这儿子十分像衍小的时候。"

吾衍转忧为喜，也没揣摩父亲的意思，只顾道："真是亦忧亦喜。那么，父亲来生花坊，是想让衍陪同回故里吗？"

杨祖摇了摇头，说："父亲只想看看杭州老友，你奶奶择日下葬，父亲在杭州住一日，明日车马赶回孔埠。"

"父亲，莫怪衍不孝，这一摊百十名生徒，一日也耽搁不起。"吾衍为难道。

"父亲晓得，丁忧是儿子的事。衍，父亲年岁已高，爷爷已近耄耋，落叶归根，这是老人常想的事。"杨祖说着，摘下帛暗花绫丝帽，露出一头白发。

吾衍谙悉父亲之意，忽然觉得，孔埠老家温暖起来。那条河流，河上的石拱桥，河边的枫树群，河堤内吾氏大院。孩时一幕幕即刻展现在眼前。爷爷老了，父亲快老了，自己也会老去，只是孔埠不会老。

"父亲，衍儿是杭州的客人。这几年，很是怀念孔埠，怀念亲人，怀念那里的山山水水。"吾衍动情道。

杨祖点点头，似乎明白吾衍的心思，稍顿道："丁忧之后，父亲想辞官还农，不再赴任。愿届时省部能够恩准。"

"父亲……"

"走了，走了。同僚约父亲吃饭，明儿一早起程。"杨祖说着，起身戴好纻丝帽，整整长袍。吾衍没有挽留父亲，一直将其送出生花坊。

吾衍有子，顿时有了牵挂。父亲说儿子像他，这事只有母亲晓得。母亲有了孙子，自然高兴，母亲高兴，吾衍心里就有暖意。

吴睿见杨祖走了问："先生，老爷不吃饭吗？"

"嗯，老爷有约了。"

"哦，先生喜忧参半，定是家事触及了心境？"

"得之不喜，失之不忧，有多少人做得到呢？"

"先生，范仲淹被谪，曾写下'心旷神怡，宠辱皆忘，把酒临风，其喜洋洋'的诗句，先生以为，是淡泊功名吗？"

"孟思，长大了要做什么？"吾衍没有直接回答。

"弟子跟随先生，不准备再做什么。"

"倘若只是孟思的一厢情愿呢？"吾衍望着吴睿，见他慢慢低下头，泪水滴滴答答往下流，"就是说，孟思希望跟随先生，但总有一天先生会离开，那样孟思会难过，是吗？"

吴睿听了点点头。吾衍望着石榴树轻声道："一年四季，看井边石榴花开花落，先生时有伤悲，有时欢喜，这便是人之常情了！"

"弟子明白了。"

吾衍抚了一下吴睿的头，只顾自己上楼去了。

暮岁一个午时，吾衍正用餐，戴勤来看吾衍。吾衍招呼戴勤一起吃饭，席间吾衍问，好些日子没下钱塘了。戴勤答："月行一趟。多是当日钱塘停泊，装了货次日早晨返程，因而一直没来看吾先生。"

吾衍说："不要紧，生意顺畅，才是顶要紧的。"

戴勤边吃着茶边说："前些日子犬子办喜事，庶人去孔埠吾宅讨楹帖，曾见过令郎，与庶人照面，哇哇大叫，像是晓得庶人要下钱塘。庶人问：给令尊带个话，说黑狗儿挺好。听了庶人的话，黑狗儿竟然咧嘴大笑起来。看来，令郎是能听懂的。"

"哈哈，子行还真想见见儿子。"

"唉，可惜！旁妻姜氏在孔埠口碑甚好，真是命苦。"戴勤叹气道，又呡了一口茶水。吾衍听了一惊，想问玉娥怎么了，担心戴勤咽下话头，便佯作平静道："家姜玉娥怎么命苦了？"

戴勤看着吾衍，愣着没吱声，半晌才问："难道吾先生不晓得？"

吾衍静默地摇了摇头，说："请戴勤如实说来。"

戴勤依旧愣在那儿，不晓得如何是好，半晌喃喃说："这种事，本不该旁人多嘴的，庶人当吾先生早早晓得了，故而……"

"如此，更得说了。"吾衍盯着戴勤道。

戴勤放下茶碗，叹了口气道："旁妻姜氏去世了！"

吾衍脑子"嗡"的一声，泪水便涌了上来。

"怎么死的，什么时候的事？"吾衍勒住自己的情绪问。

"生黑狗儿的时候。估摸是接生婆传了出去，整个华埠都晓得了，乡绅保甲欲立姜氏为孝女，只是元振大爷没有答应。"

"戴勤如实告诉子衍，是怎么回事。"吾衍脸色苍白。

"旁妻临盆，遇到难产。"戴勤慢吞吞道，"接生婆稍稍问令堂：'要大要小。'令堂答：'大的小的都要！'接生婆便将令堂支出产房，又问旁妻姜氏：'保大保小？'姜氏没有丝毫迟疑：'保小的。这是老爷的命根子，吾家血脉的传承人！'接生婆为难了。复出产房与令堂商量：'姜氏道保小，再拖，怕是一个都保不住！'令堂道：'如此，怎么向衍儿交代！'接生婆道：'夏作秋，没得收。保一，尚有话说，两个殁了，更不好交代了！'令堂急得团团转，等到接生婆与令堂复进产房时，旁妻已咬舌自尽了！"

"戴勤，别说了……"吾衍顿感心里一阵绞痛。

戴勤望着吾衍，不知如何是好，半晌劝道："先生也别太难过了，这又能怪谁呢？只怪旁妻命薄福浅，时过半年了，望先生节哀。"

玉娥在生花坊，也没过几天好日子。只是相比前夫，没了挨打受骂，这算是福分吗？其实，玉娥并没有从阴影里走出来。本想回到孔埠慢慢调养，不想……父亲早就晓得的，母亲不让说，是怕吾衍伤心，保大或保小，让母亲如何选择，玉娥却是坚定的！

这么一想，心里又是一阵绞痛。

此后很长一段时间，吾衍鲜有话语，吴睿也越发谨慎。可权、仇远安抚吾衍，吾衍时有意识，只是掌控不住自己。次年春，达观《真腊风土记》刻印，专程送吾衍数册。那日，吾衍脸上有第一次笑容。达观道："首尾三年，谙悉真腊之风俗，因记所闻才有此书。真腊入史与否不论，有了这本《真腊风土记》犹可以补其失阙了。"

吾衍道："百年之后，真腊国抑或不复在世，而逸民的《真腊风土记》犹存。犹如春秋，有国数百，千年之后，又有谁晓得？还不是仰仗鲁国史官，又据孔圣修订，成为儒家经典，后人方知《春秋》之风采。"

达观听了高兴道："《真腊风土记》一书，仰仗先生推重甚至，让拙著增色许多，诗已收录书内。若能传世，也是先生的功名。"

"逸民过奖了。子行将所赠三首诗收入《竹素山房诗集》，逸民录了《真腊风土记》，倒是沾了逸民的光呢。"

两人客气一番，直到达观告别，吾衍送至院门外。

其间，后父牟利又来过两次，听口气并不晓得玉娥已殁。吾衍照旧给了宝钞，待牟利走出院门时，吾衍在身后道："玉娥难产死了！"牟利一边往外走，头也不回，答道："还有遗子嘛！"吾衍这才明白，牟利是晓得实情的。

两度春秋，吾衍只是埋头著书，吴睿成了最好的帮手。吴睿一直模仿吾衍字体，因而，待吾衍改定后，由吴睿誊抄。

这些年，白莲教大倡，堂庵遍布南北。然教义渐变，派系迭出。都昌杜万一、彰德朱帧宝、柳州高仙道等与教徒举旗反元，惊动了大都，于是武宗下诏禁止白莲教。

那日，吴睿引进一年轻人，吾衍见其二十余岁，长得膀阔腰圆，很像吾龙年轻时的模样。吾衍一愣，脱口叫了一声"狗娃"。狗娃轻轻点点头，回了一声："吾衍大哥！"

两人相视而立，半晌吾衍道："快快随大哥上楼！"茶座里，吾衍道："谨很像龙叔，家里应当还有弟妹。"

吾谨点头："弟十六岁，妹十三岁。"

"父母亲可好？"

吾谨不语，慢慢低下头。

"谨娃，怎么了？"吾衍的心里一紧。

"大哥，母亲一直在家，成天忧伤不已；父亲，父亲去年去世了。"

"什么，龙叔身体好好的，怎么就去世了呢？"吾衍惊诧地问。

"大哥，谨一直不晓得，父亲与柳州高仙道有联系。数年前，在柳州谋事反元，败露后高仙道被杀，父亲暗中走脱，得以生还。但这些年，父亲一直没停止过反元活动。去年，在柳州遭人举报，被抓后遇害。"

吾衍沉默良久叹道："这么多年过去了，龙叔一直没变呀！"稍顿低声问，"可连累到家人？"

吾谨摇摇头："那样，弟就见不着衍哥了。直到被杀，官府都不晓得父亲真实的身份。"

吾衍点点头问："父亲曾提起过'崖山之战'？"

"从来没有，后来曾听母亲说起过。"

"那么，谨娃现在做什么？"

"父亲在时，一道做点小生意。这些年父亲时常外出，生意由谨打理。父亲曾让谨多读书，怕是再没有机遇了。不过小弟十分聪慧，经书过目不忘，母亲说，海宁吾家兴起，就看小弟了。"

吾衍重重叹了一口气，将祖上吾渭落户衢州的前后经历，原本告诉吾谨。然后道："你父亲忠烈，一直不肯回头。只是整条水坝筑满蚁穴，凭借一人之力，又如何抵挡洪峰。"

吾谨望着吾衍："这个道理，母亲曾与父亲说过，但父亲依旧不肯回头。"

吾衍点点头："若是回头，就不是吾龙叔了。唉，狗娃是长子，往后不仅要照应弟妹，还要照顾好母亲。"

狗娃点点头："大哥一直会在生花坊待下去吗？"

吾衍望着门外的天空，长叹一声道："只识花开花落，谁又能晓得明天的事呢。吾渭军师，跟随曹将打到衢州，做了太守，说起来还是个文官。至吾衍十三代，出了不少进士，吾氏家族并不尚武，守着这片院落，也是顺应天意了。"

吾谨听了点头道："生花坊的名声很大，那年大旱，哥身穿道袍祈雨，救了天下百姓，名扬四海！父亲当时也在场，多次说起，总掩饰不住喜悦。"

吾衍听了，微笑着问："谨娃在杭住多久？"

"哥，山货备齐，明天一早就回，免得母亲担心。"

吾衍点点头，两人一道吃了晚饭，一直聊到半夜。

次日醒来，吾谨已走，身旁只有吴睿。时值秋假，吾衍道："过几天放假了，孟思也该回去了。"

"只要先生不赶弟子，弟子愿意侍候先生。"

"先生这些年烦事颇多，极想独自静思。到了放假日子，孟思还是回家吧。"

"弟子听先生的。假期里，只要先生需要，弟子随叫随到！"吴睿道。

吾衍点头。

这晚，吾衍噩梦连连。从徐琰之死到穆仲之殁；从玉娥自尽，到龙叔被杀，一张张脸显现在吾衍面前，十分真切。半夜里噩梦惊醒，竟然一身冷汗，一直到天亮，才沉沉睡去。

清晨下起小雨，天空阴暗，楼下的小童前日放了假；楼上是假前最后一课，生徒冒雨上学，没落下一个，望着学堂弟子，吾衍振作精神，刚要开口说话，便听得有人敲门。吴睿飞跑下楼，引进的却是牟利。见牟利披头散发，神色慌张，吾衍走出学堂问出了何事。

牟利答："贤婿出大事了！"

吾衍沉默半晌，让牟利喘过气来，说道："什么大事？"

"那剃头匠告了官！"牟利大声说。

"剃头匠？"吾衍一时没想起来。

"就是玉娥的前夫。"

"那位姓财的剃头匠？这就离奇了，玉娥与其分手多年，告官又怎么了？"吾衍不解地问。

"唉，事到如今，鄙人只得如实相告了。吾先生晓得，姜氏不忍挨打受饥，从婆家逃了出来，经亲戚天锡介绍给吾先生做小妾，之前并没有托媒婆断了婚姻。这些年，姓财的暗中寻访，晓得玉娥嫁与吾先生，便告了官。"

"当时为何不离，受到虐待，还可告官义绝！"吾衍愤然道，觉得事态严重了。

"吾先生，和离也罢，义绝也罢，牵涉到财礼或是公衙官司。"

"那又不能未离又嫁。"

"鄙人该死，千错万错不该走这一步。现在前夫告官，先生得赶紧想个法子。"

吾衍停顿片刻问："玉娥可晓得此事？"

"如何让玉娥晓得？只有鄙人与她母亲通晓内情。"

"害了别人，也害了自己！"吾衍怒道。

"说什么都没用了，先生衙门里熟人多，请他们想想办法。"牟利哀求道。

"吾衍堂堂七尺男子汉，为何委屈求人，若是有罪，自己承担便是！"吾衍对着牟利吼道。

"啊呀贤婿，现在并非逞能的时候。实话相告，逻卒已到家里，玉娥母亲因情事败露，悬梁自尽。鄙人趁机逃出，贤婿快快想出对策呀。"牟利跪下哀求道，一脸泪水。

吾衍怒视牟利。此时，楼下有人敲门，牟利望望楼下，又看看吾衍道："这么快就找到生花坊了？"

吾衍并不理会，吴睿欲起身开门，被吾衍叫往，自己支着如意棒下楼。几个逻卒推着吾衍冲了进来。"姓牟的哪？"一个逻卒问吾衍。吾衍看看楼梯口，不见了牟利，便指楼上道："在上头呢。"

逻卒欲往楼上冲，吾衍拦住道："上头是学堂，生徒正在习读。"

一个逻卒将吾衍推到一边，两个人往楼上冲，另一个望了一眼吾衍问："是你娶了姜氏做妾！"

"在下并不知情，经人介绍，认识了姜氏。"吾衍如实回答。

"财家与姜氏是夫妻，姜氏逃回娘家，便随了你。你说不知情，可曾见过所立休书，可有赴官告押执照？官府不曾归宗，又非依理改嫁，以正夫妇之道，如此与通奸何异！"

"在下真的不知情，是姜之后父刻意隐瞒，在下又轻信所致。"

"未离便是通奸，通奸就是死罪！"逻卒厉声道，手中的棍棒敲打着地面。此时，楼上的逻卒推出牟利，大声叫道："这厮躲在床底。"吾衍抬头，见牟利被逻卒押着，生徒亦拥在楼梯口，惊慌地望着一切。楼下的逻卒道："先押他下来，好好搜搜！"一个逻卒反身进楼。

"巡官，先容在下遣散生徒，不要让孩儿们见到此景！"

"让孩儿见见先生的嘴脸，有什么不好！"一边的逻卒狠狠道。

牟利望望吾衍，低声道："吾先生，鄙人对不住您了！"

"说这些还有什么用。"吾衍转而对逻卒道，"巡官，姜氏四年前产子已殁，先夫再告，也挽回不了她的性命！"

"说这些也没用，一会儿到司里说去。"正说着，楼梯口逻卒大叫："看，还有这个！"

"是什么？"楼下逻卒问。

"伪造的楮币，藏在床褥底下！"说着，冲下楼梯，给了吾衍一棍！楼上弟子惊叫起来，有的哇哇大哭。吴睿推开生徒，冲下楼来，指着逻卒严厉问："古人道，为政宽恕，不行杖罚。为何殴打先生！"

逻卒一愣，用棍头挑挑吴睿的袍子："才几斤几两，管起本官的事了。"说着，举棍欲劈。吾衍大喊住手，声若雷震，顺势以如意棒轻轻一拨，棍棒便滑到了一边。逻卒暗惊，瞪着吾衍。吾衍平静道："巡官，何苦难为孩子，他们只读圣贤书，什么事都不晓得！"

韩姨惊慌地冲出厨房哀求："各位老爷，不要为难先生与学子。"那逻卒听了又冲着韩姨去，被吾衍用身子挡住。吾衍脸色苍白，握如意棒的手"咯咯"作响。"若是有事，是在下与牟利的事，与童子下人何干？"

"瞎子、贼人能教授出好弟子！"对面逻卒讥讽说。

吾衍压住火："各位巡官，生花坊生徒，十有八九是府衙、商贾与富庶子孙，在下担心你们交代不了。"

三人听了愣了一下，一个道："与黄口仆厮纠缠什么，带回去，交与理司。把两厮给绑了！"

"先生，您不能去。"韩姨抓吾衍的袍袖，楼上的弟子也跟着叫喊。吾衍笑笑对韩姨说："先生没事，安抚好学生，一会儿放假便是。"又对吴睿道，"孟思，将假期所习告诉生徒，完了敞开院门，让家人各自接回。"

吴睿眼眶挂着泪水，点点头。吾衍与楼上生徒招手，转身欲走，逻卒道："留下如意棒！"

"没有如意棒，在下如何行走！"吾衍问。

"走不了就爬！"逻卒用棒子敲吾衍的手，吾衍用如意棒接住，笑着把如意棒交给吴睿。

"先生，一定要回来啊！"吴睿抹去泪水大声喊。

"先生是贼又是犯奸，怕是回不来了。"逻卒哈哈笑道。

"各位巡官，事情与吾先生无关，都是小人的错，放了先生吧！"牟利哀求道。逻卒听了一棍敲在牟利的腿上，怒道："让这厮多嘴！"牟利大叫一声倒地，逻卒拎起他往外推，吾衍跟着走了出去，便听得楼上众徒哭声一片。

"斯文扫地！"吾衍低沉道。

没了如意棒，吾衍行走不便，绑了手，身子更是颤得厉害。出了潘阆巷，过了西湖书院，刚上纪家桥，逻卒在身后推了一把："走快些！别像折了腿的狗似的！"

"哈哈，不像狗，更像折了腿脚的鸭。"一个逻卒戏弄说。

"也不像，一颤颤地，更像一只折了腿脚的公鸡！"

吾衍忍着，这是他客杭州二十余年所不曾遇到的。想当年，面对绑匪"吃菜事魔"，尚且侃侃而谈，嬉笑怒骂；而当下，一句话都不能说。倒不如弟子吴睿与仆厮韩姨，挺身指责逻卒。想到这里内心掠过阵阵悲伤。纳妾与楮币一事，总归会稽查明了，可眼下的屈辱，让吾衍无法忍受，毁掉了斯文，让人变得一文不值了！但是……抗拒，吾衍忖思，只要他转身起脚，两三个逻卒转眼会跌落桥下，那么，再往后呢？本来无案，却招来是非矣，不值得呀。正想着，一人在桥上拦住吾衍与牟利的去路。吾衍定眼一看，觉得面熟，细想，原来是录事张景亮渔仲。几年前，渔仲曾与郭界一道造访过生花坊，后来又讨得吾衍一幅篆字。

张景亮看看吾衍与牟利，并未作声，走过桥面，拦住逻卒问："那两人可有犯科？"

逻卒认得录事，便把前后之事一一说了。录事道："若是别人，本官不敢说三道四，吾衍是何等人士，私制楮币，府衙岂不在江浙行省闹出大笑话？"

逻卒从怀里取出楮币道："这是从其床褥搜得，铁证如山。"

"必定另有隐情，再说，吾先生可承认？"录事问。

逻卒摇摇头："另一人承认自己仿制，与别人无关。"

"不就是吗，有人认了罪，为何捉拿吾先生。再说，娶妾之事，也是妾之父母隐瞒所致，与吾先生何干。"

"录事大人，那……如何是好？"逻卒吞吞吐吐问。

录事叱道："既然不知情者，摄之何为！别人不敢担保，于吾先生，速速解纵遣回，有事只管寻本官便是！"

"录事大人，小的哪敢呀。"说着，匆匆上前，解开吾衍道，"既然录事担保，吾先生请回吧！"

吾衍揉了一下手腕，回头看录事，见他早已下了纪家桥，往西湖书院走去。

回到生花坊，唯有吴睿与韩姨还在。见了吾衍，两人痛哭一场。吾衍安抚道：

"本来就没事，硬是那牟利惹出的灾祸！"转而对韩姨道，"回吧，生徒都走了，韩姨也走吧。"

"先生没事，下人也就放心了。再用下人，先生只管开口。"韩姨抹了一把泪水说。吾衍听了点点头，又对吴睿道："孟思也回去吧，先生想清静些日子。"

"先生，让弟子留下吧，先生一人多有不便。"吴睿两眼望着吾衍道。

"孟思请回吧！"吾衍抬高了嗓门。

吴睿犹豫了一下又问："弟子什么时候才能再见到先生？"

吾衍用如意棒往天空指了指："天晓得……"

这夜，吾衍成心要把自己灌醉。他吃了半瓮尚酝局的酒，到后来，什么都不晓得了。

从季秋到腊月，官府多次传讯吾衍，反复询问玉娥与楮币一事，赵天锡出面澄清，终归无用。吾衍忍着性子，内心十分烦躁，仿佛生花坊几年里的积累，全部被掏空一样，数月里沉重烦闷，常常缄默不语。

这日早晨醒来，天气阴沉。吾衍像是摒弃了数月里的郁闷，开朗了许多。他在院子里舞了一通剑，又打一套拳，洗毕走出生花坊。一路上，且行且望，上了断桥，前面便是仇远的舍园。入得门去，不见主人，问及家人才晓得，仇远出门数日，顿觉茫然。忖思片刻，走入书房，拈笔写下《别仇山村》七言一首。离开仇远舍园，又回断桥，抬头远望，西湖水面开阔，烟云缭绕，四处并无一人。凛冽寒风，吾衍并不觉得冷，见他解履脱袍，遗于一边，从断桥跃入水中。

尾 声

后三日，仇远返回，细读吾衍诗稿，甚是蹊跷。诗曰："刘伶一锸事徒然，蝴蝶西飞别有天。欲语太元何处问，西泠西畔断桥边。"读毕，匆忙去生花坊拜见吾衍，见院门紧锁，空无一人。一问才晓得生徒已经休学，便不知所以。

数日里，仇远寝食难安，专程去西湖多宝院，将吾衍所写诗稿交与可权。可权看了倒吸一口冷气，睁大两眼望着仇远："莫不是……"仇远想想道："吾衍性情高洁，豪放不羁，好好地教授生徒，怎么可能轻己自丧。"可权不解地问："那诗中'西泠西畔断桥边'又是何意？"可权的话提醒了仇远，他道："二人分头询问诸友，看看留诗后有没有子行的消息，若有，尽快告知。"

数旬来，仇远不时在西湖边微访居户与行人，有一卖酒的老媪道："数旬前午时，见有一人长立断桥，后头不见了。黄昏，孙儿送酒回途，在断桥上见了弃之的袍履，拾了回来。"仇远大惊问："那袍履可在？"老媪吞吞吐吐道："几旬不见有人来取，将长袍改做短袄，与孙儿穿了；那履依旧还在。"仇远央求道："能否让在下看看？"老媪犹豫片刻，入内室取出一双履来。仇远细看，果真见吾衍曾经穿过的，顿时泪流满面。片刻，对老媪道："故友之遗物矣，置于此，不如交与在下，用于祭祀。"老媪点头应承。

旬后，可权匆匆赶来，告诉仇远说，录事张景亮是最后见过吾先生的人！

仇远问："张景亮与子行并无深交，如何最后见了子行。"可权即将吾衍惹上官司一事说与仇远听。仇远流泪取出老媪家中遗物，说了此物来源，可权听了大哭一场，说道："即使已殁，也要见尸骸呀！"仇远答："西湖浩大，时过二月余，哪里寻得尸骸。"可权想了想说："仁近，过些天玉清宫的卫天隐要到本寺，可权欲请以六壬筮之如何？"仇远答："这样甚好，只是不要预先告知留诗与弃履之事，多方吻合，方可信以为真！"

三月，卫天隐如约而至。可权提出六壬之事，卫天隐满口应承。辛酉，以六壬筮之，得亥子丑顺流象曰：

"岁子月巳，旬寅斯首，亥为水乡，巳墓在丑。惟子与丑，无禄陨虚，墓非其藏，死沉江湖。是生戊辰，土为宰制，土弗胜火，家绝身弃，此其骨朽渊泥九十日矣。"

可权听了又大哭一场，与诗合，果然是骨朽渊泥九十日矣！

此后数日，遂将吾衍投湖之事告知众友，又专程拜见了胡长孺。可权道："学生想为吾先生修道墓。"胡长孺哀伤问："可权有何打算？"可权又道："吾先生吾师也，可权想将先生墓修在多宝院塔林对面，与众师相望，皆吾师矣。"胡长孺点头："这样甚好。"可权又说："可否请穆仲为吾先生写铭？"胡长孺真诚道："正想与可权说，这铭只能由穆仲来写了。"

一月后，可权购得琬良石，将胡长孺撰写的"吾子行文冢铭"镌刻碑上，洋洋七百言。又置履于墓中，称衣冠冢，选一吉日，众友一道祭祀，竖碑铭于墓前。

祀毕，可权抱出一瓮尚酝局上用细酒道："先生一直欲品尝细酒，弟子请到了！"言毕砸瓮于碑下，顿时，香飘四溢。

是月，刘胜带了一车古物到生花坊，见院门紧锁，便四处打听，闻吾衍已殁，歔欷不已，然后说："吾学无所争也。"

皇庆元年初，艳阳高照，午时，吾衍出现在孔埠吾宅，屋内有些冷清，进了厨房，母亲蒋氏欣喜万分，仿佛失而复得。拜毕母亲，吾衍直奔灵堂，父亲杨祖身着长袍，发须散乱正在敬香，见了吾衍道一声："回来了？"说着，起身又道，"给你奶奶烧炷香吧。"香毕，父亲问："还走吗？"吾衍答："不走了。"父亲点点头。吾衍问："爷爷呢？"父亲说："带着你儿子吾瑞到华埠镇上了。"

一袋烟工夫，听得童声在院里大叫奶奶，嗓门颇像幼时的吾衍。杨祖道："是儿子回来了。"吾衍走出灵堂，看见磨盘边的爷爷，疾步上前抓住臂膀："爷爷可好！"元振目光一动不动望着吾衍，半晌问："衍回来了！"

元振头发苍白，走路拄着拐棍，声音没了原先的响亮："衍还走吗？"吾衍答："爷爷，衍不走了。"元振点点头，朝厨房那边努努嘴："看看那是谁？"吾衍回头，见一垂髫站立厨房门口，虎头大脑，睁眼朝这边张望。吾衍大声道："那可是儿子吾瑞？"吾瑞脑壳一闪没了踪影，片刻又闪出，大声问道："那可是父亲吾衍？"吾衍听了哈哈大笑，一把抱起冲过来的吾瑞，泪水横流。

之后，吾衍娶龚璛之女为妻，生三女三男，三男逐一登科，二人出仕。吾衍常年伏案著书，七十八岁终，葬于池淮港对面石阆山下。

至大二年，赵孟頫任江浙儒学提举期满，改任中顺大夫、扬州路泰州尹兼劝农事。可权与郭界一直撮合两人见面一事，原定在多宝院一聚。不想牟利东窗事发，累及吾衍，赵孟頫也在之前调回京师，授翰林侍读学士，共修国史，最终不曾见面。

生花坊生徒丘见南，与父亲一道经营生意，十年后竟然买下了杭州三桥街半条街面的店铺，成了名噪一时的富庶之户。弟子赵期颐，泰定丁卯登科，官累礼部郎中，河南行省参知政事，陕西行台治，后以篆书盖世。世称：以书名世得之吾衍者为多。有篆书《睢阳五老图款识》传世。弟子叶森，精于篆刻，有《汉唐篆刻图书韵释》《广印人传》传世。叶森好古，收集大量古物，见陈渭叟处藏有吾衍手写诗文，泪湿衣襟，写下《次子行二诗有序》：

先师贞白先生手书《柳枝》《梨花》二首遗陈渭叟后三十年，渭叟出以见赠，观之不觉坠泪，乃用韵补遗四首：

花雨初收宿雾沾，绿阴春意满重帘，莫教飞絮随流水，半拂河桥半拂檐。

洗妆倚阑曾梦云，光凝蝶粉玲珑春，璃芳深闭绿窗晓，东风不敢吹香尘。

展卷长吟泪已沾，尖风吹柳不吹帘，可怜寒食西湖上，犹自新条拂短檐。

玉箫声断愁云飞，几年梦冷梨花春，草玄弟子今尚在，零落江南双鬓尘。

弟子吴睿孟思，号雪涛散人，终身布衣，晚年客居昆山。得吾衍真谛，因将其所学传递吴门一带。工书法，尤精篆、隶。刘基伯温《覆瓿集》云："睿少好学，工翰墨，尤精篆、隶，凡历代古文款训无不考究，得其要妙。识者谓吾子行、赵文敏不能过也。有《千字文篆书卷》《隶书老子道德经卷》传世。"

吾衍隐居孔埠，仿佛与世隔绝，三十余年不与外人交往，且著述颇丰，有

《尚书要略》《晋文春秋》《楚史梼杌》数十种，佚散居多，唯《学古编》《周秦刻石释音》《闲居录》《竹素山房诗集》四书，着录《四库全书》。

印章之用，滥觞于姬周，极盛于秦汉，宋元趋于妖化，至元，吾衍《学古编》与赵文敏《印史》提倡复古，导正其时之流弊。元王祎道："篆、籀之学，自宋季，其弊极矣。国朝以来，始子行倡其说，以复于古，而吴兴赵文敏公实和之，其学乃大明……"

自吾衍后七百多年，文士跻身篆印学，印章与书画合，为文士器重的另类艺术，明之延续，至清鼎盛，吾衍为印学之祖、一代宗师。因而，历代文士刻印《学古编》数百版本之多，稽考不辍；祭祀诗文多不胜数，蔚为风尚。

（完）